शह और मात

सुजाता की डायरी

(उपन्यास)

शह और मात

सुजाता की डायरी

राजेन्द्र यादव

राधाकृष्ण प्रकाशन

ISBN : 978-81-7119-973-0

शह और मात

पहला संस्करण : 1959
नौवाँ संस्करण : 2018

मूल्य : ₹ 495

प्रकाशक
राधाकृष्ण प्रकाशन प्राइवेट लिमिटेड
जी-17, जगतपुरी, दिल्ली-110 051

शाखाएँ : अशोक राजपथ, साइंस कॉलेज के सामने, पटना-800 006
पहली मंजिल, दरबारी बिल्डिंग, महात्मा गांधी मार्ग, इलाहाबाद-211 001
36 ए, शेक्सपियर सरणी, कोलकाता-700 017

वेबसाइट : www.radhakrishnaprakashan.com
ई-मेल : info@radhakrishnaprakashan.com

आवरण : राधाकृष्ण स्टूडियो

मुद्रक
बी.के. ऑफसेट
नवीन शाहदरा, दिल्ली-110 032

SHAH AUR MAAT
Sujata Ki Diary
Novel by Rajendra Yadav

कमला भाभी और मनमोहन ठाकौर को

शीशे की दीवार के इधर-उधर चलती दुहरी ज़िन्दगियों के
बीच एक गवाक्ष है...एक झरोखा है...जहाँ से पूरा एक युग
गुज़र रहा है—संस्कार और वर्ग की दीवारों की दरार
टटोलने की बेचैनी गुज़र रही है...

राजेन्द्र यादव की डायरी : कुछ पन्ने (अस्त-व्यस्त)

10 जुलाई, '58

रोमन अक्षर 'एस' से शुरू होनेवाले नामों में, पता नहीं क्या है कि मैंने उनसे हमेशा कुछ न कुछ पाया ही है...सुजाताजी को ही लीजिए...कथाकार सुजाता की मृत्यु का समाचार मुझे एक विचित्र-से सन्तुष्ट उल्लास से भर गया है। अब मैं निर्द्वन्द्व होकर उनकी डायरी के इन कुछ पन्नों को पाठकों के सामने रख सकूँगा। पिछले दिनों तो मैं उनसे मिलते कतराता था। देखते ही पूछतीं : 'राजेन्द्र, तू लाया नहीं मेरी डायरी ?' मैं टाल देता : 'दीदी, कहीं काग़ज़-पत्रों में रख दी है। उन्हें किसी दिन सँभालूँगा तो ले आऊँगा। मुझे करना भी क्या है उसका ?' वे आशंका और खुशामद से कहतीं : 'देख भैया, उसमें जाने क्या-क्या बचपने की उल्टी सीधी बातें लिखी हैं। मैंने खुद उन पन्नों को एकाध-बार कहानी का रूप देने की बात सोची, पर फिर जाने क्या सोचकर रख दिया।' बात सच है। सुजाता और उदय के सम्पर्क की यह डायरी उन दिनों का चित्र सामने लाती है, जब वे स्वयं एम.ए. में पढ़ रही थीं और सुजाताजी के शब्दों में ही, 'उदय अपने उस काल से गुज़र रहे थे जिसे सफल लेखक आगे जाकर 'संघर्ष के दिन' कहता है...'

जो सुजाताजी नहीं कर पाईं, उसे पूरा करने का सन्तोष मुझे जरूर है; लेकिन मन के भीतर जाने क्यों कोई अपराध-भावना भी कचोट उठती है। शायद इसी भावना से किसी हद तक बचने के लिए मैंने निश्चय किया है कि अनावश्यक प्रसंगों या अप्रासंगिक बातों का निर्ममता से सम्पादन कर डालूँगा।

सुजाताजी की आत्मा के प्रति क्षमा-प्रार्थी हूँ।

मैं उनकी आहत-असहाय आँखों को क़लम की नोक के साथ चलते देखता हूँ, फिर भी जाने क्यों मुझे उनकी मृत्यु पर खुशी है। वह लेखक ही क्या, जो धिक्कार और उल्लास का अनुभव साथ-साथ ही न करे...?

आज उपन्यास को अन्तिम रूप देने के लिए इसे टाइपराइटर पर लिखना शुरू कर रहा हूँ।

6 अगस्त, '58

पिछले सात-आठ महीनों से शरीर-कष्ट है। बैठने में दिक़्क़त होती है। फिर भी नब्बे पन्ने टाइप किए हैं, पिछले 35-40 दिनों में। परसों ये नब्बे पन्ने ज़बर्दस्ती उठकर चले गए। मैं नहीं चाहता मेरी चीज़ को कोई अधूरा या अनफ़िनिश्ड देखे...इसे जब मैं अन्तिम रूप दे दूँ तब तो सभी को अधिकार है...लेकिन वह अधिकार बड़ा था और पन्ने चले गए। फ़ैसला मिला कि 'यह नहीं छपेगा।'

कारण पूछा गया तो पता चला 'कारण कुछ नहीं, बस छपेगा ही नहीं...'

फिर जब कारण पता चला तो याद आ गई भाई श्री मनमोहन सेंगर की बात। उपदेश के मूड में एक दिन कहा था : 'आप लोग न अपने समाज को देखते हैं, न लोगों को। कुछ फ्रेंच, रूसी और अंग्रेज़ी उपन्यास पढ़-पढ़कर ठीक उन्हीं लाइनों पर उपन्यास और कहानियाँ लिख डालते हैं। इनमें सिर्फ लोगों और जगहों के नाम भारतीय होते हैं, बाक़ी सभी विदेशी होता है। आप लोगों का अपने देश का अध्ययन क़तई नहीं है।'

कैसे समझाऊँ उन्हें कि सेंगरजी की बात शत-प्रतिशत सही है। चेखव, ज़्विग, ज़ीद और मॉम यही तो मेरे ऊपर इन पिछले दिनों छाए रहे हैं। सो इसमें भी लोग, स्थितियाँ, वातावरण, समस्याएँ, भाषा कुछ भी अपना नहीं है। सभी कुछ दूसरों का है। फिर उन्हें इतना डर क्यों है...?

4 नवम्बर, '58

जैसे-तैसे आज उपन्यास पूरा कर डाला है। बीच में टाइप रुक गया था। पता नहीं अंकुश बाहरी थे या भीतरी। जैसे सिगार जलता है...मन्द-मन्थर सुलगता रहता है, शायद कुछ उसी तरह की इस कहानी की गति हो गई है...आवेश और उत्तेजना के पागल मनोभावों और घटनाओं की आकस्मिकता से भरी हुई कहानियाँ पढ़नेवाला साधारण कथा-रसग्राही पाठक, पता नहीं इसे पढ़ भी पाएगा या नहीं...न तो कहीं बाढ़ पर आई नदी के भावावेगों की दनदनाहट और न ऑस्करवाइल्डीय भाषा में शरत् की कहानी के आँसू बहाते पात्र...मनोरंजन और रोचकता का कोई भी तो फ़ॉर्मूला नहीं है। अपने पाठक पर मुझे कभी भी अविश्वास नहीं रहा (वही तो मेरा बल है), लेकिन हर क्षण 'नाटक' चाहनेवाला, मन की विभिन्न सतहों पर चलनेवाले 'नाटक' को समझने की कोशिश में लगे, इस कहानी के पात्रों को कहाँ तक अपना बना सकेगा—यही ज़रा शंका है...।

प्रथम-पुरुष डायरी में लिखी गई कहानी में घटना सीधे रूप में न आकर स्मृतियों और मूड्स में प्रतिफलित होकर आई है—कहीं हल्का-सा प्रतिबिम्ब भर है। जहाँ तल गहरा है, वहाँ धारा का प्रवाह खुद ही मन्थर नहीं हो जाता...?

1 जनवरी, '58

... ने कहा, और लोगों ने भी कहा कि जब उपन्यास तुमने लिख ही लिया है तो उस पुरानी पड़ी पांडुलिपि को अन्तिम रूप ही क्यों नहीं डालते ? खुद मैंने भी महसूस किया कि अब मैं उससे भावात्मक रूप से अपने को बिलकुल काट चुका हूँ, इसलिए अब उसे अन्तिम रूप दे ही देना चाहिए...अधूरे काम का बोझ दिल से उतरे तो कुछ और करने में भी मन लगे। दिमाग़ हमेशा ही तो घिरा रहता है। लेकिन डर लगता था कि उसे पढ़ूँगा तो पता नहीं कैसा लगेगा।

डर लगता है कि इसे लिखने के पीछे प्रेरणा क्या रही है ? क्योंकि खुद मेरा मन उन देशी-विदेशी उपन्यासों से बहुत ही ऊब गया है, जिनके नायक कलाकार या लेखक हैं। किताब खोलते नहीं बनता : कहीं इस उपन्यास या कहानी का नायक भी कम्बख़्त लेखक, पत्रकार, कवि या चित्रकार ही न निकल आए। और इसी अपराध-भावना से मेरा मन डूबा रहा है कि एक और उपन्यास में लेखक साहब हीरो बना दिए गए...जब लेखक हीरो बनता है तो उसका सीधा अर्थ है : एक धीरोदात्त नायक का अवतार हो रहा है। पूरे उपन्यास में उसकी ही महिमा बखानी जाती है, उसे सब्जैक्टिव टच दिया जाता है, सम्पर्क में आनेवाली हर लड़की से उसे पुजवाया जाता है...और उसकी करतूतों की सफ़ाई दी जाती है। बिना पूरा पढ़े या सूँघकर ही अपनी राय क़ायम करनेवाला पाठक और जिल्दवादी समीक्षक इसे भी शायद ऐसा ही पाएँ...।

लेकिन एक सवाल मुझे अक्सर तंग करता है : क्या कहानी-उपन्यास का लेखक लेखन-सामग्री से भरा निर्जीव बक्सा ही है ? उसका काम 'भीतर भरे हुए' को केवल बाहर 'उलीचना' और 'उँड़ेलना' ही है ? लेखन उसकी अपनी भी चिन्तन-प्रक्रिया नहीं बन सकता ? कि उस समय चिन्तन-प्रक्रिया में वह रेडीमेड विचार पाठक को दे ही नहीं, खुद मथे और पाए भी ? हो सकता है कि इस दृष्टि से मैंने अपने को पात्रों के रूप में बाँटकर मुखर-चिन्तन या लाउड-थिंकिंग ही किया हो और लिखने के दौरान पात्रों के साथ-साथ या उनकी मार्फ़त अपनी उलझनें और समस्याएँ सुलझाने की कोशिश भी की हो...

31 अगस्त, '57

आज मैं चौंक पड़ा। देखा कि अरे, आलोचक की खाल के भीतर यह आदमी तो एकदम...। अपनी डायरी के कुछ अत्यन्त ही रोचक, व्यक्तिगत और सरस पन्ने सुनाकर कुहनियों के बल उठे हुए नामवर सिंह बोले, 'बारह साल से लेकर सत्तर साल तक का हर लेखक हमारे यहाँ प्रेम की थीम को ज़रूर घसीटता है...लेकिन सचमुच एक भी तो ऐसा उपन्यास नहीं है जो आपको आकंठ डुबा दे...लगे कि आप सचमुच प्रेम की गहराइयों में उतरकर आए हैं... प्रेम के नाम पर या तो सस्ते शरीरवादी उपन्यास हैं या इंटर की अधकचरी भावुक लड़कियों को अपील करनेवाले रुदन, समर्पण, चरणस्पर्श, त्याग और

उन्माद के गद्य-काव्यों से भरे घोर प्लैटोनिक, 'आँसू-धकेल' टीयरजर्कर्स। प्रेम का अर्थ या तो उनमें घोर शारीरिक उत्तेजना में किए गए आलिंगन-चुम्बन मिलता है या फुसफुसे लोगों की गिलगिलाती छिछली आदर्शवादी भावुकता...शरीर और आँसुओं के ज्वार का नाम ही क्या प्यार है ? या कहा जाए, क्या प्यार यहीं तक सीमित रह जाता है ? अगर ऐसा ही है तो मद्रास से आनेवाले हिन्दी-सिनेमा ही क्या बुरे हैं ?' और फिर हम लोग देर तक बातें करते रहे कि प्रेम किस तरह सूक्ष्म और अनजाने रूप से सारी मानसिक बनावट को स्तर-स्तर बदलता है, कैसे एकान्त और मधुर और आत्मीय-क्षण देता है। बहुत सचाई से 'अज्ञेय' को छोड़कर इसका चित्रण करने का प्रयत्न किस-किसने किया है...बंगाली तो ख़ैर, अपनी आँसू-रुँधी आँखों के कारण उस पक्ष को देख ही नहीं पाएँगे...।

जब तक दूसरों की भलाई-बुराई करते रहे तब तक कोई बात ही नहीं, लेकिन जब मेरी छाती से अपनी आँखों की दुनाली अड़ाकर, "निकालो तुम्हारे पास क्या है ?" के अन्दाज़ में छिन्द्रान्वेषिणी निगाहों से उस विकट आलोचक ने मुझे ही घूरना शुरू कर दिया तो मैं करवट बदलकर सो गया। हिन्दी में क्या, क्यों लिखा जा रहा है, इसका जवाब आधी रात में मैं क्यों दूँ ? मानो बस मेरी ही शह से लिखा जा रहा हो...आप साहित्य के डॉक्टर और दारोग़ा दोनों हैं, मैं कहाँ दाल-भात में...? और मैं क्या लिखकर रह आया हूँ, इसका मैं ज़िक्र ही दबा गया।

2 जुलाई, '57

आज उपन्यास का पहला रूप लिखकर समाप्त कर दिया। पूरे ढाई महीने खा गया। करता क्या, कॉपी साइज़ के तीन-चार पन्नों से ज़्यादा एक दिन में लिखा ही नहीं जाता। लोग इतना सब कैसे लिख लेते हैं ? दूसरा कोई, पाँच दिनों में इसे लिखकर अलग करता। लेखन को जीविका बनाकर इस युग में इतनी कम लेखन-शक्ति पर कैसे रहूँगा आखिर ? मोहन रोकश का कहना है कि 'होल टाइमर' होकर भी परिमाण में मैंने कुछ नहीं लिखा, गुण में लिख पाने की तो समस्या ने ही तंग नहीं किया कभी...। ठीक ही तो है। मई '47 में पहली रचना छपी थी। ग्यारह साल में तीन उपन्यास और पचास-साठ कहानियाँ...और ?

सचमुच, बड़ी ही कष्टकर बेगार है लिखना...जो कुछ भी लिखा है वह किसी भी मायने में सन्तोषजनक है ?...क़तई...क़तई नहीं...! मन होता है सब फाड़-फूड़ डालूँ... लेकिन बस, यही उम्मीद है कि शायद कभी किसी अच्छे लिखने की भूमिका या ट्रेनिंग के रूप में ही आज तक का यह लिखा काम आ जाए...!

5 नवम्बर, '58

पता नहीं अपने उपन्यास के शुरू में ये सारे उल्टे-सीधे ढंग और क्रम से लिखे पन्ने जाने चाहिए या नहीं...लेकिन क्या कहीं भी बेचारे लेखक को यह अधिकार नहीं है कि वह अपने पाठक से सीधे बातें कर सके...? कुछ अपनी कह सके...उसकी सुन सके ? सैकड़ों पन्नों में 'केवल अपने लिए' वह दो पन्ने का उपयोग भी नहीं कर सकता ?...

—राजेन्द्र यादव

इस उपन्यास में प्रयुक्त कविता-पंक्तियों के लिए लेखक कवियों का कृतज्ञ है।

शह और मात

सुजाता की डायरी

सोमवार, 3 जून

जाने क्यों, तेज की बहुत याद आ रही है। रह-रहकर मन उचट जाता है। पता नहीं इस वक्त कहाँ होगा ? लन्दन...? कोई कहता था : लन्दन उसने दो-तीन महीने पहले छोड़ दिया। अमेरिका जाने की बात थी। कैसे हो गया होगा जाने ? कैसी होगी उसकी वह ब्रिटिश मेम ? गिरजे में अँगूठी बदलते हुए सचमुच उसे अपनी कलाई पर किसी चूड़ियोंवाले हाथ की पकड़ महसूस नहीं हुई होगी ? अच्छा, मान लो किसी दिन कॉलेज से निकलते ही मैं देखूँ कि तेज अपनी अंग्रेज पत्नी की कमर में हाथ डाले सामने के फुटपाथ पर चला जा रहा है, तब कैसा लगेगा मुझे ? यह सब कल्पना करके अब न पहले जैसी कसक होती है, न उससे मिलने की तड़प में रुलाई आती है। पिछले दिनों तो मैं उसे क़रीब-क़रीब भूल ही चुकी थी। हफ्तों उसके नाम तक का ध्यान नहीं आता। आज तो यह कुछ नई ही बात है...

आज अचानक लाइब्रेरी में उदय से मुलाकात हो गई। मैं अपने कोर्स की किताब के सिलसिले में गई तो देखा, वे लाइब्रेरियन से कुछ बातें कर रहे हैं। मैं प्रतीक्षा करती खड़ी-खड़ी मेज़ पर रखी एक पत्रिका के पन्ने पलटती रही। जब वे हट गए तो पहुँची। लायब्रेरियन ने पूछा : "इन्हें जानती हैं आप ?"

"देखा तो शायद कई बार है। याद नहीं है।" मैं जान-बूझकर बोली। बात ठीक-ठीक थी। पहचानते शायद हम दोनों एक-दूसरे को थे। पास से गुजरते हुए हम लोगों ने कई बार चौंककर एक दूसरे को देखा था। दोनों को ही अपने हाथों में थोड़ी-थोड़ी फड़कन महसूस हुई थी, पर फिर मुँह फेरकर चल दिए थे। पहले नमस्कार कौन करे ! ऐसे कोई बुजुर्ग भी नहीं थे कि मैं ही प्रणाम करूँ। मुश्किल से दो-तीन साल बड़े होंगे। यों ही काफ़ी दिनों से चल रहा था...।

"अरे ये उदयजी हैं। इनका अभी-अभी एक उपन्यास आया है हमारे यहाँ। बड़ी माँग रहती है।" लायब्रेरियन साहब बता रहे थे।

मैं मुस्कराकर दुष्टता से बोली : " 'नाकारा' और 'शान्त' के उपन्यासों से भी ज्यादा ?"

"वो तो बात ही बिलकुल अलग है। इसकी बहुत तारीफ़ें हैं। आइए, आपका परिचय करा दें !" रुककर लाइब्रेरियन साहब मुस्कराये : "लेकिन आप हँसिए बिल्कुल मत। लड़कियों के सामने इनकी बोलती बन्द हो जाती है और सारा मुँह लाल पड़ जाता है। हमारे ही शहर के तो हैं। मैं तो इन्हें तब से जानता हूँ जब ये खुद अपने को

नहीं जानते थे।''

मैंने मुँह बिचका दिया। मन ही मन कहा, तब क्या खाकर उपन्यास लिखते होंगे। लायब्रेरियन साहब से अक्सर किताबें लेने का काम पड़ता है, इसलिए परिहास से बोली : ''मगर हमने तो दूसरी बात सुनी है। कहते हैं, इनकी जान-पहचान या मित्रता सिर्फ़ लड़कियों से ही है।''

''कौन ? वही आपके गुरुदेव बताते होंगे ? अब उनकी जनम-पत्री हमसे न खुलवाइए। आप कल आई हैं, उन्हें हम दस साल से देख रहे हैं। किताबें पढ़ने का नहीं, घर लेजा-लेजाकर इकट्ठा करने का शौक है। लाइब्रेरियन को जरूरत हो तो लाये खुद जाकर...'' लाइब्रेरियन साहब जोश में आ गए। फिर सँभलकर बोले : ''आप खुद देख लीजिए। मेरा छोटा भाई इनका क्लास-फ़ैलो था। यहाँ बैठे कुछ पढ़ रहे होंगे। पूछने आए थे कि क्या यहाँ से टेलीफ़ोन कर सकता हूँ।''

वे अर्ध-चन्द्राकार काउंटर के एक सिरे पर कोने में खड़े टेलीफ़ोन कर रहे थे, बड़े व्यस्त और डूबे हुए-से। कभी-कभी इतना ज़ोर से हँस पड़ते थे कि आस-पास के लोगों का ध्यान भी उधर खिंच जाता था। तब झेंपकर अपने-आप में सिकुड़-से उठते। लाइब्रेरियन के साथ पास जाते हुए कुछ वाक्यों के टुकड़े कान में पड़ गए... ''अच्छा आओ न। पर हाँ, तुम कहाँ वहाँ आओगी ?...तुम हवाई जहाज़ और एयरकंडीशंड कूपों में चलने वाले लोग हो। अपने यहाँ पर बैठाएँगे भी कहाँ तुम्हें ?...'' फिर उधर के जवाब में बोले : ''अच्छा हाँ, हाँ, परसों ग्यारह बजे, ठीक...''

मैं लाइब्रेरियन को देखकर मुस्कराई : देख लो, लड़की को ही फ़ोन कर रहे हैं न। उन्होंने हमें आते देख लिया था और सच ही ऐसे संकुचित हो उठे थे जैसे चोरी करते पकड़े गए हों। लाइब्रेरियन ने बड़ी बेतकल्लुफ़ी से उनके पास जाकर सीधे ही कहा : ''आओ उदय, तुम्हारा परिचय एक बहुत बड़ी कहानी-लेखिका से करा दें। ये हैं सुजाता। हमारे यहाँ सिक्स्थ-इयर की स्टूडेंट हैं। पिछली बार अन्तर्विश्वविद्यालय कहानी-प्रतियोगिता में इनकी कहानी सर्वश्रेष्ठ आई थी। अभी दो-तीन कहानियों से ही इन्होंने कॉलेज और बाहर धूम मचा दी है। कॉलेज-ड्रामा-यूनियन की ज्वॉयंट-सेक्रेटरी हैं। अभी हमारे यहाँ एक नाटक होने वाला है, उसमें ध्रुवस्वामिनी यही बन रही हैं।''

सिर झुकाए मैं जैसे गड़ी जा रही थी, मानो लाइब्रेरियन को मैं सिखाकर ले गई थी। टेलीफ़ोन रखकर शिष्टता से हाथ जोड़ते हुए उदय ने कहा : ''बड़ी खुशी हुई। इधर तो आपकी कई बहुत अच्छी कहानियाँ निकली हैं। कोई कहता था...।''

''अरे सा'ब, शोर हैं इनके।'' कहते हुए लायब्रेरियन उनकी ओर मुड़कर बोले : ''इनका तो परिचय दे ही चुका हूँ। क़ायदे से तो ये मेरे छोटे भाई हैं। हमें तो यही खुशी होती है कि हमारे शहर का नाम रौशन हो रहा है। सुजाताजी के पिता डॉक्टर हैं उदय, कभी ज़रूरत हो तो बताना। अपनी ही तरफ़ के हैं। अच्छी प्रैक्टिस है।'' फिर मुझसे बोले : ''अब इनसे सीख लो कहानियाँ लिखना। ऐसा एक्सपर्ट नहीं मिलेगा। गुरुजी तो शास्त्रीय तत्त्वों के सिवा कुछ नहीं बता सकते।''

लाइब्रेरियन साहब का यह अपने को हम दोनों से ही घनिष्ठ दिखाने का ढंग मुझे अच्छा नहीं लग रहा था। कलाइयों तक जुड़े हुए हाथोंवाला कलात्मक नमस्कार करके मैंने सिर झुका लिया था। ये देवता अपना भाषण बन्द करें तो मैं भी कुछ बोलूँ। उनके चुप होते ही बोली : "जानती तो बहुत दिनों से थी। सुना भी बहुत था। अभी-अभी उपन्यास पढ़कर समाप्त किया है।"

जवाब में वे सूने-सूने-से एक ओर देखकर हलके-हलके मुस्कराते रहे। स्पष्ट ही अभी भी वे टेलीफ़ोन की बातों में खोए थे। कौन थी दूसरी ओर ?—मैं कुछ देर अपनी बात के उत्तर की राह देखती रही, फिर जाने कैसे मुँह से निकल गया : "कभी आइए न, हमारी ओर ?"

वे सहसा चौंके। एक क्षण उनकी भौंहें फड़कीं। बोले : "अच्छी बात है, आऊँगा कभी। अब चलूँ ?"

मुझे लगा जैसे मुझसे कहीं ग़लती हो गई। मेरे 'कभी आइए' कहने में मानो ध्वनित होता हो, देखिए वैसे तो हम बहुत व्यस्त आदमी हैं, लेकिन कभी जब मन न लगता हो, कोई काम न हो, सिनेमा का 'शो' शुरू हो चुका हो, तब आ जाएँ तो अच्छा रहेगा। कुछ समय हम दे सकेंगे। मगर 'कोई कहता था' कहकर मेरी कहानियों के बारे में कहना मुझे भी तो चुभा था। इन्होंने ज़रूर मेरी कहानियाँ पढ़ी हैं, और अब बन रहे हैं। एक तो लड़की कहानी-लेखिका की कहानी कोई न पढ़े, यह मैं मान नहीं सकती। फिर दूसरे इसी मास की 'धारा' पत्रिका में इनकी भी तो कहानी छपी है मेरी के साथ। कैसे हो सकता है कि उन्होंने उसे न पढ़ा हो ? फिर ध्यान आया कि यह जो टेलीफ़ोन से किसी से कह रहे थे कि 'आप तो हवाई जहाज़ और एयरकंडीशंड कूपों में चलने वाले लोग हैं', यह बात जरूर वे हमें ही आते देखकर कह रहे होंगे। यह जताने को कि हमारा भी परिचय 'बड़े लोगों' से है।

"मिल तो लिए ही। अब घर जाने से ही क्या है ?" वे सीधे मेरी ओर न देखकर बोले। स्वर में नम्रता थी और निगाहें लाइब्रेरी से बाहर।

न आएँ, अपने घर बैठें—मेरे मन में आया। किसी का बनना मुझे बहुत बुरा लगता है। मैं जानती थी, रचना के बारे में बात करना लेखक की सबसे बड़ी कमज़ोरी है। बोली : "नहीं, मैं आपके उपन्यास के बारे में बातें करना चाहती थी कुछ। अभी-अभी पढ़कर चुकी हूँ। उसके एक पॉइंट पर रेखा से काफ़ी बहस हो गई थी। रेखा मेरी क्लास-मेट है।"

तीर निशाने पर लगा। वे मुस्करा पड़े और इधर-उधर देखकर बोले : "आइए, चलते-चलते ही बातें करें। यहाँ तो लोगों को बाधा पड़ेगी।"

इसे कहते हैं कहानी-लेखिका की निगाह। मैं विजय से मुस्कराई। बाहर उन्होंने बड़े ही तटस्थ बनकर पूछा : "कैसा लगा आपको ?"

"यहाँ नहीं। किसी दिन आपको फ़ुर्सत मिले तो घर पर ही बातें करूँगी विस्तार से।" मैं अनजाने ही फिर पहली बात पर आ गई। निहायत भोलेपन से कहा : "मुझे

आपकी रश्मि के बारे में बहुत-सी बातें पूछनी हैं। बताइए, आपको समय कब है ?''

उन्होंने ऐसा भाव दिखाया जैसे वे बहुत ही व्यस्त व्यक्ति हों और ख़ाली समय पाना उनके लिए कठिन समस्या है। मन में हँसी आई, और ऊपर से श्रद्धा सँजोए रही। वे बोले, ''देखिए, मैं वायदा नहीं करता, लेकिन आया तो परसों सन्ध्या को सात बजे तक आ जाऊँगा। आप राह मत देखिए।''

''अगर-मगर नहीं, आप आ रहे हैं।'' मैंने ज़ोर देकर कहा। काग़ज निकालकर अपना पता और टेलीफ़ोन-नम्बर लिखकर बोली : ''इस नम्बर पर टेलीफ़ोन कर दीजिए।''

''देखिए, वायदा नहीं करता। असल में उस दिन एक सज्जन छः-सात बजे तक मिलने आएँगे। नहीं आए तो आपकी तरफ़ आ ही जाऊँगा।'' वे नमस्कार करते बोले : ''अब चलूँ ?''

वे सीधे चले गए। मन ही मन मुझे हँसी आ गई। चलने पर यहाँ से तो सीधे चले गए हैं, मोड़ पर ज़रूर देखेंगे मुझे।

अपने उपन्यास का जिक्र आते ही मुझे निकालकर ले आए और खुद ही व्यस्त बनकर चल दिए। इन बातों को मैं खूब समझती हूँ। जानती हूँ, मित्र आएँ या न आएँ, लेकिन ये ज़रूर आएँगे। नारी का निमन्त्रण हो, और पुरुष—वह भी कलाकार—अस्वीकार कर दे ? सारे दिन जाने क्यों मन पर बड़ी प्रसन्नता छाई रही। आख़िर लोग कहानीकार के रूप में जानने तो लगे ही हैं मुझे। मैंने एकदम बुलाकर बुरा तो नहीं किया ? कहीं यों न सोचने लगें कि मुझे, सस्ता समझ लिया है ? नहीं, ऐसा नहीं सोचेंगे। लड़की हूँ, हो सकता है, चाहते हुए भी संकोचवश ज़्यादा न बोल पाए हों पहले-पहल। आख़िर ये लेखक लोग क्या-क्या सोचते हैं हम लोगों के बारे में ? और ठीक वही लिखते हैं, जो सोचते हैं। मुझे फ़ोन-नम्बर नहीं देना चाहिए था। कहीं यह न सोचें कि बहुत बड़े घर की फ़ोनवाली लड़की है, इसलिए बुलाने की धृष्टता कर रही है। या हो सकता है हिम्मत ही न पड़े। नहीं, ऐसा नहीं है। बम्बई में रहते हैं आख़िर। जाने-बूझे आदमी हैं। इन लेखक लोगों का दिमाग़ भी पता नहीं कैसे-कैसे चलता होगा ! कहीं उन 'फूल' जी की तरह पीछे लग गए तो ?

उन 'फूल' जी की याद करके तो आज भी मन सिहर उठता है। आपने कहीं किसी कहानी में मेरा पता पढ़ लिया। चले आए घर। कुछ अपनी छपी चीज़ों की कटिंग भी लाए थे, ''जी, मैं फूलचन्द 'फूल' हूँ। आपकी कहानी बड़ी अच्छी लगी। मुझे भी लिखने का शौक़ है।'' और इसके बाद जो चुप हुए तो फ़िलासफ़रों की तरह तीन घंटे बैठे-बैठे सिगरेट फूँकते रहे। घरवाले परेशान कि किसे बैठा लिया है जो उठने का नाम ही नहीं लेता। छः बजे आकर रात के दस बज गए। बैठे-बैठे आप खोए-खोए ऐसे देखते रहे मानो जीवन के जाने किन गम्भीर रहस्यों को मन के भीतर छुपाये हुए हैं। उस दिन तो सच, इतनी बोर हो गई थी कि रोने-रोने को हो आई। जाने क्या प्रभाव डालना चाहते थे अपनी इस अदा से ? दूसरे दिन सोलह पन्नों का लम्बा खर्रा चला आया। क्या-क्या लिखा था उसमें, याद भी नहीं है। फ़ोन आया तो मैंने साफ़ कह दिया—''आपने क्या मुझे बेकार

समझा है, या बेघर-बार हूँ मैं ? आपको चुप बैठकर सिगरेट पीनी है तो जाकर समुद्र के किनारे बैठिए।'' बाद में सुना, उन्होंने मुझे लेकर कोई बहुत गन्दी कहानी लिख डाली है। कहीं ये साहब भी ऐसे ही हुए तो ? नहीं, ये ऐसे नहीं होंगे। वह तो सूरत से निहायत घुटा हुआ लगता था। लेकिन पता नहीं, उदय की सूरत में ऐसा क्या था कि मुझे लगा जैसे मैं सहसा चौंक उठी हूँ।

...जाने क्यों फिर तेज की याद आने लगी है। सचमुच मुझे भूल गया तेज... ?

मंगल, 4 जून

आज सारे दिन सोचती रही कि उन्हें किस कमरे में बैठाया जाए ? ड्रॉइंग-रूम तो ठीक नहीं रहेगा। पता नहीं, एटहोम महसूस करें या नहीं। पापा के सोफ़े-कुर्सी को देखकर जाने क्या सोचें ! दूसरे, वहाँ बैठेंगे तो पापा से भी परिचय कराना पड़ेगा, व्यर्थ में दोनों के सामने धर्म-संकट आएगा। पापा डॉक्टर आदमी, उन्हें साहित्य से क्या लेना-देना ? वे रेडियो में मेरा नाम सुनकर, अखबारों में तस्वीर देखकर, कहानी पढ़कर और लोगों से यह सुनकर ही फूले रहते हैं : ''डॉक्टर साहब, आपकी लड़की बड़ी होनहार है। प्रतिभा है सुजाता में।'' इस सबसे उनकी आँखें चमक सकती हैं, वे गद्गद हो सकते हैं; लेकिन सच बात है, चाहे लेखक हो या कोई और, एक बहुत ही साधारण स्तर का कुर्ता-धोती पहने आदमी उनके घर आकर बड़े अफ़सरों या धनियों जैसा सम्मान पाए, यह उन्हें शायद अच्छा कम लगे। कहेंगे तो कुछ नहीं। सोचती हूँ, एक चलता-सा परिचय कराके सीधे अपने कमरे में ही लाया जाए। लाइब्रेरियन साहब तो कहते थे कि लड़कियों की सूरत देखते ही उनके प्राण सूख जाते हैं और उस दिन सम्पादकजी बताते थे कि भले घर में उठाने-बिठाने लायक नहीं हैं। कहीं किसी ने पापा से कह दिया तो जान खा लेंगे कि कैसे-कैसे लोगों से मिलती-जुलती हूँ मैं ! जाने किसके कहने में आकर आपने मेरा अच्छा-खासा सितार बन्द करा दिया—नहीं इन नचकैयों-गवैयों की न कोई जात-पाँत, न स्टैंडर्ड। अकेले-दुकेले देखें तो बदतमीज़ी कर बैठें। लाख रुपये की इज़्ज़त जाए।

खैर, जो भी हो। एक बार बुला लिया है तो निभाना ही पड़ेगा। कोई ऐसी-वैसी बात देखूँगी तो नहीं बुलाऊँगी आगे से। भीतर यही सब सोचती हुई सुबह से कमरा ठीक करने का प्लान बनाती रही। कुर्सियाँ कैसे रखी जाएँ ? कुछ अच्छी-अच्छी किताबें निकालकर मैंने सामने ही रैक पर रखीं ताकि आते ही निगाह पड़े। साथ ही ऐसा भी न लगे कि आज ही निकाली हैं। सारी चीज़ों को सधे, सँवरे और सुथरे ढंग से रखा जाय या बिखरे और लापरवाह ढंग से—यही निर्णय करने में मेरा काफ़ी वक्त गया। बिखरी हुई चीज़ों में कलाकारों जैसी निश्चिन्तता रहती है। कल गुलदान में ताज़े फूल लगा दूँगी। फ़ुरसत मिले या न मिले, या याद ही न रहे इसलिए आज ही एक मोटी भारी-भरकम-सी किताब को बीच से खोलकर मेज़ पर रख दिया, लगे पढ़ रही थी। जाने किस समय आ जाएँ, कल। आज भी जाने क्यों, कई बार बाहर जाकर देखा। कल एकदम ऐसी बेचैनी

दिखलाऊँगी तो घरवालों को अच्छा नहीं लगेगा। आज भी कई बार बाहर आने-जाने से समझेंगे कि यह मेरा अभ्यास है। नौकर से कहा—एक कोई बहुत सादे-से कपड़ों में आएँगे। उन्हें मेरे कमरे में सीधे भेज देना। उनके हाथ में एकाध किताब होगी। ऐसा न हो कि कोई मरीज़-वरीज़ समझकर खुद ही टाल दे। या पापा की तरफ़ मोड़ दे। फिर बालकनी के दो-एक चक्कर लगाए। दुबारा इधर-उधर घूमती अक्का को सुनाकर कह आई : ''जब वे आ जाएँ तो सीधे चाय-नाश्ता ले आना। मुझे कहने के लिए उठकर न आना पड़े।''

मन ही मन देखा, उन्हें खिड़की की तरफ़ बैठाना ज़्यादा ठीक रहेगा। मेरी मेज, किताबें, खिड़की से दीखता शिवाजी पार्क का हरियाला मैदान, फिर मकानों और नारियल के कुंजों की गोटोंवाला लॉन, सागर की आवाज़—सामने एक रमणीक वातावरण रहेगा। पर्दा हटाना पड़ेगा किसी बहाने। पहले से हटा दूँगी तो सुन्दर पर्दे और मेरी रुचि की प्रशंसा में बाधा पड़ेगी। अगरबत्ती पीछे जलनी चाहिए, ताकि धुआँ मन्थर गति से खिड़की की ओर लहराए। कोई तस्वीर तो ऐसी नहीं है जो अच्छे टेस्ट की न हो। तस्वीरों को ध्यान से देखा। रवीन्द्रनाथ का एक रेखाचित्र, सुधीर ख़ास्तगीर द्वारा बनाई हुई गांधीजी की तस्वीर और दो-एक लैंडस्केप। ठीक तो है। मगर उन्हें खिड़की की ओर मुँह करके बिठाना ठीक नहीं होगा। असल में उधर मुझे मुँह करके बैठना चाहिए, ताकि रोशनी मेरे चेहरे पर भरपूर पड़े।

बुध, 5 जून : सन्ध्या 6 बजे

...उनके आने में एक घंटे की देर है और समय बहलाने के लिए मैं डायरी लिखने बैठ गई हूँ। मन में यह भी भाव है कि जब वे आकर दरवाज़े पर खड़े हो जाएँ तो मैं डायरी लिखते-लिखते इस तरह चौंककर उठूँ जैसे, अरे आपके आने की बात तो मेरे दिमाग़ से ही उड़ गई थी। बाहर के कई चक्कर लगा चुकी हूँ। अपने इस उतावलेपन पर खीझ भी होती है। आना होगा आ जाएँगे, इसे लेकर इतना सिर-दर्द करने की क्या जरूरत है ?

सारी बातों के बावजूद दिन-भर बड़ी अजब बेचैनी और गर्व महसूस होता रहा कि एक प्रसिद्ध और मेरी दृष्टि से सफल व्यक्ति मुझसे मिलने आ रहा है। वह तो मैंने ही बात सँभाल ली, वर्ना उस दिन क़रीब-क़रीब नाराज़-से ही हो गए थे। कई बार क्लास की लड़कियों से बात-बेबात कह दिया : ''भाई, आज शाम का हम कोई प्रोग्राम नहीं रखेंगे। आज तो हमारे यहाँ उदयजी आ रहे हैं।'' एकाध ने पूछ लिया : ''कौन उदय ?'' तो मैंने झिड़क दिया : ''अरे, लो। है न एकदम मूर्खा। वही तो अपनी लाइब्रेरी में जिनका नया उपन्यास आया है। प्रोफ़ेसर वर्मा बड़ी तारीफ़ कर रहे थे। आप उदय को नहीं जानतीं ?—मैं कहती हूँ, कुछ कोर्स के बाहर भी पढ़ा-लिखा करो।'' कहनेवाली बिचारी झेंप मिटाती : ''कौन हम तेरी तरह कहानीकार हैं बाबा !''—एक ने जैसे कराहकर कहा :

"तुझे नाम पैदा करना है। हमें तो वही कहीं जाकर या तो टीचरी करनी है या बहुत हुआ तो दो-चार दर्जन बच्चे पैदा करने हैं।" अपनी ही बात से झेंप उठनेवाले उसके चेहरे की ओर ध्यान न देकर मैं तुच्छता से मुस्करा देती—बेचारियों की ज़िन्दगी !

इस समय मैंने कपड़े नहीं बदले। अधिक से अधिक सादा रहने का विचार है। ऐसा न लगे कि दस मिनट पहले ही साड़ी बदली है। डायरी लिखते मिलने की बजाय यह भी हो सकता है कि उनके आते ही मैं भीतर चली जाऊँ। कमरे में बैठाकर नौकर कहे : "बाई गुसलखाने में है।" फिर मैं क्षमा माँगती-सी निहायत ही सादे वेश में बिना बाल काढ़े ही आऊँ। कहीं कोई ऐसी हरकत न हो जाए कि किसी उपन्यास-कहानी में लिख डालें...तो फ़ोन की घंटी बज रही है...किसी मरीज़ का होगा। उठा लेगा मिट्ठु। अरे, मुझे ही आवाज़ लग रही... !

सन्ध्या : सात बजे

तबीयत ऐसी भन्ना रही है कि मन होता है, ये सारे काग़ज-पत्तर फाड़कर चिथड़े-चिथड़े कर डालूँ। कमरे की सारी चीज़ें उलट-पलट दूँ। सचमुच इन कलाकार लोगों की ग़ैर-ज़िम्मेदारियों के मारे नाक में दम है। ऐसा पता होता तो रेखा के साथ वही प्रोग्राम बना लेती। ज़रा हैंगिंग गार्डन्स में ही मज़ा रहता।

आपका फ़ोन आया : "देखिए सुजाता जी, कैसे कहूँ। बड़ा लज्जित हूँ। मेरी बहन ज़बर्दस्ती सिनेमा घसीटकर ले जा रही है। वाक़ई, बड़ा ही अफ़सोस है कि मैं नहीं आ पा रहा।"

जी में आया, फ़ोन पटक दूँ। बुझे स्वर में बोलीः "खैर, कोई बात नहीं। वैसे मैं आपके आने की राह ही देख रही थी। बाहर थी, भागी-भागी चली आ रही हूँ, कहीं आप आकर अकेले बैठे बोर न हो रहे हों। मैं तो बहुत-सी बातें करने को बैठी थी। लेकिन जब बहन की बात है तो कहूँ ही क्या ? आपका यह आना ड्यू रहा।"

"अब क्या कहूँ ? मैं खुद आऊँगा। आने से पहले फ़ोन कर दूँगा। क्या करूँ, बहन की बात टाल नहीं सकता, नहीं तो..."

"अरे नहीं। ऐसा क्यों करते हैं ? अच्छा, ऐसा कीजिए, आप अपना फ़ोन बता दीजिए। मैं खुद याद दिला दूँगी, वर्ना आप बड़े आदमी हैं। भूल-भाल जाएँ।"

उस तरफ से वे हँस पड़े : "नहीं जी, अपने पास कोई फ़ोन-वोन नहीं है। जो कोठरी है वह भी किसी को बुलाने-बैठाने लायक़ नहीं है। इसलिए किसी को बुलाता-वुलाता भी नहीं हूँ। अच्छा है, इस बड़े आदमी की पोल न खुलवाएँ।"

और जब धीरे से हँसकर फ़ोन रख दिया तो कुछ देर तो उनकी खुले ढंग की बातों पर भरी-भरी हँसी आती रही, पर फिर मन तलखी और झुँझलाहट से भर गया। मुझे साफ़ लगता है, यह बहन-वहन की बात बिलकुल झूठ है। वे या तो अपने-आपको बहुत तीसमारखाँ लगाते हैं कि नौसिखुओं से क्या मिलें, या फिर सचमुच बहुत ही झेंपू

हैं—लड़कियों के सामने प्राण निकलते हैं। ऐसा ही था तो कहा क्यों था ?...बड़ा दम्भ है ! मेरा आज का सारा प्रोग्राम और दिन बरबाद कर दिया न। पता नहीं, अपने को क्या समझते हैं !

हीनता और व्यर्थता की कचोट जहाँ मन को बोझिल बना रही है और उसे क्षुब्ध झुँझलाहट के रूप में बाहर बिखेर देना चाहती हूँ, वहीं एक निश्चिन्तता भी है : चलो जान छूटी। अब फिर-की-फिर देखी जाएगी।...

बृहस्पति, 6 जून : प्रातः साढ़े पाँच

प्रोफ़ेसर साहब की बात रात-भर दिमाग़ में दुहराती रही : "ये लोग दो किताबें लिखकर ही पता नहीं अपने को क्या समझने लगते हैं। रस का एक सवाल पूछ लिया जाए तो बग़लें झाँकने लगें। और बिहारी के एक दोहे का अर्थ इनके बाप भी नहीं समझा पाएँगे। इनको इंटर के इम्तहान में बैठा दो, न एक-एक को फेल कर दूँ तो नाम बदल देना। साहित्यिक हुए हैं तुलसी, सूर..." और भी न जाने कितनी और क्या-क्या गालियाँ दे लेने के बाद भी, मन में एक अनजानी उदासी और बोझिलता-सी छाई रही और उनकी इस उपेक्षा पर बार-बार भीतर से रोना-सा आने लगा। जब कह दिया था तो आए क्यों नहीं ? सचमुच, क्या मेरा लिखना किसी क़ाबिल नहीं है ? कॉलेज, घर-बाहर की सारी प्रशंसा क्या केवल मुझे बहकाने और भुलाए रखने के लिए है ? वे सब एक 'उदीयमान प्रतिभा' को प्रोत्साहन-भर देने के लिए कहे गए शिष्टता के वाक्य हैं, और कुछ नहीं ? मैं लड़की हूँ, यही इस सारे यश का आधार है ? जी में आया कि अपने इस सारे लिखे को फाड़ डालूँ। लेकिन सुबह तक अवचेतन रूप से मन में एक कचोट बैठ गई थी कि इस व्यवहार के पीछे चाहे लड़कियों से झेंपना हो या अपने को बहुत तीसमारखाँ लगाना; इस आदमी की असलियत से एक बार टक्कर ज़रूर लेनी है।

शनिवार, 8 जून

पिछले दो-तीन दिनों से एक अजब चीज़ अपने भीतर मार्क कर रही हूँ। बस-स्टॉप पर खड़े-खड़े अचानक लगता है जैसे पीछे उदय खड़े हैं, मैं पीछे मुड़कर देखूँगी और चौंककर कह उठूँगी : "अरे, उदयजी, आप ?" लगता, जैसे कॉलेज के बाहर की सड़क पर ही अचानक वे जाते दिख जाएँगे। या जैसे ही मैं किसी लोकल-स्टेशन में घुसूँगी तो देखूँगी कि वहाँ हाथ में एक किताब दबाए वे भी टहल रहे हैं। मैं अनजाने रूप से जाकर उन्हें चौंका दूँगी। इस बम्बई में लाखों आदमी रहते हैं और इस तरह की कल्पना कितनी निराधार है—यह भी मैं जानती हूँ; फिर भी अनुद्वेगपूर्ण निरन्तर चलती प्रतीक्षा है और कॉलेज से आते ही सबसे पहले अक्का से पूछती हूँ : "कोई फ़ोन आया था क्या ?" मैंने देखा, इन दिनों मुझे लाइब्रेरी में जाने के कई काम निकल आये हैं—शायद पहले की

तरह वहीं मिल जाएँ ? आज पैदल उस रास्ते भी मार्च किया, जहाँ एकाध बार उन्हें आते-जाते देखा था। व्यर्थ ही दो-एक किताबें ख़रीद लाई और साँझ तक सोच लिया कि नहीं मिलते तो जायँ भाड़ में। इतना अहंकार ? अब मिलें भी तो वह रुखाई दिखाऊँगी कि याद करेंगे... !

रविवार, 9 जून

आज उदय से मुलाक़ात ही नहीं हुई, मेरे साथ आए भी...

कॉलेज साहित्य-सभा की एक गोष्ठी थी और उसमें वे भी आए थे। मन्त्री अरुण ने कई बार मुझसे कहा : "देखिए, गोष्ठी बड़ी 'डल' हो रही है। लोग व्यर्थ ही आपस में उलझ रहे हैं। सुजाताजी, आपने कोई कहानी भी नहीं पढ़ी। अब ऐसा कोई विषय उठाइए कि लोग दिलचस्पी भी लेना शुरू करें।" मेरा इरादा शुरू में चुप ही रहने का था, लेकिन इस अरुण के जरिए अपने नाटक 'ध्रुवस्वामिनी' के लिए हॉल लेना था। झेंप लगी कि क्या सवाल उठाऊँ ? फिर आया, क्यों न उदयजी को ही घसीट डाला जाए ! बड़ा अपने को उपन्यासकार लगाते हैं ! इससे इनको यह भी पता लग जाएगा कि मैं सचमुच इटैलिजैंट और समझदार हूँ, 'यों ही बेचारी लड़की' नहीं हूँ। हालाँकि मुझे देखते ही उन्होंने इस बार अतिरिक्त नम्रता से नमस्कार किया था, लेकिन दूर पड़ जाने से बात बाद के लिए रह गई।

मैंने सवाल क्या-क्या किए यह तो याद नहीं है, लेकिन इतना जरूर है कि उदय को काफ़ी सफ़ाई देनी पड़ी और फिर लोगों को उनके जवाबों से सन्तोष नहीं हुआ। गोष्ठी के बाद अलग आकर वे बोले : "आज आपने बदला निकाल लिया। उस दिन के लिए सचमुच, मैं बहुत लज्जित हूँ। क्या करूँ, तैयार होकर निकला तो देखा, सामने बहन आ गई। बोली, 'नहीं, कहीं नहीं जाना। सिनेमा चलेंगे।' क्या करता !" माथे पर बिखरे हुए बालों को समेटकर यह वाक्य उन्होंने कुछ ऐसे भोले अन्दाज़ से कहा कि मन में आया, हँस पड़ूँ। एक निमिष-भर को आया, उनके शेष बालों को ख़ुद समेट दूँ : 'हजरत, करते आप कुछ भी लेकिन इन बालों को तो समेटिए।' लेकिन ऊपर से निहायत गम्भीर बनी रही : "नहीं-नहीं, लज्जा की क्या बात है ?" और इस तरह जैसे किसी और को खोज रही हूँ, सिर घुमा-घुमाकर इधर-उधर देखती रही : "आपकी बहन साथ ही रहती हैं क्या ?"

"नहीं जी, जाते हुए दो-एक दिन को रुक गई है। अच्छा, अब कब फ़ुरसत है आपको ?"

मैं उनसे बातें कर रही हूँ, इसे प्रोफ़ेसर वर्मा ने कई बार मार्क किया। मेरे मुँह से निहायत ही लापरवाही से निकल गया : "जब भी आपको फ़ुरसत मिल जाए। मैं तो कॉलेज के बाद घर ही रहती हूँ। रेखा-वेखा के साथ इधर-उधर निकल गए, तो कह नहीं सकती।" लेकिन अपना लहजा मुझे ही बड़ा अशिष्ट-सा लगा। अगर कोई सौजन्यवश

नम्र है तो इसका अर्थ अनावश्यक रूप से उद्धत हो जाना तो नहीं है। वैसे ही कम दम्भी नहीं हैं। इसलिए सारी बात को परिहास का रूप देते हुए आगे जोड़ दिया : "भगवान् ने हमें कोई ऐसी बहन ही नहीं दी कि सिनेमा-नाटक दिखाने घसीट ले जाती।" और इस बार सचमुच मैंने देखा कि उनका चेहरा झनझनाकर लाल हो उठा : अरे, यह तो दम्भी-वम्भी कुछ नहीं, झेंपू हैं ! कई बार मन में कुलबुलाहट होती रही कि कोई ऐसी बात कह दूँ और चेहरा फिर उसी तरह लाल हो उठे। किसी को चिढ़ाने में भी सचमुच कितना आनन्द आता है ! बालों की पिन से मैं अपने नाखून साफ़ किया करती थी और तेज को इसी बात से चिढ़ थी। मैं थी कि उसके सामने अदबदाकर यही करती। मैंने पूछा : "अब कहीं जाएँगे क्या ?" अपने स्वर में मैंने ध्वनित होने दिया; जैसे फिर शायद बहन से मिलने जाना हो।

व्यंग्य को उन्होंने पकड़ा और हठपूर्वक बोले : "नहीं, अभी तो कहीं नहीं जाना चलिए।" उनके यों अचानक तैयार हो उठने पर मैं धर्म-संकट में पड़ गई। ख़ासतौर से कॉलेज के कुछ लोगों के बीच उदय का नाम अच्छे सन्दर्भ में नहीं लिया जाता, उनके साथ यहाँ से बाहर निकलना सबका ही ध्यान अपनी ओर खींचेगा। पर अब क्या हो ? प्रोफ़ेसर वर्मा को ख़ासतौर से बुरा लगेगा। हुँह, मेरी हर गतिविधि के परिचालक वे ही हों, ऐसी अंडरस्टैंडिंग तो मैंने कभी नहीं दी। दूसरी दिशाओं से अपना ध्यान हटाने के लिए रास्ते-भर मैं उनसे सिर्फ़ कॉलेज और उस गोष्ठी पर ही बोलती आई, यहाँ की सारी राजनीति और भीतरी बातें बताती रही, और वे कभी गम्भीरता से और कभी हँसकर सुनते रहे। मैं उन्हें सीधे अपने कमरे में ले आई...।

रास्ते भर जिस आशंका की मैं कल्पना करती आई थी, कमरे पर आकर उसे मैंने मानो नए सिरे से देखा। मेरा सख़्त ऑर्डर था कि मेरी अनुपस्थिति में मेरे कमरे में कोई क़दम न रखे। कई बार इस बात पर महाभारत हो चुका था। अब देखा : सुबह यह रिबन और क्लिप मेज़ पर डालकर चली गई थी, सो यों ही पड़े थे। क्रीम की शीशी का डिब्बा खोलकर मेज़ के नीचे छोड़ गई थी, वह भी यों ही रखा था। अपनी इस सनक पर मुझे इस समय बड़ा क्रोध आया। कम से कम कमरा झाड़-बुहार तो जाता ही। यों बहुत अस्त-व्यस्त नहीं था; लेकिन जैसा मैं चाहती थी, वैसा भी नहीं था। कोई बहुत हलके किस्म की कहानियों की किताब बिस्तर पर पड़ी थी, और बुक-मार्क की जगह उसमें कंघा लगा था। कहीं उस पर उनकी निगाह न पड़ जाए, जाने क्या सोचें ! मैंने आते ही अपने हाथ की सारी किताब-कापियाँ उसी किताब पर डाल दीं और उस 'अपराध' को छिपाने के मानसिक संकोच को ज़रा खुले व्यवहार से ढँकने के लिए उन्हें कुर्सी की ओर संकेत करके खुद पलँग पर बैठती हुई बोली, "कहिए, चाय पियेंगे या कॉफ़ी, या कुछ ठंडा ?"

"जी, इस समय तो कुछ नहीं चलेगा..." मेरी किताबों को निगाहों से टटोलते हुए वे बोले।

"देखिए, मैं कॉलेज और घर में अपने खुलेपन के लिए काफ़ी बदनाम हूँ। अक्का भी कहती है, शर्म-हया इसे छू नहीं गई है, लेकिन आपके सामने मुझे काफ़ी तमीज़ से

रहना पड़ रहा है। लगता है, इससे काम चलेगा नहीं।" मैंने पलँग पर, पीछे दोनों हाथ टिका दिए और अनजाने ही उस किताब के दिखते कोने को भीतर सरका दिया। सामने दीवार की तस्वीर के शीशे में मुझे अपनी परछाईं दिखाई दे रही थी और अपना वह पोज़ मुझे बहुत अच्छा लगा।

"अक्का कौन ?" प्रयत्नपूर्वक वे मुझे सीधे नहीं देख रहे थे।

"हम लोग इधर बहुत दिनों से हैं न, सो मैं अम्मा को अक्का कहने लगी हूँ। भैया की देखा-देखी कहने लगी।"

"ओः", वे जैसे इस कमरे में अपने को बड़ा अस्त-व्यस्त पा रहे थे।

कुछ देर चुप रहकर बोले : "आप तो बहुत ही पास रहती हैं।"

"आप भी इधर ही कहीं रहते हैं क्या ?"

"बस यहीं ब्रॉडवे के सामने ही ज़रा हटकर समझिए।" फिर शायद उन्हें ध्यान हो आया कि वे अपनी व्यक्तिगत बात ले बैठे हैं। पूछा : "क्या लिख रही हैं आजकल ?"

"यह तो मैं ज्यादा उत्सुक थी आपसे जानने को। उस उपन्यास के बाद क्या लिखने की योजना बन रही है ?" मैं जानती थी कि किसी भी लेखक को झुकाने के लिए सबसे पहला प्रश्न यही करना चाहिए।

"मैंऽऽ... ?" वे 'मैं' को खींचकर बड़ी निराशा से हँसे : "आपकी इस बम्बई में कोई आदमी लगकर लिखने का काम कर सकता है ? बाहर निकलो तो भाग-दौड़, सीटियाँ, भोंपू, रेलों-ट्रामों की चिचियाहट—जैसे किसी तेज़ी से घूमती चर्खी पर आदमी बैठा हो, जरा पकड़ छूटी नहीं कि जाने कहाँ जा गिरे। और जिस चाल में आप रहते हों, उसकी कोठरी में धुँआ, घुटन, फिसलन, शोर, लड़ाई-झगड़ा, चोरी, एक मुसीबत है। बताइए, उसमें आदमी क्या लिखे ? लिखते वक्त तो सचमुच अपने शंहरों की बड़ी याद आती है।" उनकी भौंहों पर एक पनीला बादल जैसे घिर आया। मुझे लगा जैसे उनकी भौंहों की बनावट में कुछ ऐसी बात है जो मुझे चुभ जाती है...।

और नौकर से कॉफ़ी के लिए कहने जाते हुए मैंने एक बार उनके चेहरे को ग़ौर से देखा—साँवला रंग, लम्बा चेहरा, घनी भौंहें और माथे पर तिलक या शिव के तीसरे बन्द नेत्र जैसा किसी घाव का लम्बा-सा निशान। इस आदमी के दिल में जाने कैसी-कैसी स्मृतियाँ और आकांक्षाएँ होंगी। अक्का कुछ और न समझे, इसलिए बताया कि बहुत बड़े लेखक हैं, कॉलेज में सबसे बड़े प्रोफ़ेसर हैं, बड़ा नाम है, लेकिन रहते बहुत सादा हैं। अपना कोठी बंगला सब है, कार है। देखकर कोई जान भी नहीं सकता कि बड़े आदमी हैं।

लौटी तो वे खिड़की से बाहर खुले मैदान को देख रहे थे। कमरे में प्रवेश करने से पहले एक बार अपने को जाँचनेवाली निगाहों से ऊपर से नीचे तक देखा था। साड़ी के पल्ले को कन्धे से लाकर बग़ल में खोंस लिया था। इससे शरीर ज़्यादा चुस्त दिखाई देता है। बाँहें खींचकर नीचे की ओर माथे पर झूल आई लट को यों ही रहने दिया, अच्छी लगती है। पता नहीं उदय ने कैसे जान लिया कि मैंने प्रवेश किया है। 'शायद नारी की

उपस्थिति को पुरुष अपनी हर चेतना से पा लेता है।'—मन में सूक्ति आई। कहीं लिखने में प्रयोग करूँगी। हँसी भी आई। मुसीबत है लेखक होना भी। ज़िन्दगी की हर बात को बस, लिखने की दृष्टि से सोचना। आते ही मैंने अपने पलँग की किताबों, मेज़ के काग़ज़ों को देखा, उन्हें मेरी अनुपस्थिति में छुआ तो नहीं गया है। वे ज्यों-के-त्यों थे। हाँ, खिड़की का आधा पर्दा एक ओर सरका दिया गया था।

''बम्बई में तो आदमी को सिर्फ़ दो ही जगह रहना चाहिए।'' वे मेरे आते ही मानो अपने-आप से कह रहे थे : ''एक तो यहाँ शिवाजी पार्क में या फिर कहीं दूर जुहू या वारसोवा के शान्त किनारों पर। यह खुला ग्राउंड, मकानों की क़तारें, सीमेंट के फ़ुटपाथ और चिकनी-चिकनी सड़कें, सामने नारियल के पेड़ और दूर पर सागर की लहराती, इठलाती खुनकीली हवा—रीयली इट्ज रोमैंटिक...ऐसी शान्ति...'' वे खोए-खोए से कहते रहे : ''मेरा एक परिचित बिज़नेसमैन मित्र बताता था कि जब इस शोर-शराबे से ऊबकर उसकी तबीयत कहीं दूर भाग जाने की होती है, तो वह अपनी बिल्डिंग की सबसे ऊँची छत पर चला जाता है और कानों में बुरी तरह रूई ठूँसकर दो-चार घंटे शान्ति से आराम करता है...'' फिर उस मित्र की इस हरक़त पर खुद ही हँसे। रुककर बोले : ''आदमी यहाँ नहीं लिखेगा तो कहाँ लिखेगा ?''—शायद तभी उन्हें याद आ गया—वह सारी बातें सोलहवीं सदी के टिपीकल भावुक लेखकों-जैसी हैं, और कमज़ोरी प्रकट करती हैं। इसीलिए उसी बात को आगे बढ़ाकर जैसे यथार्थ की धरती पर ले आए : ''तभी तो आप ऐसा अच्छा लिख लेती हैं कि रश्क हो। अपना कुछ नया लिखा बताइए न ?''

अपनी प्रशंसा से तन-मन न पुलक उठे, यह असम्भव है। साड़ी की पटलियों को उनसे बचाकर मेज़ तक आई और काग़ज़-किताबों को ठीक करती हुई बोली : ''कहाँ लिखा जाता है कुछ ? हमारा सारा वक्त तो ये कोर्स की किताबें खा लेती हैं। कभी-कभी तो ऐसी चिनचिनाहट छूटती है कि सबको खिड़की से बाहर फेंक दूँ। पर फिर सोचकर रह जाती हूँ कि एक डिग्री हो जाएगी तो आगे कमा खाएँगे, वर्ना कोई कौड़ियों को नहीं पूछेगा।''

उदय हँस पड़े : ''क्यों बेकार की फिक्रों में अपना वक्त बरबाद करती हैं ! जिसे ज़रूरत होगी खुद कमाकर खिलाएगा। मेरा मन तो वाक़ई कभी-कभी लड़की बनने को करता है। मौज से खाओ और जब पतिदेव ऑफ़िस चले जाएँ तो पड़ोसियों से लड़ो कि सीढ़ी कौन झाड़ेगा। न चिन्ता न फ़िक्र। शादी से पहले माँ-बाप के सिर खाया, बाद में ज़िन्दगी-भर को नौकर मिल ही जाता है।''

''बन जाइए न, मना कौन करता है। अब तो लोग बहुत कुछ बदल रहे हैं। अभी कल ही तो अख़बार में था...'' लेकिन फिर भीतर-ही-भीतर मुझे इस बात पर झेंप उमड़ी कि एकदम इस तरह की बातें मुझे नहीं करनी चाहिए। कहीं यह न समझ लें कि बहुत 'चालू' लड़की है।

''उस लिहाज से आपमें पुरुषों के ज़्यादा गुण हैं।'' और वे ज़ोर से हँस पड़े। कितनी ज़ोर से हँसते हैं ! वह तो पापा नहीं हैं, अक्का सुनेंगी तो क्या समझेंगी ? स्पष्ट ही उनका

लक्ष्य मेरा बेझिझक व्यवहार था।

बिट्ठू चाय और नाश्ता ले आया। मेज़ के पास की कुर्सी पर बैठकर प्याले सीधे करते हुए मैंने कहा : "अच्छा, यह बात छोड़ें। मज़ाक़ की बात नहीं है। एक मदद आपको हमारी करनी है। दो-एक कहानियाँ इधर-उधर क्या छप गई हैं, लोग बहुत बड़ा कहानीकार समझने लगे हैं। अजब उल्टे-सीधे ख़त लिखते हैं। कोई बहन बनाता है, कोई समझता है कि मैं वरमाला लिए उन्हीं के लिए तैयार बैठी हूँ। ख़ैर, अब इस सबकी लाज कैसे रखी जाए ! एक भी तो कहानी कमबख़्त दिमाग़ में नहीं आती।"

"तो मतलब, मैं लिखकर दे दूँ ?" जब मैं चाय में चीनी डालने लगी तो दो उँगलियों से दो चम्मच चीनी का संकेत करके वे मेरे चेहरे को भरपूर निगाहों से देखते हुए बोले। उन्होंने मुझे कब किस भाव से देखा—यह अचेतन रूप में हर क्षण पढ़ती रही। नारी में एक बड़ी विचित्र शक्ति होती है। अगर आज्ञा दी जाए, तो मैं कहूँगी, अपने छोटे रूप में वह अन्तर्यामी होती है। वह शब्द दे पाए, या समझकर उसे अस्वीकार या स्वीकार करे यह दूसरी बात है; लेकिन पुरुष के मन में आनेवाली हर भाव-लहर को जैसी सच्चाई से वह पढ़ सकती है, कोई मनोवैज्ञानिक नहीं पढ़ सकता। वह निगाहें तौलती है और चालाक-से-चालाक निगाहों को उससे चुराया नहीं जा सकता। बिना उनकी ओर देखे, चेहरे पर उनकी निगाहें महसूस करते ही मैं जान गई कि अब उनके मन में पहले जैसी लापरवाही और उपेक्षा नहीं है। विशेष रूप से उन निगाहों से वे कहानीकार सुजाता को नहीं, युवती सुजाता को देख रहे हैं। शायद यह देखने के लिए कि वह लड़की कैसी है जो यों बेझिझक ऐसी बात कह सकने का साहस कर रही है। निश्चय ही उनके दिमाग़ में यह भी आया कि कहीं पिछली कहानियाँ भी तो मैंने यों ही किसी को चाय पर बुलाकर नहीं लिखवा लीं। छिः, क्या सोचेंगे, लेकिन उनके बोलने में जो घनघनाती चुनौती का भाव था, उससे मेरे मन में तो आया कि सचमुच मज़ा तो रहे अगर सामने बैठे इस दम्भी व्यक्ति को मैं ऐसा प्रभावित कर लूँ कि यह मेरे नाम से कहानियाँ लिखे। बहुत असम्भव है क्या ? देखा जाए, एक बार यह खेल भी ! और मेरे मन में उस क्षण बड़ी विकट कसमसाहट हुई कि चाहे एक बार शालीनता और नैतिकता की सारी हदें तोड़ देनी पड़ें, लेकिन इस व्यक्ति को उंगलियों पर नचा डालूँ। तभी ध्यान आया, विवाहित हैं या अविवाहित ? मैंने उनकी बात के जवाब में कुछ कड़े शब्दों में कहा : "जी नहीं, अच्छी-बुरी जैसी भी लिखती हूँ, कहानियाँ मैं खुद ही लिखती हूँ। सुनते हैं आपने बहुत पढ़ा है। कुछ किताबें हमें सुझा दें तो हम भी कहानी की टैकनीक के बारे में सीख लें।"

"किताबें पढ़ने से ही तो टैकनीक नहीं आती।" होंठों से प्याला हटाकर वे बोले : "और किताबें अपने प्रोफ़ेसरों से पूछतीं, तो ज़्यादा अच्छा होता।"

"प्रोफ़ेसर लोग जैसी किताबें बताते हैं वह सुना नहीं आपने लाइब्रेरियन साहब से ? वे बेचारे कोर्स की किताबें तो बता नहीं पाते, यह कहाँ से बताएँगे ?" मैं बच्चों की तरह शिकायत से भुनभुनाई। इतनी बड़ी होकर मैं यह क्या बचपना कर रही हूँ, इस बात का ध्यान आया तो बड़ी लाज लगी; लेकिन फिर याद आया कि पुरुष को तो नारी का

बचपना कभी बुरा नहीं लगता, बल्कि उसे तो वह मुग्ध ही करता है।

वे बुज़ुर्गाने सन्तोष से मुस्कराये, मानो कह रहे हों : लड़की दसवें में पढ़े या एम. एम. में, उसका बचपना नहीं जाता। अपनी बात जारी रखी : "आप भी ग़ज़ब करती हैं। सूर, तुलसी, बिहारी और घनानन्द पढ़ानेवाला हर लैक्चरर अपने को ख़ुदा समझता है। उसके ख़्याल से साहित्य को समझने का कोई दूसरा अधिकारी है ही नहीं। रस, स्थायी भाव और संचारी भावों के नाम जानकर वह अपने को गहन मनोवैज्ञानिक घोषित करता है और भरत के नाट्य-शास्त्र के ग़लत-सलत उद्धरणों के भावों की कसौटी पर टालस्टाय के 'वार एंड पीस' को फ़ेल कर डालता है।"

उन्होंने ऐसी गम्भीरता से बन-बनकर यह बात कही कि जैसे-तैसे मेज़ पर प्याला रखकर मैं खिलखिलाकर हँस पड़ी। प्रोफ़ेसर वर्मा जो कुछ कहा करते थे, उसका यह दूसरा पहलू था। उनका पक्ष लेकर बोली : "देखिए, यह आपकी ज़्यादती है। कुछ मजबूरी उनकी अपनी भी होती है। उन्होंने अपने समय तक साहित्य को जहाँ तक देखा-जाना वहीं तक तो वे बेचारे बोल सकते हैं। आपको तो वह सब बीस साल पुराना लगेगा ही।"

"ठीक है। मुझे इसमें कोई आपत्ति नहीं है। ऐसा ही मानें और अपनी सीमाओं में रहें, लेकिन फिर वे क्यों मानते हैं कि उनके चोटीदार गुरु ने, डिवीज़न और पोज़ीशन के प्रत्यक्ष और परोक्ष आश्वासन पर जो भी कुछ बताया, उसके अलावा सब गाली देने लायक़ ही है। सारी परेशानी तो तब उठती है जब हर प्राइमरी का हिन्दी मुदर्रिस अपने को साहित्यकार कहता है, और इसी मुग़ालते में रहता है। सुना है आपने किसी अंग्रेजी के प्रोफ़ेसर को अपने को अंग्रेजी का साहित्यकार घोषित करते ?" फिर जैसे वे बिफरकर बोले : "सुजाताजी, मजबूरी कहकर आप उन्हें बचा नहीं सकतीं। ये मजबूरियाँ ख़ुदा ने तो नहीं बनाई थीं कि आप हर वक्त कॉपियाँ जाँचने, पेपर सेट करने, नोट्स और टैक्स्ट बुक लिखाकर अपना नाम डाल देने की तिकड़म में ही रहिए, अपनी मूर्खता को मजबूरी कहिए और घुग्घू-जैसा मुँह बनाकर 'हमारे यहाँ तो शास्त्रों में ऐसा कहा गया'...के छौंक लगा-लगाकर गालियाँ दीजिए।"

उनकी उत्तेजना पर मैं हँसकर बोली : "अच्छा, छोड़िए। आप उनके लिए क्यों अपनी कॉफ़ी-टोस्ट ठंडे करते हैं।" वे जब तक टोस्ट खाते रहे, मैं सोचती रही कि इनके चेहरे पर ऐसी क्या चीज़ है जो मुझे रह-रहकर चुभ जाती है। लगता है, उसे कहीं मैंने देखा है। कुछ देर चुप रहकर बोली : "आप बहुत ख़ार खाए बैठे हैं क्या इन लोगों से ?" इस सबको सुनें तो प्रोफ़ेसर वर्मा क्या कहें, मेरे सामने हर बार उसी की तस्वीर आ रही थी।

"मेरा तो मन करता है कि इन लोगों पर एक ऐसा उपन्यास लिखूँ कि इनकी तबीयत दुरुस्त हो जाए।" वे बोले : "बी.ए. की कॉपी थर्ड ईयर के गोबर-गणेश को जाँचने को देकर आप ट्यूशन पढ़ाने चले जातें हैं। एक-दूसरे की नक़ल करके नोट्स छपा लेते हैं। कोर्स में लगवाने के लिए प्रकाशक इनसे क्या-क्या ज़लील काम नहीं कराता ? फिर बातें वहीं पचास साल पुरानी। वह भी इतनी किताबी कि सुनकर गुस्सा आए।

आख़िर इतने साल इन्होंने पढ़ाया, कुछ समझे भी, या यों ही निगलते और उगलते रहे ?''

जब ये घूँट-घूँट कॉफ़ी पीने लगे तो मैं उठी। एक कहानी लाकर सामने रख दी : ''यह कहानी मैंने अभी-अभी लिखी है, इसे ज़रा देखकर बता दें कि क्या सुधार होना है। प्रोफ़ेसरों को प्रोफ़ेसरी करने दीजिए, आप थोड़ी हमारी मदद कीजिए।'' मैंने कुछ अधिकार पूर्वक विषय बदला। मुझे लगा, जैसे मेरे सामने यों सहसा उत्तेजित होकर उन्होंने मुझे अपनी बात कहने का साग्रह अधिकार दे दिया है।

तनी भौहें ढीली पड़ गईं। उनकी भौंहों का तनना, उत्तेजना के बाद की खिसियानी मुस्कराहट की झेंप, सभी कुछ मुझे कुछ-कुछ परिचित सी लगीं। मन में आया कि अरे, यह भंगिमा और भौंहों की यह गति तो मेरी बहुत परिचित है। लेकिन कहाँ, सहसा याद नहीं आया, तो मन ज़िद करके उसी को खुरचने लगा।

''कब लिखी ?'' आवाज़ गिराकर वे कहानी को उलटते-पुलटते बोले।

''अभी दो-तीन दिन पहले ही तो पूरी की है बड़ी मुश्किल से। आप इसमें सुझाव दीजिए।'' यह मैं झूठ बोल रही थी। कहानी पुरानी थी और इसके बाद मैं दो-तीन और भी लिख चुकी थी, लेकिन इसे मैं अपनी अच्छी कहानी मानती थी। और लोगों का भी विचार ऐसा ही था। मैंने यह कहानी उन्हें प्रभावित करने की दृष्टि से ही दी थी। कहानी पलटते हुए उनके चेहरे की प्रतिक्रिया देखने के लिए कनखियों से देखा तो बात फिर चुभी कि इस चेहरे का कुछ है, जिसे मैं बहुत ही निकट से जानती हूँ। दाँतों में अटकी चीज़ को जब तक निकाल न ले, जीभ वहीं आसपास मँडराया करती है, मेरे मन में देर तक वह बात घुमड़ती रही।

''देखिए, सुजाताजी, एक बात का अगर बुरा न मानें तो मैं कहूँ।'' वे कॉफ़ी पी चुकने के बाद रूमाल से कसकर मुँह पोंछते हुए बोले : ''मैं ज़रूरी नहीं मानता कि हर चीज़ पर राय दी जाए, लेकिन जिस पर भी राय देता हूँ, बहुत ही खुलकर देता हूँ। आप लिखना शुरू कर रही हैं, अच्छा हो राय वग़ैरह न पूछें और आत्मविश्वास से लिखती चली जाएँ। कहानी मैं शौक़ से पढ़ूँगा, और मुझे आपकी कहानियाँ वैसे पसन्द हैं।''

उस क्षण मेरे मन में यह आए बिना न रहा कि न मालूम यह अपने को क्या समझता है। इसकी सफलता ने इसका दिमाग़ बिगाड़ दिया है। मैंने अत्यन्त ही निरपेक्षता से कहा : ''मैं वैसी कच्ची नहीं हूँ, उदयजी। मुझे भी स्पष्टवादी लोग पसन्द हैं। मैं खुद मुँहफट हूँ। सारे कॉलेज में 'मर्दानी लड़की' कह-कहकर लोगों ने बदनाम कर रखा है। मैं तो आपसे खुद ही कहनेवाली थी कि अगर मेरी कोई बात आपको बदतमीज़ी की लगी हो तो माफ़ कर दें। हम दो ही भाई-बहन हैं, सो घरवालों ने बिगाड़ दिया है। इसलिए आप बिलकुल ही निश्चिन्त होकर अपनी राय दें। मुझे इससे लाभ ही होगा।'' तभी दिमाग़ में टकराया, क्या अजब लोगों की टक्कर है : एक मर्दानी लड़की है तो दूसरा ज़नाना पुरुष। एक को कम उम्र में ही यश ने बिगाड़ दिया है तो दूसरे को प्यार ने। 'टक्कर' शब्द मन में अटका। क्या सचमुच यह टक्कर ही है ? हरेक से यों टकराते फिरने की बात को मन की नैतिकता के संस्कार नहीं सकारते। लेकिन आख़िर अपने को कुछ

लगानेवाले से टकराकर उसकी असलियत देख लेने में हर्ज ही क्या है ? एक बार यह बात भी दिमाग़ में आई, कहीं अभी-अभी कही बात का ये दूसरा अर्थ न लगा लें। नारी की किस बात का क्या अर्थ ये लोग लगा लेंगे, कोई नहीं जानता। लगा लेंगे तो लगा लें। मैं तो चाहती हूँ कि लगा लें। थोड़ी-सी ढील देनी होगी।

"बहन कहती है कि तुम अपनी राय बेकार क्यों देते फिरते हो ? ख़ैर, अच्छा है। देखूँ मेरी राय का असर आप पर क्या पड़ता है ?" वे उठ खड़े हुए : "अब चलूँ ?"

उनके एकदम इस प्रकार उठ खड़े होने से मुझे भी उठना पड़ा। यह उठना अप्रत्याशित ही था। मेरे मुँह से निकला : "अरे, अभी मैंने आपके उपन्यास पर तो बातें की ही नहीं। हम लोग भी जाने किस बेकार की बहस में पड़ गए।" उठने से मेरे कान का रिंग झमक उठा और डूबते सूरज की किरणों का प्रतिफलन वहाँ कौंधा। ध्यान आया : रेखा कहती है कि दाहिने कान को ठीक कन्धे के ऊपर लाकर बायीं कनपटी के एंगिल से देखने पर तेरे फ़ीचर्स बड़े आकर्षक लगते हैं। इस समय मैं उसी पोज़ में खड़ी थी। मैंने देखा कि उदय ने उस चेहरे को प्रशंसा-भरी निगाहों से देख लिया है, लेकिन यह कमज़ोरी पकड़ी न जाए, इसलिए वे मेरे कन्धे के ऊपर से खिड़की के पार खोए-से देखने लगे थे। पार्क में कुछ लड़के फुटबॉल खेल रहे थे। एक बहुत लम्बी लाल कार सड़क पर दूर धीरे-धीरे चल रही थी। उन्होंने मुझसे अभी तक सीधी निग़ाहें नहीं मिलाई थीं। मैंने अपने-आपको देखने के काफ़ी मौके दिए थे, लेकिन उन्होंने बड़े झिझकते-डरते और बहुत उड़ते-उड़ते ही देखा था। मैंने जब खुद सीधे देखा तो उनकी निगाहें ही नहीं उठीं। बड़ा कमज़ोर व्यक्ति है ! उस दिन मेरे सामने यह साफ़ हो गया कि यह इस व्यक्ति के अहं के किले की सबसे कमज़ोर दीवार है। तो कर डालूँ एक बार यहीं से हमला ? अवचेतन में यह सोचते-सोचते मैंने एक बार जब उनके चेहरे को फिर देखा तो निगाहें फिर भौहों पर अटक गईं। इन भौहों को मैंने बहुत पास से देखा है, ये तो मेरे दिल के बहुत निकट रही हैं। हाँ...याद आया, ये तो तेज की भौहों से कितनी मिलती हैं। यही तो जब से मेरे चुभ रही थीं और मैं मानो शब्द देते डरती थी। मानो शब्द देकर मैं बात को स्वीकार कर लूँगी और उसे स्वीकार करना तेज के प्रति ग़द्दारी होगी...लेकिन तेज मेरे जीवन में अब रह कहाँ गया है ? लन्दन में अंग्रेज़ मेम के साथ जाने उसे अब मेरी याद आती भी होगी या नहीं...उसने मेरे साथ विश्वासघात नहीं किया ?

जाने क्यों, अब नहीं लिखा जाता...अक्षरों में बार-बार तेज की आकृति उभरने लगती है...मैं सिर्फ तुम्हारी ही तो थी तेज...

रात्रि साढ़े दस

मेरी बात पर वे मुस्कराए थे : "अच्छा, फिर कभी उपन्यास पर बात करेंगे। इस वक्त तो चलूँ ही।"

"मैं कैसे कहूँ ? कुछ देर और बैठते।" मैंने कृतार्थता का नाट्य किया। वैसे मैं

चाहती थी कि वे इस समय चले ही जाएँ। अभी तो इतनी देर एक अपरिचित व्यक्ति को बैठने की किसी-न-किसी रूप में सफ़ाई देनी थी। अक्का मुझ पर इतना विश्वास करती हैं तो उसका दुरुपयोग तो मुझे नहीं करना चाहिए। मैंने कहा : "आपने सच ही बड़ी कृपा की। सचमुच, मुझे कहानी लिखना सिखा दीजिए।"

"क्यों शर्मिंदा करती हैं ? इतनी अच्छी कहानियाँ तो लिख लेती हैं। दो कहानियाँ छपी हैं कि दिग्दिगन्तर में शोर हो गया। यहाँ लिखते-लिखते ज़िन्दगी बीत गई, कोई ध्यान ही नहीं देता।"

अपनी प्रशंसा के इस ढंग से छाती में गुदगुदी और मन में संकोच लगा। तभी जैसे धुंध के पार उनका स्वर सुनाई दिया : "अच्छा, नमस्कार।"

मैं सोच रही थी कि आगे मिलने-न-मिलने की बात वे अपनी ओर से कहेंगे; लेकिन सीढ़ी तक पहुँचकर भी जब वे नहीं मुड़े तो लगा कि वे नहीं छेड़ेंगे। तो आगे कहाँ पकड़ना होगा इन्हें ? मैं ही पूछूँ ?—तभी देखा : सीढ़ी पर उतरते हुए वे ठिठके। शायद ध्यान आ गया। सिर का पीछे का भाग खुजलाते हुए मुड़े। मैंने जवाब तैयार कर लिया था : "जब चाहें आप यहीं आ जाएँ। सम्भव हो तो मुझे पहले से सूचित कर दें, ताकि मैं रहूँ।" लेकिन जैसे बड़े झिझकते-से बोले : "देखिए, बहुत कठिनाई न हो तो मैं आपका टेलीफ़ोन इस्तेमाल करूँगा।"

मेरे लिए यह वाक्य नया तो नहीं, उनकी ओर से अप्रत्याशित था। "आज तो बुलगानिन को डलेस ने ऐसा मुँहतोड़ जवाब दिया है कि मज़ा आ गया।" की अन्तर्राष्ट्रीय राजनीति से बात शुरू करने वाले अड़ोसी-पड़ोसी तीसरे ही वाक्य में टेलीफ़ोन कर लेने-देने की अनुमति चाहते थे। लेकिन पता नहीं क्यों, मुझे ऐसा लगा जैसे टेलीफ़ोन करने की बात उनके दिमाग़ में उसी वक्त से थी जब उन्होंने इस फ़्लैट की सीढ़ियों पर क़दम रखा था। शायद संकोचवश कह नहीं पा रहे थे। पर संकोच क्यों ? मैंने फ़ौरन ही कह दिया : "हाँ, हाँ ज़रूर। फ़ोन पापा के कमरे में है, वहीं करेंगे या यहाँ ?" याद आया पापा के कमरे में ले जाना ठीक नहीं है : "यहीं ले आती हूँ अपने कमरे में। अपनी बहन को ही तो करना है न ?"—कह नहीं सकती, बहन की बात मुँह से कैसे निकल गई; लेकिन होश तब आया जब देखा वे एकदम सकपका उठे हैं। यह बहन का रहस्य क्या है ? कहीं मेरे अनुमान को ग़लत साबित करने के लिए ये व्यर्थ ही किसी ऐरे-ग़ैरे को फ़ोन न करने लगें—इस धर्मसंकट से उन्हें उबारने के लिए मैं फ़ौरन ही फ़ोन लेने चली गई। जब सुराहीदान जैसे लकड़ी के फ्रेम में फ़ोन उठाए लौटी तो डोरी पीछे घिसटती आ रही थी और वे बाहर ही खड़े थे।

"अरे, आप भीतर चलकर बैठते न।" इधर-उधर घूमकर एक हाथ से पीछे घिसटती आती डोरी को ऊपर-नीचे हाथ करके एक हाथ से सँभालती बोली। मैं आशा कर रही थी कि वे लपककर मेरे हाथ से फ़ोन ले लेंगे और कहेंगे : "लाइए, लाइए, आपने बहुत तकलीफ़ की।" लेकिन जब उन्होंने ऐसा कुछ नहीं किया और एक बार बस यह कहकर कि, "नहीं जी, कोई बात नहीं है।" कमरे का पर्दा-भर ऊँचा कर दिया ताकि मैं आसानी

से भीतर फ़ोन ले जा सकूँ तो मैंने समझ लिया कि मैनर्स वग़ैरा से इनका परिचय थोड़ा कम ही है। ख़ैर, पता नहीं कैसी-कैसी परिस्थितियों से बेचारे आते हैं, इन्हें मैनर्स का पता भी कैसे हो सकता है ? फ़ोन अपनी मेज़ पर रखकर उन्हें डायल घुमाता छोड़कर मैं हट गई और ऐसे तटस्थ भाव से पलँग पर बिखरी किताबें समेटने लगी कि उनकी बातों को सुनने में मुझे क़तई दिलचस्पी नहीं है। आवाज़ को रोकने के लिए अपने मुँह के पास हाथ लगाकर भी बातें वे बहुत धीरे-धीरे कर रहे थे। यह इनकी कौन-सी बहन है, जो अक्सर इनके दिमाग़ पर छाई रहती है और उसे वे ऐसे तन्मय-भाव से फ़ोन किया करते हैं ! इधर मुँह फेरे हुए भी मैंने सुना :

..."तो आज ही जा रही हो न मद्रास !...अरे, ये कोई घूमने का वक्त है आजकल !—और मद्रास में ऐसा घूमने लायक़ है क्या !...न-न—भाई, हमें इतनी फ़ुरसत कहाँ ? मज़दूर आदमी हैं। आज कमाएँगे नहीं तो कल खाएँगे क्या ? कार्यकर्ता होते तो हम भी पानी की जगह संतरे के रस से प्यास बुझाया करते !...ना भाई, यहाँ ज़िन्दगी की रेस ही दम नहीं लेने देती, घोड़ों के पीछे कहाँ-कहाँ दौड़ते फिरें !...तो फ्री-स्टाइल कुश्ती भी है ! तभी तो...जाओ बाबा, तुम्हीं देखो...हमने तो देख ली दिल्ली में और तबीयत भर गई...।"

बहन इनकी अच्छी खाती-पीती लगती हैं ! लेकिन इनकी हालत तो बिलकुल दूसरी है। वे बातें करने में ऐसे डूब गए थे कि दीन-दुनिया का होश नहीं था। इस बार मैंने उन्हें भरपूर निगाहों से देखा। मन में आया कि पापा के चेम्बर में ले जाऊँ और ऑपरेशन-टेबिल पर लिटाकर चाकू से इनके व्यक्तित्व की एक-एक परत उधेड़कर देखूँ...एक-एक सैल को डिसैक्ट कर डालूँ। फिर अपनी इस कल्पना पर हँसी भी आई। तभी ध्यान आया कि उदय की भौहें मुझे फिर चुभ रही हैं। तेज का पूरा चेहरा आँखों में कौंध गया। कैसे कहा करता था : "तुम्हारे बिना जिन्दगी सूनी-सूनी लगेगी। मन नहीं लगेगा तो मैं तो भाग आऊँगा। कह दूँगा डैडी से, मुझसे नहीं चलता यह सब।" और अब !...अंग्रेज़ मेम बग़ीचा लगवाया करेंगी और इंजीनियर साहब लौटकर आराम-कुर्सी पर पड़ जाया करेंगे : "हनी, आइ'म डैम टायर्ड टुडे !" एशिया में अपने ढंग का अकेला डैम है। बड़े-बड़े देशी-विदेशी इंजीनियरों के साथ काम करना पड़ता है। दम मारने की फ़ुरसत तो मिलेगी नहीं। सारे दिन धूल-धक्कड़ में कपड़ों का नाश हो जाया करेगा। शार्कस्किन के बुश्शर्ट और गैबर्डीन की पतलूनों की जग़ह खाक़ी जीन का निकर और कमीज़ पहने ऊबड़-खाबड पहाड़ियों पर भटकते कैसा लगा करेगा !...विलायत न गया होता तो शायद हम लोग ही... । सचमुच, वे भी क्या दिन थे !...जाने क्या मज़ा आता था कमबख़्त को मुझे टीज़ करने में !...मैं हेयर-पिन से नाखून साफ़ करने लगी तो नाव को कैसा डगमगा दिया था नैनीताल में !...तब तो आप तैरना भी नहीं जानते थे।...हममें से कोई एक सरक पड़ता तो ? एक बड़ी गहरी साँस निकल गई तो होंठ बुदबुदा उठे : जिनकी भौहें बहुत मोटी-मोटी और घनी होती हैं वे बेवफ़ा होते हैं...दुष्ट।

तभी अपना नाम सुनकर मैं चौंक गई; टेलीफ़ोन पर वे बोल रहे थे "...हाँ, हाँ...

सुजाता नाम है। पढ़ी है कोई कहानी... ! अच्छा, तब तो मान लिया कि ज़रूर अच्छी कहानी लिख लेती होंगी...लेकिन हमसे अच्छी क्या खाकर लिखेंगी ! बात करोगी ?''

मैं एकदम बौखला उठी। पता नहीं किस अपरिचित से मेरी बातें कराए दे रहे हैं ! क्या बोलूँगी ! जानती तक तो हूँ नहीं। पर शायद उधर से भी ऐसी ही कठिनाई के कारण इनकार हो गया...। चलो जान छूटी...। मुझे तो इतनी-सी बात पर पसीना आ गया। गर्व भी हुआ...मैं भी एकदम अनजानी नहीं हूँ...। याद आया, इन्हें बातें करते काफ़ी समय हो गया, लेकिन उनकी तन्मयता को मैं खड़ी-खड़ी देखती रही। हमारे भैया तो हमसे इस तरह बातें नहीं करते घुल-घुलकर। वे तो जब देखो तब डाँटते रहते हैं...मानो उन्हें बस डाँटने का ही हक़ है। उदय ने फ़ोन रख दिया और गहरी साँस लेकर बोले : ''उफ़, इससे बातें करना भी पूरा महाभारत खोलना है...।'' लेकिन उनकी इस बात में, स्नेह की झलक थी। मुझे जैसे वे सफ़ाई दे रहे थे। वे अभी भी उन्हीं बातों में खोए थे...। उसी तरह बोले : ''जहाँ भी जाएगी, बस तुम भी चलो।''

यों तो यह एकालाप ही था; लेकिन अब मुझे भी कुछ बोलना जरूरी हो गया...वे कुर्सी पर बैठे थे। मैंने सोफ़े की टेक के सफ़ेद कवर की सिकुड़नें निकालते हुए पूछा : ''आपकी बहन क्या यहीं रहती हैं ?''

इस बार वे टूटकर चौंके। ''बहन !—हाँ, बहन यहीं रहती थी पहले तो। अब तो उसके हस्बैंड का ट्रांसफर हो गया न।'' फिर याद करके मुस्कराए : ''बड़ी शातिर है।'' फिर ठीक ग्रेगरी पैक के अन्दाज़ में दोनों हाथ लाचारी से फैलाए। बोले : ''यहाँ हमारे साथ कौन रहेगा... ! अकेले पड़े रहते हैं सरदार मुलायमसिंह के साथ। किसी दिन आपको मिलाऊँगा बहन से।''

''ज़रूर, ज़रूर।''

नारी के सामने पुरुष जब अपने बिखरेपन, अस्तव्यस्तता और निरीहता की बातें करता है, अपने-आपसे शिकायतें करता है तो उसका निश्चय ही एक गम्भीर अर्थ होता है। उसे सहानुभूति चाहिए...उसे एक पतवार चाहिए...। समझी। तो मेरा अनुमान ग़लत नहीं है। यह इनके गढ़ का सबसे कमज़ोर कोना है...।

''अच्छा, आपको बड़ी तकलीफ़ दी। अब चलूँगा।'' तभी सुना। एकदम हाथ जोड़े वे उठ खड़े हुए। हाथों में मेरी कहानी थी।

''और सोच लीजिए।'' आँखें मिलते ही मैं व्यंग्य से मुस्करा दी, अर्थ था किसी और को फ़ोन-वोन न करना हो। फिर मैं उन्हें जाते देखती रही।

सोमवार : 10 जून

सुबह उठी तो तबीयत बहुत खुश और हलकी थी, और जैसे-जैसे दिन सरकता गया, मन पर एक अनजान बोझ लदता चला गया। सोकर उठी तो बिस्तर पर लेटे-लेटे, मन-ही-मन उनकी एक-एक तस्वीर को देख-देखकर मज़ा लेती रही, और बाँहों में बँधे तकिए पर

रखा बायाँ गाल मुस्कराता रहा। मगर साँझ होते-होते यह विश्वास हो गया कि जो मैं कर रही हूँ, वह वर्जनीय है, अनुचित है और शायद किसी के प्रति विश्वासघात है...। लेकिन विश्वासघात न करने का ठेका मैंने ही लिया है ?

आज मुझसे एक लाइन नहीं पढ़ी गई। अभी-अभी टेबिल लैंप लगाये मैं आधी उठी, एक किताब खोलकर मुस्कराती, उदास होती, जाने क्या-क्या सोच रही थी। दिन-भर बड़ी उमगी-उमगी रही—मैं किससे जाकर कहूँ : 'देख आज उदय मेरे यहाँ आया था। मैंने उससे दो घंटे बातें कीं।' उदय मेरे यहाँ आए थे, यह बात मुझे पुलकित किए थी या मैंने उन्हें अपने यहाँ बुलाकर कृतार्थ किया था, यह मेरी समझ में नहीं आया। सही है, व्यक्ति के रूप में उन्हें शायद बहुत लोग न जानते हों और सभी कलाकार उदय से परिचित हों; लेकिन उपन्यास पढ़कर जाने मुझे क्यों ऐसा लगा जैसे मैं व्यक्ति उदय की बहुत भीतरी सतहों तक से परिचित हूँ। उनका साहित्यिक व्यक्तित्व मेरे यहाँ आया, इससे मैं भले ही अंशतः उपकृत हुई होऊँ; लेकिन व्यक्ति उदय पर तो मैंने 'कृपा' ही की है—यह मैं भीतर-ही-भीतर महसूस कर रही थी। उपन्यास-कहानियों में ये लोग चाहे जो लिखते हों, लेकिन व्यक्तिगत रूप में इन्हें वह व्यवहार कहाँ मिलता है, जिसके लिए इनकी आत्मा तरसती रहती है ? कहीं पढ़ा था कि कला मनुष्य की काल्पनिक इच्छा-पूर्ति—विशफुल थिंकिंग—ही तो है। एक क्षण को कहीं भीतर गुपचुप-सा प्रश्न उठा, उपन्यास-सिनेमा की तरह ज़रा-सी ढील देकर देखूँ ? शग़ल ही रहेगा।...हिश्ट, मर जाएगा बेचारा !...और प्रश्न दबा लिया...।

कल उदय की दो बातें बड़ी अजीब लगीं : एक तो बे-बात लड़कियों की तरह लाल पड़ जाना, और दूसरे, एक भावस्थिति या वार्तालाप को तोड़कर अचानक ही तटस्थ की तरह चल खड़े होना। आज सुबह से ही मुझे ऐसा लग रहा है, मानो हम लोगों का मिलना दो अपरिचित व्यक्तियों का मिलना नहीं, अपरिचित परिस्थितियों में दो परिचितों का मिलना है। कम-से-कम मुझे तो ऐसा ही लगा। हो सकता है, इसका कारण यह हो कि मैंने उनके बारे में इतना अधिक सुन लिया है, और दो-एक बार उनकी शक्ल-सूरत से परिचित हो ली हूँ कि उनके बारे में प्रायः सभी बातें जानती हूँ। मन में दो-एक बातें खटकती हैं। लेखक होने के जोश में मैंने कहीं बहुत अधिक लिबर्टी तो उनसे नहीं ले ली ?—यह भी जानती हूँ कि नारी की ली हुई लिबर्टी का पुरुष शायद ही कभी बुरा मानता हो। जहाँ तक मेरा अनुमान है, यह चीज़ प्रच्छन्न रूप से उनके अहं को सन्तुष्ट ही करती है। लेकिन वह उस लिबर्टी को प्रायः एक ही अर्थ में लेता है कि 'माल पटाऊ' है। कहीं मेरी बातचीत, उन्मुक्त फ़िकरेबाजी से उन्हें ऐसा तो नहीं लगा कि मैं कुछ 'यों-ही-सी' लड़की हूँ ? मगर इतना विश्वास है, पहले वे चाहे जो कुछ सोचें, कहानी पढ़ने के बाद प्रभावित हुए बिना रह नहीं सकते। मैं उत्कट प्रतीक्षा से व्याकुल हो उठी कि वे जल्दी-से-जल्दी मेरी कहानी पढ़कर अपनी राय बताएँ। मन होता है कि सुबह ही मैं उनके यहाँ जाकर चौंका दूँ : अपनी कहानी पर आपकी राय जानने आई हूँ। यह जानने की इच्छा भी बड़ी प्रबल है कि ये 'सफल' और श्रेष्ठ कहे जानेवाले लेखक व्यक्तिगत जीवन

में कैसे होते हैं ? शायद जल्दी-से-जल्दी उनसे घनिष्ठता बढ़ा लेने की आतुरता के पीछे भी यही भाव हो।

...इस समय मैं यहाँ लेटी हूँ। हो सकता है, वे वहाँ मेरी ही कहानी पढ़ रहे हों। कैसा लग रहा होगा ? कहानी की कौन-कौन-सी पंक्तियाँ उन पर क्या-क्या प्रतिक्रिया कर रही होंगी, यह जानने की ऐसी आकुलता मन में हुई कि एकदम हाथ की किताब एक तरफ रखकर मैं कहानी की एक छपी प्रति निकाल लाई। (उन्हें हाथ की लिखी दी थी।) उन्हें कहाँ कैसा लग रहा होगा, सोच-सोचकर एक-एक लाइन को जैसे बिलकुल नए सिरे से दो बार पढ़ा। जिन हिस्सों को मैं बहुत अच्छा समझती थी, उन्हें फिर से उनकी दृष्टि से बिल्कुल नए और तटस्थ और एकदम अपरिचित पाठक की दृष्टि से पढ़ा।

...यह इनकी बहन कौन है ? रेस देखने शायद मद्रास जा रही है। बहुत धनी है क्या ? अच्छा, कहीं ऐसा तो नहीं है कि मेरे सामने 'इनफ़ीरियारिटी' फ़ील करते हों और व्यर्थ ही एक धनी बहन की कल्पना खड़ी करके हमारे ऊपर प्रभाव पैदा करने की कोशिश कर रहे हों ? शायद यह भी जताना चाहते हों कि देखो, मेरा इतनी लड़कियों से सम्पर्क है। बहुत लोगों की आदत होती है। कहाँ, कहानी पढ़ी थी किसी की कि एक लड़की को कोई पत्र नहीं लिखता था तो वह खुद अपने ही नाम से अपने को प्रेम-पत्र लिखकर आत्म-सन्तोष पाती थी। मुझे लगता है, यही बात ठीक है, वर्ना मेरे सामने ही दो बार फ़ोन करने की क्या ज़रूरत थी !

हुँह, मैं भी क्या व्यर्थ की बातें लेकर बैठी हूँ...कोई और काम नहीं है मुझे ? इम्तहान नहीं देना क्या ?

मंगल : 11 जून

आज क्लास में उदय का नाम जिस रूप में आया उससे मन तो हुआ कि मैं खड़ी होकर विरोध करूँ, लेकिन रेखा कलाई पर हाथ रखे रोके रही। प्रो. वर्मा ने कहा था कि "जो नैतिक नहीं है, जो समाज के सामने एक आदर्श उपस्थित नहीं कर सकता, वह अच्छा साहित्य दे ही नहीं सकता। जो अपना चरित्र नहीं सुधार सकता, वह क्या खाकर समाज और साहित्य को सुधारेगा ? एक हैं यहाँ..." पता नहीं, उदय से प्रो. वर्मा इतना क्यों चिढ़े हैं, कोई मौका नहीं छोड़ते। जब देखो तब कहते हुए सुन लो : "अजी कुछ नहीं, जब देखो तब, कॉफ़ी-हाउसों और सड़कों पर आवारों की तरह हा-हा हू-हू करते घूम रहे हैं। न पोज़िशन का ख़्याल, न व्यवहार में गम्भीरता : मैं अक्सर मिला हूँ, अध्ययन भी कोई ऐसा खास नहीं है : फ्रांस, इंग्लैंड के बोहेमियन लेखकों की नक़ल करते हैं।"

उदय के बारे में यह सब नया नहीं है। बहुत बातें मैंने सुनी हैं उनके बारे में। कुछ कहते हैं कि वे नम्बरी स्नॉब और दम्भी हैं, अपने आगे किसी को कुछ लगाते ही नहीं। कुछ के ख़्याल से वे ज़रूरत से ज़्यादा छिछले और चीप हैं। कुछ के लिहाज़ से वे बहुत ही अध्ययनशील, गम्भीर और सौम्य हैं और कुछ उन्हें निहायत बना और घुटा हुआ कहते

हैं, जो हमेशा दो-एक किताबें साथ रखकर धाक जमाने की कोशिश में रहता हो। एक दल उन्हें देशी-विदेशी पूँजीपतियों का दलाल बताता है और दूसरा उन्हें रूसी एजेंट घोषित करता है। संपादकजी ने तो बताया ही था कि यह भले घरों में आने देने लायक व्यक्ति नहीं है...।

फिर मैं सोच रही हूँ कि ऊँचा साहित्य लिखने के लिए लेखक को समाज के बने-बनाए नियमों के अनुसार 'आदर्श व्यक्ति', 'परम शीलवान' और 'नैतिक पुरुष' होना ही चाहिए। बस में बैठी हुई मैं रास्ते-भर रेखा से इस बात पर बहस करती आई। रूढ़िवादी, महान् कैसे हो सकता है, यह मेरी समझ में नहीं आता। ये शील, चारित्रिकता, आदर्श आज जिन अर्थों में जाने जाते हैं वे सब रूढ़ियाँ नहीं हैं तो और हैं क्या ? मैंने कहा : "मैं उदय का बचाव नहीं करती, और न मैं उसे ऐसा महान् मानती हूँ। बनने के प्रोसेस में है। चलता चला गया तो हो सकता है, कल कुछ बन जाए, नहीं तो दो दिन बाद खुद मर जाएगा। लेकिन एक बात मेरी समझ में नहीं आती कि संसार के जिस भी बड़े चिन्तक, कलाकार को ले लो, प्रायः वे लोग 'आदर्श' और 'अनुकरणीय' व्यक्ति नहीं ही रहे हैं। उन्होंने नैतिकता और आदर्शों की रूढ़ियों को तोड़ा है। यही क्यों ? साहित्य के बुरे चरित्र जितने दिल को छू जाते हैं, अच्छे छू पाते हैं ? शायद कला के सबसे जीवित चरित्र वे हैं जो अच्छे नहीं हैं। यों अच्छे और बुरे सभी लोग होते है, लेकिन कलाकार के पास उस बुरे की कचोट को महसूस करनेवाला दिल भी होता है। वही तो उसे और लोगों से अलग करता है और जिस कलाकार ने जितनी गहराई से इस कचोट को महसूस किया है, वह उतना ही ऊँचा साहित्य दे पाया है।"

मेरी बातों पर रेखा जिस व्यंग्य से मुस्कराती रही, वह झुँझलाहट पैदा करता था। मानो मैं ज़बर्दस्ती उदय का बचाव कर रही हूँ। सचमुच मैं उदय को डिफेंड ही कर रही थी क्या ?...लेकिन विश्वास नहीं होता कि उदय ऐसे हैं...। लोगों ने उन्हें दूर से देखा है, अपने स्वार्थों और धरातलों से ऊपर उठकर नहीं देखा...। एक दिन एक कवि-सम्मेलन में सुनी रामावतार त्यागी की कविता खुद-ब-खुद उभर रही है :

जी रहे हो जिस कला का नाम ले ले,
कुछ पता भी है कि वह कैसे बची है ?
सभ्यता की जिस अटारी पर खड़े हो,
वह हमीं बदनाम लोगों ने रची है !

लेकिन फिर ख़याल आया : "कविता, तर्क नहीं होती..."

बृहस्पति : 13 जून

जाने क्यों, 'बुराई' के प्रति स्त्रियों का विशेष रूप से एक स्वाभाविक आकर्षण होता है—यह मैंने अपने अनुभव से जाना है। 'बदनाम' और 'दुश्चरित्र' के रूप में पहचाने जाने वाले पुरुषों के प्रति मैंने अपने भीतर एक उत्कट और दुर्जेय-सा आकर्षण पाया है। साथ

ही यह भी नहीं लगा कि यह बहुत अस्वाभाविक है। शायद सभी स्त्रियों के साथ यही होता हो। ऐसा क्यों है ? मुझे इसका कारण यह लगता है कि पुरुष की 'बदनामी' और 'दुश्चरित्रता' के पीछे कहीं-न-कहीं किसी नारी या नारियों के सम्पर्क का होना आवश्यक ही है और यही हर नई नारी के लिए बहुत बड़ा आकर्षण है कि आख़िर इसमें ऐसी बात क्या है कि उन स्त्रियों ने इसे इतनी लिफ्ट दे रखी है ? क्या यह अप्रत्यक्ष रूप से नारियों का 'ट्रेड-यूनियनिज़्म' नहीं है ?

अपने इस विचित्र विश्लेषण पर मन-ही-मन हँसी आती रही। मैं देर तक पागलों की तरह अकेली हँसती रही।

अपने मन की मजबूरियों और कमज़ोरियों को आदमी किस तरह सामान्य बनाता है ! कैसे वकील की तरह केस तैयार करता है ! यह मन का 'छिछोरापन' ही तो नहीं है जो मुझे यों सोचने को मजबूर कर रहा है ?

गाँव की एक कोई बुआ आई थीं। उन्होंने ही तो पापा को पढ़ाया था और बड़े ही कड़े स्वभाव की थीं। मैं भी कभी बचपन में उनके पास गई हूँगी। लेकिन सुन-सुनकर ही मन पर उनका आतंक छा गया था। पापा अब तक उनसे डरते हैं। पता नहीं क्यों, सोते समय अवचेतन से उनका एक वाक्य उभर-उभरकर सामने आने लगा। आते ही मुझे देखकर जाने किस सिलसिले में बोली थीं : "जग्गी,—(पापा का नाम योगेश है) इस लौंडिया पै नज़र ना रक्खै है क्या ? बड़ी आज़ाद कर रखी हैगी। मुझसे तो देक्खा नहीं जावे भैया। रंग-ढंग बिलकुल छिछोरियों जैसे कर रक्खे हैंगे।" सुना तो भीतर जाकर खूब रोई। दो दिन लगातार रोती रही। खाना नहीं खाया। हालाँकि पापा ने भी डरते-डरते कह दिया था : "अरी जिया, बम्बई है यो। कोई तेरा मेरठ-बुलंदशहर ना है। बोलणा-चालणा नहीं आएगा तो बैठके मुँह ताक्केगी ? कहानी लिखने लगी है, ड्रामा-यूनियन की जॉयंट सेक्रेटरी हो गई है। अब ड्रामा करैगी। ध्रुवस्वामिनी बनेगी।" बुआ ने माथा ठोंक लिया : "हाय राम, इत्ते मर्दों के सामने ? तू तौ नाक कटाक्कै छौड़ैगा फैसन में आक्कै। ना भैया, तेरा जो जी चाहै कर, पर बच्चों का तो आग्गा देख। ला, इसे मेरे साथ भेज। हमें नहीं रखनी अपनी लौंडिया यहाँ। अरे, लाख रुपये की इज़्ज़त ही चली जायैगी, तो हम क्या फिर मात्था कूटेंगे ?" ख़ैर, वह जो हंगामा मचा सो अलग एक क़िस्सा है। जब भी मैं बाहर निकलती, किसी से हँसकर बातें करती, किसी तरफ़ देखकर मुस्कराती तो यह 'छिछोरी' शब्द कील की तरह चुभ उठता।

मैं उदय के सामने इतना खुल गई, उन्हें यहाँ ले आई, साथ बैठकर गप्पें लड़ाती रही, यह क्या 'छिछोरापन' था ?

आज सुबह से लग रहा था, जैसे आज ज़रूर ही उदय का फ़ोन आएगा, रह-रहकर लगता कि मैं कमरे में घुसूँगी, तभी पापा के कमरे में घंटी बज उठेगी। गुसलखाने में गई तो कान फ़ोन पर लगे रहे। कॉलेज जाने का समय आधा घंटा टाल दिया, शायद इसी बीच आ जाए। ऑफ़िस, दूकानों के खुलने की वजह से उस समय फ़ोन व्यस्त रहते हैं, आधा-पौन घंटे में प्रायः सब नॉर्मल हो जाता है।...लेकिन फ़ोन नहीं ही आया।

शुक्र : 13 जून

सुबह सोचा था कि अगर वो ख़ुद, या उनका फ़ोन नहीं आया तो मैं उनके यहाँ पहुँच जाऊँगी। यह क्या हरक़त है ? कहानी लेकर ही बैठ गए। दूसरे किसी को भी तो काम हो सकता है। उससे ऐसी भी क्या लापरवाही ?...लेकिन मन के भीतर कहीं धुँधला-धुँधला-सा यह भी था कि न आएँ तो देखूँ, कहाँ रहते हैं...आख़िर हो क्या गया ? कहीं किसी बस, कार की चपेट में तो नहीं आ गए... ? कहानी जेब में रखी हो और स्ट्रेचर पर लदे चले जा रहे हों। लेकिन दो दिन से अख़बार में कोई ऐसा ऐक्सीडैंट नहीं दिखाई दिया—। कहीं उनकी बहनजी साहिबा तो उन्हें उठाकर नहीं चलती बनीं ? कौन है यह कमबख़्त आख़िर ?

हम लोगों ने आगे मिलने का कुछ तय भी तो नहीं किया था। फिर भी मेरी कहानी उनके पास है, और यही मेरे लिए मन-ही-मन बहुत बड़ा आश्वासन है कि या तो वे उस कहानी के लिए ख़ुद ही मुझसे मिलेंगे या सम्पर्क करेंगे। आज और ठहरती हूँ, फिर मैं ही उनसे मिलने की कोशिश करूँगी। पर मुझे विश्वास था, वे ख़ुद आएँगे। मैं चाहती हूँ कि वे आएँ। क्यों चाहती हूँ ? मैंने मन-ही-मन प्रश्न किया। फ़ौरन ही उत्तर मिला कि मुझे उनका पता जो नहीं मालूम। अगर मैं मिलूँ भी तो आख़िर कहाँ मिलूँ ? अपने इस उत्तर पर ख़ुद ही हँसी भी आ गई...।

शनिवार : 15 जून

कल डायरी लिखते-लिखते अचानक एक बड़ी अजब बात दिमाग़ में आई थी। क्यों न उदय को लेकर एक कहानी लिख डाली जाए ? जितनी बातें की हैं, या अब तक हुई हैं, क्या वे सब एक कहानी के लायक़ नहीं हैं ? मुझे ख़ुद ही अपना यह आइडिया कमाल का लग रहा है। कहानी-लेखक पर कहानी लिखी जाए ? ख़ुद नाई की हज़ामत बना डाली जाए ? बड़े अपने को तीरन्दाज़ लगाते होंगे। इस थीम पर फिर ग़ौर से विचार करूँगी। अध्ययन के लिए एकाध बार मिलना तो होगा ही।

आज सुबह से ही मैं बड़ी उत्कंठा से प्रतीक्षा करती रही। अकारण ही बार-बार लगता, जैसे वे आ रहे हैं। शायद कल फ़ोन इसीलिए न किया हो कि आज तो ख़ुद आना है। कई बार खिड़की के पास गई और लौट आई। आठ-दस लड़के विकेट गाड़कर क्रिकेट खेल रहे थे, और दस-बारह आदमी आस-पास खड़े देख रहे थे। किसी चीज़ का विज्ञापन करनेवाला, रंग-बिरंगा छाता लिए खड़ा था। उसका सिर्फ़ छाता ही दिखाई देता था। इस बम्बई में तो लोगों को कितनी फुरसत है ! अगर दो आदमी चौपड़ भी खेलेंगे तो तीन उसे देखने वहाँ जरूर खड़े हो जाएँगे। खिड़की पर खड़ी दोनों हाथों को सिर के ऊपर ले जाकर जूड़ा बाँध रही थी कि 'माउथ-ऑर्गन' की आवाज़ सुनाई दी। वही पड़ोस का शाह है। पढ़ने-लिखने से कोई मतलब ही नहीं। जब देखो सिनेमा-एक्टर के अन्दाज़ में

दूसरी ओर देखते हुए माउथ-ऑर्गन बजा रहे हैं। मानो मुझसे कोई मतलब ही नहीं। मन झुँझलाहट से भर गया। एक दिन इस तरह बाजा बजाते देखकर ज़रा मुस्करा क्या दी, अब ज़िन्दगी-भर को पीछे ही पड़ गए। तब 'मूड' था, अब नहीं है। मैंने उसकी ओर जीभ बिराई और पर्दे खींचती हुई भीतर चली आई। पापा के कमरे में यों ही घूमती हुई पहुँच गई। पहले रेडियो खोला। याद आया, इस वक्त सीलोन या कश्मीर में से कोई भी नहीं आ रहा होगा। फ़ौरन ही बन्द कर दिया। टेलीफ़ोन के पास पहुँची। लगा, मैं रिसीवर उठाने को हाथ बढ़ाऊँगी, तभी एक चमत्कार होगा। घंटी खुद-ब-खुद घनघना उठेगी और साश्चर्य मैं पाऊँगी कि उधर उदय है। अचानक पर्दा उठा और पापा ने प्रवेश किया। उनके आने ने मुझे कुछ ऐसा हड़बड़ा दिया कि अपने वहाँ होने की सफ़ाई देना ज़रूरी लगा। फ़ौरन ही फ़ोन उठाकर डायल घुमाने लगी।

"कहाँ कर रही है ?" पापा ने यों ही पूछ लिया। मुझे लगा, जैसे वे किसी विशेष अर्थ से पूछ रहे हों।

"कॉलेज लाइब्रेरी। एक किताब मैंने निकलवाई थी, उसे वहीं भूल आई हूँ।" मेरे मुँह से निकला : "और हाँ पापा, तुम्हें लायब्रेरियन साहब पूछते थे।"

और जब लाइन के दूसरी ओर कहीं गहराई में घंटी बजी तो मुझे ऐसा लगा जैसे रीढ़ की हड्डी में एक झनझनाहट दौड़ गई हो। सोफ़े पर बैग़ रखकर पापा बाथरूम में हाथ धोने चले गए थे। किसी मरीज़ को देखकर आने के बाद वे सीधे जाकर हाथ धोते हैं। उधर से लाइब्रेरियन ने पूछा : "हल्लोऽऽ।" तो मैं इस तरह बोल उठी जैसे यही बात पूछने के लिए मैंने फ़ोन किया हो : "देखिए, लाइब्रेरियन साहब, मैं सुजाता बोल रही हूँ। उदयजी का डाक का पता आपके पास है ?"—"हाँ, हाँ, लेकिन क्यों ?" "उनके यहाँ अपने ड्रामे का निमन्त्रण भेजना है न ?" उन्होंने पता दिया, और मैं फ़ोन रखकर वहीं खड़ी-खड़ी नोट कर रही थी कि भूल न जाऊँ। पापा तौलिये से हाथ पोंछते हुए फिर आ गए। बोले : "सज्जी, अक्का से ज़रा चाय को बोल दे। तूने पी ली न ?"

"जी, पापा !" मैं बोली। अम्मा को वे अक्का कब से कहते हैं; लेकिन आज से पहले यह सम्बोधन इतना कानों को विचित्र नहीं लगा था। पहले-पहल मराठी-भाषियों के साथ रहना पड़ा था, सो 'अजी', 'एजी', या सिर्फ़ 'सुनो' कहनेवाले पापा को भी, हम लोगों की देखा-देखी एक सुविधाजनक सम्बोधन मिल गया। एक लड़की के पिताजी तो नौकरों की नकल पर अपनी पत्नी को 'मालकिन' कहते हैं। पहले शायद किसी काम को कहने के साथ "अपनी मालकिन से कह दो" कहते रहे होंगे...फिर केवल 'मालकिन' रह गया। मुझे क्या कहकर पुकारा जाएगा ? हिश्ट... !

उदय आज भी नहीं आए, न...फ़ोन। आज तो मुझे रोना आ गया। मज़ा यह कि रोते वक्त मैं बड़ी गम्भीरता से यह भी सोच रही थी कि देखो, कैसी बेवकूफ़ी की बातें कर रही हूँ मैं आजकल। कोई देखे तो क्या कहे ? फिर बाद में देर तक सोचती रही कि इस रोने का कारण क्या उदय का न आना ही है ? नहीं। व्यक्ति के रूप में तो उन्होंने मुझे

इतना प्रभावित और इम्प्रैस किया ही नहीं कि मैं बाद में दूसरी बार मिलने को ललकूँ। कहीं उपेक्षा की एक कसकती हुई कचोट थी जो आँखों में आँसू ले आई। मेरा लिखना क्या वाक़ई इस लायक़ नहीं है कि किसी को प्रभावित कर सके ? मात्र एक 'दया' है, एक 'लड़की' होने की रियायत है कि लोग इतनी लिफ्ट देते हैं।

अक्सर यह कसक भी मैंने अपने भीतर अनुभव की है कि मुझे जो प्रशंसा और चर्चा मिल रही है, उसके पीछे मेरी प्रतिभा या कृतित्व नहीं, नारी होना ज़्यादा है। किसी भी पत्रिका में मैंने उल्टी-सीधी रचना भेजी, दूसरे ही दिन संपादकजी का स्निग्ध उत्तर आ पहुँचता है। क्या-क्या आश्वासन और प्रोत्साहन उसमें नहीं होते ! पत्रिका आती है, पारिश्रमिक मिलता है और मैं पाती हूँ कि मेरी रचना नए सिरे से लिखकर छाप डाली गई है। अक्सर लोगों को मैंने शिकायत करते सुना है कि, "साहेब क्या कहें, हमारे पाठक तो ऐसे जड़ हैं कि आप अच्छी-से-अच्छी चीज़ लिख डालिए, भूलकर भी अपनी पसन्द-नापसन्द लेखक तक नहीं पहुँचाते। संपादक टिकट तक खा जाते हैं।" पर मेरा अनुभव बिलकुल दूसरा है। मेरी पहली कहानी छपी कि पत्रों का ढेर लग गया था। सच कहती हूँ, बड़ा गर्व होता था, बड़ा अच्छा लगता था और सोत्साह सहेलियों से कहती, 'समझती क्या हो, एक कहानी छपी और ख़त लाते-लाते पोस्टमैन परेशान हो गया।' और पत्र पढ़-पढ़कर हम लोग मज़ा लेते। पत्र ऐसे-ऐसे मानो मैं वरमाला लिए बस उन्हीं की राह में बैठी हूँ। किसी का जीवन सूना था, किसी का हाहाकार भरा...। लेकिन मैं जानती थी कि यह मेरी कहानी का नहीं, मेरे नाम के साथ लगे 'कुमारी' शब्द का प्रताप है। मेरे घरवाले, मेरे इस नए रूप से परेशान काफ़ी रहे हैं। जो-जो पत्र आए हैं, अगर वे सब अम्मा को बता दूँ तो दूसरे दिन से डाकिए को इधर क़दम न रखने दें। सहपाठियों और 'यों ही दर्शन करने' आने-जानेवालों के ख़र्चे से हम सभी को कितनी परेशानी उठानी पड़ी है, मैं ही जानती हूँ। वह तो शुरू-शुरू का जोश था सो निभ गया। पहले पापा-अक्का को भी प्रच्छन्न सन्तोष हुआ था कि हमारी बेटी नाम कर रही है, लेकिन फिर यह सब वक़्त की बरबादी और सिर-दर्द हो गया। वह तो भला हो उस बेचारे फूलचन्द 'फूल' का, एक दिन चार घंटे बैठ कर 'बोर' क्या कर गया, हम लोगों ने निश्चय कर लिया कि इन दर्शनार्थियों को आगे से लिफ्ट नहीं देनी है।

और यही मुझे अक्सर कोंचता है। ठीक है, मुझे लड़की होने का पुरस्कार मिल रहा है, लेकिन मुझसे पहले भी तो लड़कियों ने लिखा है। न जाने कितनी नारी कवयित्रियाँ और लेखिकाएँ हैं। उन लोगों ने अपने दिनों में चाहे जितना शोर मचाया हो, साहित्यिक मूल्य-महत्त्व उनके लिखे का कोई क्यों नहीं मानता। देखती हूँ, विवाह के बाद वे अच्छी खासी गृहस्थिनें बन गई हैं, और उनकी 'प्रथम श्रेणी की प्रतिभा' आज बच्चे के तकिए का गिलाफ़ काढ़ने में ही दिखाई देती है। लिखना तो दरकिनार, उन्हें पढ़ने तक से घृणा हो गई है। इस सबसे बचने के लिए हो सकता है, मैं शादी न करूँ; लेकिन क्या ये सारे प्रोत्साहनों और प्रशंसाओं का घटाटोप केवल मेरी 'नारी' तक ही रह जाएगा ? कोई भी मेरी प्रतिभा और योग्यता को जाँच नहीं पाएगा ? भय का घुन जैसे मुझे हर क्षण खाता

रहता है। जब भी कहीं अपनी तारीफ़ सुनती हूँ तो लगता है जैसे कोई भीतर बोल रहा हो—'देख, यह तारीफ़ तेरी नहीं, तेरे लड़की होने की है !'

लेकिन जब कोई लड़की होने की तरफ़ ध्यान नहीं देता और रचनाओं के ही बल पर उन्हें उपेक्षा या आलोचना देता है तो मैं दुहरे अपमान से क्यों तड़प उठती हूँ ? यानी खुद चाहती हूँ कि रचना के बल पर जाँचो, मगर यह मत भूलो कि मैं लड़की हूँ। अजब द्वन्द्व है।

ख़ैर, अब मिले तो यह उदय का बच्चा, ऐसा व्यवहार करूँ कि याद आ जाए, कोई मिली थी। बड़े आए बीस मिनट हमारे फ़ोन को घेरकर अपनी 'बहनजी' से प्रेम-वार्ता करनेवाले। मान लो, इस बीच में कोई अर्जेंट केस ही पापा को बुलाना चाहे तो ? उनका क्या गया, हमारा तो नुक़सान हो गया न।

रविवार : 16 जून

कुछ अजब ढंग से नींद आई रात। लगा, जैसे कल जो-जो बातें सोची या लिखी हैं, वे लिखी या सोची नहीं बल्कि उन्हें ठीक उसी भाषा में किसी के साथ डिस्कस करती रही हूँ और जो कुछ मुझे याद रह गया है, वह उसी वार्तालाप की भाषा है। दूसरा आदमी कौन था, यह याद नहीं है। हो सकता है रेखा हो, उदय हो या तेज हो...। अजब बात है, जब उदय से मिलती हूँ, तभी तेज की याद आती है, वैसे आती ही नहीं।

"अक्का, मैं ज़रा कुलकर्णी साहब के घर तक जा रही हूँ। कोई फ़ोन-वोन आए तो कह देना कि दो घंटे में आ जाऊँगी। रेखा के पास मेरी लाइब्रेरी की किताब है, उससे कुछ ड्रामे के बारे में भी तय करना है।"

एक कॉपी को गोल-मोल मरोड़ती, चप्पल घिसटाती हुई मैं जल्दी-जल्दी नीचे उतर आई। धूप कुछ तीखी थी। नीचे आकर दो लड़कियों को छाते लगाए जाते देखा तो ध्यान आया कि अपना पैरासोल ले आती तो कैसा अच्छा था। दोनों लड़कियाँ अपने-अपने छाते फिरकनियों की तरह घुमाती चली जा रही थीं। प्रबल इच्छा हुई कि दौड़कर मैं भी अपना छाता ले आऊँ और खूब घुमाऊँ। हँसी भी आई, अपनी इस इच्छा पर। यह क्या कभी-कभी बच्चों जैसी मचलन मेरे भीतर होती है ? पता नहीं, कहाँ जाने के लिए निकली थी, रेखा की तरफ़...उदय की तरफ़ ? लेकिन होंगे इस वक़्त वे घर में ? जाने क्या करते हैं ? किसी अखबार वग़ैरा में काम करते होंगे, और क्या ? हर्ज क्या है ? ज़्यादा दूर तो है नहीं, यों ही घूमती हुई देख आऊँगी। न मिलेंगे तो कम से कम जगह का अन्दाज़ा तो हो ही जाएगा। जिज्ञासा है, आख़िर ये लोग क्या-क्या पढ़ते हैं, क्या लिखते हैं ? फिर मन में हुआ कि ऊँह, कौन जाए, व्यर्थ ही उन्हें भी ग़लतफ़हमी हो जाएगी। चलो, रेखा के ही यहाँ ज़रा देर हा-हा ही-ही रहेगी। आना तो उन्हें खुद ही चाहिए था। अगर आशा करते हो कि मैं आऊँगी, तो ग़लती है। आख़िर लड़की हूँ, इतनी-सी-बात उनके दिमाग़ में नहीं आई होगी ? और आख़िर ऐसे भी क्या बड़े लेखक हैं ? बम्बई में सैकड़ों ऐसे

लेखक भरे हैं। ज़रा संपादकजी से इशारा कर दूँ, वे सबसे मेरा परिचय करा दें। वे तो मुझे 'कृतार्थ' करने को उधार खाए बैठे हैं।—मुझे कैथरिन मेन्सफील्ड बनाने को कहते थे...पहले गिन्नी को मीरा और महादेवी भी तो बना रहे थे।

इसी सब दिमाग़ी उधेड़-बुन में मैं लेडी जमशेदजी रोड के बस-स्टैंड पर आ खड़ी हुई। 'क्यू' लम्बा था। सामने 'कैमिल्स-इंक' का बोर्ड देखती मैं सोचती रही कि नए आदमी इन बोर्डों को कितने ध्यान से पढ़ते होंगे। हमारे लिए तो ये बिलकुल बेजान हो चुके हैं। मेरे सामने कसा ब्लाउज़ और ज़ीन्स पहने बिलकुल लड़कों जैसे सुनहले बाल कटवाए, धूप का चश्मा लगाये एक पारसी या ऐंग्लो-इंडियन लड़की खड़ी थी। एक 'बस' आई, लेकिन मुझसे तीन आदमी पहले ही कंडक्टर ने लाइन रोक दी। लोग घूर-घूरकर जब इसकी निकली छातियों को देखते होंगे, तो इसे थोड़ी-बहुत झेंप आती होगी। हो सकता है, सन्तोष और आनन्द की गुदगुदी महसूस होती हो। मान लो, अपनी कहानी की हीरोइन एक ऐसी लड़की को बना डाला जाए तो कैसा रहे ? एक ऐसी लड़की, जो घोर 'अनैतिक' है और शरीर को क़तई महत्त्व नहीं देती। रोज़ नए सम्बन्धों में विश्वास करती है—नित्य और नए और अपरिचित लोगों को 'कृतार्थ' करती है और कभी उनका नाम-पता कुछ नहीं पूछती। एक राजा था जो रोज़ एक नई लड़की के साथ सोता था और सुबह मरवा देता था—कहाँ पढ़ी थी यह कहानी ? कोई कहता था, नित्य नए पुरुष के सम्पर्क में आने में ही आनन्द और थ्रिल है, जैसे नित्य संगीत की नई-नई ट्यूनें सुनने में। संगीत सचमुच आदमी को अजब ताज़गी दे देता है। ''बुद्धिमानों का समय काव्य, कला और संगीत में ही बीतता है।'' ''जो संगीत का रस नहीं जानता वह साक्षात् सींग-पूँछ-हीन पशु है।'' तो फिर रोज़-रोज़ नई-नई संगीत की ट्यूनें सुनी जाएँ ? हिश्ट, मैं भी बहुत बिगड़ती जा रही हूँ।

एक हॉकर आँखों के आगे से अख़बार तैराता ले गया। तभी मैं चौंक पड़ी; सामने वाले फुटपाथ पर उदय जैसा ही कोई जा रहा था। हाँ, वही तो हैं। कहीं, मेरे यहाँ ही तो नहीं जा रहे ? मुँह खोलकर चिल्लाते-चिल्लाते, मैं खुद नहीं जानती, कैसे रुक गई। लोगों का ख़्याल न होता तो शायद चिल्ला पड़ी होती। साड़ी की अगली पटलियों को हाथ में उठाकर 'क्यू' छोड़कर उधर लपकी। सड़क पार करते-करते एक कार को गुज़र जाने देने के लिए रुकना पड़ा तो ख़याल आया कि इस तरह से दौड़ना ग़लत है। उन्हें खुद ही देखना चाहिए था, मुझे क्या ज़रूरत है ? बहुत घनिष्ठ परिचय होता तब भी कोई बात थी। मुलाक़ात तो वास्तव में हमारी एक ही हुई है। छोड़ो भी, जाने कितनी देर की मुसीबत लगे जान को। और मैं एकदम रुककर अपनी जगह लौट पड़ने को हुई कि लाल बस पर 'बी.ई.एस.टी.' के बड़े-बड़े अक्षर मेरे सामने से गुजर गए। बस गई। अब जाने कब नम्बर मिलेगा। हो सकता है, हमारे यहाँ ही जा रहे हों, व्यर्थ ही लौटें। सुनें तो सही, क्या राय बनाई हमारी कहानी पर ? और मैंने सड़क पार कर ली।

फ़ुटपाथ पर वह और नीचे उनकी बौनी-सी परछाई चली जा रही थी। मैं जब जल्दी-जल्दी उनके पास पहुँची तो हाँफने लगी थी। इस बीच में सोच लिया था, कहूँगी :

''कवि आँखें बन्द करके चले तो ठीक है, लेकिन कथाकार को तो आँखें खुली रखनी चाहिए।'' इन शब्दों को दो बार मन में दुहराया।

लेकिन जैसे ही बग़ल में पहुँची कि उन्होंने चौंककर मेरी ओर देखा : ''अरे, मैं तो आपकी ओर ही जा रहा था। इधर से गुज़रा एक मित्र के यहाँ से, तो लौटते हुए सोचा, आपको भी देखता चलूँ।''

मन में आया कह दूँ : क्यों जा रहे थे मेरी ओर ? क्या वक्त-बेवक्त जब मुँह उठाया और चल दिए ? यह तो ठीक नहीं है। पापा, अक्का वैसे ही मेरे 'दोस्तों' से परेशान हैं। उसमें आपकी संख्या क्यों और बढ़े ? मैंने कहा : ''इस वक्त मैं आपको कहाँ मिलती ? वह तो बाई-चांस मैंने बस-स्टैंड से आपको देख लिया जाते हुए, सोचा कहीं मेरी ही ओर न जा रहे हों। आजकल हमारे कॉलेज में ड्रामा हो रहा है न ?''

''नहीं, मैं तो वैसे ही इस कहानी को लौटाने जा रहा था। आप न होतीं तो घर दे आता।'' वे जैसे अपनी ग़लती महसूस करके हतप्रभ हुए।

''वाह, मैंने आपको सिर्फ़ पढ़ने को ही थोड़े दी थी ? मैं तो इस पर आपकी राय जानना चाहती थी। मुझे समझाइए, कहाँ क्या सुधार होने हैं ?''

''अरे, इस लायक हम हैं कहाँ... ?''

उनकी इस विनम्र होने की शालीनता को काटकर मैं बोली : ''आप मुझे फ़ोन कर लेते तो ज़्यादा अच्छा था।''

इस पर उन्होंने चौंककर मुझे इस ढंग से देखा, जैसे उम्मीद कर रहे हों कि मेरी इस बात में उनकी किसी कमज़ोरी का मज़ाक उड़ाया गया है। उनकी इस आशंका पर सच ही मज़ाक करने की इच्छा हो आई : ''आपकी बहन आ गईं मद्रास से ?'' वे एकदम लाल पड़ गए। जैसे 'फ़ोन' और 'बहन' एक ही मज़ाक के दो रूप हों। अपने को सँभालने के लिए रूमाल से मुँह और गर्दन कसकर पोंछते बोले : ''बम्बई की सारी नमकीन चीज़ें अच्छी लगती हैं, बस इस चिपचिपाहटवाली नमकीन गरमाहट से ही भाग उठने का मन करता है। हमारी तरफ़ की कोल्डनैस इतना परेशान तो नहीं करती।'' वे मुस्कराए तो मुझे अच्छा लगा कि इस 'नमकीन गरमाहट' और 'कोल्डनैस' में मैं भी आती हूँ। अनजान बनकर मतलब की बात पूछी : ''आपने कहानी देख ली ?''

''अब यह यहाँ बताऊँ ?'' शायद वे आशा करते थे कि मैं कहूँ, चलिए घर ही चलें। लेकिन आज रविवार है, पापा घर ही होंगे, इसलिए घर ले जाना नहीं चाहती थी। चुप रही तो बोले : ''आइए, किसी होटल-रेस्त्राँ में ही बैठा जाए।'' फिर अपने प्रस्ताव की प्रतिक्रिया जानने के लिए मेरी ओर देखा।

''होटल में ?'' मैंने हाथ की कॉपी से आँखों पर आनेवाली धूप बचाते हुए कहा : ''वहाँ तो बड़ा शोर होगा न।''

''तो कहाँ चलेंगी ? चन्दनवाड़ी चला जाए ?'' उन्होंने मरघट का नाम होटल के शोर की बात के जवाब में मज़ाक में लिया था; लेकिन शब्द बीच में ही टूट गए। हम दोनों के ही मन में एक बात आई। मनचलों का कोई जोड़ा ज़रूर मैटिनी न जाकर वहीं कहीं

पर मँडरा रहा होगा (ऐसे एक जोड़े पर भी मुझे कहानी लिखनी है।)। न भी होगा तो औरों के लिए हम लोग खुद क्या होंगे ? और सच बात है कि घर के पास ही उनके साथ देखा जाना पता नहीं क्यों बहुत अच्छा नहीं लग रहा था। कोई परिचित ही इधर आ निकले।

होंठों पर तल्ख़ मुस्कराहट उभर आई थी। वे कह रहे थे : "बम्बई में रहनेवालों के लिए तो होटल के बाद दूसरी जगह मरघट ही है।" फिर जैसे मेरे संकोच को समेटते हुए से लापरवाही से बोले : "आइए, आप भी किस सोच में पड़ी हैं। मुझे भी आपसे इस कहानी के बारे में कुछ कहना है। सबसे पहले तो इतनी सुन्दर कहानी के लिए अपनी बधाई दे दूँ।" और मुझे स्पष्ट लगा जैसे मेरे कन्धे पर हाथ रखकर मुझे मोड़ ले चलने के लिए उनका हाथ उठते-उठते रह गया। कभी-कभी किसी का यों अधिकारपूर्वक कुछ करने को कहना भी कैसा अच्छा लगता है। अरे, मैं तो पिछली सारी झुँझलाहट और नाराज़ी भूल गई।

"लेकिन यह ध्यान रखिए, मुझे जल्दी लौटना है। पापा खाने को बैठे रहेंगे।" मैं चलते हुए बोली। हालाँकि मुझे पता था, घर कोई काम नहीं करना और जब मैं रेखा के यहाँ कहकर जाती हूँ तो अक्का निश्चिन्त हो ही जाती हैं। बाद में हमेशा डाँटती हैं।

मैंने चलते हुए व्यग्र भाव से पूछा : "लेकिन आपको कहानी में कमज़ोरी क्या लगी ?"

"इतनी बेक़रारी नहीं," वे बुजुर्गी से मुस्कराए। सामने ईरानी रेस्त्राँ को लक्ष्य करके सिर उठाए मुस्कराते देखकर रुद्ध व्यग्रता से मैंने दाँत पीसे। मन में आया, कोई तीखी सी बात कह दूँ। यह बड़प्पन का ढोंग, यह पेट्रोनाइज़िंग ढंग की मुस्कराहट मुझसे सही नहीं जाती। लोग कितनी कम उम्र में कितना बनने लगते हैं !

रेस्त्राँ में ज़्यादा भीड़ नहीं थी। बैरे ने ख़ाली केबिन का पर्दा खोल दिया। हमारे भीतर जाते ही छल्लेदार पर्दों को झटका देकर फैलाते हुए पूछा : "काय सेठ ?"

खुलकर आराम से बैठते हुए वे परिहास से मुस्कराए : "तुझे हम लोग क्या सेठों जैसे दिखायी दे रहे हैं ?"

काग़ज़ों के टुकड़ों की गड्डी और दूसरे में नीली-गन्दी पेंसिल लिए उभरे कल्लोंवाला साँवला बैरा मजबूरी में मुस्कराया। पता नहीं क्यों, मुझे उनका यह बनना भी अच्छा नहीं लगा। यह बैरे, कुली, कबाड़ियों से दिखा-दिखाकर मिलना और उन पर एक भावुकता-भरी कहानी लिख डालना इन लोगों का फैशन हो गया है। 'हम कितने मनुष्य हैं', मानो यह दिखाने का यही एकमात्र तरीक़ा हो। वे मेरी ओर देखकर पूछ रहे थे : "आप क्या लेंगी ?"

"कुछ नहीं। मैं तो चाय ही लूँगी। अभी खाकर आ रही हूँ।"

"पापा, शायद शाम के खाने के लिए इन्तज़ार करेंगे।" मेरे झूठ पर मुझे झेंपने का अवसर दिए बिना वे जल्दी से बोले : "खैर, आप चाहे खाएँ या न खाएँ, हमें तो कहीं-न-कहीं पेट भरना ही है। आज यहीं सही।" फिर बैरे को चाय और बटाटा-बड़ों

का आर्डर दिया।

जब बैरा चला गया तो चार कुर्सियों और एक मेज़वाले घुटे छोटे-से केबिन में केवल अपने को पाकर हम दोनों ही एक विचित्र संकोच से भर उठे। "अरे बैरा, सुनो।" जैसे उन्हें कुछ और सहसा याद आया हो, इस तरह उन्होंने ज़रा सा पर्दे से बाहर सिर निकालकर बैरा को देखा। फिर बिना उसे बुलाए लौट आए, लेकिन पर्दे में जान-बूझकर एक फाँक छोड़ दी। लगा, पर्दे में ज़रा-सी सन्धि छोड़ने के लिए ही उन्होंने यह नाटक किया था, मानो इसके जरिए वे बाहर की 'दुनिया' के भी सम्पर्क में रहना चाहते थे, पर जैसे वास्तव में वे उस फाँक से बाहर की दुनिया को गवाह बनाना चाहते थे, कि हम लोग सिर्फ़ चाय ही पीने आए हैं, इन केबिनों को जैसा कुछ अभ्यास है, वह सब नहीं है। बैरा आकर दो गिलास पानी रख गया और उसे अपनी असावधानी समझकर आदतन फिर पर्दे ठीक कर गया तो एक-दूसरे की ओर देखकर हम लोग बड़े ही सहज-रहस्यमय ढंग से मुस्कराए—मानो कह रहे हों, देखा, बैरा भी उसी का अभ्यस्त है, जो हम लोगों के बीच में क़तई नहीं है।

इस भावना को दूर करने के लिए मैंने गिलास उठाकर मुँह से लगा लिया और उन्होंने पास की कुर्सी पर रखी कहानी को उठाकर मेज पर ज़ोर से रखकर एकदम गम्भीर व्यस्तता से कहा : "मेरी जो भी राय होगी उसे आप गम्भीरतापूर्वक नहीं लेंगी—यह उस दिन आपने कहा था," फिर उसी बात को बढ़ाकर सीधे विषय-वस्तु पर आकर बोले : "इस कहानी का प्लॉट आपका नहीं मोपासाँ का है।"

"एँऽऽ !" खट से गिलास मेरे हाथ से फिसल पड़ा और मेज़ की काँच की सतह पर ज़ोर से गिरकर पानी फैलाता हुआ लुढ़का तो मैं हड़बड़ाकर एकदम उठ खड़ी हुई। वे गिलास पकड़ने को लपकें, तब तक गिलास धरती पर गिरकर चूर-चूर हो चुका था। मैं लज्जा से कटी-सी जाती हुई कपड़ों से पानी झाड़ने लगी। तब तक काउंटर पर जालीदार बनियान और तहमद पहने 'मनीजर' ने ऊँचे स्वर में कहा : "दो नम्बर में क्या हुआ, देखेगा।"

बैरा सीधा आकर बड़ी रहस्यवादी अनुत्सुक मुस्कराहट से इस तरह बोला जैसे यह तो यहाँ रोज होता है, इन केबिनों में बैठनेवाले अपने होश में कहाँ होते हैं; बड़ी स्वाभाविक बात है : "छोकरा, गिलास झाड़ेगा।"

मैं झेंपकर पानी-पानी हुई जा रही थी। चेहरा एकदम झन्ना उठा था। मेज़ पुँछ गई। वे फिर बड़प्पन से मुस्कराए : "अरे आप तो बहुत कच्ची हैं।" पहले तो मुझे लगा था, जैसे वे मेरे संकोच और उस स्थिति में बौखला उठने का आनन्द ले रहे हैं, पर फिर मुझे उस लज्जा से उबारते-से वे मेरी ओर न देखकर बोले : "देखिए, कला की दुनिया में कमज़ोर आदमी के लिए कोई जगह नहीं है। यहाँ तो बहुत मोटी खाल होनी चाहिए। नक़ल और छाया का आरोप, गालियाँ, और जब कुछ न हो पाए तो उपेक्षा, यहाँ के रोज़ इस्तेमाल होने वाले हथियार हैं।" अपने व्यवहार की बेबसी और प्रतिरोध की प्रबल इच्छा का एक ऐसा द्वन्द्व मन में हुआ कि मुझे रोना आने लगा। घुटे गले से बोली : "लेकिन

मोपासाँ की तो आज तक मैंने ऐसी कोई कहानी नहीं पढ़ी। मैं तो पढ़ती ही बहुत कम हूँ।'' पता नहीं क्या चीज़ थी कि भीतर चुभती-पैठती चली जा रही थी और कुछ रह-रहकर तिलमिला उठता था। मैं सिर झुकाए साड़ी के पल्ले से कसकर धूप का चश्मा पोंछती रही।

वे जैसे किसी बहुत ऊँचे स्थान से नपी-तुली मुस्कराहट चेहरे पर लाकर बोले : ''इतनी ज़ोर से पोंछेंगी तो चश्मे के काँच निकल आएँगे। लीजिए, आप तो एक ही बार में रो पड़ीं। यहाँ तो यही सब सुनते-सुनते कान पक गए कि आपका उपन्यास 'स्टीनबैक' के उपन्यास की नक़ल है, उसकी शैली 'ग्राहम ग्रीन' की और विषय-वस्तु 'काफ़्का' की है। सब मिलाकर समरसैट मॉम और सार्त्र की बुरी छाया है। कहानियों के तो सारे प्लॉट ही निर्विवाद रूप से रूसी और फ्रेंच लेखकों के चुराए हुए हैं।'' फिर जैसे मुझे सान्त्वना देते-से बोले : ''लेखक को बड़ी क्रूरतापूर्वक अपने और दूसरों के प्रति तटस्थ रहने की ज़रूरत है, सुजाताजी। यह सब नारी-सुलभ कमनीयता यहाँ काम नहीं देती। फिर मेरी बात आपने पूरी सुनी कहाँ ? मैं तो कहता हूँ कि ऐसे सजीव कथोपकथन, मनोभावों का ऐसा जानदार वर्णन मैंने आज तक पढ़ा ही नहीं। और निःसंकोच बात यह है कि आपमें एक प्रथम श्रेणी की कहानी-लेखिका के गुण हैं। लेकिन प्रभावों से बचने के लिए बड़ा ही सचेत रहने की ज़रूरत है।''

''मैं इसके लिए तैयार नहीं थी। माफ़ कीजिए, बात आपने इतने अचानक ढंग से कही,'' मैं अब तक सुस्थ हो चुकी थी। सँभलकर बोली : ''विश्वास रखिए, मैं बहुत ही मज़बूत हूँ। अपनी कमज़ोरी आपको बताऊँ, मुझे वैसे ही पढ़ने-पढ़ाने का ज़्यादा शौक़ नहीं है। दूसरे ये विदेशी नाम कुछ ऐसे अजब होते हैं कि समझ में ही नहीं आता कि कौन किससे, किसके बारे में बोल रहा है। किसी का नाम ग्रुज़िंस्की है तो किसी का नाद्येज्दा फ्योदारोव्ना। एक घंटा तो इस नाम को समझने को चाहिए। दूसरे, सच मानिए, मुझे मोपासाँ की कोई कहानी याद नहीं है।'' मैं सफ़ाई देती-सी बोली।

बैरे को चाय रखने देने के बीच में चुप रहकर वे बोले : ''देखिए, एक बात है : हम लोग अगर दो बातों पर एकमत हो जाएँ तो बड़ा अच्छा हो। एक तो यह कि मैं कुछ बदतमीज़ और मुँह-फट हूँ, दूसरे हर बात को कुछ बढ़ा-चढ़ाकर कहने का मुझे बहुत अभ्यास है। इसलिए इतनी छूट आपको देनी होगी कि कहने का बुरा न मानें और अगर किसी भी बात से असहमत हों तो अपना विरोध साफ़ शब्दों में ज़ाहिर करें। साथ ही मेरी बात को उचित काट-छाँट के साथ ही स्वीकार करें।'' वे निहायत गम्भीरता से बटाटा-बड़ा की प्लेट बीच में रखकर बोले : ''थोड़ा-सा तो लें न।''

''नहीं।'' उनकी सारी प्रशंसा मुझे बिना छुए ही निकल गई। अपनी हरक़त पर अब और नए सिरे से झेंप आ रही थी। देखो, मैं भी कैसी मूर्खा हूँ, कुछ नहीं तो गिलास ही गिरा दिया। क्या कहेंगे, बनने को तो ऐसी मज़बूत बनती हूँ, 'मैं वो हूँ, मैं यों हूँ !' एक बात कह दी, हो सकता हो, झूठ-मूठ को उत्तेजित करने को ही कह दी हो, और यों बौखला उठी। मै चश्मे की दोनों कमानियाँ खोलती और बन्द करती उनकी बात ध्यान

से सुनने की मुद्रा में बैठी रही। वे चम्मच से खाने लगे थे।

"मैं तो कह रहा था कि इस कहानी को पढ़कर मुझे मोपासाँ की एक कहानी याद हो आई थी। अच्छा, यह बताइए, आपको कौन-सा देशी-विदेशी लेखक पसन्द है ?"

"मैंने बताया न कि विदेशी लेखक अपनी समझ से परे हैं और देशी लेखक..." मैं अब पूरी तरह स्वस्थ हो चुकी थी। उनके पीछे केबिन की दीवार में एक बड़ा पतला-सा कील जैसा छेद था। शायद इस केबिन में झाँकने के लिए होगा। सचमुच ऐसा कौन-सा लेखक है, मुझे एकदम छाँटने में नहीं आ रहा था। इस दृष्टि से तो कभी पढ़ा ही नहीं। एक-एक लेखक को मन में तौला और नापास कर दिया। तभी याद आया कि मुझे खुद इनसे ही कुछ बातें पूछनी थीं। यह टॉपिक खत्म होने पर कहूँगी। कह दूँ : "मुझे तो आपकी ही चीज़ें ज़्यादा पसन्द हैं ?" मस्का ज़्यादा हो जाएगा। तभी एक बात दिमाग़ में आई, अपनी रचनाओं को इनके ज़रिए प्रकाश में नहीं लाया जा सकता ? पत्र-पत्रिकाओं से तो इन के सम्बन्ध बहुत अच्छे हैं ही। ज़रा-सा सहारा ले लेने में क्या हर्ज है ? यह बन्दूक़ इन्हीं के कन्धों पर रखकर सही। मुहावरे पर खुद हँसी आई। कहानी की दृष्टि से इनका अध्ययन भी हो जाएगा, इनकी ऊँचाई और गहराई की असलियत भी जान लेंगे। फिर बीच में एक अच्छा पुल हो जाएगा। कितने तीर हैं एक शिकार से ? गले के पीछे बड़ा चिपचिपा-सा लग रहा था। मैंने अपनी दोनों मोटी-मोटी चोटियाँ सामने की ओर कर लीं। इन पर मुझे काफ़ी गर्व है। ऐसा हो नहीं सकता कि देखनेवाला प्रभावित न हो। मैंने उनकी निगाहें पकड़ीं कि वे देख रहे हैं, लेकिन झट फिर दूसरी ओर देखने लगे। अपनी इस चुप्पी की सफ़ाई देती-सी बोली : "यहाँ तो सच, पंखा होते हुए भी बड़ी चिपचिपाहट है।" छोटे से रूमाल से कनपटियाँ पोंछीं : "देशी लेखकों में मुझे शरत् बहुत पसन्द हैं।"

"भावुकता बहुत है उसमें। प्लॉट भी उसके पास दो ही हैं। दूसरे वह विचारों से बहुत रूढ़िवादी है। गिरी हुई स्त्री का चित्रण उसने बहुत सहानुभूति से किया, लेकिन उसे कभी उठाने की कोशिश नहीं की। कुलवधू के सामने गिरी स्त्री को लाने से तो वह आदमी हमेशा डरता रहा। कुछ विदेशी लेखक पढ़िए और उनसे कहानी लिखने की कला सीखिए।" फिर अचानक ही वह पूछ बैठे : "आपको मेरा उपन्यास कैसा लगा ?" बात कहकर वे खुद ही शरमा गए। "यह मत समझें कि मैं इसी सिलसिले में पूछ रहा हूँ। यों ही बाइ द-वे बात आ गई। आपने भी कहा था कि कुछ कहना चाहती हैं।"

इस बार समझदारी से मुस्कराने की बारी मेरी थी। मैं जानती थी कि किसी-न-किसी बहाने यह प्रश्न मेरे ऊपर मँडरा रहा है। बिना चुटीले की चोटी के सिरे को इस तरह हिलाकर जैसे उससे पंखा कर रही होऊँ, मैंने भौंहें ऊपर उठाईं और गम्भीरता से कहा : "सच बताऊँ ? मैं तो आपकी तरह आलोचना करना जानती ही नहीं। मैं तो शुद्ध पाठिका की तरह बताऊँगी।"

"वही तो मैं सुनना चाहता हूँ।" वे तटस्थता से बोले।

"अच्छा, वह जगह-जगह काफ़ी बोर नहीं है ?"

एक बार चौंके, फिर जवाब में इस तरह खिलखिलाकर हँसे कि मैं सहसा ही हतप्रभ हो उठी : ''इतनी जल्दी बदला लेंगी ?''

मैंने दृढ़तापूर्वक कहा : ''बदला नहीं है, सच बात है। उसमें कुछ जगहें तो ऐसी 'बोर' हैं कि पन्ने उलटे बिना नहीं रहा जाता और कुछ जगहें ऐसी हैं जो किसी उपन्यास में मुझे नहीं मिली।''

''जैसे ?'' वे जेब में कुछ टटोलते रहे।

''ऑब्ज़र्वेशन—अर्थात् निरीक्षण। परिस्थिति का चित्रण, वातावरण, लोगों की भंगिमाओं का चित्रण और वार्तालाप, सचमुच बाँधे रखनेवाले हैं, लेकिन कुछ जगहें पढ़ना तो सज़ा काटना है।''

उन्होंने जेब में से दो पोस्टकार्ड और लिफ़ाफ़ों की एक गड्डी निकाली और मेज़ पर रख दी। झुककर चाय सुड़कते हुए तटस्थ भाव से बोले : ''पाउडर की चाय पीते-पीते तो चाय पीने का स्वाद ही मर गया। हाँ, यह पत्र उस उपन्यास पर आपसे मिलने के बाद आए हैं।''

''सर्टिफ़िकेट साथ ही लिये फिरते हो ?'' मुझसे मज़ाक किए बिना नहीं रहा गया। एकाध लिफ़ाफ़े की हैंडराइटिंग ज़नानी थी। लिफ़ाफ़ा एकाध बहुत ही खूबसूरत था। मन हुआ, उसे निकालकर देख लूँ, पर ठंडे स्वर में बोली : ''लेकिन मैं कभी भी सर्टिफ़िकेटों से प्रभावित नहीं होती।''

झेंप मिटाते-से कहा : ''आपको प्रभावित नहीं कर रहा। लेकिन देख लीजिए, आपकी लड़कियों ने ही क्या लिखा है ? मेरे एक गुजराती लेखक मित्र कहा करते हैं कि 'गर्ल्स एंड विमेन आर द मोस्ट इंडिस्क्रिमिनेट रीडर्स'। अर्थात् आप जिन्दगी-भर उन्हें पढ़ने को दिए जाइए, वे अपनी रुचि ही नहीं बना पाएँगी। खराब उपन्यास है तो उसकी बुराई करती जाएँगी, लेकिन पढ़ती जाएँगी।''

''वाह, यह गुजराती लड़कियों की बात होगी। हमें पसन्द न हो तो हमसे आगे एक लाइन नहीं पढ़ी जाती।'' मैं प्रतिरोध के भाव से बोली। वे प्लेट खत्म करते रहे। मैं जानती थी, वे मुझे पत्र पढ़ने का समय दे रहे हैं। सभी में उनकी तारीफ़ भरी थी। अपने चेहरे की प्रतिक्रियाएँ भाँपनेवाली उनकी निगाहों को मैं महसूस करती रही। खूबसूरत लिफ़ाफ़ा हाथ में आया ही था कि वे बोले : ''यह मेरी बहन का पत्र है।''

''कौन बहन ?'' मैं समझ तो गई, मगर बनकर बोली।

''वही, जिन्हें उस दिन टेलीफ़ोन किया था।'' उनका चेहरा फिर लाल पड़ गया।

अथाह आश्चर्य से पूछा : ''एक ही शहर में पत्र लिखती हैं ?''

''नहीं, बाहर हैं।''

लिफ़ाफ़े के रंग का ही कागज़ निकालते हुए पता नहीं मैंने उनके चेहरे पर कैसी एक बेचैनी देखी कि पूछा : ''पढ़ लूँ ? नाम क्या है आपकी बहन का ?''

''नाम...नाम...कुछ नहीं, हाँ अपर्णा है।'' वे हकला गए, फिर पत्र की ओर इशारा करके कहा : ''क्या करेंगी पढ़कर ? छोड़िए।'' उन्होंने लिफ़ाफ़ा लगभग हाथ से ले ही

लिया। मुश्किल था कि न देती। मन में तो आया, एकदम दूसरी ओर मुँह करके जल्दी-जल्दी पढ़ डालूँ, लेकिन इतनी अधीरता दिखाना अच्छा नहीं था। सारे पत्र मैंने लौटा दिए। पत्र लेते समय उनके चेहरे पर एक सन्तुष्ट स्वाभिमान था। मगर मेरा स्वाभिमान भीतर ही भीतर फुफकार उठा था। मन के बहुत भीतर कोई धीरे से बोला : ''आज ले लो, लेकिन यह पत्र एक दिन मुझे खुद पढ़ाओगे और मैं तब पढ़ूँगी नहीं।'' वे मानो हर बार मेरे व्यक्तित्व को ललकार रहे थे। एक ओर तो मेरी इच्छा होती कि पीसकर चूर-चूर कर डालूँ इनके इस सारे मुखौटे और 'मास्क' को, दूसरी ओर मन एक अनजानी दया से भर उठता : छोड़ो, बेचारा नहीं जानता नारी के व्यक्तित्व को चुनौती देने का क्या अर्थ है। बड़े-बड़े विश्वामित्र हथियार डाल गए, यह बेचारा है किस मुग़ालते में ? अपने साथ ही घटी पिछली कई घटनाएँ मुझे याद हो आईं।

''आप बुरा मान गईं ?''—जेब में वापस पत्र रखकर वे कह रहे थे।

''नहीं तो। कतई नहीं।'' मैं अतिरिक्त जोश से बोली।

''एकदम उदास और चुप हो गईं न ?''

उनकी इस बात ने मुझे रेखा के एक रिमार्क की याद दिली दी : 'तू बड़ी इंट्रोवर्ट होती जा रही है। शादी-वादी कर-करा ले, वर्ना यह एकदम चुप हो जाना, यह बेलगाम बक-बक किए जाना, तुझे पागल बना देगा।' सच, यह अचानक बातें करते-करते मैं क्या सोचने लगती हूँ ? लेकिन दुनिया के सारे मर्जों की बस एक ही दवा है—शादी ? हुँह ! इनकी शादी हो गई ? पूछूँ ? हिश, क्या सोचेंगे ? बातों ही बातों में अपने-आप कह देंगे। जैसे इसी मानसिक स्थिति से बचने के लिए मैं बोल पड़ी : ''मैं सोच रही थी कि आप अपनी बहन को बहुत ही प्यार करते हैं न ?''—फिर अपनी बात साफ़ की : ''हमें तो अपने भाई से बड़ा डर लगता है। जब मिलेंगे तो लड़ेंगे।''

अरे, इसमें एकदम लाल पड़ने की क्या बात है ? जैसे किसी ने गुलाल पोत दिया हो। वे झुककर पत्रों की गड्डी को कुर्ते की बग़लवाली जेब में रखने लगे। सिर झुकाए-झुकाए व्यस्तता से बोले : ''आपसे मिलानेवाला था, लेकिन वह कम्बख़्त चली ही गई।''

''कहाँ ? वे तो शायद मद्रास गई थीं। लेकिन लौटनेवाली होंगी अब तो।''

वे हँसे : ''बहुत याद रखती हैं आप तो सारी बातें। वे लौटनेवाली ज़रूर थीं, लेकिन वहीं से सीधी अपने पति के पास शिमला चली गईं। कोई ज़रूरी काम आ गया होगा।''

मैंने बाक़ी चाय एक साथ ख़त्म की ही थी कि वही फटी जालीदार बनियान पहने काला-सा छोकरा ख़ाली प्लेटें उठाकर कपड़े से मेज़ साफ़ कर गया। होटल में इसका एक ख़ास अर्थ होता है। उन्होंने कुर्सी से पीठ टिका ली और एकटक घूमनेवाले पंखे को देखने लगे। मैंने पूछा : ''यहाँ क्या आपके साथ नहीं ठहरीं ?''

''एक-एक कप चाय और लें।'' वे सहसा सीधे होकर बोले।

''नहीं, आप ले लीजिए। लेकिन यहाँ तो बहुत घुटन है। चलें अब।'' पंखे की हवा में गर्मी तो अब कम हो गई थी; लेकिन इतने पास अकेले उनके साथ बैठना

अजब-अजब-सा लगने लगा था। नीचे के खुले हिस्से से पाँव आते-जाते दीख जाते थे। जब दुबारा चाय आ गई तो उन्होंने मेरी बात का जवाब दिया : ''मेरे पास उसे ठहराने को जगह कहाँ है ? वे लोग बड़े आदमी हैं।''

''ख़ास बहन है ?''

''नहीं...'' आगे जैसे बड़ी कठिनाई से उन्होंने कहा : ''कज़िन।''

मैं दुष्टता से मुस्कराई। उनके चेहरे की घबराहट पर व्यंग्य किए बिना नहीं रहा गया : ''खैर, यह शब्द तो बड़ा व्यापक है।''

''यानी ?'' वे सँभले।

''यानी क्या ? अब ज़्यादा कुछ नहीं कहूँगी, नहीं तो आप और लाल-पीले हो जाएँगे।'' मुझे लगा, हो-न-हो, ज़रूर दाल में काला है। कौन है वह ? कैसी है ? बिना अपनी बात पर उन्हें अधिक सोचने का अवसर दिए मैंने पूछा : ''आप क्या यहाँ फ़ैमिली के साथ रहते हैं ?''

''फ़ैमिली का जो प्रचलित अर्थ है, उस अर्थ में तो अभी तक फ़ैमिली बनाई ही नहीं। यों घर पर सब हैं। यहाँ तो एक मित्र के साथ रहता हूँ।''

''घर– ?'' मैंने मेज़ पर कुहनी टिका ली और कलाई मोड़कर उसके ऊपर ठोड़ी टेक ली। पतली-पतली उँगलियाँ और नाखून आँखों के सामने थे। हथेली के पीछेवाले हिस्से में 'वी' की शक्ल बनातीं दो पतली-पतली नसें उभर आई थीं। गोरी खाल में वे अच्छी लगती हैं, लेकिन कमज़ोरी की निशानी भी। रेखा कहती है, इस पोज़ में तू बड़ी मासूम और इनोसेन्ट लगती है। मेरी आँखों के सामने सिनेमा का एक सीन आ गया। उसमें ठीक इसी पोज़ में नलिनी जयवन्त बैठी थी। सच, कैसी भोली-भाली लगती थी वो।

''घर मेरा मेरठ में है। वहीं सब भाई-बहन हैं।'' चाय का घूँट पीते हुए उन्होंने एक बार मेरी ओर देखा, और फिर दूसरी ओर देखने लगे।

''अरे-ऽऽ ?'' मैं चौंक पड़ी : ''हम लोग बुलन्दशहर के हैं, लेकिन पढ़ी तो मैं मेरठ ही हूँ। अच्छा, तभी उस दिन लाइब्रेरियन साहब कहते थे कि आप अपनी ही ओर के हैं। आप वहाँ किस सन् में थे ? कभी देखा नहीं।''

''बी.ए. के बाद इलाहाबाद चला आया था। साहित्यिक बनने का बड़ा जोश था और सुनते हैं, जो इस तीर्थ का स्नान नहीं करता उसे साहित्य की वैतरणी का किनारा तक नहीं मिलता। लेकिन पाया कि तीर्थंकरों के घटा-टोप में तीर्थ बेचारे का कहीं पता ही नहीं है। पंडों का भयंकर जमघट है वहाँ, अकेला-दुकेला देखें तो लूट-लाटकर संगम-समाधि दिला दें और अच्छा जजमान देखें तो दोनों वक्त चन्दन घिस-घिसकर लगाएँ। घाट पर अपनी-अपनी छतरी लगाए बुज़ुर्ग, कमसिन महंत और नए-नए मुर्गे फाँसकर लाने वाले उनके चेले-चाँटी, जो ख़ाली वक्त में गुरुजी का जय-नाद करें। मैं शुरू से ही स्नॉब रहा हूँ, सो वहाँ भी नहीं पटी। आप मेरठ में कहाँ थीं ?''

''इंटर रघुनाथ कॉलेज से करके यहाँ पढ़ने आ गए।'' और फिर मैं बड़े विस्तार से

उन्हें यह बताने लगी कि यहाँ आकर क्या-क्या दिक़्क़तें उठानी पड़ीं। अपने बारे में बताते समय मैं हमेशा ही एक सहज उत्साह से भर जाती हूँ और मेरा चेहरा खिल उठता है। चाय खत्म हो गई तो अनजाने ही हम लोग उठ खड़े हुए। एक ओर मुड़कर बगल में लटका पर्स खोलती-खोलती मेजों के आड़े-तिरछे रास्ते से बाहर दरवाज़े के काउंटर पर आई, तब तक वे पहले ही आ चुके थे। तरह-तरह के अमृतबानों में बिस्किट, लैमन-ड्रॉप्स भरे मोटे-से 'मनीजर' के पास हाथ से ज़रा दूर ही दूर मुझे रोकते हुए वे बोले : "क्या कर रही हैं ? यह नहीं होगा। मैं दूँगा।" उन्होंने जेब से दो-तीन मुड़े-तुड़े काग़ज निकाले और उन्हीं में से पाँच का नोट निकालकर ऐसे प्रार्थना-भरे स्वर में हाथ से रोकते, पर साथ ही डरते हुए कि कहीं शरीर का स्पर्श न हो जाए—कहा, तो मैं रुक गई। मैनेजर के घंटी पर हाथ मारने से पहले ही पीछे से बैरे की दबे गले से लगाई आवाज़ आई : "तीन चाय स्पेशल, एक बटाटा-बड़ा, दस्साना। एक गिलास तोड़ा छै आना—एक रुपया।"

मैंने हँसकर पैसे रख लिए : "आप लोग समझते हैं कि पैसे देने और बिल चुकाने का काम सिर्फ़ आप ही लोगों का है ?"

नीचे फुटपाथ पर आए तो वे हँसकर बोले : "यहाँ की यह नीलामी की-सी बोली मुझे बड़ी बुरी लगती है। कम्बख़्त इस तरह चीख़ते हैं कि चौराहे पर सुन लो।"

"लेकिन यहाँ कौन किसी की सुनता है ?" बाहर फिर वही चुनचुनाती धूप थी, चौंधा था। एकदम आँखों के आगे काले-काले अँधेरे के रोएँदार बादल तैर गये। मैंने चश्मा चढ़ा लिया। उन्हें काउंटर पर पैसे देते देख, एक बात जो मेरे मन में कहीं छिपी बैठी थी, फिर उभर आई। ये काम कहाँ करते हैं ? मैं उनके चुप होने की राह देखने लगी।

"आप विश्वास नहीं करेंगी, सुजाताजी।" सामने चलते हुए वे कह रहे थे : "हम बम्बई के बारे में सुना करते थे; लेकिन यह ऐसा क्रूर शहर है इसका अन्दाज़ा पहले कभी नहीं था। मोटर-साइकिलवाला सड़क चलते मुसाफ़िर को धक्का देकर या कुचलकर बिना पीछे मुड़े ही फ़ुल-स्पीड पर साइकिल भगाता ले जाए, यह सीन बम्बई में जब दिन-दहाड़े देखा तो लगा जैसे मुझे ही गिराकर कोई चला गया हो। आप गिरिए, मरिए, यहाँ किसी को आपकी ओर देखने की फ़ुर्सत नहीं है। कोई यहाँ आपके निकट आने की कोशिश नहीं करता। वर्षों साथ रहिए, जैसे एक शिष्टाचार है, जो रोज़ खिंचता चला जाता है... ।"

जब लौटी तो सोचती आ रही थी कि उफ़, आज कितनी बातें की हैं हम लोगों ने। शायद ठीक नहीं हुआ। इतनी जल्दी इतना खुल जाना अच्छा नहीं है, इस बात को मैं अनुभव कर रही थी; लेकिन जाने कैसा बातों का प्रवाह था, वातावरण का प्रभाव था कि हम लोग बातें ही बातें करते रहे।

पहली मंजिल के मोड़ पर ही चप्पलों की घिसटाहट से सिर उठाकर चौंककर देखा कि रेखा चली आ रही है। झुँझलाहट साफ़ थी चेहरे पर। मेरा कलेजा धक् से रह गया।

याद आया, मैं तो अक्का से इसी के यहाँ जाने को कहकर गई थी। इस कम्बख़्त को भी आज ही मेरे यहाँ आना था। अक्का वैसे ही मेरे 'लच्छनों' से ख़ार खाए बैठी है; ऊपर क्या-क्या तो भिड़ा आई होगी। जाने कितनी देर का विवाद छिड़े...।

मुझे देखते ही रेखा फूट पड़ी : "मटरगश्तियाँ कर आईं महारानी जी ? मैं कहती हूँ कि आप कभी घर में भी टिकती हैं कि जब देखो तब लोफ़री करती घूमती हैं।"

मैंने प्यार से उसके गले में हाथ डाल दिया और कन्धे से पकड़कर ऊपर ले चली। दबे गले से निहोरे-भरे स्वर में कहा : "अच्छा चल-चल, ऊपर लड़ेंगे। यहाँ नहीं; चल मुन्नी।" इसको ऊपर ले चलने में एक फ़ायदा और भी था कि अक्का थोड़ा कम बड़बड़ाएँगी। उसका लिहाज़ करके। बाद में तो सँभल ही जाएगा।

वह कुहनी झटककर मरखनी गाय की तरह बोली : "चल हट, हम क्या घर से फ़ालतू हैं तेरी तरह ?"

"तो चीख़ क्यों रही है दादी," मैंने उसी तरह ख़ुशामद के स्वर में कहा : "यहाँ सीढ़ियों पर कोई सुने-सुनाए।"

"तो सुन लेने दे। हमें क्या किसी का डर पड़ा है ?" उसने इस बार हाथ नहीं झटका। अनखाकर मुझे कृतार्थ करती-सी ऊपर चलने लगी। भुनभुनाती रही : "न वक़्त देखना न मौसम। दोपहर हो या शाम, जब देखो तब लिया और मटकते हुए आँखें लड़ाने चल दिए।"

"किससे आँखें लड़ाने गई थी मैं ?" मैं हँसी रोके थी।

"अब हमें पता है, जाने कहाँ-कहाँ की धूल फाँकती फिरती है ? तुझे भी बम्बई की हवा लग गई है। आई थी तो बोल नहीं निकलता था। सीधे पल्ले की धोती पहनती थी।"

"तेरे पुरखे तो यहीं धरती फोड़कर निकले होंगे ?" जाने क्यों बड़ी थकन-सी महसूस हो रही थी और कुछ रेखा की सहानुभूति लेने के लिए कि मैं बड़ी थकी हुई हूँ, हर सीढ़ी पर कराहकर और घुटनों पर हाथ रखकर चढ़ती थी। उसके कान का सफ़ेद नग़ोंवाला फूल आज बड़ा ख़ूबसूरत लग रहा था। मैं बोली : "वह तो कह हम लोगों के साथ कपड़े पहनना तब भी सीख गई है; वर्ना तुम्हारे चन्दापुर में जैसी घुटनों तक की दुलंघी धोती पहनी जाती है, वही पहने होती अभी भी।" लेकिन इस मज़ाक में भी उसके 'हवा' के मुहावरे पर फिर उदय का ध्यान हो आया था। इच्छा हुई, क्यों न इसी से कुछ बातें की जाएँ, कुछ सोचा जाए। रह-रहकर लगता था, आज कुछ बहुत बड़ा हुआ है; कोई ऐसी घटना हुई है जिसने मेरी चेतना को अवशिष्ट कर लिया है। गम्भीर बनकर पूछा : "ऊपर कौन मिला था ?"

"अरे मिलता कौन ? अक्का तेरी हड्डी-पसली तोड़ने के लिए डंडा लिए बैठी हैं। मैं और कह आई हूँ कि अभी तक सिर्फ़ रेडियो-वेडियो पर कुछ पढ़ आती थी, अब सबके सामने 'ध्रुवस्वामिनी' बनेगी..."

"मैं पूछती हूँ, हॉल तय हो गया ?" मैं नाराजी-वाराजी सब भूल गई।

"अरे हो ही गया होगा साला, हमें क्या उसमें अपनी शादी करनी है ? तुम जानो

और अरुण जाने।''

''आय...हाय...। यह साला, यह शादी...'' मैंने उसे फिर बाँहों में भरकर कमर गुदगुदा दी : ''बड़ी मस्ती आ रही है। अच्छा, यह मर्दानी गालियाँ देने में बड़ा अच्छा लगता है।''

''मस्ती आ रही है तुझे ! चल, दूर हट। सारा बदन चिपचिपा रहा है।'' वह खिलखिलाकर हँस पड़ी और लाल हो गई। मेरे हाथों से छूटकर गरबे का एक घेर लेती हुई-सी दरवाज़े की घंटी पर हाथ रखे खड़ी हो गई--रखे रही; हटाया नहीं।

''बस, बस भाई, कोई कहेगा, कौन गँवार आ गया।'' मैंने रोका। तभी बिट्टू ने भीतर से हड़बड़ाकर चटखनी खोली। मैंने भीतर घुसते ही पूछा : ''अक्का कहाँ है ?''

''वर्मा साहब के यहाँ हैं। अब्भी आने को बोला था।'' वह रेखा को देखकर सहम गया था। मेरी साँस में साँस आई। रेखा की दुष्टता पर क्रोध आ गया। अक्का के बारे में पूछने का अर्थ कहीं यह बिट्टू मेरे मन का डर न लगा ले, इसलिए एकदम पूछा : ''इस रेखा से तुमने बैठने को भी नहीं कहा ?''

''हमने तो बाई से बहुत बोला, अभी अक्का आती होंगी, सज्जी बाई आएँगी। ये बैठा ही नहीं।'' वह सकपका गया।

पापा चैम्बर गए होंगे, मैं जानती थी। इसलिए निश्चिन्तता की साँस ली। रेखा का सारा गुस्सा ठंडा हो गया था। मैंने व्यस्तता से भीतर जाते हुए कहा : ''दो कप फुर्ती से चाय बना दो, और देखो, कोई आया तो नहीं था न ? किसी का फ़ोन-वोन ?''

और फिर जो रेखा से गप्पें लड़ी हैं कि बस। जाने हम लोग कब तक बातें करते रहे थे...मैंने बता दिया कि मैं उदय पर एक कहानी लिख रही हूँ।

मंगल : 18 जून

उस दिन रेखा ने कई बार टोका : ''सज्जी, तू सुन नहीं रही है। तेरा दिमाग़ है कहाँ आख़िर ?'' वह अपने को उँड़ेलने आई थी और मैं खुद अपने आप में इतनी भरी बैठी थी कि बीच-बीच में मन न जाने कब बह जाता था। उस दिन तो वे बातें निहायत साधारण और स्वाभाविक लगी थीं, लेकिन आज जब उन सारे चित्रों को सामने लाती हूँ तो हर तस्वीर एक नए अर्थ से जगमगाती लगती है। ओफ़, उस दिन की सारी छुट्टी कैसे उदय को ही लेकर बीत गई थी।

रेस्त्राँ से बाहर निकलकर बम्बई के बारे में उन्होंने जो राय दी थी उस पर मैं गम्भीर मुँह बनाए चुप रही। कुछ देर बाद बोली : ''आप क्या सिर्फ़ लिखते ही हैं या किसी ऑफ़िस में...?'' उन्हें कनखियों से देखते हुए अपनी बात मैंने जान-बूझकर अधूरी छोड़ दी थी।

''क्या ऑफ़िस ?'' एक गहरी साँस लेकर वे बोले : ''जिनके साथ श्रद्धेय लग गया है, उन्हें छोड़कर हिन्दुस्तान में सिर्फ़ लिखने पर कोई रहा है आज तक ? बड़ा बंगला और

मराठी का शोर है; लेकिन मुझे तो एक भी लेखक नहीं दीखता जो केवल अपने मन का लिखकर मध्यवर्गीय नागरिक के ढंग से रह रहा हो। अपने वास्तविक 'कंट्रीब्यूशन' को सभी स्थगित करते चले जाते हैं और वह करते हैं जिसे 'मजबूरी की मज़दूरी' कहा गया है। कोई अनुवाद करता है तो कोई संपादन, कोई टैक्स्ट-बुक में लगा है तो कोई किसी प्रेस का प्रूफ़रीडर। कोई साहब किसी नेता के लिए भाषण लिख-लिखकर दे रहे हैं, तो कोई दूसरे नाम से जासूसी और 'पोंडी-साहित्य' की रचना कर रहे हैं..."

"लेकिन आप तो काफ़ी प्रसिद्ध हैं न..." उदय की इस बात से मैं डर गई। सचमुच क्या यही वह लाइन है जिसमें मैं अपने को डाल रही हूँ ?

"जी हाँ, मैं उन्हीं लोगों की बात कर रहा हूँ जिन्होंने इसे अपना जीवन बना रखा है, वर्ना साहित्य, कला-वला ये सब लोगों के लिए मनोविनोद की ही चीजें हैं, या कहें कि अतिरिक्त क्वालिफ़िकेशन हैं। और जो जिस भाषा को थोड़ा बहुत पढ़ा लेता है या कहीं किसी प्राइमरी स्कूल या हायर सेकेंडरी में टीचर या लेक्चरार है उसका तो कहना ही क्या है ! वह तो अपने को उस भाषा का सार्जेंट समझता है।" वे उत्तेजित हो उठे थे। मैंने देखा कि उत्तेजना में उनके नथुने कछुए के नथुनों की तरह फूल उठते हैं। चलते-चलते एक मकान की बाउंड्री से बाहर फुटपाथ पर झाँकती पेड़ की फुनगी को हाथ बढ़ाकर तोड़ लिया और चबाते हुए चलने लगे।

मुझे लगा कि यह उनका दुखता फोड़ा है और उसे छूना नहीं चाहिए था। बात को हलका मोड़ देने के लिए पूछा : "आजकल आप क्या लिख रहे हैं ?"

"फिल्म 'जमाने की रफ़्तार' के सीन और डॉयलाग।" उन्होंने तल्ख़ी से कहा : "पिछले तीन साल से एक उपन्यास लिखने की सोच रहा हूँ, लेकिन कभी भी इतनी फुरसत नहीं मिली कि उस पर सोच भी सकूँ, बैठकर मेहनत करने की बात दूर है।"

अचानक अपने को कैडल रोड पर पाकर मुझे होश आया। सामने पतली-सी गली और बिल्डिंग के पार धूप में नीला-नीला समुद्र चिलक रहा था। किनारे की ओर का पानी अपेक्षाकृत मटमैला था और दूर सलवटोंदार सतह पर लम्बी-लम्बी रुपहली मछलियों की तरह जगह-जगह लहरों के झाग उछल उठते थे। वातावरण में एक मधुर गरज थी। लम्बे-लम्बे ताड़ और नारियल-खजूर के पेड़ सनसना रहे थे। खारी-खारी हवा पसीना तो नहीं सुखाती थी; लेकिन धूप की चुभन को ज़रूर शान्त करती थी। खाकी वर्दी पहने एक बेकरीवाला साइकिल-ठेले को धकेले लिये जा रहा था। सिनेमा के नाम के अक्षरों पर खड़ी, बड़ी अदा से झुकी रंग-बिरंगी नायिका लखनवी सलाम कर रही थी। फ़्लैटों पर सूखती साड़ियों और कपड़ों को देखकर ध्यान आया कि अक्का नहा चुकी होगी। हाय, जाने कितनी देर हो गई, अब चलूँ। फिर सोचा, कुछ बातें ये ऐसी आ गई हैं कि एकदम बीच में से तोड़कर चल देना अच्छा नहीं लगेगा। इधर ही चलेंगे, पार्क पार करके या तो मैं रेखा के यहाँ चली जाऊँगी, या सीधी घर। एक गन्दी-सी पान-बीड़ी की दूकान के सामने दो-तीन टैक्सी ड्राइवर बैठे ताश खेल रहे थे। हर पुरुष-निगाह द्वारा घूमकर किसी न किसी बहाने अपनी ओर देखा जाना अब कुछ ऐसे अभ्यास में आ गया है, जैसे

हवा-पानी। कभी कोई इस तरह देखता है जैसे मुझे नहीं, मेरे पार किसी को देख रहा हो। कोई इस तरह देखता है जैसे वह तो उधर पहले से ही देख रहा था, मैं तो बीच में अनचाहे आ गई। किसी की निगाह बड़े ड्रामाई ढंग से अचानक उठकर मुझे देखती है। अब तो कोई न देखे, तभी थोड़ा सा अप्रत्याशित-सा लगता है। मन होता है कि देखे। टैक्सी ड्राइवरों में से कोई दूसरे के कन्धे पर लदकर मुझे झाँककर घूरता-सा गा उठा : "चोरी-चोरी मेरी गली, आना है बुरा...आके बिना बात किए जाना है बुरा।" पहले तो सभी के कान खड़े हुए थे कि शायद हम लोग टैक्सी लें; लेकिन हमारे ढंग-ढर्रे को देखकर वे फिर ताश फेंटने लगे थे। हम लोग पार्क की ओर चल रहे थे। बहुत दूर किसी पेट्रोल-कम्पनी के विज्ञापन का लाल-लाल बोर्ड झलक रहा था।

"कॉलेज के लड़के-लड़कियों की तरह आपको भी यह सिनेमा यहाँ घसीट लाया क्या ?" मैंने हलका व्यंग्य भरकर पूछा था। एक बार कनखियों से (काले चश्मे की आड़ बड़े काम की चीज़ है) उन्हें तौला, कहीं इन्हें भी तो हीरो बनने का मुग़ालता नहीं है ? नाक-नक़्श ऐसे क़तई नहीं थे कि साइड हीरो भी बन सकें। हलका ठिगना क़द, साँवला रंग और छरहरा बदन। एक सचेत असावधानी से सँवारकर बिखराए गए बाल, माथे पर घाव का निशान।

"जी नहीं, वैसा कोई शौक़ मुझे कभी नहीं रहा।" दृढ़ता से वे बोले : "ऐसों को देखना हो तो कभी हमारी तरफ़ आएँ; आपको अपने कमरा-साथी सिंह साहब से मिला दें। वे हैं एक करैक्टर कि जिस पर कोई भी कहानी लिख सकता है। आप बी.कॉम. का इम्तहान देने गए, जब एकाउटैन्सी का पेपर नहीं आया, तो सीधे नरगिस के साथ हीरो बनने यहाँ भाग आए। थोड़े दिन 'ब्लू-होटल' में काटे। इसी होटल में उन जैसे बीसियों जवान आए ओर हीरो बन गए। यह होटल की परम्परा थी, सो वहीं टिके। शूटिंग देखी, और दरबानों को सिगरेट पिला-पिलाकर कारों में फर्राटे से गुज़रते या कैन्टीन के बाहर चाय का प्याला हाथ में लेकर डायरेक्टर के सामने खीसें निपोरते अपने उन आराध्य देवताओं को दूर से देख-देखकर आध्यात्मिक सन्तोष पाया। इन्हीं को फ़िल्मी पर्दों पर देख-देखकर तो वे खाने, चलने, बोलने के ढंग सीखा करते थे। और जब सब जोश ठंडा हो गया तो अब "पाटिल ज्वैलर्स एंड वॉचमेकर्स' के यहाँ सेल्समैन हैं। यह कह-कहकर अपना बड़प्पन जताते हैं कि 'महल' में जो अँगूठी मधुबाला के हाथ में है, वह खुद मैंने बेची थी।" इतना बोलकर शायद उदय को खुद लगा कि विषयान्तर बहुत हो गया, तो उन्हें अपना मूल प्रसंग याद आ गया। आधे मिनट रुककर अपने बोलने का कारण देते-से बोले : "सुजाताजी, अपने बारे में एक बात और बता दूँ। लोकाचारवश नक़ल में या मज़ाक में चाहे कुछ भी कहता रहूँ, लेकिन सचमुच अपने को लेकर आज तक मुझे क़तई मुग़ालता नहीं है। महत्त्वाकांक्षी ज़रूर हूँ। सो जहाँ तक समझता हूँ, कोई अपराध नहीं है। उस तरफ जानेवाली फिल्मों की कहानियों से मैं इतना ऊब गया था कि जोश में आकर इधर भाग खड़ा हुआ। सोचा, चलो इन फ़िल्म वालों को अच्छी-अच्छी कहानियाँ देंगे। आगे जाकर एक ऐसी कम्पनी बनाने की इच्छा थी जहाँ अंग्रेजी और बंगला की

तरह बहुत प्रसिद्ध उपन्यास-कहानियों को ईमानदारी से फ़िल्माया जाए। लेकिन यहाँ देखा कि न तो ये लोग पढ़ते हैं, न पढ़ाना जानते हैं। बाक़ी दुनिया में क्या होता है जैसे इन्हें इससे कोई मतलब नहीं है। वही चार डांस, सात गाने, आँसू और चीखें, पिस्तौलें और होटलों के जालसाज मालिक, तूफ़ान और मन्दिर—लीजिए कहानी खत्म हो गई। मैंने भी निश्चय कर लिया है कि लौटना यहाँ से नहीं है। लौटूँगा तो सफल होकर ही लौटूँगा। 'लौट के बुद्धू घर को आए' वाला हिसाब नहीं होगा।'' वे नीचे अपनी चप्पलों को देखते हुए चलते रहे। हमें देखते हुए लोग गुज़र रहे थे।

''क्या मतलब ?'' मैं सहसा चौंक उठी।

''मतलब सीधा है।'' वे उसी बुझी वाणी में कहते रहे : ''पैसा कमाना है। घर वाले बोझ, बिगड़ा हुआ, निखट्टू समझें; बाहरवाले निकम्मा और बेकार कहें, अगर खुद अच्छी जगह हुए तो हमदर्दी दिखाएँ, सिगरेट देकर कृतार्थ करें, हर हरकत से यह जताएँ कि बेचारे को कब-कब मिलती होगी। दूसरी तरफ़ साहित्य में युग-प्रवर्तक होने का डंका बजे—यह विडम्बना अब सही नहीं जाती।''

''सिनेरियो और डॉयलॉग में भी सुनते हैं कि काफ़ी मिल जाता है ?'' मैंने सान्त्वना देने के भाव में कहा। हमारे दाहिनी ओर जगह-जगह पड़ती छोटी-छोटी गलियों की पीली रेत ढँकी ढालू, सड़कों के पार रेत का हाशिया और समुद्र दिखाई देते थे। बाईं ओर पार्क का कोना था। यहाँ पर बने इस क्रॉस का मतलब मेरी समझ में कभी नहीं आया। उस पर रोमन अक्षरों में आई. एन. आर. एस. और ऊपर से चढ़ाई हुई माला। सामने वही खपरैल वाला बँगलेनुमा मकान पहले पड़ा, फिर हरियाली की बाढ़ और बच्चों के खेलने के झूले इत्यादि। अपना फ्लैट अभी दिखाई नहीं देता था। मैंने अनुमान लगाया, सामने बिजली के खम्भे से मेरी खिड़की और भीतर की ओर की बाल्कनी ज़रूर दीखती होगी। वहाँ से मैं भी तो सड़क का यह हिस्सा देख लेती हूँ। कहीं कोई देख न ले। लेकिन इतनी दूर से पहचान थोड़े ही पाएगा ? फिर भी अक्का का क्या है, साड़ी के रंग या चाल से ही पहचान लें। यों ही खेलने के लिए सड़क पर पड़ा एक खाली सिगरेट का डब्बा उठाने के बहाने मैं ज़रा रुकी और उदय के दाहिनी ओर आड़ करके इस तरह चलने लगी कि हमारे यहाँ से कोई देखे तो वे ही दीखें। इस बार देखा, वे मुझसे दो-चार अंगुल छोटे ही हैं।

''मिलता होगा।'' वे लापरवाही से मेरी बात के जवाब में बोले : ''डायरेक्टर, प्रोड्यूसर, स्टोरी-राइटर, प्रमुख हीरो—अर्थात् एक ही व्यक्ति और पार्टनर-डिस्ट्रीब्यूटर के बीच में हीरोइन को लेकर कुछ झगड़ा हो गया है, सो फ़िल्म तीन-चार हज़ार फीट बनी पड़ी है। मैं पंडित चोखेलाल के साथ सिनेरियो और डॉयलॉग में सहायक हूँ, मासिक वेतन पर। वे आधी तनख़्वाह दिए जा रहे हैं। कहानी किसी दूसरे प्रोड्यूसर को भिड़ा देंगे तो बाक़ी तनख़्वाह भी दे देंगे। जाएँ भाड़ में। मुझे तो मोह सिर्फ़ यह है कि कहानी मेरी है। चोखेलाल ने अपने साथ इसी शर्त पर मुझे छः महीने के लिए नौकर रखा था कि कहानी मैं दे दूँ, लेकिन जाएगी उनके नाम से। उधर प्रोड्यूसर तेज़ था। वह फ़िल्म में

कोई ऐसी जगह नहीं रखना चाहता था, जहाँ उसका नाम न जाए। सो यूँ सौदा तय हुआ। मालूम नहीं, चोखेलाल ने मेरी कहानी को अपने नाम से देकर और प्रोड्यूसर का नाम जाने देकर कितने लिए।'' जैसे यह सचमुच कोई मज़ाक है, इस तरह वे खुलकर हँस पड़े : ''कहिए, है न बम्बइया खेल ?''

उनके हँसने के दर्द ने मुझे छुआ। आड़ से ज़रा-सा झाँककर देखा। मेरी खिड़की का आधा पर्दा हवा से गुब्बारे की तरह बाहर की तरफ़ फूला था। भीतर की बाल्कनी में अलगनी पर साड़ी और तौलिया झूल रहे थे। अक्का को पापाजीवाले कमरे से निकलकर अपने कमरे में जाते मैंने स्पष्ट देखा। मैं उदय की आड़ में न होती तो देख ही लेतीं। हमारे ऊपर की बालकनी में कापड़िया के यहाँ छोटे-छोटे गमले लटके हैं, वहीं उनकी लड़की माला फ्रॉक पहने नंगी-नंगी टाँगें दिखाती रेलिंग पर लटकी थी। यह जब देखो, तब यहीं लटकी रहती है। इतनी बड़ी हो गई, अपने को बच्ची ही समझती है। हमेशा फ्रॉक लटकाए रहेगी। कम से कम एक दुपट्टा ही डाल ले सामने। तो, जनाब में ऐंठ चाहे जितनी हो, हैं काफी कष्ट में ! मैंने इस दुखद प्रसंग को मोड़ देने के लिए कहा : ''आपकी बहन तो काफ़ी खाती-पीती लगती...''

उन्होंने फिर एक गहरी साँस ली : ''बहन से ही माँगना होता तो घर ही क्या बुरे थे ? रूखी-सूखी खाते ही थे। वह बेचारी तो बुला-बुलाकर रह जाती है। अब उससे सम्बन्ध सिर्फ़ फ़ोन का ही रखता हूँ—वह भी जब कभी इधर आ जाती है तो।'' मुझे लगा, जैसे वे अपने फ़ोन करने की सफ़ाई दे रहे हैं। पास से लम्बी-सी चमकती लाल-सफ़ेद गाड़ी तैरती चली गई और वे उसे देर तक ग़ौर से देखते रहे। एक बात की ओर ध्यान गया, वे हर गाड़ी को बड़ी ही हसरत-भरी निगाहों से देखते थे, और पीछे से आनेवाली हर गाड़ी पर चौंक उठते थे, जैसे उनकी परिचित गाड़ी गई हो। मुझसे मज़ाक किए बिना नहीं रहा गया : ''बहन की गाड़ी पहचान रहे हैं क्या ?''

''नहीं, देख रहा हूँ कि कौन-सा मॉडल लूँ।'' वे जान-बूझकर इतनी देर का अवसाद हटाने के लिए खिलखिला पड़े। फिर एकदम सुस्त हो गए और दूर कहीं उड़ती चीलों को देखकर बोले : ''हम लोग भी सच कैसे ख़याली पुलाव पकाने लगते हैं कभी-कभी। जब बम्बई आया था तो पता है, क्या सोचा करता था ?''

''क्या ?'' अब इधर हवा चलने लगी थी। पल्ले को कमर में खोंसते हुए मैंने पूछा—(माला को देखकर मुझे अपने कपड़े ठीक करने की याद हो आई)।

''ऊँची-ऊँची शानदार बिल्डिंगें देखकर मैं सोचा करता था कि यहाँ ज़रूर कुछ ऐसा नाटकीय हो जाएगा कि थोड़े दिनों में एक बिल्डिंग मेरे भी पास होगी। हो सकता है, किसी करोड़पति की इकलौती बेटी की गाड़ी से टकरा जाऊँ, वह मुझे हस्पताल ले जाए, सेवा-सुश्रूषा करे और फिर मुग्ध हो जाए या हो सकता है उसे किन्हीं गुंडों के चंगुल से बचाकर उसके बाप से मेरा परिचय हो जाए। कुछ नहीं, तो किसी दिन मेरे नाम कोई लॉटरी ही खुल जाए। आप कुछ कहिए, ये बातें सोचने में आता बड़ा मज़ा है। लेकिन यहाँ आकर स्टेशन पर जब सामान ढोया तो सारे सपने हवा हो गए।''

“सामान ढोया ?” मैं सचमुच इस तरह चौंकी जैसे मेरे पाँव के नीचे अंगारा आ गया हो। मैंने उन्हें फिर ग़ौर से देखा।

“जी हाँ, और करता क्या ?” वे फिर अपने में खोई-खोई उसी विषाक्त मुस्कान में डूबी मुद्रा में बोले। फिर अचानक जैसे सचेत हो गए “खैर, छोड़िए ये सब बातें। हम लोग भी क्या ले बैठे ? असल में तब तक आपसे परिचय नहीं हुआ था न, वर्ना आपसे आकर भिक्षा माँग लेते—‘भिक्षां देहि...’ उस सुजाता ने खीर खिलाई थी, आप एकाध कप चाय तो पिला ही देतीं...”

दोनों ज़ोर से खिलखिलाकर हँस पड़े। मैंने भी साथ दिया, लेकिन मन सहानुभूति से भर उठा। बुद्ध और सुजाता की कल्पना के रोमांस से अवचेतन मन गुदगुदा उठा। मैंने अपनत्व भरकर कहा : “नहीं, ऐसा नहीं है। मैं तो बहुत ही शुरू से आपकी प्रशंसिका रही हूँ।”

“प्रशंसक बहुत लोग हैं। और इस दिशा में मैं अपने साथियों की अपेक्षा शायद कुछ अधिक ही सौभाग्यशाली रहा हूँ। लेकिन अपने देश में तो प्रशंसा और पूजा करने वाले देवता को लोग पत्थर का मानकर चलते हैं। उनके ख़याल से न तो उसके हृदय में कोई भाव उठते हैं और न उसे खाने-कपड़े की ज़रूरत महसूस होती है।” सामने दौड़ती मोटर के नम्बर पर निगाह गड़ाकर उन्होंने कहा : “कभी-कभी तो सचमुच, मन में आता है कि एक लम्बा-सा गेरुआ चोग़ा सिलवाकर साधु हो जाऊँ। धार्मिक लोग मूर्ख होते हैं और उन्हें बहकाने लायक लटके मुझे आते हैं। थोड़े श्लोक, चौपाइयाँ और याद कर लूँगा। ज़रूरत-ग़ैर-ज़रूरत कोट कर दिया। कम-से-कम कुछ चेले बनेंगे, खाने-पीने और सेवा का आराम हो गया, समझिए। और कहीं कोई पति-रुष्टा सेठानी आ गई, तब तो कहना ही क्या है। दो-चार साहित्यिकों को वैसे ही पाल लूँगा। कहूँगा—लो बच्चा, खाओ और दंड पेलो। क्यों साहित्य-वाहित्य में ज़िन्दगी खराब करते हो ? यहाँ किसी को इसकी ज़रूरत नहीं है। न तुम्हारा साहित्य बिगड़ी तक़दीर सुधारता है, न पुत्र होने का आश्वासन देता है, ब्लैक-मार्केटियर का परलोक सुधारने का भी कोई नुस्ख़ा तुम्हारे पास नहीं है। फिर आख़िर करता क्या है यह ?” अपनी इस कल्पना पर उन्हें बच्चों की तरह खूब हँसी आती रही। फिर बोले : “और अभी सिर का शनीचर गया थोड़े ही है। हो सकता है किसी दिन कमंडल लेकर द्वार आ खड़ा होऊँ। आ जाऊँ न ?” उन्होंने सीधे मेरे चेहरे को देखा।

“जब मन हो शौक़ से आइए।” मैंने कहा। लेकिन भावलोक के इस रोमानी स्तर पर यह बात दिमाग़ में टकराए बिना न रही कि मौके-बेमौके के लिए यह मुझे ‘पटा’ रहे हैं। कहीं सचमुच ही किसी दिन आ खड़े हुए तो मैं क्या करूँगी ? बड़े तेज़ होते हैं ये लोग भी। लाख भावुकता की बातें करेंगे, लेकिन निगाहें वहीं रखेंगे। पर फिर अपनी क्षुद्रता पर खीझ हुई। हो सकता है, इनका उद्देश्य यह न हो और बात शुद्ध तत्काल परिहास के लिए ही कही जा रही हो। मैंने और भी निकटता लाने के लिए पूछा : “अच्छा, एक बात बताइए। बहुत देर से मन में थी कि पूछूँगी, पूछूँगी, लेकिन इतना सीधा प्रश्न

पूछने का साहस नहीं हो रहा था। पूछूँ ?''

''पूछिए। लेकिन मेरा ख़याल है कि मैं उस प्रश्न को जानता हूँ।'' वे अन्तर्यामी के अन्दाज़ से मुस्कराए। मुझे और भी अधिक इम्प्रेस करने को बोले : ''और जवाब में बता दूँ कि वैसी कोई बात नहीं है।''

''क्या ? कैसी कोई बात नहीं है ?'' मैंने साश्चर्य पूछा : ''मैं क्या पूछना चाहती हूँ ?'' एक बार तो सिहर उठी, क्या सचमुच यह मन की बात जान गए हैं ? हो सकता है, इस वक़्त कोई ख़ास बात न हो, लेकिन अगर इतनी तेज़ निगाह है तब तो आदमी ख़तरनाक लगता है।

वे निहायत ही इत्मीमान के स्वर में बोले : ''आप यही तो पूछ रही हैं न कि मैं जिन्हें बहन कहता हूँ वे क्या हैं ? या मेरा उनसे वास्तविक सम्बन्ध क्या है ?''

मैं वाक़ई चौंक पड़ी। अरे, यह इनके दिमाग़ में क्या फितूर है ? बहन ! बहन ! बहन ! क्या सचमुच जिसे ये बहन कहते हैं वह कुछ और है ? ख़ैर, इस बात की जाँच बाद में करूँगी। मैंने दृढ़ता से कहा : ''नहीं जी, यह बात नहीं है। एक उपन्यास लिख लिया तो समझने लगे कि संसार में हरेक के मन की बात ही जान लेंगे। इस गुमान में भी मत रहिए। हम लोग लड़कियाँ हैं, जिनके मन की थाह आपके ऋषि-मुनि भी नहीं पा सके।''

वे इस तरह हतप्रभ हो गए जैसे अपने मन की कमज़ोरी उन्होंने जान-बूझकर प्रकट कर दी हो। खिसियाकर बोले : ''अच्छा, बताइए क्या है ?''

''सच-सच बताएँ तो पूछूँ, वर्ना बात भी पूछूँ और सच बात का पता भी न चले।'' मैंने ज़रा भौहें चलाकर नाटकीय ढंग से कहा।

''अच्छा, कहिए।'' उन्होंने आत्म-समर्पण के भाव से कहा, मानो नासमझ बच्चे की ज़िद के आगे झुके हों।

''यह आपके उपन्यास की रश्मि कौन है ?'' मैंने कनखियों से निगाहें उनके चेहरे पर जमाए हुए पूछा ताकि चेहरे की कोई प्रतिक्रिया छूटे नहीं। ''मैं और रेखा उस दिन इस बात पर दो-तीन घंटे बहस करते रहे। इतना तो साफ़ है कि कोई काल्पनिक पात्र नहीं है। यह बहुत ही सजीव है।'' फिर बच्चों जैसे आग्रह-अनुरोध से कहा : ''कौन है यह ?''

''इतनी अच्छी कहानीकार होते हुए भी आप सचमुच बच्ची ही हैं। पहले मैं विश्वास नहीं करता था, लेकिन अब मानने लगा हूँ कि बड़ी-से-बड़ी नारी में भी एक दस वर्ष की बालिका होती है।'' वे जैसे और पाँच-छः हाथ ऊँचे उठ गए। इसे उन्होंने अपनी प्रशंसा में लिया है, यह उनके चेहरे का सन्तोष बताता था : ''वह पात्र सच में, काल्पनिक ही है।''

'फूल !' पता नहीं क्यों मन-ही-मन मैंने अंग्रेजी में कहा। उसी का पर्याय 'बेवकूफ' या 'मूर्ख' क्यों उस समय मन में नहीं आया, नहीं कह सकती। मन की कुछ स्थितियों में हमें ऐसा लगता है जैसे विदेशी भाषा में वह गाम्भीर्य या अर्थ की सच्चाई नहीं है जो

अपनी भाषा में है। इसलिए 'लव' पर हम खुलकर बातें कर सकते हैं, लेकिन 'मुहब्बत' शब्द होठों तक आकर अटक जाता है। आवेश में इसका ठीक उल्टा होता है। हम समझते हैं कि हमारे आवेश को अपनी भाषा उतना व्यक्त नहीं करती इसलिए क्रोध में अंग्रेजी में भाषण देते हैं, बंगाली लोगी हिन्दी में गालियाँ देते हैं। मन-ही-मन मैंने कहा : 'मुझे बच्ची समझता है ! जबकि दस साल की बच्ची के सामने बीस साल का पुरुष निरा भोंदू होता है। यह पुरुष नाम का जानवर भी कितना मूर्ख है, मन में जाने क्या-क्या खिचड़ी पकाया करता है।' मैंने ज़ोर से कहा : "देखिए, नहीं बताना हो तो मत बताइए, पर मुझे यों बुद्धू मत बनाइए। आख़िर कहानियाँ मैं भी लिखती हूँ।"

"ओ हो, आप तो एक ही गाँठ पर पंसारी बन गईं।" वे हँस पड़े : "दो कहानियों पर ऐसा गर्व ? यह रास्ता इतना आसान नहीं, छुरे की धार है। ख़ैर भाई, मैं मानता हूँ कि आपकी कहानियों में सारे पात्र अपने जीवन में आए लोग होंगे।"

इस गर्वोक्ति और परिहास से मैं खुद बुरी तरह कट गई। चेहरा झनझना आया। जैसे-तैसे वाणी को सँभाले रखकर बोली : "आप बताना नहीं चाहते, बना रहे हैं।"

और हम दोनों चुप हो गए। सामने लैटर बॉक्स खड़ा था। ईरानी रेस्त्राँ के कोने पर खड़े कोई साहब टेलीफ़ोन कर रहे थे। चौराहे से दाहिने ओर की पतली सड़क श्मशान को गई थी—दूकानों और होटलों के बाद ही तो फाटक दिखाई दे रहा था। अपने-आप ही उस ओर मुड़े तो अनजाने ही दोनों ने एक-दूसरे की ओर देखा और हँसती निगाहें आपस में टकराकर बिखर गईं। उसी जगह को लेकर तो उन्होंने मज़ाक किया था और यहाँ ही आ गए। हाथों में 'कोकाकोला' लिये सुनहरे बालोंवाली खूबसूरत लड़की बोर्ड में मुस्करा रही थी। रेस्त्राँ के भीतर दो-चार कुर्सियाँ दिखाई दे रही थीं। अब हवा सामने की थी, सो कुछ बाल विद्रोह करते उड़ रहे थे। मैंने उन्हें यों ही उड़ने दिया। वे मेरे मुख-मंडल पर अच्छे लग रहे होंगे—यह मैं जानती थी। एक लापरवाही का भाव देते हैं। मन में आया कि अब लौटना चाहिए। वे पता नहीं क्या सोच रहे थे। मैंने चाल धीमी की।

अपने-आप सोचते-से वे बोले : "तो आप सचमुच रश्मि के बारे में जानने को उत्सुक हैं ?" ऊपर के होंठ पर हलकी-सी मुस्कराहट का आभास था। जब भी वे गम्भीरतापूर्वक कोई ऐसी बात कहते हैं जिसमें तन्मयता या आत्म-प्रकाशन होता, तो उनका चेहरा तो गम्भीर ही रहता है, लेकिन अपलक निगाहों के नीचे एक हल्की-सी लकीर और ऊपर के होंठ के कोने पर मुस्कराहट की फड़कन जैसे याद दिला देती है कि वे बाहर दुनिया की ओर से भी सचेत हैं—व्यंग्य, तल्खी और चुनौती, न जाने क्या यह भाव है जिसे वह प्रकट होने देना चाहते हैं उस समय। वे कह रहे थे : "तो सुनिए, जिस लड़की का नाम इसमें रश्मि है, उसे मैं पिछले दस साल से जानता हूँ। जानता हूँ शब्द इसलिए प्रयुक्त कर रहा हूँ कि प्यार, मुहब्बत के जो शास्त्रीय लक्षण बताए गए हैं, वे सब हम लोगों के बीच कभी भी नहीं रहे। शायद वे वलवले और वैसी आवेशपूर्ण गर्मी—वॉर्म्थ—भी हम लोगों ने एक-दूसरे के प्रति कभी महसूस नहीं की। फिर भी, चाहें तो कहा जा सकता है कि उसे बहुत घनिष्ठता से जानता हूँ और परेल स्टेशन की ठंडी बेंचों पर उसके सपने

देखते हुए, कई रातें काटी हैं कि एक दिन उसके साथ फ्लैट लेकर यहीं-कहीं रहूँगा। शान से गाड़ी पर घुमाऊँगा। उसके लायक़ अपने-आपको बना सकूँ, इसलिए मैं यहाँ आया भी था। क्योंकि 'फ़ुटपाथ पर भी तुम्हारे साथ पड़ जाऊँगी' जैसी प्रतिज्ञा न उसने कभी की; और न इसलिए मैं उसे लाना ही चाहता था। पता नहीं क्यों, हो सकता है यह हमारे ज़माने का ही अभिशाप हो, जिस तरह के प्रेमों की बात हम पढ़ते हैं, उनमें जैसे एकान्त-समर्पण और जान तक देने का उत्कट आवेश पाते हैं, वह आज कहीं भी नहीं मिलता। सम्भव नहीं शायद। आज का प्रेम बहुत अधिक व्यापारी हो गया है। उसमें हमेशा एक द्विविधा, एक धर्म-संकट, ऊपर से दिखावटी और भीतर से निहायत ही हिसाबीपना, साथ ही अपनी ही इस मनोवृत्ति पर ग्लानि—सब कुछ मिलाकर शायद यह आज के प्रेम की तस्वीर है। इसे देखकर तो जो कुछ हम पढ़ते-सुनते हैं, उस पर घोर अविश्वास होने लगता है। ख़ैर, ये दिन संघर्ष और संक्रान्ति के हैं और इन्हें मैं इसी आशा में अकेला काट सकता हूँ कि आगे उसके साथ जो दिन बीतेंगे, वे ऐसे नहीं होंगे। अब उसे क्यों फ़ुटपाथ पर घसीटूँ ? बेकार रोएगी कि किसका साथ पकड़ा...''

''लेकिन आपके प्रति उसकी ज़िम्मेदारी क्या आपके साथ सिर्फ़ सुख उठाने की ही है—इसके बाद खत्म हो जाती है ?'' मैंने गम्भीरता से पूछा। कहूँ, कहे बिना नहीं रहा गया।

''हाँ, यही बहन कहती है कि 'उदय, वह लड़की तुम्हें धोखा दे रही है। वह देख रही है कि जब तुम कुछ बन जाओ तो वह भी आकर अपना प्रेम सार्थक कर ले, वर्ना घाटे का सौदा क्यों करे ? प्रेम में कहीं ऐसे बनियापने के हिसाब-किताब होते होंगे ?'—यों सुनने में बात मुझे भी बहन की ठीक लगती है; लेकिन मैं कहता हूँ कि प्रेम की जो सिनेमा-उपन्यासों वाली घिसी-पिटी अन्धे जोश की तस्वीर है, उन्हीं लाइनों पर हम भी अपनी ज़िन्दगी क्यों घटाएँ ? जब आज हर चीज़ में एक व्यावसायिकता है, तो उसके यह सोचने में ही क्या ग़लती है कि अगर मैं अच्छा संरक्षण दे सकूँ तभी वह आए, वर्ना भावुकता में आकर क्यों मेरे साथ अपना जीवन बर्बाद करे ?'' कुछ देर उन्होंने मेरे उत्तर की राह देखी, फिर जैसे व्यथा से हँसे : ''लेकिन फिर दिमाग़ में आता है कि यह सब अपने-आपको धोखा देना है। ग्लानि भी होती है कि वह मुझे धोखा दे, मैं अपने-आपको दूँ और मेरा 'आप' किसी और को दे—आखिर यह क्रम कब तक चला जाएगा ? क्यों नहीं मैं इसे जड़ से तोड़ डालता ? लेकिन अब आप इसे दस साल का मोह कहिए या कुछ और कि मैं अपनी ओर से इस सबको समाप्त नहीं कर सकता। तीन-चार साल से तो हमारा केवल पत्र-व्यवहार का ही सम्बन्ध रह गया है। उन पत्रों में तरह-तरह के सम्बोधन हैं, स्नेह है, प्यार है, इसलिए नहीं कि वह सचमुच महसूस करती है, बल्कि वह सब अब एक अभ्यास में आ गया है, जिसका कोई अर्थ नहीं है। मैं जानता हूँ, हालत अब शायद यह है कि अगर आज उससे सम्बन्ध टूट भी जाए तो किसी को कोई दुख और अफ़सोस नहीं होगा। लेकिन मेरी कमज़ोरी है कि झटके से तोड़ नहीं पाता, घसीटे लिये जा रहा हूँ। हर क्षण राह देखता हूँ कि

अब टूटा। सोचता हूँ, अच्छा हो इसे वही तोड़ दे और यह 'पाप' मेरे मत्थे न पड़े।''

मैंने एक बात और देखी है कि जब वे कहीं गहरे से कोई बात कहते हैं तो उनके हाथ इस तरह चलते हैं जैसे कुछ कहना चाहते हों और नहीं कह पा रहे हों—कोई अदृश्य चीज़ है जिसे आकार दे रहे हों। अब हम लोग अपने-आप रुककर खड़े हो गए थे। फट्-फट् करती पेट्रोल जैसे लम्बे-से लेटे पीपेवाली किसी ऑक्सीजन कम्पनी की गाड़ी गुजरी तो जैसे जागकर वे होश में आ गए : ''बस, अब तो खुश ?'' उन्होंने बड़े दयापूर्वक मुझे देखा मानो कह रहे हों कि देखो यह सब मत पूछो, मैं पहले ही कहता था। यह प्रसंग सुखद नहीं है।

मैं बड़ी आविष्ट और आच्छन्न-सी उन्हें देखती रही। सुनती रही। उनसे सहानुभूति थी। बात में कहीं कुछ ऐसा दर्द था कि मेरा दिल भी उमड़ा-उमड़ा आ रहा था; लेकिन अपनी भावुकता और श्रद्धा के कुहरे के पार भी यह बात उभरकर सामने आ रही थी कि 'अरे, ऊपर से चाहे जैसा आल-जाल इसने चारों तरफ़ लपेट रखा हो, यह तो बिलकुल साधारण आदमी है ? इसमें आख़िर ख़ासियत क्या है ?—वही मुहब्बत, वही सम्पन्न बनने के सपने, वही संघर्ष, जैसे बम्बई के लाखों लोगों की हालत है, वही मूलतः इसकी भी।' झूठ नहीं बोलूँगी, मुझे लगा कि मैं व्यर्थ ही इसे लेकर उल्टी-सीधी बातें सोचा करती थी। यह तो बहुत साधारण और निर्बल आदमी है। लेखकों-वेखकों के जो प्रिटेन्शन्स होते हैं, वे सब इसमें कुछ भी नहीं हैं ! और जाने किस लहर में उस क्षण मेरे मन में आया कि इस निर्बल व्यक्ति को बाँहों में भरकर प्यार से इसका माथा चूम लूँ और कहूँ : 'तुम बहुत भटके हो, बहुत थके हो। आओ, तुम्हारी भटकन और थकन को एक समर्थ दिशा दे दूँ।' उस समय मैं सच, भूल गई कि मैं कहानी-लेखिका हूँ, और उदय मेरी विषय-सामग्री। उस समय मैं शुद्ध नारी रह गई।

लेकिन उनके पिछले वाक्य और उस दया-भरी दृष्टि ने मुझे कोंचकर जगा दिया और मेरे प्राणों में अभी-अभी जो एक हलकी सी पिघलन तैर आई थी वह एकदम ग़ायब हो गई। जैसे किसी ने एकदम सारा जादू समेट लिया हो। मैंने उनकी ओर देखा। उनकी निगाहों में मैंने साफ़ देखा जैसे विवश और मजबूर लेकिन अथाह करुणा-भरी दृष्टि से देखकर मुझे कह रहे हों कि 'हे प्रणय-याचिका, सॉरी, आई'म एंगेज्ड।' और यह कहते हुए उन्हें मेरे दिल को दुखाने का अफ़सोस भी है। 'फूल' मैंने फिर मन-ही-मन दुहराया। हाँ, हाँ, मैंने साफ़ देखा कि उदय की आँखों में यही लिखा था। यह कल्पना करके मैं तड़प उठी कि यह व्यक्ति आज रात को डायरी में लिखेगा : 'भोली सुजाता, मैं जानता हूँ कि तुम मुझे प्यार करती हो, लेकिन मैं बदले में तुम्हें प्यार नहीं दे पाऊँगा, क्योंकि मेरा मन, मेरा मस्तिष्क अभी भी रश्मि के हैं...' लेकिन...लेकिन...इन महाशय को यह भ्रम कैसे हो गया कि मैं चाहती हूँ ?...नहीं, यह भ्रम किसी भी तरह नहीं पनपने देना...। मेरा तो जो भी था, सो तेज के साथ था, अब वह नहीं है तो कुछ भी नहीं...। और मन सहसा एकदम उखड़ गया।

मैंने कहा : ''अच्छा उदयजी, आज आपका बहुत वक़्त लिया मैंने। अब चलूँगी।''

घड़ी देखी तो मुँह खुला-का-खुला रह गया—साढ़े तीन बज गए थे—हाय, कहीं अक्का ने बिट्टू को रेखा के यहाँ न भेज दिया हो।

"अच्छी बात है।" बिना आग्रह या किसी झिझक के उन्होंने भी हाथ जोड़ दिया। उनकी इस तटस्थता से जैसे मेरी ऊपर वाली भावना को धक्का लगा। बुरा लगा कि कम-से-कम चौंकते ही सही। आगे मिलने को पूछते या रुकने का आग्रह करते, जैसे लापरवाही से गले में हाथ डालकर तेज कहा करता था : 'अरे होगा भी, चलो, पहले यह करो। फिर घर-वर जाने की जल्दी मचाओ।' कल्पना में उदय का हाथ अपने गले में महसूस करके बड़ा चिपचिपा-चिपचिपा-सा लगा। इस निगाह से मैंने उनके हाथ को देखा। उन्हें सहसा ध्यान आ गया था। "अरे, आपकी कहानी को लेकर ही ये सारी बातें थीं और कहानी पर ही बातें नहीं कर पाए, दुनिया-भर में भटकते फिरे।" वे झेंप रहे थे।

"छोड़िए भी, अब की बार दूसरी लिखूँगी, तब उस पर बातें करेंगे।"

"भई सुजाताजी, एक काम आपको करना होगा। पूछिए, क्या ?" उन्होंने खुद ही आत्मीयता-भरे स्वर में कहा।

"हाँऽऽ," मैं आगे सुनने की उत्सुकता में बोली।

'हाँ, नहीं पूछिए 'क्या' ?" वे हठ से बोले।

"क्या ?" मैंने कठिनाई से दुहराया और इस बच्चों या अनपढ़ों जैसी ज़िद पर खिलखिलाकर हँस पड़ी।

"वह यह है कि मैं जब भी बहकूँ, तो आप मुझे रोक देंगी। अपने बारे में बोलते हुए मुझे अनुपात का ज्ञान नहीं रहता। आप मेरी यह आदत छुड़ा दें तो वाक़ई मैं आपका बहुत कृतज्ञ हूँगा। जहाँ नहीं खुला वहाँ वर्षों शिष्टता चलती रहती है और जहाँ खुले वहाँ आपके सामने सारी बातें कह डालीं जो बम्बई में किसी के सामने कभी नहीं कहीं। अच्छा अगली बार से सिर्फ़ आपकी कहानी के बारे में बातें करेंगे।"

और बिना कुछ बोले उनकी बात का कुछ जवाब दिए मैं 'अच्छा अब चलूँ।' कहकर पलट पड़ी। अचानक तबीयत बहुत बैचेन हो गई थी।

सिर झुकाए चप्पलों की ओर देखती दो कदम चली कि फिर मुड़कर पुकारा : "अरे, सुनिए ज़रा।"

इस सहसा मुड़ने में एक अर्थ था। मैं देखना चाहती थी कि वे मुझे जाते हुए देखते हैं या नहीं। वे ऐसे डूबकर चलने लगे थे, जैसे बिलकुल अकेले जा रहे हों—व्यस्त और आत्मलीन। आवाज़ सुनकर मुड़े और वहीं खड़े हो गए। हारकर मैं ही आगे बढ़ी। सचमुच मैनर्स की कमी है। अब हम ही बढ़कर उधर जाएँ, आप नहीं खिसक सकते। हवा अब सामने की थी। उड़ते पल्ले को छाती पर खुले पंजे से गर्दन के ऊपर दबाए मैंने कहा : "हमारे यहाँ ड्रामा है। आ सकेंगे आप ?"

"नहीं।" फटाक् से वे बोले।

मन में हुआ कि 'अच्छी बात है।' कहकर मैं भी चल पड़ूँ, लेकिन फिर शिष्टता के नाते पूछा : "क्यों, कोई काम है क्या ?" मन की कचोट को अनजाने ही मज़ाक में

निकाला : ''बहन के साथ कहीं का एपाइंटमेंट है क्या ?''

''जी नहीं, वह यहाँ है ही नहीं।'' ज़बर्दस्ती स्वर को कड़ा करके वे बाले : ''अरे, आप लड़कियों का ड्रामा है, कॉलेज का। हम वहाँ किस नाते पहुँचेंगे ? न ऑनरेबुल गैस्ट, न मिनिस्टर, न वी. आई. पी.। आपके दोस्त लोग कहेंगे, कैसे-कैसे लोगों से दोस्ती है जॉइंट-सेक्रेटरी की।'' फिर कोई बात याद करके खुद ही हँस पड़े : ''हमारे एक शुभेच्छु ने बड़ी गम्भीरता से एक दिन कहा था कि तुम सूरत से निहायत ही घुटे हुए गुंडे लगते हो।''

''जी हाँ, इसमें झूठ तो कुछ नहीं है।'' मैंने देखा कि बहनवाली बात को किस सफ़ाई से उन्होंने उड़ाया है—मुँह पर आई बात कह दी : ''योर लुक्स आर रीयली रोगिश।''

उन्होंने अचानक बहुत सुस्त और भोले भाव से पूछा : ''इस मजाक़ का अर्थ भी बता दीजिए। इतनी अंग्रेज़ी आती नहीं है। 'लुक्स' का अर्थ शक्ल-सूरत है तो उसे बदलना तो मेरे वश का नहीं है; लेकिन अगर आपका मतलब निगाहों से है तो उन्हें मैं बदल सकता हूँ।'' बात कहकर वे सीधे मेरे चेहरे की ओर देखते रहे।

उस समय धूप के चश्मे ने मेरी रक्षा की। ग़ौर से मैंने उनकी आँखों में देखा और महीन व्यंग्य को पकड़ा तो मुहावरे का जवाब मुहावरे से देने का लोभ रोका नहीं जा सका। उनके पीछे एक बिल्डिंग की दूसरी मंज़िल से झाँकते, बुश्शर्ट के बटन लगाते एक साहब की टकटकी को दरगुज़र करते हुए स्वर में तटस्थ गम्भीरता लाकर कहा : ''अरे हमारा क्या है, आप खूब निगाहें बदलिए, तेवर बदलिए, पैंतरे बदलिए। हमें तो हमदर्दी उस बेचारी से है जिसकी ओर से आप निगाहें पलटे ले रहे हैं।''

और हम दोनों ही ज़ोर से खिलखिलाकर हँस पड़े। वे बोले : ''आप भी बहुत तेज़ हैं। बुलंदशहर में होतीं तो अब तक तीन बार रो चुकी होतीं। बम्बई की हवा है।''

''अच्छा तो आप उन हवाओं में मत रहिए। बताइए कि आ रहे हैं न ?''अपनी बात पर आते हुए मैंने फिर से मुहावरा कसा। सचमुच एक-के-बाद-एक मुहावरे कैसे मेरे दिमाग़ से उछले चले आ रहे थे कि मुझे खुद आश्चर्य हो रहा था।

''देखिए, कोशिश करूँगा। शायद पब्लिक तो नहीं है... ?''

''रहेगा तो पब्लिक ही। प्राइम-मिनिस्टर-फ्लड-रिलीफ़-फंड के लिए कुछ देना है। दो-तीन कॉलेज मिलकर साथ करेंगे। शायद कोई बड़ा सिनेमा-हॉल ठीक कर लेंगे हम लोग।''

मानो मेरे इतने आग्रह के जवाब में उन्होंने पूछा : ''आप भी ऐक्टिंग कर रही हैं क्या ?''

''बाक़ी और लोग भी हैं। यह तो आपके सामने 'ध्रुवस्वामिनी' खड़ी है।''

उन्होंने मज़ाक में मुझे ऊपर से नीचे तक देखा—'' तु...तु...आप ?'' फिर गहरी साँस ली : ''बेचारी ध्रुवस्वामिनी ! हाय, ध्रुवस्वामिनी तेरी यह दशा ?''

''आपको पता नहीं है, फ़ैन्सी ड्रैस-शो की ऐक्टिंगों में मैंने कई इनाम जीते हैं। '' उनकी पहली झिझक और परिहास पर ध्यान न देकर मैंने बताया।

''तब तो ख़तरा है इन बहरूपियों से।''

''बहुत बड़ा। सँभलकर रहिए। आप लेखकपने में रह जाएँ और कोई ठग ले जाए।'' फिर मैं सहसा मुड़ पड़ी। ज़्यादा विदाई की भूमिका में देर होगी बेकार, और मुझे जल्दी पहुँचना था। एक बात और ध्यान में आ गई : ''अरे हाँ, एक नई कहानी लिखी है। कहाँ भेज दूँ ?''

''देखकर बता दूँगा।''

''अच्छी बात है,'' मैंने स्वीकृति में सिर हिला दिया और आज्ञाकारी बच्ची की तरह जल्दी-जल्दी चली आई। उफ़, कितनी बातें की हैं हम लोगों ने भी। जाने कहाँ-कहाँ की। दुनिया-भर के विषय घसीट डाले। तो क्या जब-जब हम लोग मिलेंगे, मुलाकातें हमेशा ही ऐसी लम्बी होंगी ? तब तो थोड़े ही दिनों में 'बोरियत' हो जाएगी। फिर मैं अपने में ही डूबी अपनी और उनकी सारी बातों के टुकड़े दुहराती रही। अँधेरे में चमकते नियोन-लाइट के विज्ञापनों की तरह कभी कोई टुकड़ा चमक जाता, कभी कोई। मुहावरों का जवाब मुहावरों में मैंने खूब दिया। कुछ आ ही गया, वर्ना मुझे ऐन मौके पर कोई चुटीली बात ही याद नहीं आती। हमेशा बाद में लगता है कि उस बात की जगह अगर यह कह दिया होता तो कैसा मज़ा आता। 'निगाहों का पलटना' भी यों काफ़ी ठीक था; लेकिन अगर उस जगह 'निगाहें चुराना' कहती तो और भी अच्छा होता। उसमें उस लड़की रश्मि की वकालत भी हो जाती। लेकिन क्या सचमुच उसकी वकालत की ज़रूरत है ? वह कम्बख़्त इन्हें इस प्रकार लटकाए क्यों है ? यह प्यार है ? यह तो वाक़ई बनिएबाज़ी हुई कि जहाँ अच्छा देखा, वहीं चले गए। लेकिन यह भी तो ऐसे बँटे हुए हैं। मुझे तो यह बहन-वहन का मामला भी कुछ ऐसा ही लगा। कौन है यह इनकी बहन ? कभी शिमला जाती है, कभी मद्रास ? और ये हैं अनोखेलाल—या चोखेलाल क्या नाम था राम जाने उसका—उसके लिए सिनेरियो लिख रहे हैं। आधी तनख़्वाह दे देता है। क्या दे देता होगा ? यही, ज़्यादा-से-ज़्यादा डेढ़ सौ...कहीं ऐसा तो नहीं है...ऐसा तो नहीं है...और अगली बात सोचकर मुस्करा पड़ी। गुनगुनाने लगी...चोखेलाल...अनोखेलाल... मोखेलाल...झरोखेलाल...।

सामने से दो-तीन मज़दूर सिर पर मुड़ासे बाँधे, नंगे बदन गैंती और कुदालियाँ लिए चले जा रहे थे। कुछ गा रहे थे। जब एक ने दूसरे को कुहनी मारकर कुछ इशारा किया तो मुझे सहसा होश आया कि शायद वे मेरे मुस्कराने का ग़लत अर्थ तो नहीं लगा रहे। कटकर रह गई और तमतमाए मुँह से दूसरी ओर देखती हुई एकदम पार्क के बीच से ही मुड़ पड़ी। यह शार्ट-कट भी था। सामने के मकान के पीछे ही तो मकान था। फिर अचानक तबीयत बड़ी उदास और सुस्त हो गई। मन होता था कि कोई कुछ न बोले, घर जाते ही लेट जाऊँ और आज की बातों पर खूब सोचूँ...खूब सोचूँ। अजीब भोंदू क़िस्म का आदमी है, एक बार भी पीछे मुड़कर नहीं देखा ! नहीं, देखा तो ज़रूर होगा। ऐसा नहीं हो सकता। इन पुरुषों की यह भी तो आदत होती है न कि जब भीतर-ही-भीतर बुरी तरह खिंचते रहेंगे तो ऊपर से ऐसा दिखाएँगे जैसे इन्हें दुनिया से कोई मतलब ही

नहीं है। एक तल्ख़ी और झुँझलाहट महसूस हो रही थी। सचमुच मेरी कहानी पर तो कुछ नहीं बोले, बस अपनी-ही-अपनी धाँगे गए...। ये लोग भी बड़े आत्म-निष्ठ होते हैं...अपनी किताबें, अपने विचार, अपना जीवन...बस, सब कुछ अपना ही अपना...।

सन्ध्या : 19 जून

आज एक बड़ी मज़ेदार बात हुई। नहा-धोकर बाथरूम से निकली तो देखा कि बिट्ठू साहब ने मेरी सबसे प्यारी तेल की शीशी तोड़ डाली है। यह शीशी मुझे इतनी प्यारी थी कि तेल खत्म हो जाने पर भी मैं उसे रखे हुए थी। दिमाग़ में आग ही तो लग गई। भन्नाई हुई बाहर गई। देखा कि नौकर साहब बाज़ार गए हैं। मुझसे कन्नी काट रहा है, यह मैं जान गई। अक्का के सामने खूब भुनभुनाई। कह दिया कि आते ही अगर मेरे पास नहीं भेजा तो ग़दर कर दूँगी। सोचा, आज उसे अच्छी तरह झाड़ना है। अगर तुझे कमरा साफ़ करने की तमीज़ नहीं है तो मत साफ़ किया कर, हम खुद कर लेंगे। किसी काम में मन नहीं लगा। जैसे यही एक काम था जो दिमाग़ पर छाया था कि पहले इसे पूरा कर लूँ तो फिर कुछ करूँ। मैं कुर्सी पर तनी उसकी प्रतीक्षा करती रही, भुनती रही। हर बार कुछ-न-कुछ करता रहता है। रहे या जाए, लेकिन इस बार तो ऐसी खबर लूँगी कि सारे होश दुरुस्त हो जाएँगे। सहसा एक बड़ी अजीब कल्पना मन में आई : मान लो, परदे पर किसी की छाया देखकर मैं समझूँ कि बिट्ठू आया है, फ़ौरन डाँटना शुरू कर दूँ; लेकिन पर्दा हटते ही देखूँ कि बिट्ठू नहीं, यह तो उदय हैं। झेंपकर जीभ काट लेती हूँ, सारा चेहरा सुर्ख़ टमाटर की तरह झलझला आता है। फिर दोनों खिलखिलाकर हँस पड़ते हैं। उस समय की कल्पना पर मैं मुस्करा पड़ी, तभी देखा कि पर्दा हटाकर बिट्ठू आ गया है। बड़ी अनिश्चित-सी उसे यों ही देखती रही—कहीं सचमुच भूल ही तो नहीं कर रही ? गुस्सा जाने कहाँ गया ! हँसकर बोली : "क्यों रे, तूने मेरी शीशी तोड़ दी, अब मुँह छिपाता फिर रहा है ?"

अपनी इस हरकत पर खुद आश्चर्य हो रहा था कि देखा, रेखा आ धमकी है। बिट्ठू बेचारा डाँट खाने के लिए डरता, थरथराता आया था। "आगे से नईं होयेंगा बाई।" कहकर भौंचक्का-सा चला गया।

"बड़ा रौब कर रखा है नौकरों पर ! बेचारा वहाँ काँप रहा था। अक्का कहती थी, अभी उधर मत जाओ, सज्जीबाई का भेजा ख़राब हो रहा है।" रेखा बोली और सामने के पल्ले से हवा करने लगी। "बड़ी गर्मी है।"

"देख लो। अरे, रोबीले आदमी हैं तो रोब होगा ही। तेरे जैसे मिमियाते लोगों का क्या रोब ?" और मैंने बड़ी अदा से काल्पनिक मूँछों पर बल दिया, फिर ज़ोर से रैगुलेटर का कान उमेठकर कहा : "जब इसका दिमाग़ ख़राब होता है तो अक्का तक से अकड़ जाता है; लेकिन क्या मजाल जो मेरे सामने आँख तक उठा जाए।"

"क्या बात है ! कुछ ऐसा-वैसा मामला तो नहीं है ?" दुष्टता से मेरे चेहरे को

ताकती वह मुस्कराई : ''बम्बई में यह सब भी चलता है।''

''मामला है तेरा सिर। हाँ, नहीं तो।'' क्षण के एक अविभाज्य खंड में मैंने बिट्टू की उस रूप में कल्पना की तो मन जाने कैसा-कैसा हो उठा। ज़ोर से पलंग पर जा पड़ी और झटके से लटके पाँवों से स्लीपर उतार दिए। एक उछलकर बीच कमरे में जा पड़ा। ''आज तो मन करता है, कहीं न जाएँ, बस लेटे रहें।''

''आजकल बड़ी मस्ती आ रही है। क्या बात है ? बता न ? हमसे तो सब पूछ लेती है, अपनी कोई बात नहीं बताती। उस दिन उदय के साथ बड़ी ग़प्पें लड़ाई थीं न ?'' पलंग पर मुझसे सटकर ही रेखा बैठ गई। जब मेरे ऊपर लदी तो खुली खिड़की के आधे पर्दे के ऊपर से झाँकती बोली : ''देख, तेरे पड़ोसी साहब खड़े-खड़े बालकनी से झाँक रहे हैं। ला, खिड़की बन्द कर दूँ।''

''तू उधर देखती ही क्यों है ? अरे, झाँक भी लेने दे बेचारे को, अपना क्या जाता है ? उन्हें यों सन्तोष मिलता है तो यों ही सही।'' मैं थकी-थकी अधमुँदी आँखों से देखती बोली। ''ये कह ना कि उन्हें झाँकते तो बाहर से ही देख लिया था। अब जूड़े का पोज देकर लटकाए हुए है ग़रीब को। ऐसी बेशर्मी से लदी पड़ी है और कोई देख रहा है, यह भी उसी का दोष है ?''

मेरे रोकते-रोकते भी उसने एक किवाड़ भेड़ ही दिया और अपनी दोनों हथेलियों में मेरी कनपटियाँ दबाकर झट मेरे होंठ चूम लिये : ''तो ले !''

''बस ?'' मैंने उसी नशीले ढंग से आधी-आधी आँखों से उसे देखकर ढीठ ढंग से कहा और अपनी निगाहें किसी तरह एकटक साधे रही, लेकिन बेबस खुद ही लज़ा गई। गाल गरम हो आए। उसी के पल्ले से गाल और होंठ पोंछकर कहा :''जाने किस-किसकी ज़ूठन लगा दी आकर ?'' उसने ज़ोर से मुझे भींचकर कुहनी पसली में गड़ा दी तो गुदगुदी से मैं तिलमिलाकर रह गई।

लेकिन तभी डाँट न खाने की खुशी में बिट्टू साहब प्लेटों में नाश्ता लगाए खुद ही ले आए। हम लोग सीधी बैठ गईं। एक अस्वाभाविक क़िस्म की गम्भीरता वातावरण पर लद गई। थोड़ी देर चुप-चुप खाकर उसने पूछा : ''बता न, उस दिन कहाँ गई थी ?'' ''भई, आ तो तेरी ही तरफ़ रही थी, लेकिन रास्ते में वो मिल गए उदयजी।'' मैंने अत्यन्त ही तुच्छ घटना की तरह कहा।

''बहुत उदयजी से मिलने-जुलने लगी है। ज़रा सँभलकर रहना। इन साहित्यिक, कलाकार लोगों से ज़रा बचकर ही रहना ठीक है। बड़े खतरनाक होते हैं।'' भौहें उठाकर ऊपर मेरी ओर देखती वह खाने के लिए प्लेट की ओर झुकी : ''सारी बातें ही बातें होती हैं, इन लोगों की।''

उसकी बात ने मुझे भीतर से एकदम सुन्न कर दिया। अपने पिछले दो-तीन अनुभव एक साथ सामने आ गए। सच पूछो तो अन्तर्तम में यही भय कहीं मुझे भी था। फिर जैसे मन में समाई उस सच्चाई को दबाती-सी बोली : ''नहीं, ये बेचारे तो ऐसे नहीं लगते।''

''देखने में तो सब बेचारे ही लगते हैं, चिपक जाते हैं तो जान छुड़ाना मुश्किल हो जाता है। मंदा के साथ हुआ न ? मौत और मुहब्बत का रोना रोनेवाले कविजी उसे नया जीवन देने पहुँच गए। दुनिया-भर की ज़लालत और बदनामी उठानी पड़ी और अब सुनते हैं कि अपने दोस्तों में बैठकर वे उस 'बेवकूफ़-लड़की' के ख़त पढ़ते हैं और ठहाके लगाते हैं।'' वह कहीं दूर देखती रही और निचला होंठ झटककर बोली। साँझ की किरणें बालकनी पार करके पर्दे की आड़ से सर्चलाइट की धारी की तरह हमारे पीछे की दीवार तक आ रही थीं। उसमें नीले, गुलाबी सैकड़ों रेशे चमकते दिखाई दे रहे थे।

''नहीं भाई, देखो, उसमें ग़लती मंदा की भी थी। या तो फिर आदमी अपने सम्बन्धों के बारे में बहुत ही साफ़ हो कि यहाँ तक रहना है, इससे आगे नहीं बढ़ना, नहीं बढ़ने देना। अब मंदा तो 'कविजी' की 'प्रेरणा' भी बनने लगी न। मैं माने लेती हूँ कि जाल उसी ने डाला, लेकिन तुम खुद क्यों 'मेरे कवि', 'मेरी कल्पना के नीड़' टाँक-टाँककर लम्बे-लम्बे खर्रे लिखती हो ? और जब लिखती हो तो भुगतो।'' मैंने प्लेट एक ओर सरका दी—''जबकि उसे यह पता था कि कविजी विवाहित भी हैं।''

''अरे, उसे भी तो सोचना चाहिए था कि उसका ज़रा-सा ढीलापन किसी की ज़िन्दगी भी बिगाड़ सकता है। बनने को तो 'नए युग के अग्रदूत', ये और वो जाने क्या-क्या बनते हैं। अब बेचारी पता नहीं जाने कहाँ चली गई। पहले तो पंचगनी थी।'' उसने भी झुककर पलंग के नीचे ख़ाली प्लेट रखते हुए कहा : ''अच्छा छोड़, हाँ तो क्या-क्या प्रेम-वार्ता हुई अपने उदयजी से ?''

मंदा के प्रसंग ने मुझे भीतर तक सिहरा दिया। मान्न लो, यह हालत किसी दिन मेरी हो जाए तो ? नहीं, नहीं ! आत्महत्या करके मर जाऊँगी। लेकिन् नहीं, उदय को इतनी लिफ्ट नहीं देनी। उसकी बात न सुनकर मैं मानो अपने भीतर के भय और सवाल को जवाब देती बोली : ''लेकिन एक बात तो तू मानेगी कि इन लोगों में जो गद्य-लेखक हैं वे कवियों के मुक़ाबिले ज़्यादा प्रैक्टिकल होते हैं। उन्हें बहुत सोचना और दुनिया देखनी पड़ती है न।''

''यह माना। लेकिन वे क्या पुरुष नहीं हैं ?'' हारकर या ऊबकर वह बोली।

''तो ठीक है। उनसे बचा भी कहाँ तक जा सकता है ? उस वक़्त जब क़िले जैसे बड़े-बड़े महलों में औरतों को क़ैद कर दिया जाता था, तब भी यह सब होता था। मान लो, कवि और लेखक न भी रहें तो पुरुष ही नहीं रहेंगे ? प्रोफ़ेसरों में कम हैं ? और तो और, जो सारी नैतिकता और आदर्शों का ठेका लेकर बैठे रहते हैं, उन धार्मिक महन्तों में ऐसे लोग नहीं हैं ? ये कहो कि एक वर्ग ज़्यादा बदनाम हो गया है, लेकिन होता सभी जगह वही है, किसी भी वेश में हो। मुझे एक भी जगह बता दो जहाँ स्त्री-पुरुष मिलते हों और यह न होता हो ? कला और कविता छोड़ दो तो मुझे बता, साइंस के लोगों में, दर्शन के विद्यार्थियों में यह सब नहीं होता ?'' मैंने मुँह को गम्भीर बनाकर कहा : ''मुझे लगता है रेखा, कि हम लोगों के सोचने में कहीं बहुत भारी ग़लती है। या तो यह मान लिया जाए कि स्त्री-पुरुष का मिलना और उनमें इस तरह के सम्बन्ध पनपने देना ही

ग़लत है, चलो छुट्टी हुई। दुनिया के हिन्दुस्तान-पाकिस्तान जैसे दो विभाजन बना दिए जाएँ और स्त्रियाँ अपने राज्य में किसी को आने ही न दें। या फिर हमें अपनी अच्छाई-बुराई की परिभाषाएँ बदलनी पड़ेंगी। नर्सों और डाक्टरों के लिए तो शारीरिक आकर्षण कोई रहस्य नहीं रह जाता; लेकिन क्या उन लोगों के बीच में यह सब नहीं होता ?''

''अच्छा बाबा, हम हारे।'' उसने झट माथे तक हाथ जोड़ दिए। ''क्या-क्या बातें हुईं, यह बताना हो तो बता, ये उपदेश तो दे मत।''

''बातें क्या ? कोई एक बात हुई हो तो बतलाऊँ भी। दुनिया-भर की बातें हुईं, जाने कहाँ-कहाँ की।'' मैं फिर उनकी बातें मन-ही-मन दुहाराती रही। ईरानी होटल से चन्दनवाड़ी तक उनके साथ जाते हुए अपने को देखती रही। फिर खुद ही हँसकर बोली : ''तेरी बात ठीक न भी हो तो भी ये करैक्टर बड़ा अजीब है। मैं तो सोचती हूँ, होगा सो देखा जाएगा, इस पर कुछ लिख डाला जाए।''

''कैसे ?'' वह पीछे दोनों हाथ टेककर उन पर झुक गई।

''कैसे क्या ? अब देख, हमारी दूसरी या तीसरी मुलाक़ात है। मैं आ तो तेरी ही तरफ़ रही थी कि मिल गए रास्ते में। इधर ही आ रहे थे। बहाना बनाया कि इधर से जा रहा था, सोचा कि ये कहानियाँ ही देता जाऊँ। झूठ बात। घर से ही मेरे यहाँ आने की सोचकर निकला होगा। एक तो यह कि मैं इतना महत्वपूर्ण हूँ, मैं इतना लोकप्रिय हूँ, मैं ऐसा हूँ, वैसा हूँ। यह सब 'शो' करने की बड़ी आदत है। यह तो ख़ैर, लेखक की कमज़ोरी होती है और इन बातों की तरफ़ मैं ध्यान नहीं देती। उनकी बातों से यह सब माइनस करके सुनती हूँ। गट्ठर-भर चिट्ठियाँ लिये रहते हैं कि यह पिछले हफ़्ते मेरे उपन्यास पर आई हैं। कोई है जिसे ये अपनी बहन बताते हैं। पता नहीं कौन है। जब देखो, बस उसी से बातें करते हैं। बहन के हस्बैंड शायद किसी बहुत ऊँची जगह हैं, सो वह कभी रेस देखने मद्रास जाती है, कभी शिमला। अच्छा, दूसरी तरफ़ उनके उपन्यास की जो रश्मि है, वह सच्चा करैक्टर है...''

''स...च ?'' रेखा उठकर सीधी बैठ गई। आश्चर्य और पुलक से उसका मुँह खुला रह गया। ''कुछ कहो, वो चरित्र तो सचमुच बड़ा ही सजीव उतरा है। पढ़कर ही लगता है कि वह सच्चा है। है कहाँ वह ? उसे तो देखना चाहिए।''

''उसी किसी तरफ़ का है। बड़ी देर तक बताते रहे कि कैसे उनके दिमाग़ का वह एक ऐसा द्वन्द्व है जो पिछले आठ-दस वर्षों से साथ लगा है। यहाँ आकर रहने की समस्या अलग है ही। बम्बई में रहना कोई आसान है ?'' मैं सहानुभूति से बोली : ''बेचारा दुखी है।''

''अरे, कोई जनम-पत्री में लिखा है कि बम्बई ही रहना चाहिए ! अपने घर जाएँ। एक तरफ़ तो ऐसे तटस्थ लेखक और विचारक बनते हैं और दूसरी तरफ़ ऐसी भावुकता की बातें करते हैं।''

''तो आख़िर वहाँ भी तो कुछ करना ही होगा न ? दूसरे शायद अर्थाभाव ने उन्हें

अलग-अलग रूप में ऐसा नीचा दिखाया है कि वह दिखा देना चाहते हैं कि मैं हरेक के सामने हाथ फैलानेवाला भिखारी नहीं हूँ। यह मेरा ख़याल है, हो सकता है ग़लत हो।''

''और लिखना ?''

''लिखना बाद में होगा शान्ति से बैठकर।''

''बस, हो गया।'' रेखा ने मुँह बिचका दिया और ऊपर एरियल की तरह, उस दीवार से इस दीवार तक तनी तारों की जालीदार पट्टी को ताकती रही। ''उन्हें कह देना, मेरी तरफ़ से कि एक्सपोर्ट-इम्पोर्ट की दलाली करें किसी फ़र्म में, और भूल जाएँ कि लेखक हैं।''

''तू कुछ कह।'' मैं कहती रही : ''पहले यह आदमी मुझे भी बड़ा उद्दंड और किसी हद तक बदतमीज़ लगा था, लेकिन अब कुछ-कुछ दया आने लगी है। मुझे लगता है, इसके और रश्मि के सम्बन्धों के बीच में कहीं वह अपर्णा भी है। दोनों को लेकर ही यह द्वन्द्व है। मान लो, अगर उनके कहने को ही सच माना जाए तो अपर्णा तो विवाहिता है।'' मैं परेशान-सी हो उठी।

''और मैं क्या रो रही हूँ कि इन लेखकों के लिए विवाहित होने का तो जैसे प्रश्न ही नहीं है। किसी के घर आग लगे, इन्हें तो अपने 'दिल फेंकने से' मतलब है।'' वह फिर उत्साह में भर गई और सहसा उठकर हैंगर पर टँगी साड़ी की ओर लपकी। साड़ी के नीचे से ब्लाउज़ निकाल लिया। फिर उसे हाथ में लिए-लिए मेरी ओर मुड़कर बोली : ''सबसे झमेले की बात तो यह है कि बहन जब ऐसी खाती-पीती है तो क्यों नहीं उससे कुछ ले लेता ?''

''अजब बात करती है।'' मैं झुँझला उठी : ''यों लेना हो तो और लोग कम होंगे ? फिर असली बहन तो नहीं है न।''

''अच्छा कुछ सही, बहन न सही दोस्त सही; लेकिन उसे खुद ख़याल नहीं है ? आख़िर किस बात की 'बहन' या दोस्त है फिर ? यों तो 'उदयजी' 'उदयजी' करती होगी, वैसे यह भी नहीं कि तुम रहते, खाते कहाँ, कैसे हो ?'' वह मेरी ओर पंजा फैलाकर उतने ही तेज़ स्वर में बोली।

मुझे एकदम ग़ुस्सा आ गया। अजीब चर्ख़ा लड़की है ! अभी उदय की बुराई कर रही थी और अब उनका पक्ष लेकर लड़ने लगी। ''तुझे मालूम है, उन लोगों के आपस में सम्बन्ध कैसे हैं ? हो सकता है, यह सब इनका अपना ही फ़ितूर हो और उधर से ऐसा कुछ न हो।''

''अच्छा हाँ, हमें नहीं मालूम बस। हम तो यों ही ऊल-जलूल बकते हैं। तू भैया, उनसे खूब मिल-जुल, वहीं जाकर रहने लग। कहे तो अक्का से कह दूँ ? पहले उसके पास दो थीं, अब तीसरी तू और हो जाएगी।'' वह रुआँसी-सी हो आई, लेकिन अपनी बात पर अड़ी रही : ''तुझसे कोई बात कहो, हमेशा-हमेशा ग़लत मतलब लगाएगी। इसी तरह उस दिन ड्रामे की बात पर मिस भागवत के सामने ऐसी बातें करने लगी।''

''अजब लड़की है री, तू,'' आश्चर्य से मेरा मुँह खुला रह गया : ''यह तुझे क्या

हो गया ? खुरदरी खाट पर सोकर चली आ रही है क्या ?'' मैं चाहती तो बात आगे बढ़ा सकती थी, लेकिन उसके बार-बार विरोध करने पर भी मैं झट उससे लिपट गई। उसे बहलाने और इधर-उधर की बातें करने में काफ़ी समय लग गया। उसने कई बार कहा : ''चल, ज़रा समुद्र की तरफ़ चलें न। यहाँ क्या घुसी बैठी है ?'' लेकिन मैंने बार-बार रोक दिया। मन नहीं कर रहा था। बातों में पता चला कि उसके भावी पतिदेव के पिता ने कुछ ऐसी उलझनें पैदा कर दी हैं कि शायद शादी न हो पाए। रास्ता सिर्फ़ यही बचा है कि ये आपस में चुपचाप सिविल मैरेज कर डालें। फिर घरवालों को बता दें। सो उसी सबका ढंग पूछने वह आई थी कि क्या मैं एक गवाह बन जाऊँगी ? और मैं ले बैठी उदय-पुराण। बार-बार अपनी बातें सुनाते हुए कहना पड़ा था कि 'तू सुन रही है ध्यान से।' तब मैं चौंककर कह उठती—'हाँ, हाँ, मैं सुन रही हूँ, तू कहती जा।' मैं पलंग के सिरहाने अधलेटी उठी, अपनी एक टाँग को दूसरी पर रखकर धीरे-धीरे हिलाती, पाँव के अँगूठे पर निगाहें जमाए अपनी बातें सोचती रही या उसकी सुनती रही, कह नहीं सकती। ऐसी समस्या, हो सकता है मेरे सामने आ जाए, तो ? मैं क्या करूँ ? फिर पता नहीं, वह क्या बता रही थी कि मुझसे अपनी बात कहे बिना नहीं रहा गया। मैंने बात काटकर एकदम से कहा : ''एक बात मेरे दिमाग़ में बार-बार अक्सर आती है।''

''क्या ?'' वह आशा-भरी आँखों से मुझे देखती बोली।

''तूने वो कहानी पढ़ी है जिसमें एक नौकरानी निहायत कुरूप और भद्दी है। शायद ही दुनिया में उसे कोई प्यार करता हो। लेकिन वह हमेशा ही ऐसा जताती रहती है, मानो आज उसके पति ने उसे मारा है, आज उसका पति उस पर खुश है। वह हमेशा पति को ही लेकर डूबी-डूबी रहती है, और उसी पर खुश है। बाद में पता चलता है कि उसका न कोई पति है न आदमी। बिलकुल अकेली है। अपनी कुरूपता के कारण जो कुछ वह अपने जीवन में नहीं पा सकी, काल्पनिक रूप में हमेशा अपने को उसमें डुबाए रखकर वह आस-पास ऐसा माहौल बनाए रखती थी। कहीं यह भी तो ऐसा नहीं कर रहे ?''

''कौन ?'' रेखा कुछ हतप्रभ हो गई।

''यही उदय।'' मैं जल्दी से बोली : ''हो सकता है, यह सब कुछ न हो, और अपनी आर्थिक-सामाजिक परिस्थितियोंवश वह जो कुछ न पा सके, उसे ही उपन्यास-कहानियों जैसे काल्पनिक पात्रों में बहलाए रखना चाहते हों—लोग कभी-कभी वह सब दिखाकर दूसरों को प्रभावित करना चाहते हैं जो वे खुद नहीं होते। हम एक के यहाँ गए, तो मालिक साहब ने छूटते ही पाँच नौकरों को आवाज़ दी—'अटरू, मटरू, कालू, भोलू' और जब चार-पाँच दहाड़ें सुनकर भी कोई नहीं आया, तो उन्हें गालियाँ देते खुद ही जाकर हमारे लिए पानी लाए। ये मुझ पर यही सब कहकर तो सिक्का नहीं जमाना चाहते थे कि इनकी जान-पहचान कितनी लड़कियों से है...''

मैं अपने प्रवाह में बात कहती ही जाती अगर हतप्रभ होकर बुझ जाने के बाद रेखा बैठे-बैठे ही पाँव ऊँचे करके सैंडिल के फीते न बाँधने लगती। वह सहसा उठ खड़ी हुई : ''अच्छा, अब चलें। तेरा तो दिमाग़ आजकल ठीक नहीं है। उसमें तो उदय भरा है।''

मैंने देखा कि उसने दाँत पीसे।

मैंने उसके खिंचते हाथ को न छोड़कर कहा : "अच्छा, मान लो, मैं इस पर एक कहानी लिख डालूँ तो कैसा रहे ? सचमुच बड़ा अद्भुत चरित्र है यह। कहानी ऐसी ज़ोरदार बनेगी कि लोग चकित हो जाएँगे, फिर उन्हें ही दे दूँगी कि पढ़कर अपनी राय दें।"

"तू गई हाथ से।" वह अथाह दया का भाव दिखाकर बोली : "तेरी तो हालत खराब है।"

ताली बजाकर मैं एकदम उछल पड़ी। आँखों के आगे ऐसा अद्भुत प्लॉट नाच रहा था कि मैं खुद चमत्कृत हो उठी। "रेखा, मज़ा आ गया। ऐसी कहानी लिखूँगी कि तहलका मच जाएगा। ये उपन्यासकार दुनिया-भर को अपने उपन्यास में घसीटते हैं, ज़रा इनकी भी तो ख़बर ली जाय।" यह मेरी पुरानी आदत है। जब भी कोई प्लॉट दिमाग़ में आता है तो ऐसी तेज़ी से उसका सूक्ष्म-से-सूक्ष्म विवरण आता चला जाता है कि मैं खुद ही चकित विमूढ़ रह जाती हूँ। जैसे कोई फुलझड़ी की चर्खी घूम रही हो। उसी में मैं ऐसी डूबी थी कि रेखा नाराज़ होकर जा रही है, यह मुझे भीतर पता था, लेकिन सोच लिया कि बाद में मना लूँगी : "एक तुम कहानी लेखिका, दूसरा उपन्यासकार, आपस में एक-दूसरे पर निशाने साधो। हम चले बाबा।"

और वह चली गई। लेकिन दरवाज़े से फिर लौट आई, बोली : "सुजाता, मान जा, यों भटकने में कुछ नहीं रखा। तू शादी-वादी कर ले।"

वह फिर लौट गई ! 'हुँह।' मैंने सुनी-अनसुनी करके मुँह बिचकाया। जैसी खुद है, वैसा ही दूसरों को समझती है। मेरे और इसके सम्पर्क में आने में अन्तर है। रह-रहकर मुझे एक उन्माद-उल्लास का आवेगमय उच्छ्वास ऊपर से नीचे तक सिहरा जाता। सारी दुनिया का ख़ाका खींचने वाला उपन्यासकार, मेरे उपन्यास या कहानी में अपने सही रूप में आएगा। और नारी से अधिक गहराई से, अधिक आत्मीय सच्चाई से पुरुष को चित्रित कौन कर सकता है ? एक ऐसा कल्पनाजीवी पुरुष, जिसके आसपास के अभावों ने उसे कल्पना को ही सत्य समझने को मजबूर कर दिया है और खुद उसे भी ऐसा ही लगने लगा है कि हाँ, ये चरित्र सचमुच के हैं। मुझे लगा, जैसे लाइब्रेरी में जब मैंने पहले ही पहल इन्हें देखा था और जाना था कि ये किसी लड़की को टेलीफ़ोन कर रहे हैं, तभी यह प्लॉट अनकांशस रूप से मेरे मस्तिष्क से टकराया था, और जैसे मैं अनजाने ही तभी से उनका उसी दृष्टि से अध्ययन करती रही थी। 'बहुत दिनों बाद फँसे हो बच्चू। बहुत तुमने हमें अपनी हरकतों से परेशान किया है। जैसा मन हुआ चित्रित कर डाला। अब देखना ज़रा अपनी सूरत। तिलमिला उठोगे।' जब मैंने अपने भीतर की इस आवाज़ को सुना तो अपने बच्चों-जैसे पागल उल्लास पर खुद ही बुद्धिमानी से मुस्करा उठी। मैंने साफ़ महसूस किया कि यह कहानी इसलिए भी मेरी सर्वश्रेष्ठ कहानी होने जा रही है कि आज तक एक भी कहानी का प्लॉट मैंने ऐसी अद्भुत तीव्रता और चकाचौंध से महसूस नहीं किया। इस कहानी के सामने तो जैसे मैं मजबूर हुई जा रही हूँ। जैसे कोई मुझे क़लम लेकर बैठने को धकेल रहा हो और मैं टाल रही हूँ। मन में एकदम प्रकाश-सा भर गया है।

नहीं, आवेश में आकर मैं अपनी कहानी को बिगाड़ूँगी नहीं। इतना अच्छा प्लॉट यों खराब करने को नहीं है। मैं बड़ी गम्भीरता और सावधानी से उनकी एक-एक हरकत का अध्ययन करूँगी। आज मुझे बैठकर अपनी कार्य-प्रणाली तय कर लेनी है। कैसे मेरा अध्ययन प्रारम्भ होगा ? मैंने उनसे मिलने के कई प्रोग्राम बनाए, ऐसे भी जहाँ कुछ समय बातचीत का अवसर मिले...थोड़ी-बहुत छूट भी तो देनी होगी।...बिना चारा डाले कबूतर पास कैसे आएगा...? अपने पर कैसे गिनने देगा ?...पहले तो उसे थोड़ा विश्वास में लाना होगा न...! मूर्ति बनाने के लिए मिट्टी में थोड़े हाथ भी तो सानने पड़ते हैं।...लेकिन...लेकिन है ख़तरनाक ही...ज़रा-से में कुछ हो-हवा जाए ? इस समय अपने औरत होने पर बड़ा क्रोध आया...। एक बड़ी असम्भव-सी कल्पना दिमाग़ में आई। ऐसा नहीं हो सकता कि औरत होते हुए भी न रहूँ; किसी डाक्टरी विधि से ? अगर ऐसा हो जाए तो बेखटके पुरुषों के ऐसे-ऐसे गूढ़ चरित्रों का उद्घाटन करूँ कि शायद ही दुनिया में किसी ने किए हों...। फिर अपनी इस असम्भव कल्पना पर खुद ही हँसी आई। ख़ैर, जो भी हो, अध्ययन तो करना ही है। ड्रामे के बाद ही मिलूँगी—हो सकता है, साथ ही वापस लौटूँ...। उस समय रात भी रहेगी...। लेकिन कहीं पापा ने कह दिया कि चैम्बर से लौटते वक्त मैं ही लेता आऊँगा, तो ? देखेंगे।

और पहले उदय को पुरुष और अपने को नारी मानकर जो संकोच मन में भरा था, वह जैसे एकदम ग़ायब हो गया। मैं अध्येता हूँ, वह मेरे अध्ययन का विषय। संकोच और झिझक से कैसे काम चलेगा ? नहीं, बिलकुल ही तटस्थ और भावनाहीन होकर मुझे अपने विषयों का अध्ययन करना है। अपने को भी उन्हीं में एक मान लूँगी तो कैसे होगा ?—और इस निश्चय के बाद जैसे मेरे दिल-दिमाग़ का एक बोझ अपने-आप उतर गया। एक निश्चिन्तता आ गई है। चलो, यह एक बेकार का दिमाग़ी बोझ और द्वन्द्व भी समाप्त हो गया...।

लेकिन कहीं इस बहाने मैं अपने और उनके मिलने को लेकर मन को ही तो नहीं समझा रही ?...कहीं रेखा की बात ही तो ठीक नहीं है कि यह सब भटकन ही है...? नहीं, ऐसा कुछ भी नहीं है। हम हत्यारे का अध्ययन करते हैं तो न खुद हत्या-पात्र होने के लिए, न खुद हत्या करने के लिए...। तो फिर इस विषय में मुझे अपने अध्ययन के सारे नोट्स ले लेने चाहिए...कहीं दिमाग़ से उतर-उतरा जाएँ...लेकिन है यह खूब। सेर को सवा सेर मिला है।

अपनी इस बात पर मैं सन्तोष से मुस्कराई। और तब जैसे चौंककर देखा कि मैं अँधेरे में खिड़की के सहारे खड़ी हूँ और बाहर रोशनियों की दीवाली झिलझिला उठी है...

बृहस्पतिवार : 20 जून

दिमाग पर नाटक छाया है। हर वक़्त 'ध्रुवस्वामिनी' मन के आगे तैरती रहती है। कॉपी

लेकर डॉयलॉग रटते-रटते अक्सर ऐसा लगता है कि मेरा यह विशेष वाक्य सुनकर उदय को कैसा लगेगा ? हर वक़्त ऐसा महसूस होता रहता है जैसे मैं स्टेज पर अभिनय कर रही हूँ और उनकी आँखें मुझे देख रही हैं। मेरी कहानी को मोपासाँ की नक़ल बताते थे। हुँह; अभिनय को जैनीफ़र जोन्स से प्रभावित बताएँगे। ज़रा इस नाटक से छुट्टी मिल जाए, फिर देखूँगी कितनी गहराई है...। न एक-एक रेशा उधेड़कर रख दिया।...ऐसा विश्लेषण करूँगी कि दंग रह जाएँ...एक-एक लाइन पढ़ेंगे और अपनी तस्वीर देख-देखकर दाँतों तले उँगली दबाएँगे...। लेकिन बेचारा दयनीय प्राणी...।

उस दिन की बात पर हँसी आती है, जब मैंने पर्दे से बिट्टू की जगह उदय के निकलने की कल्पना की थी।

रविवार : 23 जून

रिहर्सल ! रिहर्सल...रिहर्सल।...प्राण निकल गए। आज ड्रामा है और मेरे तो हाथ-पाँव फूले जा रहे हैं। कैसे करूँगी...? कहीं नर्वस हो गई तो बड़ी बदनामी होगी। उदय क्या कहेंगे... ? कहेंगे, वैसे तो बड़ी बहादुर बनती थी...वहाँ ऐसे हथियार डाले कि रो पड़ी...। अभी-अभी ग़लती से अपने की जगह रामगुप्त के डॉयलॉग का पूरा पैरा रट डाला तो दिल और बैठ गया...हाय, सन्ध्या को क्या होगा ? अगर सब सँभल जाए तो महालक्ष्मी पर जाकर सवा रुपए का प्रसाद चढ़ाऊँगी...। किसी धार्मिक भावना से नहीं, यों ही संकल्प के लिए। इन चीज़ों का चाहे धार्मिक महत्त्व न हो, तब भी ये सब मन को मज़बूत करने में बहुत मदद देती हैं। मैं क्यों नहीं सोच पाती कि मैं उसी युग में जी रही हूँ, कि मैं सचमुच की 'ध्रुवस्वामिनी' हूँ ? और तो कोई बात नहीं है, उदय के ऊपर पड़ा हुआ सारा इम्प्रेशन बिगड़ जाएगा।...हे भगवान् !...मैं क्या करूँ ?

सोमवार : 24 जून

उन्हें देखते ही मैं भड़क उठी : "ये क्या हरकत है ? आपको कल..." फिर 'हरकत' शब्द पर खुद ही जीभ काट ली। यह शब्द मेरे न चाहने पर भी मुँह से निकल गया था। कहीं बुरा न मान जाएँ। लेकिन खिला चेहरा देखकर लगा कि या तो मेरी बात सुनकर वह खुश ही हुए या इस ओर ध्यान नहीं दिया। सारे मुँह पर हजामत का साबुन लगा था।

मेरे अटक जाने पर भी वे अगली बात सुनने की आशा में मुस्कराते रहे। चेहरे पर लगे साबुन को देखकर मैं खिलखिलाकर हँस पड़ने को हुई। जैसे बिलकुल सफ़ेद दाढ़ी को सरदारों की तरह पट्टी से बाँध लिया हो। वे शायद अपनी इस हालत और मेरी इस उपस्थिति से अचकचा उठे। उन्हें ख़याल भी नहीं होगा कि मैं यों अचानक उनके यहाँ जा टपक सकती हूँ। मुँह से निकला :"अरे, आप ? मैं...तो खुद ही किसी तरह आपसे मिलकर माफ़ी माँगने की सोच रहा था। आइए, आइए...।"

"अभी तक तो आपका सोचा हुआ कुछ हुआ नहीं है।" हँफनी को रोककर किसी तरह मैंने साधिकार कहा और भीतर क़दम रखा। झिझक और संकोच किस बात का ? मैं तो अपने विषय (ऑब्जैक्ट) का अध्ययन करने आई हूँ। मेरे लिए तो वे एक निर्जीव पत्थर हैं, जिससे मुझे मॉडल बनाना है। दूर तक चला जाता, लम्बा-सा टीन पड़ा हुआ गलियारा था। उसी के तीसरे नम्बर पर पुराने काले-काले किवाड़ पर चॉक से बड़े सुन्दर से अक्षरों में बना-बनाकर उनका नाम लिखा था—बस 'उदय'। आगे-पीछे कुछ नहीं, मानो 'नेमप्लेट' की कमी को अक्षरों की कलापूर्ण बनावट में समय लगाकर पूरा करने की कोशिश की गई हो। नीचे वाली मंजिलों की सीढ़ियाँ चढ़ते-चढ़ते हाँफकर रुकते हुए जाने कितनी बार मन में आया : जाने किस आसमान में रहते हैं। इतने ऊँचे मकान वालों को लिफ्ट लगानी चाहिए।

बेंत की हलकी-सी कुर्सी पर ज़रा अतिरिक्त बेतक़ल्लुफ़ी से बैठते हुए (ताकि वह मन में बहुत रईस समझकर संकोच न करें) कहा : "आपसे लड़ने आई हूँ। उधर कालबा देवी या धोबी तालाब की तरफ़ किसी दोस्त-रिश्तेदार के यहाँ जाना होता है तो भले ही इतना सब ऊँचा चढ़ना पड़े। मैं तो भैया, इसी डर के मारे उधर जाती तक नहीं हूँ। कौन छः-छः मंजिल चढ़े। आपने यहाँ भी ऐसा ही मकान खोज निकाला।"

उदय ज़ल्दी से चेहरे का साबुन बचाते हुए बनियान से ऊपर कुर्ता डालते बोले : "अरे भाई, सभी कोई शिवाजी पार्क में तो नहीं रहते। और जब यहाँ के लोग वहाँ चले जाएँगे तो वहाँ भी यही हालत हो जाएगी। आप ही लोगों को तकलीफ़ होगी। इसलिए हमें यहीं रहने दीजिए। आप लोगों को भी शान्ति है।" फिर परिहास से कहा : "उठकर थोड़ा ऊँचा आने में कष्ट होता ही है।" उन्होंने सामने के किवाड़ बन्द कर दिए।

"हाँ, यही तो मैंने सोचा कि देखें तो सही आख़िर कितनी ऊँचाई पर रहते हैं।" मैं अब सुस्त हो आई थी।

"आपने वह चर्चिल की मूँछों और राजनीति वाला मज़ाक तो सुना ही होगा। बहुत-बहुत लोग एक साँस में ही इस ऊँचाई को नापने आए। कुछ दूर सीढ़ियाँ गिनीं, और फिर खुद हाँफ गए। आख़िर हमें ही उनकी सेवा करनी पड़ी।" वे अपनी बात में गूढ़ सूत्र देने के अन्दाज़ से बोले। मुझे लगा यही बात उनके दिमाग़ में कहीं ऐक्टिंग करने को लेकर भी थी। उस वक़्त तो जवाब दे नहीं पाए थे, अब दे रहे हैं। वे कह रहे थे : "पानी-वानी दिखाऊँ थोड़ा-सा ? चाय तो मिलेगी ही; लेकिन पहले थकान उतार लीजिए। मैं ज़रा इस लालटेन को साफ़ कर लूँ ताकि आत्मा की ज्योति साफ़ चमकने लगे। इतनी देर और बदतमीजी की माफ़ी चाहता हूँ।" उन्होंने कनपटियों पर लगे साबुन की ओर इशारा किया।

"नहीं, नहीं, कोई बात नहीं है।" मैंने कहा। उदय ने दो-तीन पत्रिकाएँ मेरे सामने ला रखीं—मैं भी उन्हें सँभल जाने का अवसर देने के लिए मुँह के सामने एक खोलकर पढ़ने लगी।

मुझे ऐसा लगा, मानो अपने इस अतिरिक्त उत्साह और परिहास से वे यहाँ के

वातावरण की ओर से मेरा ध्यान पलट रहे हैं। गले में पसीना आ रहा था, सो मैंने बग़ल से पीठ की ओर लटका पल्ला निकालकर थोड़ी ऊँची करके कसकर गर्दन पोंछी और फिर कोयला झोंकने की तरह ही उसे फैलाकर हवा करने लगी। पंखे के लिए इधर-उधर निगाहें घुमाईं तो देखा कमरे में एक और कोई साहब भी बैठे हैं। मैं चौंक उठी।

अँधेरे-से कोने में लम्बी-चौड़ी खजूर की चटाई के ऊपर बिस्तर बिछा था, उसका एक तकिया सिरहाने की तरफ़ था और एक पायताने की तरफ़। तकिए की अनेक-कोण रूप-रेखा और बीच में बने गड्ढे से साफ़ था कि इसे बड़े प्यार से आलिंगन-बद्ध किया गया है और इस पर कुहनी गड़ाकर बैठा गया है। कुहनी गड़ाने की बात का ध्यान आते ही अपनी निरीक्षण-शक्ति की याद आई। हाँ, सारे कमरे को मुझे मन में भर लेना है, ताकि आगे चित्रण करने में कोई चीज़ छूट न जाए।

उदय बिस्तर के पास ही ज़मीन पर रखे शीशे इत्यादि हज़ामत के सामान के सामने आलथी-पालथी मारकर तनकर जा बैठे और फ़ुर्ती जताने के लिए ज़ोर-ज़ोर से ब्रश चलाने लगे मानो रन्दा चला रहे हों। पता नहीं वे पतले-दुबले साहब कौन थे। सैंडो बनियान और पतलून पहने झुके बैठे थे। जाँघ पर कुहनी टेके हुए उन्होंने मेरी ओर ज़रा तिरछी सी पीठ करके हाथ पर अपनी ठोड़ी लाद रखी थी, वहीं उँगलियों में सिगरेट धुँआ दे रही थी। इससे उनकी कनपटी का थोड़ा-सा हिस्सा, मोटी-सी चश्मे की कमानी-लदा एक कान और बिखरे खुरदरे लम्बे बालोंवाला सिर दिखाई दे रहा था। ग़ौर से देखा तो चौंक गई। अरे, ये तो समाधि लगाये शतरंज के सामने बैठे हैं। रोशनी से आते ही एकदम दिखाई नहीं दिया। किसी चाल पर विचार हो रहा था शायद। वहीं सामने के आसन पर उदय हजामत बना रहे थे। उन साहब के पास ही नंगी ज़मीन पर एक क़लई की गोल-सी ऐश-ट्रे रखी थी। उसमें दियासलाई की सीकें और सिगरेटों के ऊपर तक ठुँसे ठोंगे बता रहे थे कि काफ़ी मानसिक योगाभ्यास यहाँ हुआ है। चारों ओर देखा, पीछे की ओर बिना पर्दे की दो खिड़कियाँ थीं। छत पक्की थी। सामने के सायबान की तरह लहरदार टीन की नहीं। यह सबसे ऊपर की मंजिल थी। यहाँ सिर्फ़ इसी तरह के कमरों की क़तार बनी होगी, यह मैंने आते समय दूर तक जाते सायबान, लोगों और सामने झूलती साड़ियों से देख लिया। चॉल थी। पूरी बिल्डिंग की अपेक्षा ऊपर का हिस्सा नया बना लगता था। सफ़ेदी ताज़ी थी। मैंने यों ही दीवार से उँगली छुलाकर देखी—पोर सफ़ेद हो गई। मैं जिस कुर्सी पर बैठी थी, सामने बिना पल्लों की चौड़ी-सी आलमारी में किताबें, काग़ज और पत्रिकाएँ भरी थीं। एक में तेल, शीशा-कंघा जैसा लगता था। पास ही एक छोटी-सी मेज़ और कुर्सी रखी थी और उस पर पहले फ़ाइलें, फिर क़ाग़ज-किताबें लदे थे। यहाँ लिखाई होती होगी। आलमारी की एक चीज़ देखकर मैं चौंक उठी। ऊपर के खाने में चाय का पुड़ा और जैम की शीशियों के बीच में रवीन्द्रनाथ और लेनिन की तस्वीरें लगी थीं; लेकिन नीचे जो कुछ था वह एकदम अप्रत्याशित था। छोटी-सी हनुमानजी की एक पत्थर की मूर्ति और उस पर पड़ा घी-सिन्दूर दूर से ही ध्यान खींचता था। मुस्कराकर मुझसे कहे बिना नहीं रहा गया : "अरे, ये हनुमानजी आपके हैं ?"

क़लम काटने के लिए रेज़र को कुल्हाड़ी की तरह उठाए, शीशे में निगाहें गड़ाए, उदय ने बिना गर्दन मोड़े तिरछी निगाहों से उधर देखा और मेरी बात का जवाब न देकर अचानक खाली हाथ से शतरंज की बिसात खींचकर पलट दी, सो सारे मुहरे बिखर गए। बोले : "देख बे सिंह, या तो आप अपने हनुमानजी को उधर बाहर रखिए, ताकि आते-जाते निर्विघ्न दर्शन कर सको; वर्ना मैं आखिरी बार कहे देता हूँ कि कल से मैं इससे कोयले और बादाम फोड़ा करूँगा।" फिर मुझसे बोले : "ये साहब, इन्हीं के इष्टदेव हैं। इन्हीं की आराधना करते-करते आप बम्बई में अभिनेता बनने आए थे और अभी तक पीछा नहीं छोड़ रहे। माथे पर सिन्दूर लगाकर जाते हैं कि पटेल-ज्वैलर्स में किसी डायरेक्टर-फ़ाइनैन्सर की बिटिया पर ही शायद वशीकरण चल जाए तो ऐक्टर बन जाएँ।"

मेरा ख़याल था कि उनकी इस बदतमीज़ी और इष्टदेव के प्रति यह रिमार्क सुनकर वे साहब बौखला उठेंगे; लेकिन या तो वे हार रहे थे या शायद कोई चाल टेढ़ी आ गई थी और या फिर उन्हें इसका अभ्यास था। 'चलो पीछा छूटा' के भाव से उन्होंने कमर सीधी की और बिना मेरी ओर मुँह फेरे दोनों हाथ आसमान में तानकर अँगड़ाई लेते हुए अजब से स्वर में कहा, "क्या बज गया यार ?"

"बजता क्या ? साढ़े आठ बज गए और तुम अपनी एक चाल ही लिये बैठे रहे।" उदय ने जवाब दिया।

"हैंऽऽ ?" सिंह इस तरह उछलकर पलट पड़ा मानो किसी ने पीठ पर हंटर मारा हो, "सऽच, मज़ाक नहीं ? पार्टनर, आज तो देर हो जाएगी।"

"ला, तेरा परिचय करा दें।" उन्होंने बिना उनकी बात की चिन्ता किए कहा : 'ये हैं सुजाताजी, जिनका मैंने ज़िक्र किया था। इनकी तीन-चार कहानियों ने इधर हम लोगों का अस्तित्व खतरे में डाल दिया है।" फिर ये मेरी ओर देखकर बोले : "और आप हैं मिस्टर एम. सिंह।" दुष्टता से उधर देखकर बोले : "अगर आज्ञा हो तो पूरा नाम बता दूँ ? श्री मुलायम सिंह। बैंजो बड़े ग़जब का बजाते हैं और आजकल शतरंज की चालों का गहरा अध्ययन कर रहे हैं, क्योंकि हर बार हारते हैं। बदला चुकाने के लिए वॉयलिन सीख रहे हैं। बस बेर और केले का साथ है।" मुँह बनाकर बताया : "हम अपने चिन्तन में डूबे हैं कि पास ही सुनाई दिया, 'कैंऽऽ', लीजिए साहब, इनका अभ्यास शुरू, 'सुनो गजर क्या गाए, सगय गुज़रता जाए।' कलम रखकर हम इनकी सात पीढ़ियों का तर्पण करते हैं। असल में एक्टर को यह सब आना चाहिए न।" बीच गाल पर छूटी हजागत को उदय ने फिर सँभाला और गाल फुलाकर रेज़र चलाने लगे, मानो अपनी दुष्टता छिपा रहे हैं।

उदय की बात पर ध्यान न देकर नम्रता से सिंह ने फ़ौरन ही सिगरेट ट्रे में ठूँसी और हाथ जोड़े : "आप कब आ गईं, पता ही नहीं चला। आपकी तो तारीफ़ अक्सर ही सुननी पड़ती है। हमारे उदय साहब की ज़बान पर जो न चढ़ जाए। आजकल बस, सुजाताजी, सुजाताजी ही रहती हैं। 'क्या कहानियाँ हैं कि ग़ज़ब हैं।' मैं तो कह देता हूँ कि 'बेट्टा, ग़ज़ब हैं तो उसी से सीखो। तुमसे तो वह भी नहीं लिखी जाती। दो पन्ने

लिखोगे, उसमें भी उपदेश, विश्लेषण और फ़लसफ़ा भर दोगे। पाठक यह सब पढ़ेगा या कहानी ? बड़े भारी इंटलैक्चुअल की दुम आए हैं। आप सिनेमा जगत् में क्रान्ति करेंगे।—मेरा सिर ?'' सिंह ने आधा मुँह टेढ़ा करके उदय की नक़ल उतारी और फिर शिष्टता से बोले : ''माफ़ कीजिए, मैंने समझा कि पड़ोस का देशपांडे अख़बार पढ़ने आया है। जाने कौन-कौन तो पाल रखे हैं जनाब ने। कोई अख़बार पढ़ने आते हैं, एक सिनेमा की कहानी लिखना सीखने आते हैं। बोलो, खुद तो सीख लो पहले। चले हैं—दूसरे को सिखाने। ये भी कोई उपन्यास है कि लिया और बैठकर घसीट डाला।''

जवाब में एक बार हाथ जोड़े। फिर अख़बार पर आँखें गड़ाए मैं मुस्कराती रही। इन दोनों में भी यह खूब चोंचें चलती हैं। उदय ने ही तो बताया था कि कॉलेज के साथी हैं। मैंने सिंह के चेहरे की ओर देखा। खाकी पतलून, गन्दी-सी सैंडो बनियान, खुलता रंग, मरियल सूखा शरीर, लम्बे चेहरे के कट अच्छे थे; लेकिन उस पर रूखेपन की वह छाप थी जो बम्बई की अपनी देन है। कल्ले उभरे दिखाई देते थे, होंठ पतले और सुन्दर, तलवारकट पतली-पतली मूँछें। असुन्दर नहीं; लेकिन इन्हें भी एक्टर बन जाने का मुग़ालता है, इस बात से तरस ज़्यादा आता था।

''इस बदतमीजी के लिए माफ़ कीजिए। एकदम सो कर उठा हूँ सो हुलिया बिगड़ी हुई है। अब काम पर जाने की तैयारी है।'' वे परिचय के बाद कुछ इस तरह कन्धे लटकाए सामने झूलते हाथ लिये खड़े रहे जैसे इतनी-सी बात कहने के साथ ही भाग खड़े होंगे। ''इस कम्बख़्त ने सुबह-ही-सुबह शतरंज रख दी, सो बैठना पड़ा।'' उन्होंने भारी चश्मे को पीछे खिसकाया।

उदय बोले, ''वर्ना नहा-धोकर ही आप कौन-से खूबसूरत लगते हैं ? अच्छा, अब सुजाताजी, आप ही फैसला कीजिए। बताइए, मैं क्या करूँ ? जब तक सिंह साहब ऑफ़िस न चले जाएँ, मजाल क्या जो आदमी ख़त तक लिख ले। ऐसी घुड़दौड़ मचाते हैं कि खुदा की पनाह। पतलून प्रेस कर रहे हैं और लैक्चर चल रहा है कि किस शूटिंग का कौन सैट ठीक नहीं बना, किस सैट पर क्या गड़बड़ हो गई, किसके साथ किसकी साँठ-गाँठ है। किस ऐक्ट्रेस के पास कौन गाड़ी है। हरेक की जनम-पत्री। बम्बई का कोई भी फ़िल्मी अख़बार नहीं है जो आप न ख़रीदते हों। अपने-आप आएगा देशपांडे। कहता है, शान्ताराम उसका कोई दूर का रिश्तेदार है सो आप उसको मस्का मारते हैं।'' नहाने का तौलिया से चेहरा-कान पोंछते हुए उदय ने सिंह को कोंचा—नए आदमी के सामने अपने को यों खींचा जाता देखकर वह कुछ बुरा न मान जाए इसलिए ज़रा तारीफ़ के स्वर में बोले : ''लेकिन सिंह साहब शतरंज के परम शौक़ीन हैं। और मज़ा यह कि आज तक कभी जीते नहीं। जब खाई तब पैदली-मात। लेकिन सा'ब, शौक़ है। मुझे जब इनका मुँह बन्द करना होता है तो सामने शतरंज बिछा देता हूँ। एक-एक चाल को घंटों सोचते हैं, उठकर, बैठकर, लेटकर, सिगरेट पीकर, चाय चढ़ाकर। कभी-कभी तो यों ही बिसात रखी छोड़कर बाथरूम चले जाएँगे और वहीं से दहाड़ेंगे, 'ढाई घर को ऊँट की बग़ल में रख दो।' या तौलिया लपेटे सारा फ़र्श गीला करते हुए चले आ रहे हैं। मैं तो इन्हें चाल

चलाने की फ़ुरसत देकर अपनी चिट्ठियाँ लिखने लगता हूँ, अख़बार पढ़ लेता हूँ। अब आप जब आई थीं तो मैं हजामत बना रहा था और आप शीर्षासन करके चाल सोच रहे थे।''

''चुप बे ! अच्छा सुजाताजी, अब देखिए, क्या करें इस नामुराद शहर में ? कोई तो शग़ल हो न ?'' बेबसी के खिसियाने अन्दाज़ से हँसकर वे बोले, और उसी गन्दी बनियान से चश्मा पोंछने लगे। मुझे हँसी आ गई, दोनों जैसे मेरे सामने अदालत में खड़े हों, शैतान बच्चों की तरह।

''अच्छा, सिंह साहब, एक काम करो।'' सहसा गम्भीर होकर उदय बोले : ''उस छोकरे को तो आपने लौंड्री भेज दिया है सो वह भी ब्रॉडवे और हिन्द माता के सारे पोस्टर देखकर आएगा। तुमसे किस बात में कम है। अब तुम दो-चार कप चाय बना दो।''

मैं कुछ कहूँ, इससे पहले सिंह साहब बड़ी नम्रता से बोले : ''यार, मुझे देर हो रही है, वर्ना बना देता।'' फिर उन्होंने इस तरह सिर झटका कि बालों का झब्बा, तार पर बैठे सधने के लिए फड़फड़ाते कबूतर के पंखों की तरह उछलकर वहीं आ पड़ा। ''अच्छा खैर, बनाए देते हैं, क्योंकि कपड़े वह नहीं लाएगा तो जाएँगे कैसे ? लेकिन याद रखना, यह सुजाताजी की ख़ातिर है, तेरे लिए इसमें कुछ नहीं है।'' वे खुले दरवाज़े की ओर चले जो सूरत से 'किचिन' लगता था।

उनकी बातों में आनन्द ज़रूर आ रहा था, लेकिन मुझे जाने क्यों लगा कि मैं बेकार आई। अचकचाकर उठ खड़ी हुई : ''देखिए, मैं तो चाय पीकर आई हूँ। मैं नहीं पियूँगी। मुझे कुछ जल्दी भी है। वह तो एक तो आपसे लड़ना था और दूसरे अपनी कहानी लेनी थी। अब बताइए कि आप कल आए क्यों नहीं ?''

झेंपी और संकुचित-सी मुद्रा बनाकर उदय ने मुझे देखा और उनके दोनों हाथ मुझे बैठाने के लिए मेरे कन्धों तक आए; लेकिन जैसे छः इंच की दूरी पर ही सहमकर रुक गए, अतः सिम्फ़नी डायरेक्ट करने के अन्दाज़ में हाथ हिलाकर बोले :''बैठिए, बैठिए। अब तो सिंह साहब के हाथ की चाय पीकर ही जाना होगा, वर्ना मुझे मारकर फेंक देगा।''

उनके हाथों के रोकने और मनोभावना को लक्ष्य करके मैं मुस्कराई : ''आप लोग भी खूब हैं। अब बेचारे को क्यों कष्ट दे रहे हैं ? चाय तो मैं पीकर ही आई थी। मना कर दीजिए न, अच्छा नहीं लगता।'' मैं हारकर बैठ गई।

उदय जोर से बोले : ''सुना सिंह साहब, क्या कह रही हैं ये सुजाता जी ? अरे, जब इनके मिलनेवाले आते हैं और हम नीचे चार मंजिल भागकर सिगरेट और कोकाकोला लाते हैं, तब कुछ नहीं। और ये कोई हमारे ऊपर अहसान थोड़े ही कर रहे हैं, इन्हें खुद भी तो पीनी है। नार्या तो इनके कपड़े और पाव-रोटी लेकर नौ से पहले आने वाला नहीं है।'' फिर धीरे से बोले : ''आदमी बड़ा भला है बिचारा।''

मैं हँस पड़ी : ''भला तो होगा ही बिचारा, आपको चाय बना-बनाकर जो पिलाता है। और आप हैं कि उसके शतरंज खेलने तक का मज़ाक उड़ाते हैं।''

उदय सन्तुष्ट भाव से मुस्कराये और छाती पर लटके तौलिया पर ब्रश मार-मारकर सुखाते रहे। इसे उन्होंने मग में ही धो लिया था। पूछा : ''आपको आती है शतरंज ?''

मुझे एक बात पर भीतर ही भीतर हलकी चिनचिनाहट-सी महसूस हो रही थी। पहले तो इन्होंने मेरे आने को कुछ 'विशेष' रूप में ले लिया था, लेकिन इसके बाद जैसे कुछ महत्त्व ही नहीं। सब कुछ ऐसे स्वाभाविक ढंग से होने लगा था, जैसे मैं तो रोज़ ही आती हूँ। मैंने अर्थपूर्ण ढंग से कहा : "जी नहीं, ये चालोंवाले खेल मुझे नहीं आते। अपनी कोई दिलचस्पी भी नहीं है।" फिर मुझे याद आया कि मैं जो इनका 'अध्ययन' कर रही हूँ, यह क्या 'चाल' नहीं है ?

"लड़की और चालोंवाले खेल न जाने ?" उदय ने खुद ही उत्तर देकर कहा : "नामुमकिन !" आलमारी के पास जाकर मेरी ओर पीठ करके बोले : "सुना है, इस खेल को मन्दोदरी ने ईजाद किया था ?"

"अच्छा, आपको क्या अपने खेल पर बहुत गर्व है ?" मैंने यों ही पूछ डाला। भीतर स्टोव जल गया है, यह मैं आवाज़ से ही जान गई। हलकी बेचैनी-सी हुई कि व्यर्थ ही मेरे लिए यह कष्ट हो रहा है।

"गर्व तो नहीं है, पर मात खाने की आदत कुछ कम ही है। जल्दी मुहरे नहीं छोड़ता।"

पता नहीं उदय की इस बात में मुझे ऐसा क्या गूढ़ लगा कि मेरे भीतर एक फुरहरी-सी दौड़ गई। जैसे मेरे मन की हर बात को वे पढ़ और भाँप रहे हैं और ऐसे-ऐसे जवाब देकर मुझे सावधान कर रहे हैं—हो सकता है, ललकार रहे हों। वे कह रहे थे : "मात खाई जाए तो किसी अच्छे हाथों से खाई जाए। यों हर ऐरे-ग़ैरे से मात खाने में मज़ा नहीं है।"

उहूँ, मैं बेकार ही डर गई थी। यह तो शब्दों को लपेटकर वही बात कह रहे हैं जो हर लड़का किन्हीं मौक़ों पर लड़की से कहता है। लेखक हैं, इसलिए शब्दों में चतुराई है। मेज़ पर रखी पत्रिका के कवर पर बने लड़की के चेहरे की रेखाओं पर नाखून से गहरी लकीर खींचती बोली : "अच्छे हाथों से क्या मतलब ?" अनजाने ही अपने हाथों पर निगाह गई। काली चूड़ी होती तो और खिलते, अब तो केवल घड़ी की रेशमी डोरियाँ थीं।

वे नाखून से बनती रेखाओं को देख रहे थे या मेरे हाथ को—नहीं कह सकती, कुछ पल चुप रहकर जैसे हलकी गहरी साँस लेकर बोले : "यह बताना तो ज़रा मुश्किल है।"

'नहीं पड़ी न हिम्मत !' मैं मन-ही-मन हँसी। कहा : "मुश्किल क्या है ? रश्मिजी ने अच्छे हाथ दिखाए तो थे कि सारी चौकड़ी भूल गए, पैदली खानी पड़ी ?"

"रश्मि बेचारी क्या खाकर देगी ?" मैंने स्पष्ट देखा कि वे सुस्त हो गए। यों ही खोए-खोए से बोले : "रश्मि उपन्यास की नायिका है, वह नहीं है जिसकी ओर आपका इशारा है। और हार-जीत तो चलती ही रहती है। ख़ैयाम की लाइनें आपने सुनी हैं :

टिज अ चैकर बोर्ड ऑव नाइट्स एंड डेज
ह्वियर डैस्टिनी विद् मैन फ़ॉर पीसेज़ प्लेज़
हिदर एंड थिदर मूव्स, एंड मेट्स एंड स्लेज़
एंड वन बाई वन बैक इन द क्लोजैट लेज़ !"

"ये अंग्रेजी कविताएँ अपने पल्ले नहीं पड़तीं !" मैंने टाल दिया।

लेकिन उन्हें उपन्यास से शायद अपने कुछ पत्रों का ध्यान आ गया। मेज़ की ओर जाकर बोले : "देखिए, कुछ और अजब से खत आए हैं।" वहाँ उन्होंने पाँच-छः ख़तों में से दो-तीन निकाले।

मैंने अनुत्सुक भाव से कहा : "ये तो सब हैं ही। लेकिन, सच पूछिए तो मैं रश्मिजी का ही ख़त देखने को उत्सुक हूँ। उन्होंने कोई लिखा हो तो बताइए..." मैंने उनके अपनी ओर बढ़े हाथ से ख़त लेते हुए कहा। अगर वे एकदम झिझककर हाथ न हटा लेते तो शायद मुझे ध्यान भी न आता कि हमारी अँगुलियाँ आपस में छू गई हैं।

"उन्हें देखकर क्या करेंगी ? यों ही बड़ी बेवकूफ़ी की बातें लिखती रहती है..." वे झेंपकर बोले।

फिर वही लड़कियों जैसी झेंप ! यह वाक़ई लज्जा है या लज्जा का नाट्य ? न कहीं कोई रश्मि है, न अपर्णा। जब से बहकाए जा रहे हैं। मैंने अपनी कहानी के प्लॉट को फिर से दुहराया। अगर कोई होती तो इनसे छिपाया जाता ? बीस बार उनकी चिट्ठियाँ दिखाते। ज़रा-सा पोस्टकार्ड लिखकर कोई भेज देता है तो उसे चार बार मुझे ही दिखाते हैं। अपर्णा...अपर्णा...दो बार जैसे किसी ने मन में दुहराया...और मैंने फिर कमरे में एक बार चारों ओर तौलती निगाहें घुमाई।

बात यहीं टूट गई। एक छोटी-सी ट्रे में तीन प्याले चाय, कन्धे पर मैला-सा तौलिया रखे बैरे के अन्दाज़ में सिंह साहब प्रकट हुए। मैं एकदम उठ पड़ी : "अरे रे, देखिए आपको कितनी तकलीफ़ करनी पड़ी है। आप भी उदयजी, कमाल करते हैं।" मैंने पत्रिकाएँ एक ओर ख़ाली कुर्सी पर डाल दीं और 'ट्रे' उनके हाथ से लेकर मेज़ पर रख दी।

"नवाबज़ादे साहब, अब उठाकर तो खुद पी लो या वह भी हम ही करें ?" एक कप उठाकर मुझे देते वह बोले।

"नवाब तो आप हैं, हम क्या खाकर होंगे।" उदय ने सिंह का चेहरा पढ़कर कहा : "इनकी 'नवाबज़नी' सुनी है सुजाताजी ?—क्या मज़ाल जो कभी आप क्लास में ठीक समय से पहले आये हों। या तो प्रौक्सी से काम चलाया, नहीं तो जब रोल-कॉल हो जाए, तब देखिए कि सिंह साहब इस तरह झूमते चले आ रहे हैं जैसे सुबह मॉर्निंग वॉक पर निकले हों। एक दिन देखा, सिंह साहब रज़ाई लपेटे बाथरूम-स्लीपर पहने झूमते-झामते चले आ रहे हैं—बढ़िया साटन के अस्तर वाली मखमली रज़ाई। आते ही बड़ी गम्भीरता से अगली सीट पर एक लड़के को सरकाकर बैठ गए, और लगे प्रोफ़ेसर का चेहरा अपलक ताकने। सारा क्लास आपकी इस हरकत पर हँस रहा है, लेकिन सिंह साहब के मुँह पर हँसी का नामोनिशान नहीं। बस, भकुए-जैसे देखे जा रहे हैं। लड़कियों ने मुँहों पर दुपट्टे और रूमाल लगा लिए। आख़िर बेचैन होकर प्रोफ़ेसर ने पूछा, 'आप इस तरह मेरे चेहरे को क्या देख रहे हैं ?' तो चौंककर आपने अपने आसपास देखा कि क्या मुझसे ही कहा जा रहा है। फिर निहायत ही मासूमियत से बोले, 'कुछ नहीं साहब, वैसे तो सब ठीक

है। ज़रा-सी दारू पी आया हूँ, इसीलिए ऐसा लग रहा होगा।' बस, आप अब क्लास की हालत सोच लीजिए।'' सिंह साहब झेंपे-झेंपे 'मैं किस लायक़ हूँ !' के अन्दाज़ में मुस्कराते रहे और उदय मज़ा ले-लेकर हँसते रहे। मुझे सिंह से हमदर्दी थी। हँस चुकने के बाद बोले : ''सचमुच सिंह साहब, आपको मेरी वजह से काफ़ी कष्ट होता है न ? जब से आया हूँ चैन नहीं लेने देता।'' अपनी बात के अन्तिम हिस्से तक आकर उनके स्वर में अन्तर आ गया। प्याला उठाकर खड़े-खड़े ही कहा।

उनके स्वर में व्यथा थी या क्या कि सिंह गद्‌गद होकर महान् हो गए। कान के पास मक्खी-सी झाड़ने के अन्दाज़ में हाथ झटककर मानो अरुचिपूर्वक बोले : ''छोड़, छोड़, अब बहुत शब्द-जाल मत फैला।'' और तश्तरी में चाय उँड़ेल-उँड़ेलकर पीने लगे।

''लेकिन मैं भी कहता हूँ कि अपनी कहानी का हीरो तुम्हें ही बनाऊँगा। अड़ जाऊँगा डायरेक्टर से कि कहानी तभी जाएगी जब सिंह साहब हीरो बनेंगे। तब दोनों जने रोज़ ताज में डिनर लिया करेंगे। फ़िकर मत करो, वह दिन भी जल्दी आनेवाला है।'' उदय ने एक बार मेरी ओर देखा और एक बार सिंह की ओर।

मानो यही सिंह का भी मधुर स्वप्न हो। उनकी निगाहें कहीं दूर खोती-सी लगीं। फिर इसे एकदम झुठलाते-से बोले : ''जा, जा, बहुत उड़ मत। 'पुरोहित' और 'चेतना' में क्या खिला दिया, हवा में ही उड़ने लगे। ताज में रोज़ डिनर लेंगे। हुँह !''

''अरे, तब तुम खुद ही हमें लिफ्ट नहीं दोगे। तब तो बड़े-बड़े ऐक्टर-ऐक्ट्रैस चारों ओर होंगे।'' हम तीनों ही खड़े-खड़े चाय पी रहे थे। उदय खुद दूसरी बेंत की कुर्सी पर बैठ गए। ''अब भी तो आप बैठेंगी। तकल्लुफ़ में क्या रखा है ?'' झुककर कुर्सी पर रखी पत्रिकाएँ उन्होंने ज़मीन पर रख दीं।

लगा यह उनका स्थायी मज़ाक है। सिंह ने जैसे किसी जवाब की तलाश में इधर-उधर देखा और बोले : ''सुजाताजी, आपके यहाँ टेलीफ़ोन है ?''

इस अप्रत्याशित प्रश्न से मैं एकदम चौंक पड़ी : ''जी हाँ, है तो। क्यों ?'' इन दोनों के आपसी पैंतरे देख-देखकर मज़ा भी आ रहा था और भीतर-ही-भीतर कहीं यह भी लग रहा था कि बुरे फँसे। वक़्त बरबाद हो रहा है। जिसलिए आई थी वह तो घपले में ही पड़ गया।

''जी बस, बस, अब मैं समझ गया।'' 'अब पड़ाव मारा के' भाव से सिंह सिर के ऊपर हाथ उठाकर प्रसन्न हो उठे।

''क्या ?'' मुझे यह आदमी विचित्र रूप से दिलचस्प लगा; इसीलिए मैं डायरी में इसके बारे में लिखे चली जा रही हूँ।

''अपने उदय साहब आजकल बम्बई में आदमियों से दोस्ती नहीं करते, टेलीफ़ोन से दोस्ती करते हैं, यानी उसी से जिसके यहाँ टेलीफ़ोन हो।'' उदय को चिढ़ाकर वे बोले : ''पब्लिक टेलीफ़ोन वाले तो पैंतालीस मिनट फ़ोन करने नहीं देते न। पीछेवाला शोर मचाता है और किसी की दूकान पर हुआ तो वह क्यों बेकार दो आने में भीड़ बढ़ाएगा ?''

मैं भौचक्की-सी होकर मुँह फाड़े देख रही थी कि उदय ने बरजने वाले स्वर में कहा : ''एऽऽऽ मुलायमसिंह, तुम्हें देर हो रही है। जाओ, नहाओ-धोओ, हमें कुछ काम है। आखिर दूकान पर तो पहुँचोगे कि नहीं ?''

इस जगह सिंह साहब का पूरा नाम लेने का राज़ मेरे लिए साफ़ था, मानो वह कहना चाहते थे कि 'तुम्हारा नाम मुलायमसिंह है, भूलो मत। अपने स्तर से बातें करो। तुम ऑफ़िस में नहीं, दूकान पर नौकरी करते हो।'

''चला, चला...यार, गुर्रा क्यों रहा है ?'' ज़िद्दी बच्चे की तरह सिंह मन ही मन अपनी बात पर खुश होते हुए डटे रहे। ज़मीन पर रखी पत्रिकाओं और पत्रों पर निगाह डालते बोले : ''प्रशंसकों के खत दिखा रहे हो न, लेकिन, यार, सुजाताजी को अपनी 'उनके' भी तो ख़त दिखाओ न..., क्या नाम है भला-सा...अन्नपूर्णा...या क्या ? जाने कौन-कौन तो हैं। अब मुझे नाम भी तो याद नहीं आ रहा...अपर्णाजी...हाँ, अपर्णाजी का...रजनी का तो तुमने दिखाया ही होगा...वह तो तुम्हारे उपन्यास की रश्मि है...''

''चोप !'' और जब तक उदय झपटकर उधर आए कि शैतान बन्दर की तरह वार बचाते सिंह उछलकर सामनेवाले दूसरे दरवाज़े में घुस गए और ज़ोर से किवाड़ बन्द करके मज़े में आकर 'डडा डडा' की धुन में कुछ गुनगुनाने लगे...।

तब मुझे भीतर झटका-सा लगा। सो यह रश्मि और अपर्णा, दोनों में से कोई काल्पनिक नहीं है ? उदय का इस समय का लाल चेहरा भी तो बता रहा था कि वे सच हैं। उदय ने सिंह की कमजोरी का मज़ाक उड़ाया था और सिंह ने इन्हीं का; लेकिन उसके पीछे क्या कहीं यह ईर्ष्यालु भावना नहीं थी कि वे मुझे बता रहे हों 'सुजाताजी, उदय को सीधा मत समझिए। बहुत लड़कियों से इसका परिचय है...यह...।' मुझे तब खुद अपने पर ही झुँझलाहट होने लगी। कितनी साफ़ बात है, और उन्होंने भी बिना छिपाए निहायत ईमानदारी और स्पष्टता से बता दिया था। फिर इनके सम्पर्कों को काल्पनिक समझने की क्या तुक थी ? अगर कहीं बनावट होती तो मेरी आँखें तभी भाँप लेतीं। अपने निरीक्षण की तेज़ी पर तो मुझे बहुत विश्वास है, यह बात कैसे छिपी रह सकती थी ? अब मुझे प्लॉट को दुबारा सुधारना और रिवाइज़ करना होगा। ख़ैर मैंने निश्चय कर लिया कि ज़्यादा चतुर बनने और अपनी अन्दाज़-बहादुरी दिखाने की धुन में ज़बर्दस्ती रहस्य-निर्माण करने की प्रवृत्ति को मुझे दबाकर ही रखना होगा। जो जैसा है उसे उसी तरह लेना ज़्यादा ठीक है। लेकिन कैसी होगी वह रजनी...अपर्णा... ?

(आई अर्थात् पापा के मित्र की पत्नी आ गई हैं, इसलिए डायरी यहीं छोड़ती हूँ।)

रात्रि : साढ़े ग्यारह बजे

सिंह की कुछ बातें मन को बहुत छू गई थीं। बार-बार लगता जैसे कुछ है जो मुझे मेरे न चाहने पर भी पिघलाए दे रहा है। एक आशंका भी होती है कि कहीं यह पिघलना दलदल में गहरे उतरते चले जाने की मजबूरी न बन जाए। लेकिन फिर अपने को

समझाती हूँ कि मनुष्य को क्या बस, स्वार्थी, दुष्ट और आत्मनिष्ठ ही होना चाहिए ? क्योंकि परोपकार, हमदर्दी, दया, करुणा, मानवीय रागात्मक भावनाएँ हमेशा 'किसी' को लेकर ही होती हैं और धीरे-धीरे वह 'कोई' हमारे अपने नजदीक होने लगता है, दूरियाँ सिमटने लगती हैं। औपचारिकता और फ़ॉर्मेलिटी के पर्दे उठते चले जाते हैं और हम पाते हैं कि यह सम्बन्ध केवल जड़ लेन-देन का ही नहीं है। किसी को हमदर्दी, करुणा देना भिखारियों को पैसा देना नहीं है कि दिया और आगे बढ़ते ही भूल गए, वह अपने 'श्रेष्ठतम' का कुछ भाग देना है। वह 'अपनापन' देना है—और 'अपनापन देकर कैसे कोई किसी को बहुत दूर रख सकता है; 'अपनेपन' और 'पराएपन' की दूरियाँ क्या साथ-साथ निभाई जा सकती हैं ? लेकिन जब बदले में दूसरा अपनी कृतज्ञता देता है--जो उसका श्रेष्ठतम है—तो हम चौंकते क्यों हैं ? और जब नहीं देता तो यह क्यों समझते हैं कि वह अहसान-फ़रामोश है, वह कृतघ्न है, और हमारे इतने 'अपनेपन' को एक तक़ल्लुफ़ी 'धन्यवाद' से समाप्त कर देना चाहता है ? तो यह आशंका और आशा करना क्या एक ही मनोभाव के दो नाम हैं ?

"लगता है आप तो किसी बहुत भारी सोच में पड़ गई हैं।" दूर कहीं धुन्ध के पास से उदय की आवाज़ सुनाई दी। सचेत होकर देखा, सचमुच पत्रिकाओं के ऊपर रखे ख़तों को पढ़ने के लिए दोनों कुहनियाँ बेंत की मेज़ पर टिकाकर, दोनों हथेलियों पर ठोढ़ी टिकाए, कनपटियाँ थामे उन्हें देखती मैं न जाने कहाँ खो गई थी। इसी तरह के हँसी-मज़ाक के बीच नहाकर कपड़े पहन सज-सँवरकर सिंह ऑफ़िस चला गया।

जाते-जाते जो कुछ कह गया था, उसी ने मुझे भिगो दिया : "माफ़ कीजिए सुजाताजी, कुछ बदतमीज़ी हो गई हो तो। ऐसी कुछ नहूसियत, घुटन और पस्ती इस आपकी नगरी में छायी रहती है कि अगर हम लोग इतना बात-बेबात पर हँसें-बोलें नहीं, तो दूसरे दिन नसें फट जाएँ। इसलिए शिष्टता की क़ीमत देकर भी यह सब करना पड़ता है। ग़लत न समझें। आप लोग साफ़-सुथरे मुहल्लों में रहनेवाले लोग हैं, आपके लायक़ खातिर-वातिर कुछ भी नहीं कर पाए," फिर अपने कमरे की तरफ इशारा करके कहा : "इस घूरे में आपको क्या लगा होगा ? लेकिन हम अकेले लोग हैं, जैसे भी पड़े हैं, ठीक हैं।" इसके बाद उदय को खुश करने के लिए बोले : "जब से उदय आया है तब से कुछ मन-वन भी लग जाता है वर्ना वही शाम-सुबह भटको और कुढ़ो। कभी-कभी यह भी हारी-हारी बात करता है तो बड़ा दुख होता है। आप इसे समझाइए, दिन हैं—निकल जाएँगे—दुःख में या सुख में। ऊपर से बड़ा शेर बनता है, भीतर से बड़ा कमज़ोर है। असली मुलायमसिंह तो यही है। बस, लगन का पक्का है और इसकी इसी बात को मैं पूजता हूँ। सारी बम्बई इसके ख़िलाफ़ है, इसके आने से किसी की अपनी रोजी छिनती है तो किसी का आचार्यत्व और 'महंती', लेकिन सबको जूते की नोक पर रखता है। मैं कहता हूँ कि जब तक सिंह साहब हैं, बेटे मस्त रहो और किसी को मत गिनो। रूखी तू खा, रूखी हम खाएँ और खोजें इस तिलिस्म की ताली ! हम ही क्या, हमसे भी बुरी हालत में हैं लाखों यहाँ। कितने लाख हैं, जिन्हें यहाँ फ़ुटपाथ तक नसीब नहीं है...।"

मेरा जी भर आया...बेचारे ये जद्दोजहद और संघर्ष करते लोग...। पहले जितना क्षोभ और ग्लानि थी, वह सब अब एक उदात्त करुणा में बदलने लगी। जैसे एक बहुत ऊँचा सपाट पहाड़ है और हज़ारों लोग उस पर चढ़ने की कोशिश कर रहे हैं। कोई कहीं तक पहुँचा है, कोई कहीं तक...। किसी के हाथ एक सीधी-सी पगडंडी पड़ गई है और बढ़ा चला जा रहा है, और कोई हाथों के बल किसी चट्टान पर लटका है...बार-बार पाँव जमाना चाहता है, लेकिन फिसल-फिसल जाते हैं...धीरे-धीरे हाथों की पकड़ भी छूटती जा रही है...लेकिन—जिजीविषा, जीने की प्रबल लालसा—बार-बार प्रयत्न करने को मजबूर करती है...नीचे है अथाह गहराई...। पता नहीं कल्पना के चित्र पर मन यों ही रोने-रोने को होने लगा...

उदय की बात से चौंककर अपने बेवकूफ़ विचारों पर बिना हिले-डुले उनकी ओर आँखें उठाईं तो व्यथा से मुस्करा पड़ी...। शायद वे समझ रहे थे कि सिंह की बातों ने मुझे छू और छा लिया है, या वे स्वयं भी अवशिष्ट हो आए थे, और मुझे इसी भाव-स्थिति में रहने देने के लिए खिड़की के पास खड़े-खड़े बाहर देखते दाँतों में ब्रश करते रहे। जब सिंह चला गया तो मुँह-हाथ धोकर मेरे सामने आ बैठे। मेरे मन का एक भाग जैसे उनके साथ-साथ उन्हें देखता घूम रहा था। मुझे लगा कि उनकी बात के जवाब में मुस्कराती मेरी आँखों में एक ऐसी मजबूरी का अहसास और स्वीकृति थी मानो मैं कहना चाहती हूँ, 'मैं क्या करूँ, ऐसी बातें मुझे छू जाती हैं।'

उदय ने सीधे बेझिझक मेरी आँखों में देखा ओर बोले : "बड़ा भला आदमी है बेचारा।" मैं यह जानती थी कि वे अपलक मुझे देख रहे हैं, लेकिन मैं यों ही अवसाद-भरी मुस्कराहट वाले होंठों और खोई-खोई निगाहों को अनवरोध सहज भाव से उनके सामने किए रही (शब्द बहुत अधिक भारी न हो जाएँ तो कहूँ कि 'परोसे' रही...), वे उसे पीते रहे। उनकी बात की स्वीकृति में धीरे से सिर हिला दिया, बस।

"मैं तो इसे अपनी किस्मत ही मानता हूँ कि मुझे हमेशा भले आदमी ही मिले।" वे खिड़की से बाहर मकानों, छतों की टंकियों, एरियल के पोलों और चिमनियों या दूर दिखती लोकल की लाइनों को देखे जा रहे थे। और मैं उनके चेहरे पर निगाहें टिकाए थी। सचमुच, उनके चेहरे की रेखाएँ बड़ी सौम्य थीं, ऐसा कि उन्हें देखकर भीतर हलकी-सी कसक होती थी और दुलार उमड़ता था। उनकी बात मेरे कानों में जाकर बता रही थी कि यह वाक्य सिर्फ तेरे लिए हैं। वे कहते रहे : "यह सही है, कि उनमें से बहुत-से आज अपने-आपको मेरा दुश्मन बताते हैं, मैं भी उन्हें अपना हितैषी नहीं मानता। कुछ कारण रहे, या कहें, बातें रहीं जिन पर हम लोग आज असहमत हो गए हैं; लेकिन इतना मैं बेझिझक कहूँगा कि वे बेचारे जब भी मेरे साथ थे, निहायत निष्कपट, निष्कलुष और अत्यन्त स्नेह-भाव से मेरे साथ थे।..."

अरे, मैं अपनी बात तो बहावों में भूल ही गई थी। कुछ देर इसी स्थिति में रहकर ऐसी स्वाभाविकता से बोली जैसे यह बात भी उसी भावस्थिति का ही एक क्रम हो : "मैं आपसे लड़ने आई थी।"

''अरे हाँ, वह किस हरकत की बात पूछती थीं तुम ?'' और वे एकदम गला फाड़कर हँस पड़े।

और जैसे उस वातावरण के नीले-नीले अदृश्य रेशों का मकड़ी-जाल झन्न से बिखर गया। एक दबी-दबी गहरी साँस लेकर मैं सीधी हो गई...इस दुनिया में लौट आई। मैंने उन्हें 'आप' से 'तुम' पर उतरते हुए मार्क किया। इसी समय यह सम्बोधन क्यों आया ? तो क्या मेरी मनःस्थिति को उदय ने पढ़ लिया है ? खुद उनके भीतर क्या है, इसे मैंने भी तो अपने भीतर कहीं बहुत गहरे में शब्दातीत रूप में महसूस किया है।

''अब क्या बताएँ ? आप कल हमारे ड्रामे में नहीं आए, अच्छा नहीं किया। इतनी बढ़िया चीज 'मिस' कर दी। अब तो पौने दस बज गए। अब क्या हमें जाना नहीं है ?'' मैं शिकायत से बोली।

''जाना। जल्दी क्या है ऐसी ?'' स्नेह से दुलारते-से वे बोले।

और तब मेरी चेतना जैसे ऊपर की सतह पर लौट आई। मेरा ध्यान गया कि अरे, कमरे में हम दोनों ही अकेले हैं। इस बात को मैं भीतर ही भीतर शायद आने के क्षण से ही महसूस कर रही थी, दो नवयुवक कुमारों के अस्त-व्यस्त कमरे में एक अपरिचिता नवयुवती आकर कैसा महसूस करेगी। और चूँकि टीन के उस लम्बे सायबान में इसी तरह के बहुत-से एक-एक कमरे के 'सूट' (नाम देते हँसी आती है) थे और वह सायबान एक चलते रास्ते का काम भी देता था, इसलिए सभी लोग सामने से गुजरते थे—इनका नम्बर तीसरा था। इस ख़याल से शायद उधर के दरवाज़े को अक्सर बन्द रखा जाता था। इस समय तो किचिन और बाथरूम के दो खुले और बन्द दरवाज़े, पीछे की दीवार के दो जंगले, उनके पार धूप में चौंधती बम्बई की छतें, लोकल की पटरियाँ, छड़ें और ऊपर चकमक करता तार...विहंगम दृश्य और नीचे से उमड़ता शोर...ऐसा तेज़ और एकरस कि कमरे में एक अजब-सी चुप्पी का भान हो। इस जगह एक अपराध-भावना थी जो मन को कचोट रही थी और लगता था कि यहाँ से चले जाना चाहिए—यों 'घर-बार-हीन' दो नौजवानों के कमरे में अकेले बैठना ठीक नहीं है। बाहरवालों ने देखा होगा तो क्या सोचेंगे ? रेखा की एक-एक बात याद आ रही थी। देखने में लाख भले और सीधे हों, लेकिन क्या ठीक है ? ज़रा-से-में हाथ-वाथ पकड़ लें। कहीं, एकदम भूखे भेड़िए की तरह ऊपर ही झपट पड़ें तो मैं क्या करूँगी ? उस स्थिति के लिए मैंने आसपास देखा; मेज़ और कुर्सी के बीच में इतनी जगह है कि मैं फुर्ती से उछलकर हट जाऊँ...। फिर कुछ नहीं मिलेगा तो सैंडिल ही उठा लूँगी...। कैसा तो एकान्त है। आसपास के लोग भी अब तक सब दफ्तर चले गए होंगे...। भीतर से चटख़नी लगी है...अभी अक्का या पापा देख लें तो मारकर खा जाएँ—अकेली बैठी है यहाँ ? यह पता होता तो मैं रेखा को भी साथ घसीट ही लाती कम-से-कम। लेकिन भीतर एक अजब-सी प्रसन्नता भी थी। सचमुच, क्या मुझे पता नहीं था कि ये अकेले ही तो रहते हैं ? तो क्या जान-बूझकर...? नहीं-नहीं... ! हुँह, क्या हुआ अकेले बैठने में ? कोई खा तो जाएँगे ही नहीं...। अक्का और पापा यहाँ आ ही कैसे सकते हैं... ? लेकिन कोई परिचित ? इस भीतरी बेचैनी से मेरी

सारी चेतनाएँ प्रबुद्ध हो उठीं। मानो मेरा रोम-रोम आशंका कर रहा था कि कुछ होगा जरूर...कुछ होगा...कुछ हो न जाए...कुछ होना तो चाहिए...काश, हो—हिश !

फिर भी मैं अपने को भरसक बिलकुल स्वाभाविक बनाए हुए थी...। उनके पाँव का पंजा हिल रहा था...उनकी हर ज़रा-सी बात पर मेरा ध्यान था। गला साफ़ करके मैंने शिकायत के स्वर में कहा : "आपको हमारा निमन्त्रण नहीं मिला ? आप जनाब आए क्यों नहीं ?"

"अब क्या बताऊँ ?" कुर्सी के हत्थे पर कुहनी टिकाए वे अपने दाहिने हाथ के अँगूठे और तर्जनी को माथे पर, ऐसे सोच में डूबे फिराते रहे जैसे बाम मल रहे हों। जब अँगूठे और अँगुली की दूरी कम होती तो बीच की खाल की मोटी-सी सलवट उभर आती...उनकी भौहें मुझे फिर अपने भीतर कसकती लगती थीं। नहीं, इस वक़्त तेज की बात याद करने का अवसर नहीं है—धूप से बचने की तरह आँखों के ऊपर लगाए गए हाथ के नीचे से देखते हुए गहरी आवाज़ में उन्होंने पूछा : "आपको बहुत बुरा लगा ?"

"बुरा लगने की बात ही है। एक तो वैसे ही 'पास-वास' का झगड़ा कि सेवा का काम है। इसमें सभी को कुछ देना ही चाहिए। वो तो कहिए कि हम ध्रुवस्वामिनी थे।" नाटक की बात याद आते ही मैं सब कुछ भूल-भाल गई और एक अजब से उत्साह से भर उठी। ज़मीन पर कुर्सी से टिके वेनिटी-पर्स को अनजाने ही गोद में उठाकर उसकी घुंडी घुमाकर खोलने लगी। एक साथ जाने कितनी बातें उमड़ आ रही थीं।

"अच्छा ख़ैर, कैसा रहा ?"

"कैसा रहा ?" मैंने मुँह बिचका दिया : "कभी अख़बार-वख़बार भी पढ़ते हैं या नहीं ? सारे शहर में शोर हो रहा है, और नवाब साहब हैं कि अपनी कुठरिया में बैठे पूछते हैं 'कैसा रहा ?' आपको अपनी कलम पर बड़ा गर्व है, लीजिए देखिए और कुढ़िए..." मैंने एकदम पर्स से एक चौकोर-सा नीला मखमली डिब्बा निकालकर उनकी ओर बढ़ा दिया। मेज़ पर रख देने का ध्यान आया, लेकिन रखा नहीं।

उन्होंने डिब्बा लेकर खोला तो गहरे गुलाबी साटन के बीच मैडल चमक रहा था। मैडल हाथ में लेकर देखते रहे—फिर बोले : "बड़ा खूबसूरत है। रोल्ड-गोल्ड है न ?"

मैं खिलखिला पड़ी। हाथ बढ़ाकर वापस माँगने के अन्दाज़ में बोली : "दीजिए, दीजिए, बड़े आए रोल्ड-गोल्ड का है ! यह शुद्ध गिन्नी गोल्ड है, हुजूर। पढ़कर देखिए तो पता चले, अपने को बड़ा तीसमारख़ाँ लगाते हैं। अभी असली जीनियस देखे नहीं हैं। जिस लाइन में निकल जाएँ वहीं शोर हो जाए।"

"अरे-अरे...बहुत खुश हो..." वे हँसकर बोले और छोटी-सी ज़ंजीर के साथ पिन में लटके कुछ-कुछ पान के आकार के मैडल को सीधा करके पढ़ने लगे—'कहानीकार सुजाता की अभिनय प्रतिभा की प्रतीक ध्रुवस्वामिनी को।—प्रिंसेस अपर्णा, वीचि-विलास, बम्बई।' फिर अथाह आश्चर्य से आँखें फैलाकर, स्वर खींचकर बोले : "हैंऽऽऽ, यह क्या ?"

"जी।" मैंने नम्रता का नाट्य करके दृढ़ स्वर में जवाब दिया।

"यह अपर्णा और कौन है भाई ?" आश्चर्य और परेशानी से वे कहने लगे : "हमारी

बहन का नाम भी तो अपर्णा ही है न।''

''देख लीजिए, शायद वे ही न हों।'' इस बार मेरे स्वर में निश्चित ललकार थी।

''लेकिन ये प्रिंसेस हैं !'' वे जैसे अपने-आपसे बोले : ''वह बेचारी तो ढाई-तीन हज़ार रुपए पानेवाले मैनेजर की पत्नी है। फिर वह इस वक़्त शिमला में है।'' कुर्ते की जेब से एक खूबसूरत नीला-सा लिफ़ाफ़ा निकालकर दिखाते उन्होंने कहा : ''कल शाम को ही ख़त आया है कि दो-तीन महीने आने का अब कोई इरादा नहीं है। अब तो स्नो-फ़ॉल देखकर ही आएगी।''

''हाँ, वही तो मैं भी सोचती थी कि वे नहीं होंगी। मुझे भी पहले आपकी बहन का स्ट्राइक हुआ था।'' आश्वस्त होकर मैंने अब एकदम बोलना शुरू कर दिया। जब से जाने कैसे ज़ब्त किए बैठी थी। अब तो बिना ब्रेक की गाड़ी की तरह चल पड़ी : ''सुनिए, उस दिन बड़ा मज़ा हुआ। आप रहते तो और भी मज़ा रहता। सुबह से ही मेरी तबियत ख़राब थी। जी घबरा रहा था। अक्का सुबह से ही सन्नाटा खींचे थीं। सो घर में बड़ा घुटा-घुटा सा था। जैसे-जैसे वक़्त बीतता जा रहा था, मेरे प्राण कंठ तक आए जा रहे थे। आख़िरी वक़्त तो जैसे अब दम निकला तब दम निकला की हालत थी। जाने कैसा होगा ! अपने बुलन्दशहर-मेरठ में तो स्टेज पर रंग-बिरंगे कपड़े पहनकर उतर आना बड़ा भारी कमाल था। लड़की का सामने आना ही वहाँ के लिए एक तूफ़ानी बात थी। अभिनय वग़ैरा से क्या मतलब ? बम्बई की बात ही और है। सो वह भी कई कॉलेजों को मिलाकर इस तरह पब्लिक हॉल में। बार-बार सिर घूम जाता था। आँखों के आगे अँधेरा छा जाता। ख़ैर सा'ब, जैसे-तैसे स्टेज पर क़दम रखा, और बस, तब जाने क्या जादू हुआ कि सारी घबराहट, सारी बैचेनी सब ग़ायब हो गई। फिर तो हर सीन के बाद जो तालियाँ पिटी हैं कि बस, यों समझ लीजिए कि अभी कानों के पर्दे भन्ना रहे हैं। ग्रीन-रूम में लड़कियों ने मार आफ़त कर डाली, कोई चूम रही है तो कोई गोदी में भर रही है। अपना होश नहीं रहा, कहाँ हैं, किसकी बाँहों में हैं, किसके ऊपर हैं। एक हो तो बचा भी जाए, भीड़ की भीड़ थी। बधाइयाँ, तारीफ़ें।''

उदय के चेहरे पर अजीब-सी मुस्कराहट थी जिसे वे स्पष्ट ही दबा रहे थे। उसे देखकर लगा : खुद अपनी तारीफ़ बहुत हुई जा रही है। कोई ध्यान न देकर बोली : ''और तभी सुना कि हॉल में एनाउन्स किया जा रहा है—'ध्रुवस्वामिनी के अभिनय पर कुमारी सुजाता को प्रिंसेस अपर्णा की ओर से...' बस तब तो मुझे लगा जैसे मैं बेहोश हो जाऊँगी...। तभी मेरे आसपास ग्रीन-रूम में बधाइयों और कांग्रेचुलेशनों का जो शोर मचा था वह जैसे एकदम रुक गया, और एक फाँक-सी बन गई तो देखा, सामने प्रिंसेस अपर्णा खड़ी थीं : अट्ठाइस-उन्तीस की उम्र, गोल चेहरा, गेहुँआ रंग और भरा हुआ शरीर, सुन्दर फ़िगर। आसमानी शेड की क़ीमती शिफ़ॉन की साड़ी और ब्लाउज़। हाथ में चूड़ियाँ और घड़ी। दोनों हाथों के बीच में लटकता, कपड़े से ही मैच करता मखमली पाउच लेकर उन्होंने ठोड़ी तक जुड़े हुए हाथ उठाकर नमस्कार किया। बिना इधर-उधर देखे, बड़े नपे-तुले शब्दों में बोलीं, 'मैं अपर्णा हूँ, आपको बधाई देने आई हूँ।' चेहरे पर एक बड़ी

हलकी सधी हुई नियन्त्रित और तटस्थ-सी मुस्कराहट थी। पहली बार तो मुझे बड़ी बनावट-सी लगी। उस वक़्त मुझे याद ही नहीं रहा कि मैं खुद ओजस्विनी महारानी 'ध्रुवस्वामिनी' के मेकअप में हूँ। मैंने नम्रता से हाथ जोड़ दिए। वे उसी उतार-चढ़ाव हीन स्वर में बोलीं, 'आपने सच, बहुत ही सुन्दर ऐक्टिंग की है।' अब इसका क्या जवाब देती ? शरमाकर सिर झुका लिया। वे आगे कह रही थीं, 'आप आइए न किसी दिन। अपना पता दीजिए, मैं गाड़ी भेज दूँगी।' इसके बाद शायद सचमुच मुस्कराकर बोलीं, 'आपको मैडल भी तो देना है'..."

छत की ओर मुँह करके उदय ज़ोर से खिलखिलाकर हँस पड़े तो मेरी बात अधूरी रह गई। इसमें हँसने की क्या बात है ? मैं इतने उत्साह से अपनी बात बता रही थी, अब एकदम हतप्रभ हो गई। उसी झटके में वे उठे और मेज़ की किताबों और काग़ज़ों में कुछ खोजते-से बोले : "बड़ी दिलचस्प कहानी है। अभी नई लिखी है क्या ?"

"जी हाँ, कहानी तो है ही। और जो यह मैडल रखा है वह भी मैं खुद ही बनवा लाई हूँ ?" मैं बुरा मान गई; फिर भी उत्साह क़ायम रखने की कोशिश करते हुए बोली : "अब सुनेंगे या बीच में ये ऊल-जलूल बातें पूछेंगे...? जाइए, हम नहीं बताते...हाँऽऽ, तो नहीं।"

"अरे क्या सुनें ? मुझे तो बम्बइया सिनेमाओं की याद आ रही है तुम्हारी इस कहानी से। ग्रैगरी पैक और आड्रे-हैबर्न की कौन-सी फ़िल्म थी...रोम हॉलीडे," फिर खोजना छोड़कर माथे पर उँगली ठोंकते बोले : "ऐसी ही कौन-सी दूसरी फ़िल्म देखी थी अभी जिसमें किसी बड़ी मशहूर ऐक्ट्रैस और उस मुंडित 'युल ब्रिनर' ने काम किया है—हाँ, हाँ याद आया, 'अनैस्टैसिया' शायद इन्ग्रिड बर्गमैन थी..." एक कुटी-पिसी-सी सिगरेट खोजकर मुँह में लगाते बोले : "राजकपूर का 'चार सौ बीस' देखा है ?" फ़िर खुद ही हँसे, "प्रिंसेस ! अरे, कोई ऐक्ट्रैस-वैक्ट्रैस आ गई होगी। बम्बई में कमी है ? उसने सोचा होगा चलो, लड़की को एक सबक़ ही दे दो, वर्ना गुमान हो जाएगा कि बड़ी अच्छी ऐक्टिंग करती है।"

"जी हाँ, ऐक्ट्रैस तो थी ही !" झुँझलाकर उन्हें चिढ़ाकर मैं बोली, "यहाँ की ऐक्ट्रैसों को हम पहचानते थोड़े ही हैं ? वो तो सन्दूक़ में बन्द रहती हैं न ?" मैं रूठ गई : "सुनते हैं नहीं, और बीच-बीच में अपनी-अपनी लगाए जाते हैं। आपसे दूसरे की तारीफ़ ही नहीं सही जाती। बस, हर वक़्त अपनी-अपनी तारीफ़। इतनी भी आत्म-प्रशंसा क्या ?" मैंने उँगलियाँ नचाकर कहा।

वे बिना मेरे गुस्से पर ध्यान दिए रसोई में चले गए थे। एक हाथ में सिगरेट और दूसरे में मैली तेल लगी-सी दियासलाई लिए निकले। कुर्सी पर बैठते हुए पूछा : "सिगरेट पी लूँ ?" बिना मेरे कुछ कहे ही एक सींक जलाई और शान से सिगरेट लगाकर साँस खींचने लगे। गीली थी शायद, दियासलाई बुझ गई तो मैं चुभते व्यंग्य से बोली : "और लीजिए, बड़ी शान दिखा रहे हैं कि लाट साहबों की तरह हम भी दियासलाई जलाकर सिगरेट पी सकते हैं। अरे, क्लर्कों की तरह घोंसला बनाकर हैसियत से जलाइए।" मुझे अपने इस व्यर्थ के गुस्से पर खुद ही हँसी आने लगी।

अब तक दूसरी दियासलाई से सिगरेट जलाई जा चुकी थी। ज़ोर का कश खींचकर उदय बड़प्पन और समझदारी से मुस्कराए। बोले : ''अच्छा जी ?'' फिर जैसे क्लर्क और हैसियत के जवाब में मुँह के धुँए से ही दियासलाई बुझाकर बोले : ''हाँ, तो फिर क्या हुआ आपकी प्रिंसेस साहिबा का ?''

''जाइए, हम नहीं बताते।'' मैंने झटके से मैडल का डिब्बा बन्द करके पर्स में रख लिया। फिर पर्स की घुंडी घुमाते हुए मन में आया, यह क्या बचपना मैं कर रही हूँ ? लगा, अपनी बात पूरी नहीं करूँगी तो रो पड़ूँगी। ऐसा लगा, जैसे मेरी इस झुँझलाहट पर वे रीझ-भरे स्वर में कह उठेंगे, 'एक बार और !' और अपनी इस सारी हरकत और उनके इस तरह कहने की कल्पना पर खुद ही हँसी आने लगी। लेकिन टूटी कहानी का प्रवाह ऐसा ज़ोर मार रहा था कि मैं सब कुछ भूलकर एकदम फिर बताने लगी। वे कभी मेरी ओर और कभी बाहर खिड़की से देखते हुए सिगरेट पीते रहे—अवचेतन मन में उनकी भौंहें मुझे चुभती रहीं और तेज का ध्यान आता रहा। अपने पर आश्चर्य भी हो रहा था कि इन दिनों तो मन को उलझाए रखने लायक़ कोई काम भी ऐसा नहीं था, फिर भी तेज को तो जैसे एकदम भूल ही गई थी। कहीं यह भी ध्यान था कि मेरे सामने वे पहली बार सिगरेट पी रहे हैं। हाँ, तो मैं बता रही थी : ''यहाँ तक तो मुझे खुद भी उनका व्यवहार बड़ा अस्वाभाविक और नक़ली-नक़ली-सा लगा, लेकिन जब उन्होंने कहा कि—'अभी तक तो आपकी कहानियों की प्रशंसिका रही हूँ, अब अपनी ऐक्टिंग से भी आपने मोह लिया है।' तो मुझे लगा कि इसमें तो कुछ भी बनावट नहीं है। मैंने भी फिर बड़ी शिष्टता से बातें कीं। वे बोलीं—'गाड़ी खड़ी है, अभी चल सकेंगी ?' मैंने चारों ओर देखा—'अभी ?' बहुत नम्रता से कहा—'अभी तो सम्भव नहीं होगा। मेकअप वग़ैरा उतारने में घंटा-आध घंटा लग ही जाएगा। मैं आपको फ़ोन कर दूँगी।' उन्होंने फ़ौरन पर्स खोलकर एक छोटी-सी खूबसूरत डायरी के पन्ने पर मेरा नम्बर लिखकर कहा—'सुजाता नाम काफ़ी है न ?'—'जी' मैं बोली। वे उसी तरह चली गईं। जब विश्वास हो गया कि चली ही गईं, तो सारी लड़कियाँ काँव-काँव करती चारों ओर से लद आईं। मुझे खुद ही मन-ही-मन गर्व हुआ। हँसी भी आई, 'राजकुमारीजी !...बाहर गाड़ी खड़ी है !' ''

एकदम बीच में बात रोककर मैं देखने के लिए रुकी कि वे अविश्वास तो नहीं कर रहे। वे उसी तरह सिगरेट पी रहे थे। ''ख़ैर साहब, दूसरे दिन फ़ोन पर बातचीत हुई और दो घंटे में ही लम्बी-चौड़ी सैवॉय घर के सामने आ खड़ी हुई। सारे आसपास वाले झाँक-झाँककर देखने लगे। अपनी बेटी के रौब देखकर अक्का भी बहुत खुश। और जब मैं गाड़ी में बैठने जाने लगी तो अक्का ने टोककर कहा, 'अरी पूछ तो ले, किसकी है ? कोई और ही चला आया हो। हाँ भैया, यह बम्बई है।' तो मैंने अविश्वास और निश्चयात्मकता से हाथ हिला दिया—'क्या अक्का ! तुम्हारे दिमाग़ में भी एकदम अनहोनी बातें आती हैं।' ख़ैर, जब नीचे बैठकर ऊपर अक्का से 'टा-टा' किया तो कहना ही क्या। उनका चेहरा चमकने लगा था, जैसे गाड़ी मेरी ही हो और उसे मैंने इनाम में पाया हो। बालकनी में खड़े होकर पड़ोसियों को, जो सबके सब कोई भी साधारण-सी बात होने

पर बाहर निकल-निकल खड़े हो जाते हैं, सुनाकर बोलीं, 'कोई राजकुमारी सज्जी की दोस्त है, उसी के यहाँ गई है। बहुत बड़े-बड़े लोग उसके दोस्त हैं।' और हम थे कि एक साथ पाँच बोतल शराब के नशे में उड़े चले जा रहे थे। बीच में जब होश आया तो एकदम घबरा गई, लगा जैसे बिलकुल नई जगह गाड़ी चली जा रही हो। होश उड़ गए। हाय राम, कहीं मेरे साथ कोई धोखा तो नहीं हो गया ? जाने कहाँ लिये जा रहा है ? किसी उल्टी-सीधी जगह ले गया तो मैं क्या करूँगी ? सच, मैंने अकेले आकर बड़ी ग़लती की। मेरे पास तो कुछ ऐसा भी नहीं है कि वक़्त पर अपना बचाव कर सकूँ। कई बम्बइया फ़िल्मों के दृश्य आँखों के सामने घूम गए। उस वक़्त बड़ी प्रबल इच्छा हुई कि आप कहीं किसी फ़ुटपाथ पर जाते दिख जाएँ, तो बुलाकर बैठा लूँ। और जब यह डर दिमाग़ में घुसा तो मैं ही जानती हूँ, किस तरह मैंने सारा रास्ता साँस रोककर काटा है। अचानक जब मैंने पाया कि मैं तो चौपाटी से मैरीन ड्राइव की कमान जैसी सड़क पर चली जा रही हूँ तो ज़रा कुछ हिम्मत बँधी। अपने ऊपर क्रोध और हँसी दोनों आए। मेरी भी कैसी गंदी आदत है इतनी जल्दी घबराने की। ख़ैर, मैरीन ड्राइव के ठीक बीच में एक बिल्डिंग के पोर्च में गाड़ी खड़ी करके जब टिप-टॉप वर्दीधारी ड्राइवर ने दरवाज़ा खोला तो पता चला, अब उतरना है। छः-सात मंज़िल की ऊँची बिल्डिग पर गुजराती में लिखा था—'वीचि-विलास।' बुश्शर्ट और पैण्ट पहने एक साहब ने कहा—'आइए' तो उनके अदब के लहजे से चौंककर मैंने उधर देखा। गोरे रंग पर महाराणा प्रताप जैसी लम्बी-लम्बी मूँछें, मानो ऊपर से चिपका ली हों, हाथ में एक हाथ-भर का डंडा। उनके साथ लिफ्ट के सहारे पाँचवीं मंजिल पर जा पहुँचे। एकदम नए ढंग की लिफ्ट, खट्-खट् नम्बर आते चले जा रहे थे। पाँच नम्बर पर लिफ्ट अपने-आप रुकी और खुल गई। चमड़े के पट्टों पर ब्रिचिस और बटनदार कमीज के कन्धे पर चमकदार गोलियों की पेटी चढ़ाए दो सिपाही बन्दूक लिये खड़े थे। मेरा दिल फिर धाड़-धाड़ बजने लगा : भगवान्, कहाँ आ फँसी मैं ? आए दिन यहाँ जाने कितनी इस तरह की घटनाएँ होती रहती हैं। कहीं कुछ ऐसा-वैसा न हो जाए। घर पता भी लग जाएगा या नहीं। अक्का यहाँ का ठिकाना भी तो नहीं जानतीं। कम-से-कम मुझे यहाँ का टेलीफ़ोन नम्बर तो लिख ही आना चाहिए था। इन्क्वायरी में पूछकर ही वे लोग नाम-पता जान लेते।

"मगर इस डर के ऊपर कहानी-लेखिका की जिज्ञासा थी, एक आत्मविश्वास था कि मैं खिंची चली गई। मेरे साथ वाले वे साहब मुझे रास्ता-सा दिखाते चले जा रहे थे। बड़ा भारी दरवाज़ा खुला तो शानदार ड्रॉइंग-रूम सामने था। दुनिया-भर के कोच, कुर्सियाँ, मेज़ें, सजावट की चीज़ें, दीवारों पर लगे पथराई-पथराई निस्तेज आँखों से घूरते शेर, बारहसिंघों और हिरनों के सिर, सुनहरे चौखटों वाली आदमक़द पेंटिंग्स। भीतर क़दम रखा तो पाँव क़ालीन में टखनों तक घुस गया। मेरे सामने तो चकाचौंध छा गया, जैसे सपने में किसी अतीन्द्रिय-लोक में चली जा रही हूँ। ख़ैर, उस कमरे को पार किया। सामने की पूरी दीवार पर भारी-भारी पर्दे लटके थे—बिलकुल जैसे किसी अंग्रेजी फ़िल्म में आ गए हों। पर्दे हटे। देखा कि बड़े-बड़े लकड़ी के फ्रेमों की, इधर-उधर सरकनेवाली शीशे की

दीवार थी। इस दीवार के एक छोटे-से दरार जैसे दरवाज़े से निकले तो बन्द बरामदेनुमा हलके-हलके हरे दूधिया शेडवाला लम्बा-सा कमरा था। इसकी सड़क की ओर खुलने वाली दो-एक खिड़कियों को छोड़कर बाक़ी सब बन्द थीं...''

मैं ज़रा देर को फिर रुकी। उदय ने सिगरेट समाप्त कर दी थी और कुर्सी की दोनों बाँहों पर कुहनियाँ टेके इस तरह बैठे थे कि दोनों हाथ साँप के फनों की तरह इधर-उधर उठ आये थे। वह एकटक धरती की ओर देखते मेरी बात चुपचाप सुन रहे थे। यह जानने के लिए कि वे मेरी बात सुन भी रहे हैं या अपने में ही डूबे हैं, मैं एकदम चुप हो गई। जब कुछ देर वे कुछ नहीं बोले तो बड़ी झल्लाहट हुई : अजब भोंदू हैं, मैं तो इतनी रोचक बात बता रही हूँ और आप हैं कि इस समय जाने कहाँ खोए हैं। पूछा : ''सो गए क्या ?''

''नहीं तो। मैंने समझा कि तुम खुद ही अगली बात सोच रही हो।'' उन्होंने पंजे आपस में फँसाकर मुट्ठी बना ली और दोनों अँगूठों को नाक के नीचे होंठों पर रखकर हिलाते गम्भीरता से सोचते रहे, जैसे जाड़े में ठिठुरे बैठे हों।

उत्साह से मैं आगे बताने लगी (क्या मैंने उस दिन की डायरी इसीलिए नहीं लिखी अलग से कि उन्हें बताऊँगी ? ''वहाँ पर इसी रंग के मलाया-केन का फ़र्नीचर था। सामने की कई खिड़कियों के दरवाजे खुले थे और उनके पार सागर लहरा रहा था। पर्दे झूल रहे थे। मन में आया कि झाँककर देखूँ, लेकिन शिष्टता के नाते यों ही रही। एक तरफ दो आरामकुर्सियों के बीच में छोटी-सी शीशे की सतहवाली साइड-टेबिल रक्खी थी। कुर्सियों पर मोटे गद्दे थे। उन मुछाड़ी साहब ने वहीं बैठने का शिष्टतापूर्वक संकेत करके कहा—'आप एक मिनट पधारें। राजकुमारीजी अभी आती हैं।'

''मैं चुपचाप बैठ गई। सामनेवाली कुर्सी की बग़ल में ही छोटी-सी टेबिल भी बाक़ी फ़र्नीचर जैसी ही थी। उस पर सफ़ेद टेलीफ़ोन रखा था, सचमुच समुद्र किनारे की यह जगह बड़ी रोमैंटिक थी। नीचे सड़क का शोर यहाँ नहीं आ पाता था। शहर के शोर कोलाहाल के साथ मिलकर एक मिली-जुली-सी भनक जैसी आती थी—जिसमें बीच-बीच में रह-रहकर कारों के हॉर्न बज उठते थे। खिड़कियों के बीचवाले हिस्सों में मेज़ों पर रखे शीशे के केसों में मछलियाँ तैर रही थीं। बार-बार मन में आता कि बाहर झाँककर देखूँ। बिलकुल ऐसा लगता था, जैसे आसमान के किसी बादल-महल में बैठी हूँ। सागर पहले मटमैला था और फिर एक़दम नीला होता चला गया था। बीच-बीच में लहरों के झाग गोटों की तरह धूप में चमक उठते थे। क्षितिज की नीलिमा में दूर पालों वाली नावें दिखाई देती थीं और उनके ऊपर चीलें तैर रही थीं। मन में एक गुदगुदी और सिहरन-सी भर आती थी। तभी एक ओर का पर्दा हटाकर अपर्णा जी ने प्रवेश किया : वही सौम्य गम्भीर मूर्ति और अभ्यस्त मुस्कराहट। मैं उठ खड़ी हुई। दोनों ओर से नमस्कार हुए और हम लोग फिर बैठ गए। राजकुमारियों का जो नक्शा मेरे दिमाग़ में था, वह एक बहुत ही उद्धत और उद्दंड क़िस्म की लड़की का था। बॉब्ड-हेयर, आधा शरीर ढँकता ब्लाउज, बड़ी संक्षिप्त-सी लापरवाही से खिसकती साड़ी और चीख़ती लिपस्टिक, रँगा हुआ मुँह और तराशी भौंहें, चंचल आँखें, मटकता शरीर और बेलगाम जबान, हाथ में सिगरेट। यह

तस्वीर मेरे दिमाग़ में राजकुमारियों की थी। इसके साथ ही पता नहीं क्यों, यह बात भी मेरे दिमाग़ में भरी हुई थी कि हर राजकुमारी को या तो शराब का पैग लेकर उस पर आँखें गड़ाए आना चाहिए या नशे में 'धुत' झूमते-झामते और घिसटते-लड़खड़ाते किसी तरह कुर्सी पर आकर पड़ जाना चाहिए। लटकती गर्दन और भारी पलकों को बड़ी मुश्किल से उठाकर हाथ झटकारते हुए बेताबी से सामनेवाले से नकियाए स्वर में पूछना चाहिए : 'बोलों, बोलों क्यां हैं ? जल्दी बोलों। अमें फूरसाँत नाँई एँ। जँल्दी कंहों' लेकिन इस राजकुमारी ने ऐसा कुछ भी नहीं किया। वह पूरे होशो-हवास में थी। यही देखने के लिए बातों के दौरान में मैं अपना मुँह बाद में उसके मुँह के पास भी ले गई कि किसी तरह की बू आए तो मेरे अनुमान को बल मिले। गुलाबी साड़ी ज़रूर उसने उल्टे पल्ले की पहन ली थी; लेकिन वह चटक-मटक उसमें ज़रा भी नहीं थी। बैठते ही पूछा, 'आपको आने में तकलीफ़ तो नहीं हुई ? माफ़ कीजिए, मुझे ज़रा-सी देर हो गई। अच्छा बताइए, अब आप कोल्ड लेंगी या हॉट ?'

"जी नहीं, मुझे तो इच्छा नहीं है।" मैंने हाथ जोड़कर नम्रता से जवाब दिया।

"नहीं, यह कैसे होगा ? यों नहीं, कुछ तो लेना ही होगा। इसके बाद हम लोग नाश्ता करेंगे; जूस, स्क्वैश, शर्बत, साइडर जो भी कहें। या फिर चाय, कॉफ़ी, चॉकलेट, कोको, दूध ?"

मैं जान गई कि मुझे नाम सुनाए जा रहे हैं। "नहीं जी, मेरी तो क़तई इच्छा नहीं है।" फिर यह सोचकर कि ज़्यादा इनकार भी तो अच्छा नहीं लगता, मैंने कह दिया, "अच्छा जो आप लेंगी, वही मैं भी ले लूँगी।"

"उन्होंने बिना आवाज ज़रा ऊँची उठाए ही कहा : 'सुनिए !'

और पर्दे के पीछे से (पता नहीं कहाँ छिपे खड़े थे) वही मुछाड़ी साहब प्रकट हुए। अदब से बोले : "जी सरकार !"

"देखिए, दो पाइनऐपिल भिजवा दीजिए।"

"बहुत अच्छा सरकार।"

जब वे चले गए तो स्वाभाविक मुद्रा में राजकुमारी बोलीं : "उस दिन आपका अभिनय सचमुच बड़ा ही सुन्दर रहा।"

मुझे राजकुमारी का हिन्दी उच्चारण और बोलने का लहजा शुरू से ही प्रभावित कर रहा था। जाने क्यों, यह बात भी मेरे दिमाग़ में भरी थी कि राजकुमारियाँ बात-बात में अंग्रेजी झाड़ती हैं और भयानक उर्दू बोलती हैं। मैंने संकोच से कहा : "कहाँ ! वह तो उलटा-सीधा यों ही कुछ कर दिया।"

"यहाँ तो जो ड्रामे-सिनेमा होते हैं, वे सचमुच ऐसे थर्ड-रेट और बोर होते हैं कि मैं कभी नहीं जाती। वही नक़ली बातचीत और वही उछल-कूद और बदतमीज़ी ! अख़बार उठाकर आप देख लीजिए तो पता चले, जैसे यहाँ जितने भी ऐक्टर-ऐक्ट्रैस हैं, वे सब एक-से-एक ऊँचे ख़ानदान से चले आ रहे हैं। सिनेमा के बाद या तो सारा वक़्त इनका गृहस्थी चलाने में या ऊँचे-से-ऊँचा साहित्य पढ़ने में गुज़रता है। किसी को टॉलस्टाय

पसन्द है तो किसी को गेटे, किसी को शेक्सपियर ने मुग्ध कर रखा है तो कोई रौम्याँ-रौलाँ पर जान देता है। गीता जिसे आत्मिक शान्ति न देती हो, ऐसा तो हिन्दुस्तान का शायद ही कोई नेता-अभिनेता मिलेगा और मिलकर देखिए तो कमबख़्तों से एक शब्द बोलना तक नहीं आता। खुद दस्तख़त करने में हाथ काँपते हैं। किराए के लेख और डायरी लिखा-लिखाकर छपाते रहते हैं। आलमारी में किताबें लगा लीं, एक किताब हाथ में खोलकर पकड़ ली और तस्वीर खिंचवा ली। मैं तो अक्सर इनसे मिल चुकी हूँ, और मिलते ही ऐसी नफ़रत होती है कि बाहर खड़ा करवा के हंटर लगवाए जाएँ तो तबीयत ठिकाने आ जाए। औरत होने की वजह से ज़रा लिफ्ट क्या मिल जाती है कि बस, अपने को खुदा ही समझने लगतीं हैं।' फिर अपनी बात पर एकदम रोक लगाकर बोलीं, 'आपकी कहानियों की तो मैं पुरानी पाठिका हूँ। और इसी रूप में जानती थी आपको। आप ऐसी मँजी हुई अभिनेत्री भी हैं, यह मैं नहीं समझती थी। उनकी इस बात में मुझे आपकी बात याद आ गई कि लड़की तो जन्मना ही अभिनेत्री होती है। सचमुच कितने रोल हम लोगों को एक साथ निभाने पड़ते हैं। ख़ैर, इसके बाद जो बातचीत साहित्य पर हुई है कि मैं तो चकित रह गई। वाक़ई उस कम्बख़्त ने कितना पढ़ रखा था। आप जानते ही हैं कि यहाँ तो पढ़ने-लिखने के नाम गोल हैं। उस वक़्त अपनी इज़्ज़त बचानी मुश्किल हो गई। नई-से-नई चीज़ उसने पढ़ रखी थी और याद कितना था ! मैं तो समझती थी कि इसको फ़ुरसत कहाँ होती होगी। लेकिन लगता था जैसे वह तो चौबीसों घंटे बस पढ़ती ही रहती थी। आपकी बात भी उसी दौरान में आ गई थी..." मैं बात कहते-कहते जान-बूझकर रुक गई।

उदय चौंक पड़े। मुँह से निकला : "मेरी ?" और बिना कुछ बोले इस आशा से देखते रहे कि मैं आगे बोलूँ। बोलते हुए भी मैं सचेत थी कि कमरा अकेला है और उनकी निगाहें मेरे शरीर के विभिन्न अंगों पर घूम रही हैं। जब कभी भी ऐसा लगता कि उनकी निगाहें मेरे मुँह पर जम गई हैं तो उमड़ती लज्जा को मैं बड़ी मुश्किल से दबा पाती।

मैंने अपनी बात जारी रखी : "बहुत से साहित्यकारों की बातें आईं। तब मैंने पूछ लिया—'आपने उदयजी की कोई चीज पढ़ी है ?' पहले तो नाम ही याद नहीं आया। फिर बड़ी मुश्किल से याद करके बोलीं, 'हाँ, कुछ ध्यान तो पड़ता है थोड़ा। कभी कुछ देखा है शायद कहीं। बहुत पसन्द नहीं आया होगा, वर्ना ज़रूर पढ़ती। मेरी पसन्द के लेखक दूसरे हैं।' और फिर वह उन लोगों के नाम बताती रही, जिनकी कोई भी चीज उसे अच्छी लगी थी। आपका नाम वहाँ याद नहीं आया। मैंने फिर 'आपने उदय का नया उपन्यास पढ़ा है ?' तो बताया, 'याद आया, अभी उस दिन दिखाने लाया था एजेंट। कोई ख़ास अच्छा तो लगा नहीं। इसीलिए लौटा दिया।' मैंने तो कह दिया, 'वे खुद अगर कहीं अपने बारे में आपके यह विचार सुन लें तो हार्टफ़ेल हो जाए।' उसने पूछा : 'क्यों, आप क्या उन्हें जानती हैं ?' 'यहीं बम्बई में रहते हैं आजकल।' मैंने बताया, 'अपने को आज के लेखकों में सबसे अच्छा बताते हैं। हर वक़्त जेब में चिट्ठियों के सर्टिफ़िकेट लिये घूमते हैं।' "—अपनी बात फिर तोड़कर मैंने उदय को चिढ़ाने को उनकी तरफ़ देखा।

"तुमने कहा यह सब ?" वे गुर्राकर बोले—लेकिन चेहरा देखकर मेरी नीयत समझ गये थे, यह उनके नाराज़ होने के नक़ली ढंग से साफ़ था। "जाने किस सड़क चलती ने आपको प्रभावित कर लिया, अब आप उसके वाक्यों को गीता के श्लोकों की तरह कोट कर रही हैं। अपने नए उपन्यास में तुम्हें ही नहीं खींचा तो नाम नहीं...।"

"आपको बीस बार बता दिया कि इन सब धमकियों का यहाँ असर नहीं होता। हम भी यही काम करते हैं।" मैंने उनके कुछ भी कहने से पहले ही कहा : "फिर मैं झूठ क्यों बोलती ?" आगे धृष्टतापूर्वक अपने क़िस्से को ज़रा-सा रंग देते हुए मैंने बताया : "हाँ तो, बड़ी घृणा से नाक-भौं सिकोड़कर बोली, 'देखिए, मुझे पढ़ने का शौक है, किताबें और पत्रिकाएँ मँगाती हूँ और पढ़ती हूँ, लेकिन इन लेखकों-कलाकारों से मिलने में मुझे क़तई दिलचस्पी नहीं है। एक तो इनके मैनर्स और व्यवहार का ढंग बड़ा अजब होता है। ये लोग बुरे होते हैं या असभ्य होते हैं, ऐसा मैं नहीं कहती; लेकिन वह सब कम-से-कम अपन लोगों को बहुत अटपटा लगता है। कहूँ कि अच्छा नहीं लगता। फिर मेरा इन लोगों के बारे में अनुभव अच्छा नहीं है। पहले-दूसरे परिचय में ही ये लोग या तो पैसे माँगने लगते हैं या कोई-न-कोई अशिष्ट हरकत कर बैठते हैं। मुश्किल यह है कि ज़रा ढंग से बोल दीजिए तो इन्हें मुग़ालता हो जाता है कि इनसे प्रेम किया जा रहा है। उस वक़्त ये लोग अपना चेहरा अगर शीशे में देख लें तो इस भ्रम की शुरुआत ही न हो। मैं यह नहीं कहती कि सहज मानवीय सम्बन्ध के लिए कोई अलग जात-पाँत होती है, या अलग वर्ग होते हैं। सामाजिक ऊँचाई-नीचाई या देश-प्रान्त की दूरियों को लाँघकर भी प्रेम होता है, सही है। और शायद प्रेम को जो इतना महान् और सामर्थ्यवान् बताया गया है वह उसकी यह निर्बाध शक्ति देखकर ही। लेकिन एक बात मेरी समझ में आज तक नहीं आई। आप मेरी शंका अच्छी तरह समझ सकेंगी, अगर समझा सकें तो समझा दीजिए। जिसे आप चाहें या प्यार करें, आप रुपया-पैसा क्या, सभी कुछ दे सकती हैं, कभी-कभी प्राण भी। और शायद देना तो पुरुष जानता ही नहीं, नारी हमेशा से अपने-आपको लुटाती आई है। जब देने पर आती है तो अपना सब कुछ दे डालती है—धन, दौलत, इज़्ज़त, भविष्य और जीवन तक। लेकिन मेरा तो ख़याल है कि वह भीख नहीं देती, अमानत देती है। वह घर की चाबी दे डालेगी, उसी को जो उसको सँभालकर रख सके। आप कहेंगी कि मैं कैसी बात करती हूँ, लेकिन आपने देखा होगा कि भीख देने में हम लोगों से कंजूस प्राणी शायद ही आपको मिले। ये लोग भीख माँगने आते हैं, अधिकार माँगने नहीं। और इसे मेरा दम्भ कह लें, कला के नाम पर यह मैं नहीं कर सकती।' मैंने देखा कि राजकुमारी के बोलने का ढंग ही सधा और आत्म-विश्वास से भरा नहीं था, अपनी बात को तर्कपूर्ण ढंग से रखने की कला भी उसके पास थी !

"इसके बाद फिर जाने कहाँ-कहाँ की दुनिया-भर की बातें होती रहीं। उसने मुझे अपनी लाइब्रेरी दिखाई। मुझसे जब नहीं रहा गया तो मैंने पूछा, 'आप किस यूनिवर्सिटी में पढ़ी हैं ?' वह खिलखिलाकर हँस पड़ी, 'आपको यूनिवर्सिटी में पढ़ी लगती हूँ ? अच्छा, कहाँ तक पढ़ी लगती हूँ ? छोड़िए, आपको भ्रम बना रहे, यही अच्छा है। लेकिन समझ

रखिए, मैं बिलकुल भी पढ़ी-लिखी नहीं हूँ। यों ही शौक़ है, सो कभी सितार पर निकलता है, कभी साहित्य पर। फिर कभी सिनेमा जाने का मन होता है तो अंग्रेजी खेल देखने चली जाती हूँ। अभी दो फ़िल्में बड़े ग़ज़ब की देखी हैं, 'द किंग एण्ड आई' और 'एन अफ़ेयर टू रिमेम्बर'। सुनते हैं 'वार एण्ड पीस' आ रहा है, आपको शौक़ हो तो साथ ही देखेंगे।' इसके बाद खाना खिलाया। जब दो-ढाई घंटे हो गए तो मुझे लगा कितनी देर हो गई है। मैंने जाने की हठ की। बोली : 'अगर आपको कोई आपत्ति न हो तो कभी-कभी इधर आया करें। केवल तक़ल्लुफ़ में नहीं कह रही। सचमुच मुझे खुशी होगी। यहाँ अपने शौक़ और ढंग का कोई आदमी नहीं है। बस, सभी को हर वक़्त नाच, गाना, ये पार्टी, वो कॉकटेल, कारें, विज़िट्स, ट्रिप, एक्सकर्शन्स, सिनेमा, पिकनिक, होटल, रेस, कपड़े, हीरे, डांस वग़ैरा—यही बातें रहती हैं। यों फँस जाते हैं तो सभी कुछ करना पड़ता है, क्या करें, समाज की एक ज़िम्मेदारी है, लेकिन मन नहीं करता। मैं तो बचती हूँ। प्रायः नहीं ही जाती। लेकिन कोई बात करनेवाला तक नहीं मिलता। कभी-कभी मन होता है कि बहुत सादे-से कपड़े पहनकर यहाँ की लोकल के थर्ड-क्लास में सफ़र किया जाए, कभी किसी फ़ुटपाथ वाले से चाय पीने को मन करता है, लेकिन 'कोई क्या कहेगा' का भूत हमेशा सर पर सवार रहता है। फिर देखिए, हरेक के साथ मिलें, उठें-बैठें, प्रैक्टिकल रूप में न इस बात की हिम्मत है, न आज्ञा। आप शायद न जानती हों, हम लोगों में तो ये साहित्य, कला वग़ैरा बड़ी फ़ालतू की चीज़ें समझी जाती हैं। ऐक्टिंग देखकर उसे सराहने की बजाय यहाँ तो लोग ऐक्ट्रैस या नर्तकी को लेकर फ़ॉक्सट्रॉट डांस करना ज़्यादा पसन्द करते हैं। आप संस्कार कह लीजिए या भ्रम कि इस सबमें मन बहुत अधिक नहीं रमता। मेरे अलग-अलग शौक़ हैं, और अलग-अलग दोस्त। साहित्य और उपन्यास-कहानी पढ़ने का मुझे शौक है, अगर आप उचित समझें तो कभी-कभी हम लोग मिल लिया करें।'...मैंने भी कहा, 'इसमें मुझे क्या आपत्ति हो सकती है ? इस बार मेरे फ़ाइनल के इम्तहान हैं, इसके बाद तो फिर फुरसत ही फुरसत है। यों भी चौबीस घंटे पढ़ूँगी नहीं।' तो कहने लगी, 'नहीं, आपत्ति की बात इसलिए मैंने की कि आजकल प्रगतिवाद का युग है, और आपकी निगाहों में हम लोग शोषक, अत्याचारी और सामंत-पूँजीपति, जाने क्या-क्या हैं। इसलिए आपको हमसे मिलने में शर्म भी लग सकती है...' मैं कुछ गम्भीर हो गई, 'देखिए, वह एक पूरे वर्ग और व्यवस्था की बात है, इसके लिए कोई एक व्यक्ति क्यों सज़ा भोगे ? अच्छे-से-अच्छे व्यक्ति की नीयत में इसलिए विश्वास न किया जाए कि वह किसी विशेष वर्ग में पैदा हुआ है, यह सिद्धान्त मैं नहीं मानती। यह तो वही पुराना जात-पाँतवाला पचड़ा आ गया कि शूद्र के घर में पैदा व्यक्ति के सारे गुणों को नज़रंदाज़ कर दिया और उसे सारे अधिकारों से वंचित कर दिया। नहीं, राजकुमारीजी, मैं आदमियों में जात-पाँत नहीं मानती और न मेरा विश्वास छुआछूत में है कि अमुक के घर जाने या उसे छूने से धर्म और जाति चले जाते हैं।' इस पर वह मुस्कराती हुई चुप रहीं। फिर मैं किस वक़्त मिलती हूँ, यह पूछकर बोलीं, 'हो सकता है, मैं खुद आऊँ।' मैंने एकदम कहा, 'नहीं, आप फ़ोन कर

लीजिए न।' इसके बाद गाड़ी मुझे घर तक छोड़ गई।''

उदय आँखें यों ही अपलक खोले जाने क्या सोच रहे थे। मैं कुछ देर चुप रहकर बोली : ''सचमुच उससे मिलकर तो बिलकुल ही नहीं लगता था कि किसी प्रिंसेस से मिलकर आ रही हूँ...ज़रा घमंड नहीं...ज़रा गर्व नहीं। पाँच मिनट में हम लोग इस तरह घुल-मिलकर बातें करने लगे थे जैसे न जाने कब से एक-दूसरे को जानते हों। वर्षों की सहेलियों की तरह खुल गई वह तो। उसने तो इन लोगों के बारे में मेरे विचारों को एकदम बदल दिया। मैं तो सोच भी नहीं सकती थी कि इतनी मिलनसार और ख़ुशमिज़ाज़ होगी। हम लोग बैठे थे, तभी फ़ोन आया। पता नहीं, दूसरी तरफ़ कौन था। मैंने उसी की तरफ़ वाले टुकड़े सुने, 'चलो, चलो, बहुत बनाओ मत। हमने भी दुनिया देखी है।'...'बस, दुनिया वही है जहाँ आप रहते हैं ?' अच्छा वीचि-विलास के सामने से रात-दिन जो दुनिया गुज़रती है, उसे क्या कहते हैं ?'...'न सही पैदल चलने वाले हमारी आँखें बड़ी पारदर्शी हैं, कारों की छतें भेदकर देख लेती हैं।' उधर कोई पुरुष था शायद। ऐसी हँस-हँसकर बातें कर रही थी कि बस। फिर एकदम टेलीफ़ोन रख दिया, 'देखो इस वक़्त हम बहुत बिज़ी हैं, एक बहुत बड़ी लेखिका, अभिनेत्री से बातें कर रहे हैं।'...''

''बस, बस। अब बहुत बोर हुए तुम्हारी प्रिंसेस की बातों से।'' ऊबकर उदय ने हाथ झटकार दिए : ''तुम लड़कियों में संतुलन नाम की कोई चीज़ होती है या नहीं ? अब बस, एक मिल गई कोई चलती-फिरती तो लगीं उसी के यश गाने।''

''यश गाने की बात नहीं है। वाक़ई मुझे तो बड़ा ही दिलचस्प करैक्टर लगा है। मन में आता है, उस पर ज़रूर कुछ लिखा जाए।''

''ज़रूर लिखो।'' उदय ने कहा : ''हिन्दी में ये राजा-राजकुमारी ही तो आने को रह गये हैं न अब ? प्रेमचन्द की रानी जाह्नवी और प्रतापनारायण श्रीवास्तव के बाद हिन्दी वालों ने तो मानो इन लोगों का बॉयकाट ही कर डाला था। अच्छा है, यह प्रायश्चित्त तुम्हारे ही हाथों हो। हमारा क्या है, अभी तक हम विदेशी उपन्यास-कहानियों में ये राजा-ड्यूकों की कहानियाँ पढ़ा करते थे। अब हिन्दी में पढ़ लेंगे।'' फिर मुँह के आगे हाथ रखकर जँभाई लेते हुए बोले : ''अरे, मैं कहता हूँ, इन सब चक्करों में मत पड़ो। इनमें वक़्त बरबाद करोगी तो अपना लिखना भी भूल जाओगी। रईसों के चोंचले हैं ये सब। यह वक़्त है, कुछ गम्भीरता और ईमानदारी से लिख-पढ़ डालो। बड़ी चली हैं, राजकुमारीजी का मनोरंजन करने।''

''आप तो यह सब कहेंगे ही। आपकी बुराई जो कर दी न।'' उनकी बात में शुद्ध ईर्ष्या है, यह मैं समझ गई।

''मेरी बुराई वह बेचारी क्या खाकर करेगी ? बुराई और भलाई को आदमी गम्भीरतापूर्वक तब ले जब किसी चीज़ को समझता हो। एक तो बेचारी बेपढ़ी-लिखी और फिर लड़की। गिलोए और नीम चढ़ी।'' उन्होंने उद्धत बनकर जवाब दिया। फिर टालकर बोले : ''अच्छा जी, मारिए गोली। हमें क्या है ? ख़ूब दोस्ती कीजिए। अब कब जा रही हैं ?''

"ज़रूर करेंगे। परसों ही जा रहे हैं।" फिर मैं गाने के लहजे में बोली : "जलने वाले जला करें...क़िस्मत हमारे साथ है।..." और एकदम उठ खड़ी हुई। घड़ी देखते ही ऊपर की साँस ऊपर और नीचे की नीचे रह गई : "हाय राम, आज मारे गए। पौने बारह। बातों-बातों में पता नहीं चला। कॉलेज से रेखा सीधी घर गई होगी। कहीं अक्का से न कह दिया हो...ख़ैर नहीं है...। कितनी बातें की हैं आज...हद हो गई ! आपके साथ तो पता ही नहीं लगता कि..." और अगली बात कहते-कहते मैं रुक गई। जीभ काट ली। सच है, जब-जब उदय के साथ बातें करने बैठी हूँ, समय का ध्यान ही नहीं रहता। इतना सब कह चुकने के बाद पहले जो मन में बेचैनी थी वह मानो शान्त हो गई। और जब मैं इस शान्ति को महसूस करने के प्रति सचेत हुई तो चौंक गई—ऐसा क्यों है ? अच्छा, फिर सोचूँगी।

"ये रेखा कौन है ?" वे बैठे-बैठे ही कह रहे थे : "ये भी कहीं की प्रिंसेस हैं क्या ?"

"जी हाँ, प्रिंसेस हैं, देखें तो ग़श आ जाएगा। इतनी खूबसूरत लड़की नहीं देखी होगी।" मैं चिढ़कर बोली। लेकिन जवाब में उनकी आँखों में अपने प्रति प्रशंसा का भाव मैंने स्पष्ट ही लक्ष्य किया। वे गहरी साँस लेकर बोले : "कहाँ भाई, हम तो खुद ही किसी राजकुमारी की मोटर के सामने ग़श खाकर गिरने को तैयार हैं। किसी नाजुक हाथ का स्पर्श तो मिले; वर्ना इस बन्द कमरे में पड़े-पड़े ही किसी दिन आत्महत्या कर लेंगे..."

मैं बोली : "आत्महत्या क्यों करते हैं, अपनी रश्मिजी को बुला लीजिए न " मैं खड़ी ही रही।

"यहाँ आकर मेरी और अपनी जान खाने के सिवा और वह करेगी क्या ? सभी एक-से-एक महान् हैं। किसी के दिमाग़ ही नहीं मिलते।"

मैंने इधर-उधर देखकर कहा : "वह आपका छोकरा कहाँ गया ?"

"क्यों, पानी-वानी चाहिए क्या ? उसे तो सिंह साहब ने नीचे ही डाँटकर भगा दिया होगा। वह यहाँ का ऐतिहासिक व्यक्ति है। सिगरेट लाने भेजो तो मैटिनी-शो देखकर आता है। अब भुनभुनाते हुए सिंह साहब जा रहे हैं और उसे कान पकड़कर ला रहे हैं तमाचे जड़ते सिनेमा हाउस से निकालकर। कभी-कभी नाराज़ हो जाता है तो दिन-दिन ग़ायब रहता है। उसे अपने जैसे मालिक नहीं हैं, और हमें उस जैसे हीरो नहीं हैं, सो दोनों की निभ रही है। अभी जाते हुए सिंह साहब ने कपड़े छीनकर इंडिया-वॉच मेकर्स में रख दिए होंगे और वे साहब शाम को आ जाएँगे।"

"और खाना ?"

"अभी नीचे ही जाऊँगा, सो खा लूँगा किसी ईरानी के यहाँ। एक राइस प्लेट में काम चलता है।"

मैंने फिर कमरे को देखा और मन में एक पिघलन-सी महसूस हुई। वे कुछ अजब काँपती आवाज़ में बोले "कॉलेज तो तुम्हारा आज गया ही। अब कोई ख़ास जल्दी है ? बैठो न ?"

"जल्दी न हो तो सारे दिन यहीं बैठना है क्या ?" उनके इस आत्मीय अनुरोध और

आवाज़ के काँपने पर भीतर से सिहरकर, लेकिन बाहर से मुस्कराते हुए मैं बोली। पता नहीं किस मजबूरी में फिर बैठ गई। मुझे खुद लग रहा था कि यह मैं क्या कर रही हूँ। मुझे अब चल देना चाहिए, चल देना चाहिए। यह ठीक नहीं है। अब बैठे रहना उचित नहीं होगा। लेकिन पता नहीं, कौन था कि वहाँ बाँधे था और सारी स्थिति को तोड़कर झटके से जाने का साहस नहीं आ पा रहा था। मैं बोली : "आज आपको लिखने भी नहीं दिया।"

"या आपको डर लगता है, अकेले एकान्त में ?" वे उसी तरह बोलते रहे।

"डर किसका ?" मैं अतिरिक्त दृढ़ता से बोली : "लेकिन अब काफ़ी देर हो गई है।"

मेज़ के ऊपर से झुककर जब उन्होंने अपना एक हाथ मेरे सिर की ओर बढ़ाया तो मैं बुरी तरह काँप उठी। हाय, मुझे क्या हो गया है, मैं यहाँ से उठकर भागती क्यों नहीं हूँ ? मैंने झटके से सिर पीछे हटा लिया और ज़रा-सा भौंहों में बल लाकर प्रश्न-दृष्टि से उनकी ओर देखा।

उदय बोले : "देखिए, जब से आपका यह पिन या काँटा मुझे कष्ट दे रहा है। इसे ठीक कर लीजिए, वर्ना यह गिर-गिरा पड़ेगा।"

मैंने पीछे की ओर दोनों हाथ करके देखा। सच ही एक काँटा बालों से दो इंच बाहर निकल आया था। वे क्या सिर्फ़ इस काँटे को ही ठीक करने के लिए मेरी ओर बढ़े थे ? तब सहसा मैं उठ खड़ी हुई : "अब चलूँगी।" मुझे लगा कि काँटे के बहाने जैसे उन्होंने दोनों हाथों से मेरा सिर पकड़ लिया हो और अपलक निगाहों से मेरी आँखों को हिप्नोटाइज करने लगे हों...

"अच्छी बात है।" वे उठ खड़े हुए। बोले : "अगली बार कब मुलाकात हो रही है ?" इतने दिनों में मिलने के बारे में उनकी ओर से यह पहला प्रश्न था।

"अब तो दो-तीन दिन फ़ुरसत नहीं है। बड़ी थकावट है। फिर आप जब कहें।" मैं मेज़ के बीच से निकलती बोली।

"तो नया कुछ नहीं लिखा ?" वे बढ़कर दरवाज़े की ओर आ गए। साथ-साथ मैं भी दरवाज़े की ओर चलती बोली : "नहीं, अब तो राजकुमारी पर ही लिखूँगी। ऐसा लिखूँगी कि आप भी चकित रह जाएँगे।"

"तो अपनी प्रिंसेस साहिबा से मिलकर ही मिलो। उनके बराबर इम्पोर्टेण्ट थोड़े ही हैं हम भाई। सुनेंगे क्या-क्या गप्पें हुईं !"

"अच्छी बात है।" मैं समझदारी से हँसी। कहाँ तो उससे कुढ़ रहे थे और कहाँ उसमें इतनी दिलचस्पी दिखाने लगे !

और चटख़नी खोलने को जैसे ही मैंने हाथ बढ़ाया कि उनके हाथ ने बढ़कर चटख़नी खोल दी। मुझे लगा, उनका हाथ चटख़नी खोलकर वहीं ठिठका। हम लोग इस समय बहुत ही पास-पास खड़े थे। जाने क्यों मुझे हर क्षण लगता था जैसे वे अभी झपटकर मुझे अपनी बाँहों में बाँध लेंगे और चुम्बनों से मेरा मुँह ढँक देंगे। तब क्या करूँगी ?

किधर भागूँगी ? कहीं मुँह बन्द कर दिया तो चीख़ भी नहीं पाऊँगी। मैंने निश्चय कर लिया कि अगर ऐसा कुछ भी इन्होंने मेरे साथ किया तो ज़ोर का धक्का देकर रसोई या बाथरूम में घुसकर किवाड़ बन्द कर लूँगी। खूब ज़ोर से फिर शोर मचा दूँगी। बग़ल में औरतें तो होंगी ही। मुँह में कपड़ा-वपड़ा ठूँस दिया तो ? बलात्कार की घटनाओं में अक्सर ऐसा होता है। मैंने यहाँ आकर अच्छा नहीं किया। अब आगे से नहीं आऊँगी। आज किसी तरह निकल जाऊँ। मैं यह सब तो सोचे जा रही थी, लेकिन साथ-साथ मुझे रेखा की बात भी याद आ रही थी। साथ ही मैं मन-ही-मन इस समय हो रही घटना को भविष्य में रेखा और राजकुमारी को सुनाने के लिए वाक्य भी बना रही थी कि सारी बातें अगली बार मिलकर किस तरह बताऊँगी।

तभी उन्होंने किवाड़ खोल दिए और मैं बाहर आ गई।

''नीचे तक चलूँ क्या ?'' उदय ने पूछा।

''नहीं...नहीं...क्या ज़रूरत है ? आप अब लिखें।'' मैं अप्रत्याशित कृतज्ञता से बोली। मन में आया, हो सकता है जो बातें मैंने सोची थीं, वे सिर्फ़ मेरे दिमाग़ की उपज हों। उनकी तरफ़ से ऐसा कुछ न हो। लेकिन फिर खुद ही सवाल उठा : तो जो कुछ मैंने देखा या महसूस किया वह सब झूठ था ? ऐसी परिस्थितियों में लड़की का सहज ज्ञान, पुरुष के मन को पढ़नेवाली आँखें क्या झूठी पड़ सकती हैं ?

और सीढ़ियाँ उतरते हुए मुझे लगा : 'छि:, यह व्यक्ति तो बड़ा ही कमज़ोर और डरपोक है। इसमें तो इतना भी साहस नहीं आया कि आगे बढ़कर मेरे कन्धे पर हाथ रख देता !' अपने इस विचार से मैं खुद ही डर गई। पहले भी इसी तरह किसी बात को सोचकर डरी थी। क्या थी वह ? तो क्या मैं खुद यही चाहती थी... ?...और एकदम इसका जवाब न मैं 'हाँ' में दे सकती थी, न 'ना' में...।

फिर डायरी ख़त्म करते-करते राजकुमारी की भीखवाली बात याद हो आई है : क्या किसी को भीख देना और अपने व्यक्तित्व और हृदय का सर्वश्रेष्ठ अंश—सहानुभूति, दया, प्रेम या प्रशंसा देना समान क्रियाएँ हैं ? किसी की भीख पाकर भिखारी कल बाज़ार में जाकर अपनी ज़रूरत की चीज़ें ख़रीदेगा; लेकिन हमारे मन के इन सर्वश्रेष्ठ मोतियों को कोई 'भिखारी' यदि कल बाज़ार में ले जाकर बेचना चाहे तो उसे देखकर हमें उतना ही सन्तोष होगा जितना भिखारी को अपने दान से खाने-पीने की चीज़ें ख़रीदते देखकर होता है ?

बुध : 26 जून

डेढ़ बजे रात। चारों ओर छाई अद्भुत निस्तब्ध नीरवता...दूर सागर की एकरस गरज और रह-रहकर लहरों का छहराना। अक्सर सोते-सोते जब आँखें खुलती हैं तो मुझे इस आवाज़ को सुनकर ऐसा लगता है जैसे मैं किसी एक ऐसे सुनसान पहाड़ी द्वीप में बने मकान के कमरे में सो रही हूँ जिसके पास ही सैकड़ों फ़ीट से एक ऊँचा झरना लगातार गिरे

जा रहा है। या जैसे कहीं टीन की छत पर मूसलाधार पानी बरसे चला जा रहा है...। लोकल रेल की सीटी और खटर-खट कभी-कभी गूँज उठती है। बाहर का मैदान और मेरी खिड़की से दिखती धनुषाकार सड़क के खम्भों की रोशनी की परछाईं मेरे कमरे के भीतर तक आ रही है, इसलिए अँधेरा घुप नहीं है। कभी-कभी सड़क से हमारे घर की ओर आती किसी टैक्सी या कार की रोशनियाँ तस्वीर के फ्रेम या खिड़की के काँचों में कौंध जाती हैं। तो दिल में जैसे कहीं कुछ 'भक्' से जल उठता है...। ग्यारह बजे से भागते-भागते आज जब बिलकुल मजबूर हो गई हूँ तो पलंग पर लेटे-लेटे डायरी लिख रही हूँ। लगता है, आगे जाकर डायरी लिखना भी एक ऐसा नशा हो जाता है कि अगर न लिखो तो एक बोझ या क़र्ज के रुपयों-सा दिमाग़ पर छाया रहता है कि देना है, देना है।

पता नहीं, क्या-क्या मैं इन दिनों में सोचती रही हूँ—कोई ओर-छोर है ? दुनिया-भर की बातें। पढ़ाई-लिखाई में मन नहीं लगता। इम्तहान कितने पास आ गए हैं। मन के एक ओर यह प्रिंसेस है और दूसरी ओर उदय। प्रिंसेस की एक-एक बात मन में उभर-उभर आती है। किससे कहूँ कि देखो, मैं कितनी महत्त्वपूर्ण हूँ। या तो ये सारे लोग मज़ाक करते हैं, या सावधान रहने को कहते हैं, जैसे उस महत्त्व को जान-बूझकर समझने से इन्कार कर देना चाहते हों। अभी-अभी पता नहीं, मन में कैसी एक अजब बेचैनी-सी भर आई। लैंप बुझाकर मैं पहले तो भीतर गई। बिट्टू घर्र-घर्र ख़र्राटे भरता सीढ़ियों के पास बालकनी में सो रहा था। रेखा की बात याद हो आई तो खुद ही मुस्करा पड़ी और उसे सोता देखती रही। किसी को बिना जानने दिए, उसे देखना कैसा अच्छा लगता है कभी-कभी ! मन हुआ कि इसे अकारण ही उठाकर बैठा दूँ और कहूँ कि एक तरफ़ हटकर सो, यहाँ क्यों सो रहा है... ? लेकिन यह तो रोज़ ही यहीं सोता है।... अक्का और पापा के किवाड़ तो दस बजे ही बन्द हो गए थे, भैया पूना गए हैं दो दिन से। शायद कल आएँगे। क्या करूँ मैं ? चुपचाप बालकनी के खम्भे से लगी देखती रही...। पड़ौस के ऊपरवाले साहब की खिड़की बुझी है। मैं इस आशा से खड़ी-खड़ी देखती रही जैसे कहीं कुछ रहस्यमय होगा, मेरे सामने ही किसी अकेले जाते आदमी को अचानक पीछे से छुरा मारकर कोई भाग जाएगा...या किसी खम्भे की टेक लगाए किसी युगल को आलिंगनबद्ध देखूँगी...। इच्छा हो रही थी कि कुछ 'वर्जनीय', कुछ 'निषिद्ध' देखूँ...। कैसा सन्नाटा है ! ऐसे में इक्का-दुक्का लड़की को कोई पकड़ ले तो बचानेवाला भी न आ पाए...। अपने-अपने पलंगों पर सुख से सोते हुए ये लोग एक भी उठकर नहीं आएँगे। उस दिन उदय से मुझे कितना डर लग आया था ! कैसा लगता होगा बलात्कार के समय... ? क्या एक बार इस अनुभव से नहीं गुज़रा जा सकता ? छि...मेरे मन में भी कैसी भद्दी-भद्दी बातें आने लगी हैं इन दिनों। पहले तो ये सब नहीं आती थीं...। ये रीढ़ में चींटियाँ-सी जाने क्या रेंग रही हैं... !

एकाध को छोड़कर आसपास के सारे फ्लैटों की बत्तियाँ बुझ चुकी हैं। बस सीढ़ियों में जलते, ऊपर से नीचे तक जानेवाली खिड़कियों के अन्धे शीशों की रोशनी इस तरह

दिखाई देती है जैसे किसी ने जलते फ़ीते चिपका दिए हों।...अभी कोई टैक्सी किसी मकान के सामने आ खड़ी हुई है...। एक अकेली झूमती-लड़खड़ाती छाया निकलती है...। अभी-अभी कार से सेकेंड-शो देखकर आया हुआ जोड़ा निकला था...। टैक्सी का दरवाजा खुलता है, वही पैसे देने और मीटर का फ्लैग बदलने की किरकिराहट और घंटी की आवाज़...। टैक्सी घुर्र करके चल देती है...उसके पीछे की लाल बत्तियाँ चमकती हुईं, डूबती चली जाती हैं...तब तक कहीं घुटी-सी जगह में डोर-बैल की घनघनाहट सुनाई देती है। जब कहीं की रोशनी खट् से बुझ जाती है तब ध्यान उधर खिंचता है कि अरे उधर भी जल रही थी...। बत्ती बुझते ही मन में अजीब-सा कल्पना-चित्र आता है...। बाँहों की जकड़ में पिसता-कसमसाता शरीर...निरावृत करते और उसकी गतिविधि को वरजते दो हाथों की लिपटी-लिपटी आलस्य-भरी छीना-झपटी...। निःशब्द...लम्बी-लम्बी हाँफती-सी साँसें और चार चिपके होंठ...मुँदती पलकें और...रीतिकालीन नायिका शायद फूँक मारकर दीपक बुझा देती, यहाँ पाए के सहारे लटकते बेड-स्विच तक हाथ पहुँचना और...खट्। अफ़सोस होता—काश, ज़रा पहले मेरा ध्यान उधर चला गया होता तो शायद शीशों पर कुछ छाया-चित्र देखने को मिलते। अजीब है यह शहर भी...यहाँ तो अब ज़िन्दगी शुरू हुई होगी। कैसी होगी वह ज़िन्दगी... ? आधी रात को लोकल स्टेशनों के पुलों की दादरों (सीढ़ियों) या पुलों के नीचे दीवार की बग़ल में कमर में हाथ डाले हुए कोई एक-दूसरे को सहारा दिए चढ़ने की कोशिश कर रहा होगा...। कहीं कोई सागर के किनारे की एक नितान्त अपरिचित जानी-पहचानी भावाकुल-व्यथा में डूबा होगा और कोई ताज में कॉकटेल का ग्लास सामने रखे झुकी-झुकी आँखों से एक दूसरे की 'हैल्थ' पीता हुआ 'लिन' और 'लिस' के डांस देख रहा होगा...। अनिच्छापूर्वक ही सही, प्रिंसेस अपर्णा की नंगी कमर पर किसी की बाँह रखी होगी और वह एक ख़ास एंगिल से उसके कन्धे पर हाथ रखे लहरों की उठान-गिरान पर मुँदी आँखों तैर रही होंगी...टैंगो नाच की लहरें—लहरें, जिन्हें हनुमानजी की दो गदाओं जैसे बड़े-बड़े झुनझुने हिलाते, काला कोट और 'बो' बाँधे, किसी गोल-मटोल वनमानुष का ऑर्केस्ट्रा पैदा कर रहा होगा... किटर...किटर...किट...ताल पर काठ के दो टुकड़े बज उठते होंगे...। रोशनी धुँधली होती चली जाती होगी...ऊपर आड़ी-तिरछी पतंगी क़ाग़ज़ों की छत से झूलती मालाएँ और रंग-बिरंगे गुब्बारे मुँदी-मुँदी आँखों में स्वप्निल और इन्द्रधनुषी हो उठते होंगे...जैसे आनन्द की लहरियों के बुलबुले ! मन होता है, एक बार इस ज़िन्दगी को मैं भी खूब भीतर तक डूबकर देखूँ...कैसा लगता है जब क्विक-स्टेप्स-ऑर्केस्ट्रा के क्लाईमैक्स पर एकदम बत्तियाँ कम होते-होते बुझ-सी जाती हैं...वॉल्ज में लहराते शरीर पास आ जाते हैं—और...और प्रिंसेस यह सब करती है...? कैसी है यह भीतर से...? मैं एक प्रिंसेस को जानती हूँ...प्रिंसेस अपर्णा से मेरी दोस्ती है...। हम लोगों ने दो-तीन घंटे ग़प्पें लड़ाई हैं—(हद कर दी पहली मुलाक़ात में ही !) कल उसका फ़ोन आना चाहिए, लेकिन इस बात पर विश्वास नहीं होता ! उसमें तो राजकुमारियों जैसी कोई बात ही नहीं ! वह तो हम लोगों जैसी ही लड़की है...उन्हीं सब कमजोरियों और विशेषताओं वाली। सोचने का ढंग भी कोई

बहुत अलग नहीं है। वैसे ही बोलती है...रहती है...खाती है ! कहीं भी तो कुछ विशेष नहीं है, वह तो लड़की है...प्रिंसेस कहाँ है... ?

एक नई चीज़ अपने भीतर मार्क कर रही हूँ...पहले किसी भी ऐसे व्यक्ति को देखती थी जो कुर्ता-पाजामा और जाकेट पहने हो या जिसके बाल गर्दन के पीछे से अनकटे लगते हों तो लगता कि यह उदय हैं। इसी तरह सड़क चलते अब ऐसा लगता है कि जैसे अचानक पीछे से आकर एक कार बगल में खड़ी हो जाएगी और साश्चर्य मैं देखूँगी कि यह तो प्रिंसेस अपर्णा ने सहसा आकर मुझे चौंका दिया है। हर गाड़ी का हॉर्न या दूर से आती आवाज मुझे उसकी गाड़ी की याद दिला देती है। बम्बई के किसी कोने में मुझे लगता है कि जैसे कहीं किसी दूकान पर शॉपिंग करती हुई प्रिंसेस मुझे 'बस' से उतरती देख रही है, चलती देख रही है और मैं कांशस (सचेत) होकर चलने लगती हूँ...।

बृहस्पति : 27 जून–प्रातः

रात को देर से सोई थी, डर था कि सुबह नौ तक न पड़ी रहूँ। बुलन्दशहर वाली मौसी तो ऐसे वक़्त साफ़ ही कह देती थीं कि "जवानी की नींद है। ऐसे थोड़े ही खुल जाएगी ? घंटे-घड़ियाल बजाए जाएँ, तो जगना।" लेकिन सुबह भी आँखें जल्दी ही खुल गईं। रात-भर नींद जैसे बड़ी उचटी-उचटी सी रही। सोचा, तीन या साढ़े तीन बजे होंगे। बहुत हुए तो चार। मन जब किसी तरह नहीं लगा तो डायरी पर बोझ उतारने बैठ गई हूँ। घड़ी दराज में बन्द है, कौन देखे।

समझ में नहीं आता कि यह मुझे हो क्या गया है ? नाटक की अपनी सफलता को, लगता है, मैंने उतनी गहराई से लिया ही नहीं जितनी गहराई से लेना चाहिए था...। कितनी बड़ी उपलब्धि थी...। लगता है, जैसे कोई और भी बड़ा नाटक हो रहा है और मेरी सारी चेतना उसी में उलझी है। उसे फुरसत ही नहीं है कि इन छोटे-मोटे बाहरी नाटकों पर बहुत अधिक ध्यान दे पाए। कौन-कौन हैं उस बड़े नाटक के पात्र... ? या यह भी हो सकता है कि प्रिंसेस अपर्णा की सराहना ही ऐसी बड़ी बात हो कि मैं उसी से सन्तुष्ट हो गई हूँ...। ऊँह, होगा भी। यह हमेशा उदय और अपर्णा को लेकर ही सोचना...मानो मुझे करने को और कोई काम ही नहीं ? अभी जागते-जागते बड़ा अज़ब-सा सपना देखा था : मैरीन ड्राइव पर एक बहुत बड़ा-सा फ्लैट है...सामने सागर मचलता है, चिकने-चिकने फ़र्श, खुली खिड़कियाँ...लेकिन न कहीं कोई फ़र्नीचर है, न कहीं पर्दे...। एक चीख़ता-सा सूनापन है...। मैं ज़ोर से कह उठती हूँ–'देखिए, यहाँ तो फ़र्नीचर-परदे सब लाने होंगे...।' एक दरवाजा खोलकर कनपटियों पर हजामत का साबुन लगाए, हाथ में रेज़र लिये कोई निकलता है, साबुन का बड़ा सा झाग रेजर से टपककर धरती पर गिर पड़ता है...। मैं झिड़क देती हूँ–'कर दिया न फ़र्श ख़राब... ? तौलिया पहने ही बाथरूम से निकल पड़े... ! अब यहाँ आकर तो थोड़े ढंग सीख लीजिए।' कोशिश करने पर भी उस व्यक्ति का चेहरा नहीं दीखता। लगता है, उस व्यक्ति की मूँछें

महाराणा प्रताप जैसी हैं और उन्हें वह काट रहा है। मैं कहना चाहती हूँ कि जब काटना ही था तो इतनी मेहनत करके इन्हें बढ़ाया ही क्यों था ? चेहरा क्यों नहीं पहचान में आता, बड़ी अजब बात है ! बाँस की कुर्सी पर किसी की पैंट और कमीज़ रखी है। एक मुड़ी-तुड़ी टाई को जाँघ पर रखकर, उस पर हाथ फेरते हुए मैं सलवटें निकाल रही हूँ...कहीं टेलीफ़ोन की घंटी बज उठती है...। मैं देखती हूँ कि टेलीफ़ोन-रिसीवर बड़ी-बड़ी मूँछों के आकार का है। उठाने को हाथ बढ़ाती हूँ कि मूँछों के नीचे कोई खिलखिलाकर हँस पड़ता है—'कैसा बेवकूफ़ बनाया !' उसके हँसने की आवाज़ ऐसी ज़ोर से खाली कमरे में गूँजती है कि मैं चौंककर जाग उठती हूँ...। विचित्र सपना है...इस बार उदय मिलेंगे तो बताऊँगी...लेकिन नहीं, किसी कहानी में इसका उपयोग करूँगी...। प्रिंसेस को तो बता ही दूँगी...।

अपर्णा और उदय, पता नहीं ये दो नाम क्यों मेरे दिमाग़ में इन दिनों हमेशा साथ टकरा रहे हैं...। अपर्णा...उनकी बहन का भी तो नाम है...। तो क्या, यह उनकी बहन ही है... ? मुझे तो कुछ गड़बड़ लगता है। नहीं-नहीं, ये अपर्णा नहीं होंगी। कहाँ, यह, कहाँ वह ? दो नाम मिल गए हैं...बस संयोग है...। अच्छा, फिर यह रजनी या रश्मि कौन है... ? तो सचमुच इनका और कई लड़कियों से सम्पर्क है ? लोग झूठ नहीं कहते...। रजनी जो अर्थ में चाहे रात हो लेकिन उपन्यास में रश्मि बनकर आई है। कितना सूक्ष्म संकेत रखा है...(ख़ाक सूक्ष्म संकेत है !) रजनी ने पढ़ा होगा तो कैसा लगा होगा उसे ? उदय में सचमुच कलाकार के टच हैं।

मुझे उनकी जड़ निरुद्विग्नता से जाने क्यों बड़ा डर लगता है। लगता है जैसे वे मेरा अध्ययन कर रहे हों...पढ़ रहे हों। उन्होंने ख़ुद कहा था। सचमुच मेरे ऊपर भी कुछ लिखेंगे क्या ? देखूँ तो सही, निगाहें कहाँ तक पहुँचती हैं...। लेकिन उस दिन...उस दिन अच्छा नहीं हुआ। जो कुछ मैं सोचे बैठी हूँ वह मेरा भ्रम था कि वास्तव में बात सच थी ? जो कुछ मैंने उनकी आँखों में देखा, जिसे वे सिगरेट पीने के बहाने बहला रहे थे, अन्यमनस्क और विचार-मग्न होकर टाल रहे थे, वह क्या था ? चटख़नी खोलते वक़्त मुझे ऐसा क्यों लगा जैसे किसी ने मेरे जूड़े को बहुत हौले से छुआ हो...(हुँह, पिन निकल आई थी) जैसे मेरे कन्धे पर रखते-रखते हाथ रह गया हो। वह सब ग़लत था ? मेरे ही मन का भ्रम था ? मैं अब वहाँ कभी नहीं जाऊँगी। अकेले में मन अजब-अजब सा होने लगता है। मान लो, उनके मन में ही कोई बात थी तो जब चटख़नी खोलने को मैंने हाथ बढ़ाया था उसी पर अपना हाथ रख सकते थे...। रखकर तो देखते... ? वहीं ज़ोर से तमाचा देती खींचकर...'तड़ाक्'। 'बाज़ारू समझा है क्या ?' अच्छा, मान लो रख ही देते तो ?—हिम्मत ही नहीं थी। लड़कियों की बात सुनकर तो लाल-पीले होते हैं...। अगर उनके मन में कुछ आ भी गया तो ऐसा बुरा था ? मेरे मन में क्या नहीं आया था कि—जब वे सिगरेट पी रहे थे—इन पतली-पतली सलवटों-सी धारियोंवाले होंठों से होंठ छुलाकर देखूँ ? कैसा स्वाद होगा ? सिगरेट तो बड़ी चरपरी होती है। बचपन में पापा की सिगरेट चुराकर पीने की कोशिश की थी, सिर भन्ना गया था, आँखों में आँसू निकल आए थे, गले की

नसें उभर आई थीं। बहुत दिन हो गए होंठों का 'स्वाद' चखे भी...। पहले तेज के साथ...। अच्छा, उदय ने अभी तक कितने होंठों का स्वाद देखा होगा... ? हिश्ट, क्या बेहूदी बातें सोच रही हूँ मैं भी ! तो भी...एक तो रजनी है ही...अपर्णा ? नहीं, अपर्णा तो बहन है बड़ी। हाँ-हाँ, सभी बहनें ही होती हैं...। और कुछ भी होंगी...।

तो क्या, सच ही उदय का मामला आज यहाँ, कल वहाँ वाला है ? लेकिन चेहरे और बातों से तो ऐसे लगते नहीं हैं। बहुत लोग वैसे थोड़े ही होते हैं जैसे लगते हैं। तेज ऐसा ही था जैसा आज हो गया है ? इनकी भौंहें देखकर मुझे तेज़ की याद पहले क्यों आया करती थी ? एक दिन जाने किस झोंक में मैंने ख़त लिखा था, फिर फाड़ दिया : "तेज, तुम मेरे जीवन के एक करुण प्रसंग रहे हो। क्या-क्या सपने मैंने तुम्हारे साथ नहीं देखे थे ?—कौन-कौन से महल मैंने तुम्हारे लिए नहीं बनाए थे ? और तुमने जो कुछ किया, बदले में जो एक अविश्वास, एक तल्खी, एक ऐसी चिड़चिड़ाहट मुझे दे दी कि मेरा सारा व्यक्तित्व बिखर उठा और मैं टुकड़ों-टुकड़ों में बँट गई। और क्या कहूँ अब तुम्हें ? तुम मेरे अस्तित्व के अंश थे, मैं तुम्हारे ख़यालों में रहा करती थी। ख़ैर, भगवान करे, तुम जहाँ भी रहो सुखी रहो...और मैं...मैं कितना रोई थी, जानोगे ? क्या करोगे जानकर ? हम हिन्दुस्तानी लड़कियों को चुप-चुप रोने का रोग है...जैसे अगरबत्ती चुप-चुप जलती है...। अंग्रेजी लड़कियों की तरह हमारा प्रेम न तो किलकारियों और क़हक़हों वाले उन्मुक्त आलिंगनों में निकलता है, न हमारा क्रोध हिस्टीरिया के दौरों जैसी चीख़ों में। चाहो तो कह लो कि हम लोगों में जीवन की कमी है। इसीलिए न तो खुले और सम्पूर्ण मन से प्यार कर सकती हैं, न क्रोध।" इसलिए चुपचाप रातों रोती रही थी। वह सब कुछ ठंडा हो गया, लेकिन अब भी कभी-कभी जाने कैसा भूत सवार होता है, मन होता है कि कमरे के सारे किवाड़ बन्द कर लूँ, और दूर से ज़ोर से भागकर आऊँ, एक-एक को ठोकर मारकर खोल दूँ—भड़ाक् ! बेतहाशा कैडल रोड पर भागूँ...भागती ही चली जाऊँ...भागती ही चली जाऊँ...। सारे कपड़े अस्त-व्यस्त हो जाएँ। बाल्कनी के खम्भे को धृतराष्ट्र के भीम की तरह ऐसी ज़ोर से भींचूँ कि चूर-चूर होकर बिखर जाएँ...। पता नहीं, क्या-क्या करने को मन करता है...हर पुरुष से, हर छोटे-बड़े लड़के से खिलवाड़ करने की इच्छा होती है। बस पर चढ़ते हुए, साथ बैठते-उठते हुए ज़रा-सी कुहनी का टहोका मार दूँ और जब वह कुछ करें तो सैंडिल उतारकर दो दूँ भरी भीड़ में, दिन दहाड़े... फटाक्...फटाक्। मज़ा आ जाए।

कहीं उदय के साथ खिलवाड़ करने में यही मनोवृत्ति तो नहीं है ? तो मैं उदय के साथ 'खिलवाड़' कर रही हूँ ? नहीं। उसमें ऐसी क्या बात है कि मैं खिलवाड़ करूँ ? बहुत सुन्दर ?—नहीं। धनी ?—नहीं। प्रभावशाली ?—शायद नहीं...नहीं...नहीं। तो फिर मुझे आज अपने और उदय के सम्बन्धों को साफ़ कर लेना होगा, ताकि किसी प्रकार के भ्रम की कोई गुंजायश रह न जाए। हाँ, उदय से मेरा सम्बन्ध मात्र मित्र का है। हमारे और उनके बीच में एक कॉमन आधार है—लिखना। वे ज़रा पहले से इस लाइन में हैं, जमे हुए हैं और मुझे उनसे कुछ सीखना है, लेना है। मित्र के रूप में वे मेरे अध्ययन

के ऑब्जैक्ट हैं, कहानी के विषय हैं। 'विषय' की तटस्थता और निर्लिप्तता से ही मुझे खतरनाक से ख़तरनाक क्षणों में उनका अध्ययन करना है। और यह भी तो अध्ययन का एक विषय ही है कि किन क्षणों में 'खतरा' आख़िर किस सीमा तक बढ़ सकता है ? मुझे एक कहानी लिखनी है : एक लेखक है जो प्राप्त को स्वीकार नहीं कर सकता, अप्राप्य की ओर लपकता है। मरीचिकाओं की ओर भागनेवाला व्यक्ति, किन-किन क्षणों में क्या-क्या कर सकता है...। दूसरी ओर अपर्णा का अध्ययन करना है...बस, अध्ययन करना है, लिखना है...निरीक्षण करना है...जीना कुछ नहीं है। कहीं भी अपने लिए कुछ नहीं करना। अपने को नहीं उलझाना...कहीं नहीं भरमाना...।

जाने क्या लिख रही थी। बीच में बात टूट गई। दूसरे कमरे में देर से टेलीफ़ोन की घंटी बज रही थी। मरीज़ की होगी किसी की। हालत ज्यादा ख़राब है। पापा, अक्का में से व्यर्थ ही किसी को उठना पड़ेगा, सोचकर मैं दौड़कर टेलीफ़ोन उठाने गई थी अभी, "हलोऽऽ !"

झूमती-सी लड़खड़ाती आवाज़ आई, "हल्लो डार्लिंग !"

पहले तो मुझे केवल घंटी से ऐसा लगा जैसे उदय हों। यह आवाज़ कोई और थी : "कौन ?" मेरी भौंहें तन गईं।

"जवानी की रातों में कहीं 'कौन' पूछा जाता है ?"

"तो अपनी माताजी को जगा लीजिए न।" कहकर मैंने ज़ोर से टेलीफ़ोन रख दिया। कमरे से बाहर भुनभुनाती चली आई : "कमबख़्त, मवाली कहीं के।" चुपचाप लेटी, बड़ी देर तक अँधेरे में भरभराहट करते पंखों को देखती रही...और फिर तकिए पर माथा पटक-पटककर बिलख-बिलखकर रो पड़ी...। पता नहीं क्या छाती पर जम गया है कि बोझ से दिल डूबा जाता है। मुँह तकिए में गड़ा लिया कि आवाज़ न निकले और एक अजीब वहशीपने से रोती रही...

खूब थक चुकने के बाद औंधी लेटी हुई 'सुजाता' को 'मैं' पलंग के सहारे खड़ी होकर प्यार से कन्धे पर हाथ रखकर समझाती हूँ : 'पगली, रोती क्यों है ? यह रात-रात-भर रोना, किस सम्पूर्णता से अपने रीतेपन को न भर पाने की पराजित स्वीकृति है ? बोल ? बोल ?—माँग क्या चाहती है ?'

'मैं कुछ नहीं चाहती सुजाता, मैं कुछ नहीं चाहती। मुझे बस रो लेने दे—रोने से बल मिलता है, दिल हलका होता है।'

कहीं दूर किसी मिल का भोंपू गूँजता है। अब लिखना बन्द करती हूँ...नहीं तो फिर रो पड़ूँगी। दूधवाले और अखबारवाले घूमने लगे हैं।

शुक्र : 28 जून

एक बाद उदय ने कहा था : "सुजाता, तुम यह सब लिखना-लिखाना बन्द कर दो।"

"क्यों," मैंने भौंहें तानकर पूछा। सुनकर आसमान से गिरी थी, मानो सारा

स्वप्न-जाल छिन्न-भिन्न हो गया हो। अजब है यह मूर्ख भी ! और मुझे लगा जैसे यह व्यक्ति घोर ईर्ष्यालु है। मेरी श्रद्धा, मेरी आत्मीयता और मेरे विश्वास को इसने इसलिए बटोरा था कि मुझे एकलव्य बनाकर मेरा अँगूठा माँग ले ?

''इसलिए कि मेरी समझ में सफल लेखक के लिए दो बातों की बहुत ज़रूरत है और वह तुममें नहीं है। एक तो उसे निहायत क्रूर होना चाहिए...''

''क्रूर... ?'' वे जान-बूझकर मुझे प्रश्न करने का अवसर देने के लिए रुके थे।

''हाँ, क्रूर ही मैं कह रहा हूँ। उसे क्रूरतापूर्वक अपने पात्रों और अपने अध्ययन के विषयों से तटस्थ रहना होगा। उसे हर समय सावधानी बरतनी होगी कि वह अपने विषयों या पात्रों के दुख-सुख, हास-परिहास और विलास-अवसाद से बिलकुल-बिलकुल तटस्थ और निर्लिप्त रहे, बहे नहीं। वह लेखक अधकचरा है जो जीवन में अपने विषय, और लेखन में अपने पात्रों के 'दुर्भाग्य' और दुखों को लेकर उफन उठता है, या रोने लगता है, तक़दीर और दुनिया को गालियाँ देने लगता है और 'प्रकृति का यही नियम है' जैसे अर्थहीन वाक्य लिखकर ढाढ़स बँधाता है...। यह रोने-हँसने का काम तो पाठक ही करेंगे, उसे तो चूहों, खरगोशों पर प्रयोग करनेवाले वैज्ञानिक की तरह भावहीन, जंड़ और तटस्थ-क्रूर होना होगा...''

''अच्छा सा'ब, और ?'' मैंने कहा। समझ में नहीं आ रहा था कि रो पड़ूँ या ठठाकर हँस पड़ूँ। भाड़ में जाए तुम्हारा लेखन और लेखक। सचमुच ये लेखक लोग भी बड़े अव्यावहारिक होते हैं। कब क्या, और कहाँ क्या कहना चाहिए, जैसे इसका ध्यान तो इन्हें होता ही नहीं। यह भी कोई वक़्त उपदेश देने का है ?

''और दूसरी बात यह कि उसे बहुत ही ईमानदार होना चाहिए।'' उन्होंने इस तरह कहा जैसे पहली बात तो मात्र भूमिका थी, असली बात तो यही है। ''उसे परिस्थितियों को ही नहीं, मनःस्थितियों को भी उतनी ही ईमानदारी से देखना होगा, रखना होगा। हम हिन्दुस्तान में ख़ासतौर से जिस समाज में रहते हैं, उसमें ईमानदार होने के लिए, मैं मानता हूँ कि बहुत बड़े साहस की ज़रूरत है। लेकिन बेईमानी लेखन को गिरा देती है, खोखला कर देती है...''

''बेईमानी से आपका मतलब ?''

''आदर्श या किसी बाहरी अंकुश की झोंक में मानव-हृदय की सच्ची भावनाओं, अनुभूतियों और उनकी सम्भावनाओं को जान-बूझकर भुला देने को मैं बेईमानी मानता हूँ। मान लो, इस समय मेरे मन में आ रहा है कि इस बग़ल में बैठी लड़की को अपनी बाँहों में इतनी ज़ोर से भींच लूँ कि इसकी सारी हड्डी-पसलियाँ चरमराकर पिस जाएँ, लेकिन इसी परिस्थिति को कहीं लिखते हुए लिखूँ कि 'उसके हृदय में उस समय बड़े ही आध्यात्मिक भाव उठ रहे थे। नीले सागर की परछाईं उसे उस वैदिक ऋषि की याद दिला रही थी जब इसी तरह वह खुले सागर के किनारे बैठा रहता होगा और अपनी प्रियतमा को उसने ऋग्वेद की पहली ऋचा सुनाई होगी...' इस तरह का झूठ जहाँ लेखक की ग़ैर-जानकारी और सीमा है, वहाँ तो उसे क्षमा किया जा सकता है; लेकिन जहाँ वह

जान-बूझकर इन नक़ली बातों को गढ़ता है, नक़ली भावों का बखान करता है, वहाँ चमत्कृत भले हो लें, लेकिन प्रभावित नहीं होते। पुरुष हूँ, और बहुत ही ईमानदारी से कहूँ तो अपने सारे महापुरुषों के जीवन-चरित्र, ये सारी जीवनियाँ और आत्मकथाएँ जिन्हें 'सत्य की खोज' और प्राप्ति के नामों के बिल्लों से सजाया गया है, मुझे निहायत नक़ली, झूठी और बेईमानी-भरी लगती है। शायद रसेल ने कहीं लिखा है कि कैसी विडम्बना है : व्यक्ति जब अपनी आत्मकथा लिखता है तो अपने-आपको बड़ा क्षुद्र और नम्र दिखाता है; लेकिन जब राष्ट्र अपनी आत्मकथा लिखने बैठता है तो अपने को सबसे महान् और श्रेष्ठ बतलाता है और दोनों झूठे हैं। इस चले आते झूठ के ख़िलाफ़ शायद सबसे सबल क़दम रूसो ने अपने 'इक़बाल' लिखकर उठाया था। लेकिन हमारे यहाँ, चूँकि जीवन के मान-मूल्य बहुत ही शाब्दिक, मिथ्या, खोखले और आडम्बरपूर्ण रहे हैं, इसलिए उसके लिए बहुत ही बड़े साहस और बहुत ही क्रूर ईमानदारी की ज़रूरत है। यहाँ तो आदमी को आदमी के रूप में लिया ही नहीं जाता, उसकी सारी प्रतिष्ठा या तो उसे बाहरी धार्मिक, नैतिक और सामाजिक ढकोसलों पर होती है, या सबके ऊपर धन पर। जब बार-बार सूत टूट जाने से चर्खे को उठाकर चूल्हे में झोंक देने की इच्छा मन में हो रही होती है, तब नेताजी मंच पर खड़े होकर चर्खे से प्राप्त आध्यात्मिक शान्ति के गुण गाते हैं। जब ज़ेवर और नोटों को पी जाने की लालसा से खुद छटपटाते रहते हैं तब दूसरों को त्याग और तपस्या के उपदेश देते हैं, और जब औरत के अंग-अंग को भूखी निगाहों से भेद डालने की वासना भीतर साँप की तरह कुलबुला रही होती है तो ब्रह्मचर्य की महिमा का वर्णन हो रहा होता है...। और इसका नतीजा यह होता है कि इस धर्म-भूमि भारत की किसी भी चीज़ पर हमारा विश्वास नहीं है। विदशों में आदमी को नापने के लिए धर्म और खाने-पीने-रहने के ढकोसले नहीं हैं। इसलिए हम खुद मानते हैं कि वहाँ का सामान्य आदमी यहाँ के साधारण आदमी से ज़्यादा ईमानदार है, वहाँ की बनी चीज़ यहाँ की चीज़ से हर हालत में बेहतर है। इतना तो कम-से-कम विश्वास होता है कि जो चीज़ हम खरीद रहे हैं, वही हमें मिल रही है। यहाँ तो आप पेंसलीन ख़रीदने जाइए और आपको विश्वास नहीं होगा कि आप शीशी में दवा लाएँ हैं या शुद्ध गंगा-जल ! हम लोग कहीं भी तो ईमानदार नहीं हैं—झूठे, मक्कार, खोखले, कमज़ोर और कुन्द-ज़हन और बातें वेदों से कम की करना नहीं चाहते।"

मैं बुरी तरह से ऊब उठी थी। बोली : "अब मेरी समझ में आया कि लोग लेखकों से दोस्ती करने में क्यों कतराते हैं। एक साँस में इतना लम्बा लैक्चर ? अरे भई, कहीं तो इसे बीच में तोड़ते ? लिख दिया जाए तो पूरे दो पन्ने ले। हमारे लेखकों की यह भी एक बहुत बड़ी कमज़ोरी है कि ब्रेक लगाना ही नहीं जानते।" मैं झल्ला उठी थी : "इस सारे लैक्चर का मेरे लिखने से क्या सम्बन्ध ?"

इस लड़की को बाँहों में कसने की बात क्या बहाने से कही है, मैं क्या समझती नहीं हूँ ?

"उसी पर आ रहा हूँ। मैं यह नहीं कहता कि हर पुरुष ढोंगी होता है या हर स्त्री

दुराचारिणी होती है और उसका कई-कई पुरुषों से सम्पर्क होता ही है, लेकिन 'साध्वी' रूप में जानी जानेवाली स्त्री के मन का साहसपूर्वक किसी ने आज तक चित्रण किया है ? कब, कहाँ, कैसे वह अपने आप से लड़ती है, अपने को कुचलती है, बहलाती है या सन्तुष्ट करती है, और किस बाहरी-भीतरी मजबूरी में साध्वी या दुराचारिणी बनी रहती है, इसे स्वीकार करने का साहस तुम्हारी किसी साध्वी में है ? है कोई, जो साफ़ कह दे कि 'यह ढकोसला और ढोंग है, केवल कुछ बने-बनाए नियमों की बेदी पर मैं अपने जीवन को नहीं कुचल सकती।' जैसे आम और अमरूद फलों की दो जातियाँ हैं, उसी तरह हम यह मानकर चलते हैं कि साध्वी और दुराचारिणी औरतों की दो जातियाँ हैं। कैसे झूठे विभाजन किए गए हैं हमारे यहाँ सब !'' वे जैसे बिफर उठे। पहले तो शायद कुछ सँभले भी थे, लेकिन फिर उसी बहाव में आ गए, ''और चूँकि औरत की स्थिति हमारे यहाँ बड़ी ही नाजुक है, इसलिए उसे ही सबसे ज़्यादा अपने-आपसे झूठ बोलना पड़ता है। एक तो हमारे यहाँ नारी-लेखिकाएँ हैं ही नहीं, और जो हैं उनका लेखन ऐसा नक़ली, सतही और छिछला है जैसे वे सब ऊपर ही ऊपर हवा में तैर रही हों। मजबूरी यह है कि प्रेम के सिवा किसी और विषय पर बेचारी लिख नहीं सकतीं, और उसे भी बड़े डरते-डरते छूती हैं कि कहीं कुछ अति न हो जाए। कोई स्वयं उन पर न कहने लगे। भावुकता के शाब्दिक उफान, रोना-सिसकना, पूजा-आरती, त्याग और बलिदान—लीजिए साहब, आदर्श भारतीय नारी की गरिमा भी बची रही और कहानी भी बन गई। मैं पूछता हूँ कि इन्हें डॉक्टरों ने बताया है कि तुम कहानियाँ लिखो ? अरे, अपने स्कूल-कॉलेजों में बैठकर पढ़ो-पढ़ाओ और कुशल गृहणियों और सफल माताओं के नमूने सामने रखो। हैं तुम्हारे पास इस्मत लतीफ़ और वर्जीनियाँ वुल्फ़ जैसी हिम्मती लेखिकाएँ ? हमारी लेखिका तो आज भी प्रसाद और शरत् की भावुकता और कविता या प्रेमचन्द की आदर्श नारियों की ही नक़ल करने में लगी हैं। कोई झाँसी की रानी बनाती है तो कोई सती सीता। मैं तो तुम्हें चैलेंज करता हूँ, जब तक तुम कॉमन या सामान्य औरत को ईमानदारी से चित्रित करने का साहस नहीं दिखातीं, तब तक महान् नारी का निर्माण कर ही नहीं सकतीं।''

बात उदय की सच थी, यह मैंने महसूस किया। आज सचमुच मैं, अपनी घोर व्यक्तिगत आत्म-कथा लिखने बैठ जाऊँ, तो कब मैंने कैसा महसूस किया है, कब मेरे साथ क्या हुआ है उस सबको जानते हुए भी लिख सकूँगी ? कभी नहीं ! या तो उस प्रसंग को ही छोड़ दूँगी या कुछ-न-कुछ बदल दूँगी। अब इसी डायरी को ही लो, मैं क्या वाक़ई वह सब लिख पा रही हूँ जो अपने मन की आँखों के सामने देख रही हूँ ? पता नहीं कितनी बातें छोड़ती जा रही हूँ, सब लिख दूँगी तो 'पढ़कर हाय, कोई क्या कहेगा ?' और यह मेरी हालत उस समय है जब मैं महसूस करती हूँ कि यौवन का पहला ज्वार, उम्र का पहला आवेग—'फ़र्स्ट इम्पल्स ऑव् यूथ'—मैं पार कर आई हूँ और तटस्थ होकर अपने जीवन की कुछ बातों का विश्लेषण कर सकती हूँ।

उदय आगे कहे जा रहे थे : ''तुम लोगों ने अपने-आपको औरत की दृष्टि से लेना और देखना ही छोड़ दिया है। तुम्हारी क्या बात पुरुष को कितना खुश-नाखुश करेगी,

बस यही एक निगाह तुम्हारे पास अपने-आपको जाँचने की रह गई। पुरुष ने कहा, 'मुझे रिझाओ, नाचो, मेरी सोई वासना जगाओ कि मैं तुम्हें पाकर अपनी वासना तृप्त करूँ।' और औरत नाच रही है, उसे रिझा और सन्तुष्ट कर रही है। कभी ऐसी स्थिति की कल्पना भी तुम कर सकती हो कि औरत ने आगे बढ़कर कहा हो कि 'मेरे मन में नाचने की उमंग है, मैं नाचूँगी, तुझे देखना होगा ?' वह केवल प्रतिध्वनि या रीएक्ट कर सकती है, निष्क्रिय होकर क्रिया के आगे अपने को सौंप सकती है। क्रिया के लिए जो एक सहज इच्छा और स्वाभाविक स्फुरणा होती है, वह मानो उसके लिए वर्जनीय ही नहीं, नितान्त अप्राकृतिक बात हो। इसी तरह पुरुष ने कहा कि इसे 'शील' कहो, इसे 'सच्चरित्रता' मानो, यह 'शालीनता' के गुण हैं। और औरत, औरत न रहकर 'सती' बन रही है, 'शीलवती' और 'सच्चरित्र' बन रही है। जहाँ इस सबके लिए थोड़ा-बहुत विरोध या विद्रोह है, वह भी बड़ा अजब है। जिनको वह बुरा-भला कहती है, जिनके ख़िलाफ विद्रोह करती है, उन्हीं लोगों से 'गुड-कंडक्ट' का सर्टिफ़िकेट भी चाहती है। मैं मानता हूँ कि पुरुष द्वारा शासित समाज में अपनी सच्चरित्रता और नैतिकता के लिए पुरुष के ही मान-दण्ड मानने होंगे; लेकिन किसी भी स्तर पर वह उनकी आलोचना तो कर ही सकती है। तुम मुझे आज तक की लिखी किसी भी नारी की ऐसी रचना हिन्दुस्तान में बता दो जिसमें नैतिकता और चरित्र की घिसी-पिटी मान्यताओं की आलोचना करके स्त्री की दृष्टि से इनको सही अर्थ देने की कोशिश की हो। वह या तो इसका हवाई विरोध करती है, या अन्धी नकल। इतनी कमज़ोर भूमियों पर खड़ी होकर क्या लिखोगी तुम लोग ? अपने ही आदर्श रूप देखने का शौक़ है तो जैसे-जैसे रूप हम लोग दिखाते हैं, देखो और ख़ुश रहो। पुरुष औरत को क्या बनाना चाहता है, या कैसा देखना चाहता है, इसके लिए हमारे लेखन काफ़ी हैं।'' इसके बाद कुछ देर चुप रहकर बोले थे : ''जनाब, लिखना यों नहीं होता, इसके लिए बहुत विशाल हृदय और गैंडे की खाल चाहिए।''

मैं झल्ला उठी। बोली : ''आपमें तो अच्छे-ख़ासे नेता होने के गुण हैं, क्यों नहीं जेब में एक माइक रखते, जहाँ कहीं दो-चार आदमियों की भीड़ देखी, भाषण शुरू कर दिया।''

''सच इतना बुरा लगता है न ?'' वे हँस पड़े।

रविवार : 30 जून

लगता है, किसी की दो आँखें हैं, जो हमेशा मेरा पीछा करती रहती हैं। बाथरूम में होती हूँ और सहसा सकपका उठती हूँ—मानो खिड़की से कोई देख रहा हो। कहते हैं, दुर्वासा के पीछे एक बार विष्णु ने सुदर्शन-चक्र लगा दिया था और वे जहाँ-जहाँ जाते थे वह उनके पीछे चलता था।

चूँकि ऐसा भ्रम कई बार हो चुका था, इसलिए पहले तो मैं आगे बढ़ती चली गई; लेकिन फिर लगा जैसे कॉफ़ी हाउस में उदय ही बैठे थे। विश्वास और अविश्वास की ऐसी तीव्र अनुभूति उस समय हुई कि मैं आगे जाकर ठिठक गई। यों समय साँझ का

था, लेकिन बाहर अधिक रोशनी थी और भीतर कम। भीतर के आदमी को पहचानना मुश्किल था। तब तो उदय ने भी मुझे देखा ही होगा। एक मन हुआ, चलो एक कॉफ़ी पी ली जाए। फिर सोचा, अच्छा देखें अगर उदय ही हुए, तो बुलाते हैं या नहीं। लेकिन उदय ही हैं, यही क्या ठीक है ? तब भी देखूँ। तभी अपने कान के पास ही सुनाई दिया : ''मैंने कहा, इतनी डूबकर बम्बई में चलोगी तो सीधी वैतरणी पार पहुँच जाओगी।''

मैंने चौंकने का भाव दिखाया : ''अरे तु...आप उदयजी ! यहाँ किधर से आ रहे हैं ?'' फिर कॉफ़ी हाउस की ओर इस तरह इशारा किया जैसे सहसा ही ध्यान आ गया हो, ''ओह, माफ़ कीजिए, आप लोगों का तो मन्दिर ही यही है। यहाँ न आएँ तब तक खाना पचेगा कैसे ?''

उदय आज बिलकुल बंगालियों की तरह गले में चादर डाले थे। चेहरे पर थकान और अस्त-व्यस्तता थी। हँसे : ''अब नास्तिक लोगों को मन्दिर का महत्त्व कैसे समझाया जाए ? पूना से आए, तो सोचा, ज़रा शान्ति से बैठकर एक कप कॉफ़ी ही पी ली जाए। चलो न तुम भी।''

मैंने घड़ी देखकर बहुत ही नम्रता से जवाब दिया : ''इस समय तो बिलकुल भी इच्छा नहीं है। फिर कभी सही।'' फिर बात को बदलने के लिहाज़ से हँसकर कहा : ''आप जैसे भक्तों के लिए मन्दिर होगा। मेरा तो इसमें जी घबराता है। मार दुनिया-भर की तो काँव-काँव मची रहती है। यह शान्ति की जगह होगी ?''

''अरे, अजब बात करती हैं आप भी। बम्बई में इससे ज़्यादा शान्ति की जगह आपको मिलेगी कहाँ ? जहाँ बग़ल का आदमी आपकी बातों में क़तई दिलचस्पी न ले, आप मज़े में घंटों बैठे रहें, और बैरा बार-बार आकर अपनी उपस्थिति मेज़ साफ़ कर-करके न बताए, वर्ना जब तक जी हो, यहाँ कन्धे-से-कन्धा रगड़ते फ़ुटपाथ पर खड़े रहिए। सभी तो यहाँ शिवाजी पार्क में रहते नहीं हैं, चार-चार कमरे लेकर। यहाँ तो एक-एक कमरे में बीस-बीस आदमी हैं, आप किसको कहाँ घर बुलाएँगे यहाँ ? हो सकता है दो दोस्त एक-दूसरे से बीस मील की दूरी पर रहते हों तो और भी मुसीबत। वहाँ पहुँचते-पहुँचते ही दो घंटे लग जाएँ। उस हालत में यही तो सबसे बीच की जगह है। आप लोग हमें बदनाम तो कर देते हैं, लेकिन कभी गम्भीरतापर्वूक इस मजबूरी को भी तो सोचिए कि बड़े शहरों के होटल और रेस्तराँ पनपते क्यों हैं ?''

मैंने जान-बूझकर जम्हाई लेकर परिहास से कहा, ''भई, बोर हुए आपके इस भाषण से। यह भी कोई जगह है इसकी ? आते-जाते लोग क्या सोचेंगे ?'' फिर कलाई घड़ी देखकर बोली : ''अच्छा, हम चलें, आप अपने इस एकान्त मन्दिर में साधना कीजिए।''

वे खिसियाकर बोले : ''बड़ी दुष्ट होती जा रही हो।''

मन बेबस खिलकर पुलक उठा और फिर सहसा ही उदास हो आया। अनजाने ही फ़ुटपाथ के आने-जाने वालों के धक्कों से बचने को हम लोग दीवार की ओर खिसक आए थे। वे अपनी भूल स्वीकार करके आत्मीयता से बोले, ''अच्छा, जाना कहाँ है ?'' फिर जवाब देने की फ़ुरसत न देकर कहा : ''तब फिर चलिए आप। क्यों देर कर रही

हैं ? आपको प्रिंसेस से भी मिलने जाना होगा न ? हमारे भी दोस्त कहेंगे कि कहाँ मर गया ?''

गहरी साँस लेकर मैंने मजबूरी में दोनों कन्धे उचका दिए और उद्धत दृढ़ता से बोली, ''जी हाँ, जाना तो प्रिंसेस के ही यहाँ है। आप चलेंगे क्या ?'' फिर दाँत पीसकर कहा : ''आप लोगों का दिमाग़ तो नहीं खराब हो गया है ? एक वह है रेखा, जब देखो तब प्रिंसेस। कहीं से आई कहीं गई, बस प्रिंसेस के यहाँ से आ रही हो ? प्रिंसेस के यहाँ गई थी ? जैसे प्रिंसेस न हो गई, जुए का अड्डा हो गई, जहाँ हमें नहीं जाना चाहिए, लेकिन जाते हैं। अरे, किसी की चोरी है ? ख़ूब जाएँगे।''

इस बार वे जम्हाई लेकर बोले : ''भई, बोर हुए इस लैक्चर से।'' और हम दोनों ही खिलखिलाकर हँस पड़े। लेकिन जब ध्यान आया कि फ़ुटपाथ पर खड़े होकर हँस रहे हैं और एक-आध सिर को अपनी तरफ़ घूमकर ताकते भी पाया तो सहसा ही संकोच से पानी-पानी हो आई। हाय, कोई देखे तो क्या कहे ? कैसे बेशर्म हैं। कोई जान-पहचान का ही देख ले। संकोच शायद कुछ उन्हें भी इस तरह का महसूस हुआ, पर मेरी दुविधा को पकड़कर बोले, ''इसीलिए तो मैं कहता हूँ कि भीतर चलकर बैठें। बम्बई और कलकत्ते में तो लोग हँसना इसी तरह भूल जाते हैं कि कोई हँसे तो लोग आँखें फाड़-फाड़कर देखने लगते हैं। मानो कहते हैं, 'यह कौन ग़द्दार है जो यहाँ रहकर भी हँस रहा है !' और इसी जॉली मूड में जैसे सारी हिचक और झिझक को तोड़कर उन्होंने अपना हाथ मेरे कन्धे पर रख दिया : ''आओ, चलो, रानी बेटियों की तरह कहना मानो, एक कप कॉफ़ी पियो और तब प्रिंसेस के यहाँ का साइडर पीना।''

और इस सबके बावजूद मेरे मन में आया कि कन्धा झटककर हाथ हटा दूँ। भरे बाज़ार में मैं इतनी लिबर्टी देने को तैयार नहीं हूँ, साथ ही उनके हाथ रखने के ढंग पर मन ही मन हँसी भी आई। यह इस बात का प्रमाण भी था कि वे खुद भी कॉन्शस हो गए हैं, मानो ज़्यादा देर तक हाथ रखेंगे, तो जल जाएगा। हाथ अब तक ढीला होते-होते हट गया था। जिस बेचारे के मन की खुद ही यह हालत हो, उसे मैं क्या कहूँ ? इस चेतना से मन को आश्वासन भी मिला कि इस स्थिति का विश्लेषण कर सकती हूँ तो निश्चय ही भावुक नहीं हूँ। और जब मैं भावुक नहीं हूँ तो ये 'खतरे' मेरा क्या बिगाड़ेंगे ? ज़रा इन्हें रू-ब-रू देख ही लेने में क्या हर्ज है ? तभी एक अज्ञात-सा भय उभरा—कहीं अपने ही जाल में फँस गई तो ?—हुँह...मैंने मचलकर कहा : ''नहीं, वहाँ जाने को हमारा मन नहीं करता।''

वे जैसे कुछ सोचकर सामने के बड़े से विज्ञापन पर निगाहें टिकाए आज्ञा देने के स्वर में बोले : ''अच्छा तो सुनो, आज अपनी प्रिंसेस के यहाँ नहीं जाएँगी। मैं भी बहुत थक गया हूँ। पूना में कमबख़्तों ने धूप में न जाने कहाँ-कहाँ घसीटा है। हम ज़रा मैरिन ड्राइव पर बैठेंगे, आप 'इरोज़' के नीचे मिलिए। मैं आता हूँ।''

इरोज़ के नीचे खड़े हुए मुझे बड़ा अजब-अजब लग रहा था। शो शुरू हो चुका था और

भीड़ कम थी। एक-आध कोई हड़बड़ाती टैक्सी या प्राइवेट गाड़ी आती और फुर्तीले क़दम सीढ़ियाँ चढ़ते भीतर की ओर दौड़ पड़ते। पीले-पीले सीमेंट के फ़र्श पर गहरी लाइनों से खिंचे चार-खाने के टाइल्स मैं कई बार गिन चुकी थी। अपने को व्यस्त दिखाने के लिए आ रहे, या चलनेवाले पिक्चर की तस्वीरें शो-केशों में काफ़ी गौर से देखती रही। फिर सूनी-सूनी आँखों से चर्च-गेट स्टेशन में आने-जानेवाले लोगों, गाड़ियों और बीच में खड़े सिपाही की क़वायद में मन उलझाए रही। ऊपर लम्बा-चौड़ा साबुन का नियॉन-विज्ञापन आँखें मिचका रहा था। दूर और पास की यह सारी चहल-पहल बड़ी सपनीली-सी लग रही थी। लेकिन जलती हुई रोशनियाँ अभी काफ़ी धुँधली थीं। बग़ल से किरणों की निस्तेज-सी रोशनी बैंगनी आसमान में घुलती जा रही थी। इस बार प्रिंसेस का नाम सुनकर मैं सचमुच कोई कड़ी बात कहनेवाली थी कि उनके अधिकारपूर्ण लहजे ने सारा ध्यान अपनी ओर खींच लिया, 'अरे, यह तो हुक्म देने लगा।' अपने-आपसे स्पष्ट ही यह शब्द कहते हुए भी कहीं भीतर यह विभोर भाव उठ गया—जाने कितने दिनों बाद, कितने दिनों बाद ऐसी अधिकारपूर्ण वाणी सुनाई पड़ रही है। लेकिन मैं शायद इतनी तैयार नहीं थी कि इस वाणी को उदय की ओर से सुनूँ : नहीं, यह स्वर बस एक का ही अधिकार था--अब किसी का नहीं। लेकिन कहीं से भी आया हो, यह स्वर मुझे आत्म-समर्पण के लिए मजबूर कर देता है। मैंने एकदम कहा था : "अरे वाह, जैसे हमें कुछ काम ही नहीं है। यों ही भटकने के लिए पैदा हुए हैं।"

"हाँ-हाँ, हमें पता है।" जाते-जाते वे कह गए थे। ऐसे अधिकारपूर्ण स्वर में तो अक्सर तेज कहा करता था : 'सज्जी, जब तक मैं नहीं आऊँगा तब तक तुम खाना नहीं खाओगी...समझीं ?' और मैं भी थी कि सामने लाख लड़ती, लाख विरोध करती, ठीक वही करने की धमकी देती, जिसे वह न चाहता; लेकिन ऐन मौक़े पर पता नहीं मन अपने-आपको किस तरह समझा लेता था कि मैं उसकी इच्छा ही कर डालती। कैसा अद्भुत रस था उस समर्पण में !

मैट्रिक के पर्चे हो रहे थे, स्कूल के बाहर निकली तो देखा, तेज नहीं था। पर्चा अच्छा हुआ था। भीतर से बड़ी खुश आई थी, बाहर आकर गुम हो गई। जैसे-तैसे घर आई। क़दम रखा ही था कि हाँफता, साइकिल दौड़ाता तेज उसी वक़्त आया : 'तुझसे ज़रा-सा रुका नहीं गया ? मुझे देर हो गई, तो आप जनाब चली आईं। कैसा हुआ पर्चा ?' और मैं थी कि मुँह फुलाए भीतर आई। पलंग पर फूट-फूटकर रोने लगी। उसने सोचा, पेपर ख़राब हो गया, खूब समझाया-बुझाया : 'कोई बात नहीं, ऐसा तो होता ही रहता है। कल का पेपर अच्छा कर लेना। डिवीज़न न आए तो न सही, अगले भी तो क्लास हैं।' जब तेज ने यह समझाया तो कैसी कटखनी कुतिया की तरह मैंने कहा था (आज भी मुझे खुद अपनी वह सूरत दिखाई दे रही है)—'भाग जाओ तुम यहाँ से। बड़े आए हमदर्दी दिखाने, स्कूल तक तो पहुँचा नहीं जाता और हमें समझा रहे हैं।' कितने हाथ-पाँव जोड़े थे बेचारे ने ! मैंने दुष्टता से कहा था : 'अच्छा, कल से तुम स्कूल के दरवाज़े पर नहीं, चौराहे पर खड़े मिलोगे, समझे ? यही तुम्हारी सज़ा है।' मई का महीना शुरू हो चुका

था। घर आते-आते शरीर पसीने से तर-बतर हो जाता था, आँखों के आगे लाल-लाल तिरमिरे नाचने लगते थे। लेकिन तेज़ था कि दूसरे दिन चौराहे पर खड़ा मिला। उस दिन मैं जान-बूझकर दूसरी लड़की से सवालों पर बहस करती रही। दस मिनट देर से पहुँची। तप रहे थे श्रीमानजी। वे भी क्या अजीब दिन थे—एक-दूसरे पर अधिकार जताने के ! खुश हो गए तो ऐसे खुश कि अपना सब कुछ दे डालें, और नाराज़ हुए तो ऐसे नाराज़ कि रो-रोकर ढेर कर दें, जनम-जनम के सम्बन्ध तोड़ लें। आज यह सब किससे करूँ ? करूँ भी तो अच्छा लगेगा ? मन पर जैसे क़फ़न पड़ गया है।

अरे, बड़ी देर कर दी उदय ने ! आते-जाते लोगों की अजब निगाहें देख-देखकर खुद ऐसा लगने लगा कि यहाँ खड़े रहना अच्छा नहीं है। लोग क्या सोचते होंगे ? ऐसे ही तो खड़ी रहती हैं लड़कियाँ जगह-जगह यहाँ... ? ये लड़कियाँ भी क्या सोचती होंगी ? ऐसी किसी लड़की से दोस्ती करके देखी जाए। पर कमबख़्त कहीं ऐसी-वैसी जगह ले जाकर फँसा न दे। 'बम्बइया' सिनेमाओं पर विश्वास किया जाए तो ऐसी हर लड़की का सम्बन्ध किसी न किसी पिस्तौलबाज़ दल से होता है। तभी जाने कैसे ध्यान आया कि चेहरे पर चौड़े पट्टे जैसे हरे गॉगल्स चढ़ाए, 'सुएड' के लाल-सफेद भारी जूतों को मचमचाते एक साहब मेरे आसपास मँडरा रहे हैं। छाता लगाए रेत पर पड़ी नंगी एक्ट्रैस को हाथ पकड़कर खींचते हुए किसी अभिनेता की रामनामी डिज़ाइन वाली ढीली-ढाली बुश्शर्ट उनके शरीर पर थी। कभी इधर आ जाते हैं, कभी उधर। कभी जूतों के बल टाँगों को इस तरह लचकाते हैं, मानो तख़्ते के पुल पर खड़े होकर उसकी मज़बूती देख रहे हैं। सिगरेट मुँह तक लाकर वे जिस ढंग से मुझे देखते थे, उससे मेरा रेशा-रेशा सिहरकर झनझना उठता और जैसे ध्यान बँटाने के लिए मैं दूसरी ओर देखने लगती। बार-बार अपनी घड़ी देखती, ताकि वे समझ लें कि मैं 'यों ही' नहीं हूँ, किसी की प्रतीक्षा कर रही हूँ। बड़ी देर कर दी, जाऊँ ? मैं भी अजीब बुद्धू की तरह खड़ी हूँ। अरे, अपने काम से लगूँ। पर हो सकता है, मेरे जाने के एक मिनट बाद ही आ टपकें। अच्छा, अब बजा है छह-छब्बीस। अगर पाँच मिनट और नहीं आए तो चली जाऊँगी। (वैसे मैंने यह समय छह-पन्द्रह से बढ़ा कर बीस तक कर लिया था) इस प्रतीक्षा के बीच में भी वे सारे वाक्य मेरे दिमाग़ में उमड़े आ रहे थे, जिसमें मैं इन साहब का वर्णन उदय से करनेवाली थी।

आसपास से कोई भी लम्बी-सी खूबसूरत गाड़ी जाती, तो मेरा ध्यान उधर चला जाता। कहीं अपर्णाजी तो नहीं जा रहीं ? यह तो उनका रास्ता भी है। आते-जाते ज़रूर गुज़रती होंगी। कहीं मुझे इस तरह खड़े देख लेंगी तो क्या सोचेंगी... ? किस तरह खड़ी थी। कैसा मजा आए, उदय उधर से आएँ और इधर से ठीक मेरे सामने अपर्णा की लम्बी हुडवाली क्रीम-कलर की गाड़ी आकर खड़ी हो जाए। रौब पड़ जाएगा। लेखक होने की धुन में अपने आगे किसी को गिनते ही नहीं। मैं भी ऐसी चीज़ दिखाऊँगी लिखकर कि आँखें खुली रह जाएँगी।

उँह, यह साढ़े छह बज रहे हैं ! अभी तक कोई पता नहीं। इसके बाद दो मिनट

तक और राह देखूँगी। नहीं आए, तो जाएँ भाड़ में। अरे हाँ। यही तो एक काम नहीं है...

अब तो जैसे मैं टूटकर दो हो गई हूँ। न जाने कैसा एक अदृश्य अंकुश है, जो मेरे हर हँसने-बोलने की गर्दन पर लगा है। मेरा एक टुकड़ा हँसता है, तो गम्भीर और मनहूस सूरत बनाए दूसरा टुकड़ा दूर से कहता है, 'इस तरह मत हँस, कोई क्या कहेगा !' रोती हूँ तो दूसरा टुकड़ा हँसता है, 'बेवकूफ़, बच्चों की तरह रोती है !' बातें करती हूँ तो भीतर से कोई ज़बान रोक लेता है, 'बस, बहुत हो गई। अब क्या बक-बक ही किए जाएगी ?' चुप हो जाती हूँ तो लगता है जैसे यह चुप्पी मुझे बूँद-बूँद करके पी जाएगी। और तब कोई उकसाता है, 'कुछ हँस-बोल न, मर जाएगी पागल होकर...' क्या सचमुच तेज ने ही मुझे तोड़ दिया है ? लेकिन अभी तक तो मुझे इन टुकड़ों का कोई ज्ञान ही नहीं था। लगता है, जैसे मैं अपने व्यक्तित्व को नए सिरे से बनाने बैठी हूँ, तो पाती हूँ कि वह टुकड़ों में बिखरा है। हर टुकड़ा जैसे एक-दूसरे से लगता है, एक-दूसरे की चुग़ली करता है। यह एहसास कभी-कभी मन को बहुत बेचैन कर देता है...।

''बोलो, सिनेमा चलोगी ?'' चौंककर मैंने अपने कन्धे के पास ही उदय का स्वर सुना तो झल्लाकर बोली : ''एक तो यहाँ खड़े-खड़े पाँव टूट गए, अब क्या घर जाकर मार खानी है ?''

''पहले मेरी बात का जवाब दो।'' उदय ने बड़ी मज़बूरी और प्रार्थना से कहा, ''क्या करूँ, पीछा छुड़ाते-छुड़ाते इतना समय लग गया। सचमुच सिनेमा चलो, देखें।''

अरे, अभी तक इस पर मेरा ध्यान भी नहीं गया कि फ़िल्म कौन-सी चल रही है। सिर्फ़ तस्वीरें देखीं और अक्षर पढ़े। अर्थ समझने की कोशिश ही नहीं की। हँसकर बोली : ''भैया, भले आदमियों की तरह बम्बई में रहने दो, या एकदम आवारा बनाकर ही छोड़ोगे ?''

''मैं कहता हूँ, इन राजा-रानियों के साथ कमरों में बैठकर ही तुम कहानी-लेखिका बन जाओगी ? दुनिया देखो, दुनिया। और दुनिया बिना आवारा बने दिखती नहीं।'' और अनजान रूप से ही हम लोग मैरिन ड्राइव की ओर चल पड़े। मेरे कहने के ढंग से उनके चेहरे पर हँसी झलक आई। सामने तेज़ी से साँवले पड़ते क्षितिज में सूरज का निस्तेज गोला आधा डूब चुका था। ऐसा लगता था जैसे सागर की लहरों के साथ उछल रहा हो। दोनों ओर की बिल्डिंगों की ऊपरी मंज़िलोंवाली खिड़कियों के काँच हलकी धूप में झलमला रहे थे। बिजली के तार और कारों की पीठें चिलक रही थीं। गाड़ियों और लोगों की इतनी हलचल के बावजूद सड़क ऐसी चमक रही थी जैसे बिलकुल सुनसान हो।

''आवारा बनाने के लिए और लोग नहीं रह गए ?'' फ़ुटपाथ की भीड़ से बचते हुए लोग चल रहे थे, तब मैं बोली। सामने के होटलों और रेस्तराओं की चहल-पहल बढ़ गई थी। मैंने कनखियों से उनकी ओर देखा। सामने की सिन्दूरी आभा में साँवला चेहरा खिला था। पतले होंठ इस तरह चिपके थे जैसे बोलना जानते ही न हों...मैं उन्हें उनकी स्थिति

की याद दिला देना चाहती थी।

"जी नहीं, मुझे आपको आवारा बनाने का क़तई शौक़ नहीं है।" तपाक से वे बोले। स्थिति की याद मैंने दिलाई थी, सफ़ाई उन्होंने कर दी। उनके लहजे में ऐसी नोचती ध्वनि थी, मानो कहना चाहते हों, मैं तुम्हें क़तई इस लायक नहीं समझता ! और शायद इस प्रहार की कटुता को धोने के लिए ही उन्होंने अपना अगला वाक्य मज़ाक़ बना दिया, "आवारा बनना कोई आसान है ? बहुत बड़े साहस की जरूरत है जनाब। ढाई-अक्षरी मन्त्र का जाप करना पड़ता है, तब कबीर की तरह बोलने की हिम्मत आती है—'कबिरा खड़ा बाजार में लिये लुकाठी हाथ। जो घर फूँके आपना, चले हमारे साथ।' सोलोमन का गीत सुना है 'लव हैज मेड ऐ जिप्सी आउट ऑफ़ मी'..."

मैंने एकदम बात बदल दी : "आपकी अपर्णा बहन जी का क्या समाचार है ?"

"तो आपका मतलब है, उसे आवारा बना दिया जाए, क्यों ?" वे हँस पड़े : "बड़ी जल्दी बदला चुकाया है। वे आवारा बनें, और उनके पतिदेव सिर घुटाकर साधु। मज़ा तो सचमुच बड़ा आए।"

मुझसे नहीं रहा गया : "आप भी सच, अच्छे-खासे बोर हैं। अब घसीटे जा रहे हैं एक ही बात को। अरे, कोई नई बात करो, भाई। हमने अपर्णा बहन की बात पूछी थी, सो टाल गए। आपकी श्रीमती रजनी कैसी हैं ? किसी और नई लड़की-वड़की से दोस्ती हुई ?"

"वह सब तो चलता ही रहता है।" वे सहसा हतप्रभ हो गए। सामने से नाइलोन की एकदम पारदर्शी गुलाबी साड़ी पहने एक महिला चली आ रही थी। साड़ी के पार शॉर्ट और लो-कट ब्लाउज़ से झाँकती कमर की चौड़ी पट्टी और खुले कन्धे सहसा ही उधर ध्यान खींच लेते थे। सफ़ेद साटन का पेटीकोट घुटनों से नीचे पिंडलियों तक ही जाकर समाप्त हो गया था। अजब भोंडी लग रही थी। साड़ी, गोरे पाँव में सुर्ख सैंडल, गले में गोल-गोल प्लास्टिक मोतियों की माला और होंठों पर लिपस्टिक, कानों में चमचमाते बाले और 'पोनीज़' चोटी, जिसे वह झटके से गर्दन मोड़कर कभी इधर और कभी उधर हिला रही थी। केवल दो पतली तनियों से लटका स्कर्ट पहने एक प्रौढ़ा विदेशी महिला उनके साथ थीं। उनसे ये अपनी सुती-सुन्दर उँगलियाँ उठा-उठाकर अत्यन्त व्यस्तता से बातें करती चली आ रही थीं। एक हाथ से उसने पर्स के साथ ही साड़ी की अगली वाली पटलियों को बड़े अन्दाज़ से (ताकि उसकी पाँचों उँगलियों के पॉलिश लगे नाखून दिखते रहें) उठा रखा था, फिर भी वह धरती पर घिसटती चली आ रही थी।

जब वे गुज़र गईं तो उदय ने कहा : "आपकी प्रिंसेस तो नहीं थीं ?"

"हिश्ट, बदतमीज़।"

"अच्छा बताइए, क्या इरादा है ? कितने नम्बर दे दिए जाएँ ?"

"आप लोग भी, सच, बहुत बेहूदे होते हैं।" मैंने झेंपकर कहा।

"जी हाँ, बेहूदे भी हम ही हुए ?—और जो जा रही थीं वे क्या थीं ?"

"आपको मतलब, अरे, यह तो सड़क है जिसका जी चाहे चलेगा, आप लोग क्यों ताकते हैं ?" मैं जानती थी कि मेरा तर्क लचर है। सिनेमा के नीचे खड़े हुए आदमी का चेहरा सामने घूम गया।

"मेरा तो मन हुआ कि निहायत अदब से जाकर उनसे प्रार्थना करूँ–'हे उर्वशी, बेकार ही क्यों आपने यह साड़ी का तोले-भर का बोझ अपने फूल जैसे शरीर पर लाद रखा है ? उसे भी घर ही छोड़ आतीं तो पतिदेव तह करके रख देते। यहाँ वालों को इसके रहने न रहने से क्रोई फ़र्क नहीं पड़ता।' " उदय के स्वर में व्यंग्य था : "अच्छा, हम लोग उन्हें देखें तो कोई बात नहीं, लेकिन तुम्हें इतने ग़ौर से ताकने की क्या ज़रूरत ? तुम लड़कियों का दिमाग़ भी चर्खा होता है। मेरे पास से एकदम नए मॉडल की चमचमाती गाड़ी गुज़रे और मेरी उधर आँख भी न उठे, यह कैसे... ?"

मैंने बात काट दी : "अरे छोड़िए, मन के पाप को यों तर्कों में मत उलझाइए। बड़े-बड़े धर्मात्मा-महात्मा दिखनेवाले पुरुष भीतर से क्या हैं, यह हमसे छिपा है ? आप लोग चाहे एक-दूसरे को खुदा समझें; लेकिन असलियत तो हमारे ही सामने खुलती है। या तो एक मिनट में खाल उतारकर अपना असली चेहरा दिखा देते हैं या ज़रूरत से ज़्यादा सावधानी से खाल को खींच-खींचकर लपेटे रहते हैं, तब अपने-आप पता चल जाता है कि भीतर कुछ ऐसा है जिसे छिपाने की ये सारी चेष्टाएँ हैं।" मुझे फिर ध्यान आ गया कि बग़ल से गुज़रती गाड़ियों में कोई अपर्णा की भी हो सकती है।

"अच्छा भाई, ग़लती हुई, अब आगे से नहीं देखेंगे। चाहे कैसी भी गाड़ी बग़ल से क्यों न निकल जाए।"

सामने 'टी' की शक्ल का तिराहा था। सिपाही ने हाथ दिया और दौड़ती हुई लम्बी-सी कार खच्च से झकोले खाकर रुकी ही थी कि पीछेवाली गाड़ी का मडगार्ड, उसकी लम्बी-सी पिछली बत्ती से जा भिड़ा। 'ख-न्-न्' करके काँच के टुकड़े सड़क पर खीलों की तरह बिखर गए...मैंने एकदम चौंककर इस तरह देखा, कहीं अपर्णा की गाड़ी से ही तो ऐक्सीडेंट नहीं हो गया। ट्रैफिक का सिपाही और कुछ लोग उधर ही लपके, लेकिन उदय ने निहायत ही निश्चिन्त तटस्थता से कहा : 'लीजिए, है न मुसीबत ! इन गाड़ियों को न देखो तो आपस में ही टकराती हैं।"

इस क्षण भी इतना निरुद्विग्न मज़ाक ! क्रोध और भय से मैं रोमांचित हो आई।

अँधेरा गहरा आया था। हम लोग नरीमान पॉयंट पर बैठे थे।

"एक बात पूछें सुजाता, सच बताओगी ?" रोशनी और अँधेरे से चितकबरी, मरोड़े खाती लहरों को अपलक ताकते वे निहायत तटस्थ की तरह बोले।

मैं भीतर से काँप उठी। पता नहीं क्या पूछें ? वैसे इन शब्दों में पूछा जाने वाला पुरुषों का एक ही प्रश्न होता है कि तुमने कभी प्यार किया है ? फिर भी अनजाने बनकर सामने की गीली-गीली ठंडी हवा को पीती रही। मेरा रोम-रोम जैसे उनकी हर गतिविधि को लक्ष्य कर रहा था। लेकिन उनके प्रश्न पर मैंने इस तरह चौंकने का भाव दिखाया,

मानो अभी तक जाने कहाँ दूर खोई हुई थी। मुँह उनकी ओर घुमाया। ज़्यादा से ज़्यादा हमारे चेहरों की दूरी एक फुट होगी—मैंने सोचा। कहा ''बताने लायक़ होगी तो सच बताऊँगी।''

''बिलकुल ?''

''बिलकुल ! पर आप बात तो पूछिए...'' मुझे चिनचिनाहट छूटने लगी। उत्सुकता को ज़्यादा बढ़ाना मुझसे सहन नहीं होता। मैं रीढ़ की हड्डी तानकर बात सुनने को तैयार हुई।

''देखो, संस्कारों से हटकर बात कहना। दूसरों की सुनी-सुनाई बात मत कहना।'' उनके स्वर में इस बार कोई व्यंग्य नहीं था : ''अच्छा, हम लोग, यानी पुरुष, जब तुम्हें अर्थात् नारी को सड़कों पर, बसों में या जहाँ-तहाँ भूखी या प्रशंसा-भरी निगाहों से देखते हैं तो सचमुच तुम्हें बुरा लगता है ? उन विज्ञापनों को देखकर तुम्हें कैसा लगता है, जिनमें नारी-शरीर के साथ मनमानी की जाती है ?''

मन तो आया कि कह दूँ कि नहीं जी, बुरा क्यों लगेगा ? हमें तो बड़ी खुशी होती है कि पुरुषों की चेतना पर यों हर समय हमारा ही राज्य है। पर वातावरण व्यंग्य का नहीं था। एकदम गहरी साँस निकल गई—क्या पूछा है ! मैं तो समझी, जाने क्या पूछेंगे। बोली : ''देखिए, आपके प्रश्न के दो रूप हैं। विज्ञापनों का जो आज रूप है वह नारी के अपमान के अलावा कुछ नहीं है। कुत्सित वासनाओं के ऐसे खुले प्रदर्शन की आज्ञा देना असभ्यता है। पश्चिमी सभ्यता की एक बार किसी रूसी ने व्याख्या की थी कि 'यह पुरुषों को अधिक से अधिक कपड़ों से लादने और स्त्री को अधिक से अधिक नंगा करने की सभ्यता है—' अब रहा देखने का सो प्रशंसा किसी को भी बुरी नहीं लगती, मगर यों घुग्घुओं की तरह घूरे चले जाना अच्छी लगने की बात है ?''

और फिर वे बैठे-बैठे जाने क्या-क्या बोलते रहे। मैं जैसे बड़ी ऊपरी चेतना से हाँ-हूँ करती रही। भीतरी सतहों में झुकते अँधियारे के साथ पता नहीं कैसी एक उदासी और विषण्णता घिरती चली आ रही थी। हम लोग पश्चिम की ओर मुँह किए पाँव लटकाए किनारे पर बैठे थे। नीचे पत्थरों के ढोंकों पर लहर ज़ोर से आकर थपेड़े मारती तो फुहार उछलकर कभी होंठों और कभी गालों पर आ पड़ती। अँधेरे में मचलता चंचल काला-काला पानी मन के भीतर ऐंठती किसी अज्ञेय, अनजान व्यथा-सा लगता था। दाहिनी ओर बिल्डिंगों की चन्द्राकार दीपमालाएँ चली गई थीं। इमारतों की दीवारों पर चारखानों जैसी कढ़ी खिड़कियों के पार से आती रोशनी, कटावदार जाली का भ्रम पैदा कर रही थी। मैं मन-ही-मन कहीं अपर्णा जी की बिल्डिंग पहचानने की कोशिश में थी।

मेरी बात पर उन्होंने कुछ नहीं कहा; लेकिन साफ़ लगा, सहमत नहीं थे। अपर्णा का फ्लैट यहाँ कहाँ होगा जो पहचान में आता ? बड़ी झुंझलाहट हो रही थी कि तब मैंने आसपास की किसी ऐसी चीज़ को क्यों नहीं पहचान लिया कि इस समय आसानी रहती। जैसे किसी चीज़ को याद करने की कोशिश करो और वह जबान पर आ-आकर फिसल जाए। दूर आसमानी नियोन-लाइट का चक्र ऊपर घूम रहा था, फिर ऊपर चढ़ती चली

जाती रोशनी थी, जैसे किसी ने रोशनी के फूलों का बना धनुष प्रत्यंचा खींचकर ज्यों-का-त्यों रहने दिया हो। सारी सड़क और रोशनियों की घूमती लाइन ऐसा ही प्रभाव मन पर छोड़ती थी—खिंचा हुआ पुष्प-धनुष। मन में अजब खिंचावट-सी होती थी—यह सस्पेन्स की स्थिति कब तक चलती रहेगी ? क्यों नहीं कोई या तो इसे छोड़ देता या भरपूर खींचकर तीर को जाने देता कि सनसनाता हुआ लक्ष्य में सारी शक्ति से गर्दन तक खुभ जाए। और यह खिंचावट की स्थिति मुझे ऐसी लगती जैसे वह तीर मेरे मन के ही स्तर-स्तर पार करता धीरे-धीरे खुभ रहा है। एक दर्द की तड़प के साथ हर अगला स्तर आशंका से सिहर उठता है कि इस बार उसका नम्बर है। सामने इधर-उधर सरकती रोशनियों से लगता था कि जुगनुओं की तरह डोंगियाँ चल-फिर रही हैं। ऐसे में भी ये लोग सागर पर घूमते हैं ? इन्हें डर नहीं लगता ? पीछे कहीं बेहद धुँधले गाड़ियों के हॉर्न, लोगों का गुज़रता वार्तालाप, क़हक़हे, फेरीवालों की आवाज़ें, खुशबुओं के झूमते बादल...वह चेतना के भीतरी और बाहरी स्तरों पर भटकने की बेचैनी...

जब उनकी बात ख़त्म हुई तो मैं ज़ोर से खिलखिलाकर हँस पड़ी। मेरी हँसी की आवाज़ आगे-पीछे कहाँ तक गई होगी, क्या प्रतिक्रिया उसने पैदा की होगी, यह भी मुझे ध्यान था। और उसी हँसी के आवेग में आगे झुक गई। जब हँसी थमी तो बड़ी कठिनाई से कहा : "इसे कहते हैं कि आदमी में अकल हो तो क्या नहीं कर सकता ! ज़रा आपको उन परी साहिबा को देखने नहीं दिया और आप हैं कि उसी को घोटे जा रहे हैं। मैं तो, सच, उस बात को बिलकुल ही भूल चुकी थी। अच्छा बाबा, अब माने लेती हूँ कि पुरुष की प्रशंसा-भरी निगाहों और हसरत-भरी आँखों से हर औरत के भीतर की नारी को एक स्वर्गीय गुदगुदी और आह्लाद मिलता है, वह उमग उठती है; लेकिन बाहर का ख़याल करके वह उसे कुचलकर होंठ कसकर दूसरी ओर देखती चली जाती है। बोलो, अब तो खुश ?"

आदमी बड़ा झक्की है। ठीक है, कोई ऐसा भी क्षण होना चाहिए, जब आदमी ईमानदार हो, सच बोले, जब अपने निर्व्याज रूप में सामने आए, लेकिन ऐसा आश्वासन मैंने आपको कब दिया कि आप ही वह व्यक्ति हैं या आपके साथ ही वह क्षण आएगा ? जम्हाई लेकर मैंने अपने दोनों हाथ पीछे टिका दिए और काले-काले आसमान पर दो-एक तारों को टटोलती-सी बोली : "आज क्या आपके दोस्तों ने आपको बोलने नहीं दिया दिन-भर ?"

"क्यों ?" बड़ी आत्मीय जिज्ञासा से उन्होंने मेरे पास ही मुँह लाकर पूछा।

"तभी तो आज बे-मौक़े यह भाषण पिलाया जा रहा है। आप क्या हर बार यह सोच लेते हैं कि इस बार यह बात करके बोर करना है ?"

"दुष्ट !" और उन्होंने अपने कन्धे से मेरा कन्धा टकरा दिया, फिर पीठ पर हाथ रख दिया। रूठना ख़त्म हो गया। मेरे शरीर का जैसे तार-तार झनझना उठा। साथ ही अपने इस झनझनाने पर खुद ही विस्मय भी हुआ, जैसे मेरे बावजूद ऐसा हुआ हो। हाथ वहीं रखा रहा, और ब्लाउज़ के कपड़े के पार उनकी उँगलियों की फड़कन मुझे अपनी खाल पर महसूस होती रही, जैसे कोई चीज़ थी, जो उनकी उँगलियों से होकर मेरी रग-रग

में समाई जा रही हो। पहले तो मैं एकदम बड़ी अव्यवस्थित-सी हो उठी; लेकिन जब महसूस किया कि उदय का हाथ धीरे-धीरे पीछे हट गया है तो मुक्ति की साँस ली। आज इन्हें हो क्या रहा है ? अभी कॉफ़ी हॉउस के सामने भी तो...मन बड़ा बोझिल हो गया।

हम लोग थोड़ी देर यों ही चुपचाप बैठे रहे, जैसे दो अपरिचित बैठे हों—ख़ाली और शून्य। भीतर मन में एक अस्पष्ट-सा ज्ञान भी था कि पीछे से आने-जानेवाले लोग देखकर तो हमें भी शायद रोमांस करते किसी जोड़े के ही रूप में लेंगे—ज़्यादा-से-ज़्यादा पति-पत्नी समझ लेंगे। किसी को क्या मालूम कि हम लोग कितने अपरिचित हैं...कितने दूर-दूर हैं। हम लोगों के बीच में कहीं भी तो कोई वैसी बात नहीं है...हमारे सम्बन्ध तो निरे शाब्दिक हैं...। और ऊपरी चेतना में एक अजब-सा उल्लास भरा था...कैसा रोमानी वातावरण है। मन में चाहे जो समझें लेकिन मान लो, अगर हमारे सम्बन्ध कभी बहुत घनिष्ठ हो गए तो खुद हम लोग अपने इन क्षणों को शायद रोमांस के क्षण ही तो कहेंगे...। यों गोदी में ढीले-ढीले हाथ रखकर बैठे-बैठे सामने ताकते रहना, अपलक कहीं दूर खोए रहना और झूलते पाँवों को धीरे-धीरे हिलाते जाना...आख़िर कब तक चलता रहेगा ? उदय के हाथ की गर्मी अभी तक पीठ पर महसूस हो रही थी। मन होता था, धीरे से उदय की ओर अनजान रूप से झुककर उनके कन्धे पर सिर टिका दूँ...कितना अँधेरा था। मैंने उदय की ओर देखा : एक आशंका थी कि शायद यों ही बातें करते-करते या सोचते-सोचते वे अपने कन्धे मेरे कन्धों से फिर छुला देंगे...और उनका हाथ मेरी गोदी में पड़े हाथ पर आ रहेगा और फिर वे धीरे-धीरे उसे अपनी मुट्ठी की पकड़ में ले लेंगे...मेरी उँगलियाँ चटकाने लगेंगे...। उस कमबख़्त तेज को मेरी उँगलियाँ चटकाने की कैसी आदत थी। जब भी मौक़ा मिलता, हाथ प्यार से अपने हाथ में लेकर दबाते-दबाते वह उँगलियाँ चटकाने लगता। मैं लाख मना करती, 'टूट जाएँगी...। आड़ी-टेढ़ी हो जाएँगी...देखो, कल का ही अभी दर्द हो रहा है...' लेकिन वह भला क्यों माने ? कहता, 'हमारी चीज़ है, हम जो चाहें सो करें...।' 'बड़ी आई तुम्हारी चीज़। शीशे में मुँह देखो जाकर पहले।' मैं उसे चिढ़ाया करती। उँगलियों में दर्द होने लगता था; लेकिन उसे देखते ही रह-रहकर एक कसमसाहट होती कि वह उँगलियाँ चटकाए...। एक दिन पता नहीं वह कहाँ खोया था। बस, हाथ में हाथ लिये रहा। मैं आशा करती रही,...इच्छा होती दूसरे हाथ से उसकी मुट्ठी कसकर अपनी उँगलियाँ चटकवा लूँ...फिर कहा था, 'आज बड़े सज्जन हो गए हो...' बहुत दिनों बाद उँगलियों में वैसी ही कसमसाहट महसूस हो रही है। मन होता है, इन्हें कोई ख़ूब चटकाए...ख़ूब चटकाए। उदय का दाहिना हाथ मेरे पास ही धरती पर रखा था। कई बार इच्छा हुई कि अपना हाथ इस तरह उस हाथ के पास रख दूँ कि दोनों आपस में छुलते रहें...लेकिन मैंने कुछ भी नहीं किया और अपने-आप ही अपनी गोद में पड़े हाथों की उँगलियों को चटकाती रही। ठंडी गीली-गीली हवाओं से कनपटियों पर हिलनेवाले बाल भीतर विचित्र-सा रोमांच पैदा करते रहे।

वे कहीं बहुत दूर से कहते रहे, गहरी साँस लेकर : "वैसे तुम्हारी बात ठीक है। सुबह से ही आज कमबख़्तों का भाषण सुनना पड़ा है। तुम भी अपनी सलाह दो भाई, मैं क्या

करूँ ? जब से आया हूँ, अपर्णा बहन कह रही हैं कि यहाँ तुम कुछ भी नहीं कर सकोगे। ये बड़े शहर तो व्यापारियों के लिए हैं—यहाँ न तुम्हारा लिखना होगा, न पढ़ना। यहाँ से अपने घर चले जाओ, जैसे हो, चले जाओ। शायद ही कोई हफ्ता गया हो, जब उसने यह बात न लिखी हो...''

''और रजनी... ?'' मैं बीच में बोली।

''रजनी क्या कहेगी बेचारी।'' वे कहीं डूबते-डूबते सँभल गए : ''यही बात वे दोनों राक्षस मुझे समझाते रहे कि बम्बई तुम जैसों के लिए नहीं है। यहाँ के लिए बहुत ही चालाक और चलता-पुर्ज़ा आदमी चाहिए। तुम क्यों यहाँ अपना वक़्त बरबाद करते हो...''

''ये कौन ?'' मैंने स्वर में हमदर्दी लाकर पूछा और सीधी बैठ गई।

''दोस्त हैं पुराने। घूमने आए है। कहते हैं, यहाँ मैं सिर्फ़ भटकूँगा और कुढ़ूँगा—करूँगा कुछ नहीं...। मेरी हालत बड़ी अजब है। जितना ही लोग मुझे समझाते हैं उतनी ही मुझे ज़िद आती है कि चाहे कुछ हो जाए, रहूँगा यहीं। आदमी क्या इतना मजबूर है कि जहाँ चाहे रह भी नहीं सकता ? बस, अपर्णा बहन की बात कभी-कभी मेरा मन डाँवाडोल कर देती है...।''

मैंने समझदारी से कहा : ''अपना आप जानें, लेकिन इतनी बात मैं भी कहूँगी कि आप यहाँ अपनी प्रतिभा का पूरा उपयोग नहीं कर पाएँगे। यहाँ की तरह-तरह की समस्याएँ आदमी को इतने हिस्सों में तोड़ देती हैं कि अपने पूरे व्यक्तित्व से वह कोई काम ही नहीं कर सकता और इतना उपदेश मैं भी दे दूँगी कि लिखना व्यक्तित्व का सम्पूर्ण समर्पण चाहता है। हो सकता है कि आप ज़िद में अपनी प्रतिभा के उपयोग के सबसे अच्छे क्षण गँवाए दे रहे हों...'' मैं उनकी बात में और अधिक दिलचस्पी लेकर बोली। यों उनके जाने की बात इस वक़्त बड़ी बेमौक़े लगी; लेकिन मन-ही-मन सोचती थी कि हो सकता है मेरा इस वक़्त का कहना सचमुच असर कर जाए और वापस जाकर वे ऐसी चीज़ें दें कि उनके लेखन का नया युग प्रारम्भ हो। तब आगे जाकर यह बात उनके और दूसरे लोगों के सामने नहीं आएगी ? कोई लिखेगा, 'सुजाताजी के समझाने से आप बम्बई से लौट आए। यहाँ आकर अपनी सर्वोत्तम कृतियाँ दीं। आपके जीवन के मोड़ में सुजाताजी का बड़ा हाथ था...' सच ही क्या इनके जीवन के मोड़ में मेरा कहीं हाथ हो सकता है ? उस समय यह सोचकर मन-ही-मन एक सन्तोष हुआ कि देखो, कितनी तटस्थ और निरुद्विग्न मैं यह सब सोच सकती हूँ।

''मेरी खुद समझ में नहीं आता, मैं क्या करूँ ?'' वे वैसे ही आविष्ट स्वर में बोलते रहे : ''कभी-कभी खुद ही हँसी आती है कि इस झूठ-मूठ की शहादत में क्या रखा है, क्यों नहीं मैं घर चला जाता ? अब आज ही की बात लों। हस्ब-मामूल नौकर राम मैटिनी चले गए। दो ख़त डालने को दिए थे सो उनका भी पता नहीं कि टिकिट बेच खाए या उन्हें ठीक जगह डाल भी दिया। जब ये दोनों दोस्त आए तो मैं फ़ाउंटेनपेन से पीछे के हिस्से से चाय में चीनी मिला रहा था...चम्मच ही नहीं मिली। भीतर से मन जाने

कैसा-कैसा हो रहा था कि देखो, एक तो खुद ही चाय बनाओ फिर उसमें भी यह झंझट। इच्छा हुई कि चाय-चीनी सबको उठाकर खिड़की से बाहर फेंक दें...। यह भी कोई ज़िन्दगी है...! इसके पीछे वाक़ई अगर कोई उद्देश्य हो तो एक बात भी है।''

मैं चुपचाप सुनती रही। भीतर एक ज्ञान उभरने लगा था कि देर हो गई है। अब चलना चाहिए। अक्का से कहकर आई थी कि सिनेमा देखकर आऊँगी कॉलेज की एक लड़की के साथ। इतनी बड़ी तो हो गई। अब भी अक्का का यह नियन्त्रण कभी-कभी झुँझलाहट पैदा कर देता है। एक तरफ़ तो दिन-रात मेरी जान खाती है कि अब शादी कर ले, घर बसा ले। फिर कौन करेगा तेरी शादी ? दूसरी तरफ़ इतनी भी छूट नहीं देती कि आँखों से एक पल को भी ओझल हो जाऊँ। घर क्या आसमान में मैं बसा लूँ ? मैंने उदय की बात के जवाब में कहा : ''रजनी को क्यों नहीं बुला लेते, अब आख़िर घर बसाइए न, हमें भी जान खाने को एक भाभी मिले।''

''रजनी...?'' वे ज़ोर से बड़ी नकली-सी हँसी हँसे : ''रजनी को तुमने देखा ही कहाँ है ? देख लोगी तो ये सारी पागलपन की बातें नहीं करोगी। पता नहीं सुजाता, मैं एकान्त मन से कभी सोच ही नहीं पाता कि मैं रजनी को प्यार करता हूँ या वह मुझे चाहती है। शुरू से ही एक चला आता मोह है, और बस, जैसे दोनों एक-दूसरे की ओर से निश्चिन्त हैं, जैसे दो पुराने मित्र हों। चूँकि पुराने हैं इसलिए मित्रता भी महसूस करते हैं; लेकिन मित्रता की आग का दोनों में अभाव रहता है। अक्सर एक ही शहर में रहने वाले ऐसे मित्रों को तो तुमने देखा होगा, जो कभी बचपन में छठे-सातवें तक साथ ही पढ़े थे। अब वे आते हैं; दो बातें आपकी बीवी से कीं, बच्चों को थपथपाया, घर में दो चक्कर लगाए और चले गए। हफ्तों में आपका सामना होता है, 'खाना खाओगे ?' के सिवा दूसरी बात नहीं होती। आप भी जब उनके यहाँ जाते हैं तो इसी तरह घूम-फिर आते हैं। और यही सब चलता रहता है। रजनी से मेरे सम्बन्ध कुछ-कुछ इसी तरह के हैं। अक्सर मुझे अपर्णा बहन की बात सच लगती है कि वह काफ़ी चालाक है और किसी अवसर के लिए मुझे अटकाए हुए है कि पता नहीं कब ज़रूरत पड़ जाए। जब मेरी ओर से खिंचाव-सा महसूस करने लगती है तो फिर चारा डाल देती है।''

''अच्छा, एक बात कहूँ ?''

''हाँ...''

''बिलकुल सच ?''

''मुझे तो तुम लोगों की तरह झूठ बोलने की आदत नहीं है।''

''आपके और अपर्णा बहन के आपस में क्या सम्बन्ध हैं ?'' यह नाम लेते ही प्रिंसेस अपर्णा का चेहरा मेरी आँखों के आगे घूम गया।

इस बार वे फिर खूब खुलकर हँस पड़े। उन्होंने अपना हाथ बढ़ाकर मेरे हाथ पर रख दिया और बोले : ''अब मेरी बात ही पूछे जाओगी या कुछ अपनी भी बताओगी ?'' मेरी उँगलियों से खेलते हुए उन्हें याद आ गया : 'अरे देखो न, मैं भी कैसा बेवकूफ़ हूँ कि बस, अपनी ही अपनी बात बके जा रहा हूँ, तुमसे कुछ पूछने की ज़रूरत ही नहीं लगी। पर

मैं भी करूँ क्या, अजब बात है कुछ। जब भी तुम्हारे सामने होता हूँ एक अजब-सा नशा छा जाता है कि कुछ-न-कुछ बके ही चला जाता हूँ। हर बार तय करता हूँ, इस बार जब मिलोगी तो कम-से-कम बोलूँगा और सुनूँगा अधिक। लेकिन फिर ध्यान ही नहीं रहता। जो बातें किसी से नहीं कहता, वे सब अपने-आप खुलती चली जाती हैं...''

''अरे, हम ऐसे बड़े जादूगर हैं, हमें पता ही नहीं था।'' मैंने खिलकर मज़ाक़ में कहा। गहरे में यह भी समझ गई कि मेरी बात टाल दी गई है। ''आख़िर कारण तो पता लगाया ही होगा कि क्यों ऐसा होता है...?''

''कारण क्या होता, यारी हो गई है।'' बच्चों जैसे भोलेपन से उन्होंने ऐसे सहज भाव से यह वाक्य कह दिया कि मैं एकदम चकित रह गई। उनके हाथ में मेरा हाथ सहसा ही कंटकित होकर पसीज आया...। लगा जैसे बत्तियों की धनुषाकार लाइन झमककर एक घेर ले उठी...। अभी-अभी चेख़व की एक कहानी पढ़ी थी...प्रेमी और प्रेमिका बर्फ़ीले ढलान पर स्कीइंग कर रहे हैं...दोनों ऊपर से नीचे फिसलते हैं, तेज़ी से नीचे आते हुए दोनों के मुँह पास-पास आ जाते हैं। हवा 'शूँ...शूँ' करती गुज़र जाती है और लड़की को ऐसा लगता है जैसे कोई उसके कान पर मुँह रखकर कह रहा हो, 'आई लव यू...आई लव यू...'। उसका अंग-अंग पुलक उठता है...। लड़की निर्णय नहीं कर पाती कि यह शब्द सचमुच उसका साथी कह रहा है या सिर्फ़ हवा की शूँ-शूँ से ही उसे ऐसा सुनाई दे रहा है, जिसे उसकी आन्तरिक कामना ने इन शब्दों का रूप दे दिया है...और जैसे इसी बात का निश्चय करने के लिए वह बार-बार ऊपर जाकर फ़िसलने का आग्रह करती है...आई लव यू...। हाय, कैसी उन्मुक्त होती होंगी वे लड़कियाँ जो निर्द्वन्द्व भाव से प्यार कर सकती और प्यार पा सकती हैं... ! मैं कहूँ... ? शायद गर्दन कट जाए जब भी ये शब्द मेरे मुँह से न निकलें। जाने क्यों, ऐसा लगता था कि इन शब्दों को सुनने का अधिकारी बग़ल में बैठा वह व्यक्ति नहीं है। दूर...बहुत दूर कोई हैं, जिसके कान में मैं कभी यह बात कहूँगी...। नहीं, उदय, तुम इसके अधिकारी नहीं हो...कोई और है, कोई और है...। मेरा हाथ क्यों नहीं छोड़ देते, वरना मैं फिसलकर नीचे पत्थरों पर सरक रहूँगी...। क्या गिरते हुए मुझे भी हवा में वैसे ही शब्द सुनाई देंगे... ? आई लव यू...। पता नहीं क्या था कि भीतर से उमड़ा आ रहा था। याद आया, उदय ने कहा था, 'यारी हो गई है।'

मैं स्तब्ध और निर्वाक् आत्मीय निकटता का अनुभव करती रही...फिर जब सहसा अपनी स्थिति का होश आया तो उमगकर बोली : ''अच्छा, एक बात बताइए, इस बारे में कल हमारी प्रिन्सेस से भी बड़ी देर बातें होती रहीं...''

''तुम क्यों चौबीस घंटे बस प्रिन्सेस की ही बातें सोचती रहती हो ?''

''अरे, सुनिए भी। बड़ी दिलचस्प बात बता रहे हैं। आपको हर वक्त ही मज़ाक़ रहता है ?'' मैंने बेचैनी से हाथ झटकाकर कहा : ''उसका कहना था कि स्त्री-पुरुष के बीच में दोस्ती, एक आत्मीय घनिष्ठता बिना शारीरिक सम्बन्ध आए सम्भव नहीं है।''

''और तुम ?''

"मेरा कहना था कि बिलकुल सम्भव है।"

"बस तो ठीक है। तुम लोगों ने जब आपस में ही फ़ैसला कर लिया तो मैं क्या बोलूँ ?"

पहली बार तो उन्होंने टाल दिया, लेकिन शायद ध्यान आ गया कि इस बात को टालने से कहीं पिछली बात भी न पकड़ ली जाए। बोले : "यों मेरा भी ख़याल तुम्हारी प्रिंसेस से मिलता है। मेरी समझ में यह बात अभी तक नहीं आती कि तुम लोग शरीर को इतना महत्त्व क्यों देती हो ? बम्बई जैसे शहर में हमारे आसपास परिस्थितियाँ ऐसी नहीं हैं कि शरीर को लेकर ज़्यादा माथा-पच्ची की जाए, या नैतिकता के वे ही मापदंड काम में लाए जाएँ, जो यहाँ से अलग परिस्थितियों में लाए जाते रहे हैं। यहाँ बस, ट्राम, सिनेमा, मीटिंग सभी जगह तो एक-दूसरे से भिड़न्त होती रहती है। तुमने कभी सोचा है कि पुरुष-पुरुष या स्त्री-स्त्री के बीच में जो खुलापन, एक बेझिझक अपनापा बहुत शीघ्र और सहज आ जाता है, वह क्यों ? यही तो वजह है न कि वहाँ हर वक़्त यह भूत दिमाग़ पर नहीं रहता कि किससे किसका क्या छू रहा है या किसकी निगाहें किसके किस अंग पर हैं। जहाँ जान-बूझकर या असावधानी से ही एक-दूसरे की उँगली छू जाने पर महीनों की दोस्ती ख़त्म हो जाए, वहाँ आत्मीयता क्या ख़ाक होगी ? पति-पत्नी में आगे जाकर एक गहरी मित्रता, एक उन्मुक्त अभिन्नता आ जाती है, उसकी वजह भी तो यही है कि वहाँ एक-दूसरे का शरीर हौवा नहीं रह जाता।"

"बस, बस, ठीक है, आप अपनी फ़िलासफ़ी अपने तक रखिए। हमें यह उल्टी-सीधी बातें मत समझाइए। शरीर को महत्त्व न देने की बात माननी होगी तो अपना मायावादी दृष्टिकोण ही क्या बुरा है ? यहाँ तो शरीर और उसकी अनुरक्ति, सभी कुछ धोखा और झूठ माना गया है।" बात की सच्चाई अनुभव करते हुए भी यह देखकर मुझे बड़ी खिजलाहट हुई कि प्रिंसेस और उदय के तर्क एक-से ही हैं। जाने क्यों, नए सिरे से शरीर रोमांचित हो आया और मैंने झटके से अपना हाथ खींच लिया।

"दोनों में फ़र्क है : एक शरीर को सच मानकर, उसे अभ्यास में ले आना है, और दूसरा उसके अस्तित्व को ही झुठला देना है। किसी देश को जीतकर अपनाना और बात है और घर बैठे-बैठे ही यह कह देना कि वह है ही नहीं, शब्दों का जाल और छल है।" सहसा उन्होंने मेरे पीछे पीठ से हाथ लाकर दाहिनी बाँह पकड़ ली और धीरे से, डरते-डरते मुझे अपनी बग़ल में खींचकर कहा, "तुम सभी लड़कियाँ एक जैसी होती हो। जब कहने की कोई बात न हो तो नाराज़ी।"

स्वीकार करती हूँ, मुझे बुरा नहीं लगा, बल्कि भीतर-ही-भीतर मैं यह आशा कर रही थी कि यही होगा...होना चाहिए। अब एक हलका सन्तोष और खुशी महसूस हुई कि मेरी आशा झूठी नहीं थी...मानो परिस्थिति पर विजय मेरी ही रही है। पर पता नहीं कैसे, मेरा दूसरा हाथ उठा और मैं बेमन से अपनी बाँह पर उनकी उँगलियों की पकड़ छुटाती रही। बोली : "तो शरीर जीतने का काम यहीं से शुरू कर दिया ?"

दोनों हँस पड़े।

"विदेह बनने के लिए भी कोई मुहूर्त चाहिए ?"

"विदेह !" हलके से एक प्यार-भरा मुक्का उनकी पीठ पर मारे बिना मुझसे नहीं रहा गया।

"यह विदेह बनने का आशीर्वाद है।"

हम दोनों फिर खिलखिला पड़े और ऐसा लगा जैसे वह खिलखिलाहट प्रकाश-तरंगों की तरह अँधेरी लहरों में तैरती चली गई। दूर तक जाते हुए मैंने स्वयं अपनी आँखों से उसे देखा। लगा, हम दोनों बहुत-बहुत निकट के मित्र हैं...न जाने कब के हैं। अभी तक ऐसा लगता था जैसे भारी बोझ की तरह शरीर किसी पानी में डूब रहा था, और अब मन की तरह हलका होकर ऊपर तैर आया हो। जी में आया, उनसे बातें करूँ। खूब बातें करूँ। मन की सारी बातें कह डालूँ। मुड़कर चारों तरफ़ देखा। फ़ुटपाथों पर अपनी-अपनी कुर्सियाँ लाकर हवाख़ोरी करनेवाले पारसी बुड्ढ़े-बुढ़ियाँ जाने कब के जा चुके थे। एक नारियल वाले को बुलाकर हम लोगों ने दो नारियल लिये। अधिकारपूर्वक पास का पर्स उठाकर उसमें से पैसे खोजते हुए बोले : "हमारे पास आज पैसे नहीं हैं। यह नारियल तुम्हारे हिसाब में रहेगा।"

मैंने सोचा, अगर सिनेमा देखने को तैयार हो जाती तो ?

पूछा : "हाँ, तो क्या नतीजा निकला आपका, प्रिंसेस अपर्णा से बहस में... ?"

"सच, बड़ा अजब कैरेक्टर है यह भी। बहुत गम्भीरतापूर्वक मैं उस पर लिखने की सोच रही हूँ।" मैंने उत्साह में बताना शुरू किया। आश्चर्य हो रहा था कि इतनी महत्त्वपूर्ण बात को इतनी देर मैं पचाये कैसे रही ? इसे कहने के लिए तो मैं जाने कब से बेचैन थी। खलबली मची थी भीतर, असल में यह बोलने का मौक़ा दें, तब न कुछ बोलती। कहा : "परसों साढ़े नौ बजे रात में फ़ोन आया : 'चलो, वारसोवा चलोगी ड्राइव पर ? चाँद निकल आया है। बड़ा प्यारा मौसम है। चलो, बड़ा मज़ा रहेगा।' मैंने कहा, 'अपर्णा जी, मैं राजकुमारी नहीं हूँ कि अपनी मर्ज़ी से जो चाहूँ, करूँ। आप अभी निम्न-मध्यवर्गीय परिवारों की हालत नहीं जानतीं। दिन छिपे के बाद लड़की को कहीं देर हो जाए तो मुसीबत हो जाती है, दिन में तो जहाँ चाहें चलिए।' तो बोलीं, 'कल फ्री रखिए, शाम को जुहू-बीच पर चलेंगे।' तो कल शाम को फिर उनकी दूसरी लम्बी-चौड़ी गाड़ी आ खड़ी हुई। इस बार वे खुद थीं। मैंने ऊपर आने को बहुत बार कहा, नहीं आईं। बोलीं, 'फिर कभी आएँगे।' ख़ैर, साहब, जुहू पहुँचे। भगवान् जाने कितना पढ़ती हैं। मैं तो वाक़ई उनसे डरने लगी हूँ मन-ही-मन... ।"

"है यह आख़िर कौन ? तारीफ़ें तुम इसकी इतनी करती हो, इसके बारे में कुछ विस्तार से भी तो बताओ। क्या करती है ?"

"इस बार मैंने आधी बातें तो पूछ ली हैं। हम लोग वहाँ ज़रा हटकर रेत पर बैठे-बैठे बड़ी देर गप्पें लड़ाते रहे। सचमुच, बड़ी सरल-मिलनसार और 'अनऐज्युमिंग' है। कभी महसूस नहीं होने देती कि प्रिंसेस है। जब ऊपर हमारे यहाँ नहीं आई और नीचे ही गाड़ी में बैठी रही, तो मुझे लगा था, शायद इसीलिए नहीं आ रही कि हम साधारण आदमी

हैं। ड्राइवर क्या कहेगा ? उसने शायद मेरे मन की बात समझ ली। लौटते वक़्त बोली, 'आओ, चलो तुम्हारा कमरा देखें। क्या-क्या किताबें हैं, क्या-क्या लिखा है ?' उस समय सच उदय जी, मेरी इच्छा हुई कि यह ऊपर न चले। जाने कैसा उल्टा-सीधा पड़ा होगा। तब अपनी इस आदत पर झुँझलाहट आई : मेरे बाद इस कमरे में कोई क़दम न रखे, इसमें क्या तुक है ? फिर मेरे पास किताबें भी कम ही हैं। लिखा भी नया कुछ नहीं था...लेकिन वह आकर बड़ी अपनापे से बैठ गई..."

उन्होंने बीच में बात काट दी : "आप यह बता रही हैं कि उसने क्या किया, या यह कि उसने क्या जाना ?"

"आप क्यों टोकते हैं सा'ब हमें ? हम भी तो आपकी दुनिया-भर की बकवास सुनते रहे थे।" मैं चिढ़कर बोली। अपनी बात जारी रखी : "रेत पर लेटे-लेटे बड़े अजब-अजब से शे'र सुनाती रही। बड़े कमाल के शे'र याद हैं उसे। और कितने याद हैं, इसका तो कोई हिसाब ही नहीं। पहली बार देखने में ऐसी संयत लगती है, व्यवहार में उससे ठीक उल्टी है। उसने तो राजकुमारियों के बारे में मेरी धारणा ही बदल दी है।"

"इस बात को आप मुझे दर्जनवीं बार बता रही हैं।"

"देखिए, जो बता रही हूँ, उसे चुपचाप सुनते रहिए। सब बता दूँगी, लेकिन अपने ढंग से। उसमें कुछ बड़ी अजब-अजब सी बातें हैं। कहाँ तो ऐसी उन्मुक्त है कि पैरों पर रेत थोप-थोपकर घरौंदे बनाती रही, लेटी-लेटी शे'र सुनाती रही और कहाँ उसे अपने राजकुमारी होने का इतना ख़याल है कि बाज़ार से एक तिनका नहीं लिया। पान खाना हुआ तो ड्राइवर से कार में रखा डब्बा मँगवाया। ड्राइवर ने अदब से पान पेश किया, तो रूमाल से पकड़कर दो टुकड़े खा लिये। साथ ही फलों का रस भी अपने फ्लास्क में लायी थी। ड्राइवर ने बीच में तौलिया बिछा दिया। खूबसूरत कट-ग्लास के आइसक्रीम कप जैसे गिलास में एक-एक घूँट करके रस सिप करती रही। मुझसे पूछा, 'आपने कभी शराब पी है ?' मैंने कानों पर हाथ रख लिया : 'ना बाबा, ऐसी तो बात भी हम सोच नहीं सकते,' लेकिन रस पीने के उसके ढंग, चुस्की और बाद में होंठों की स्थिति से लगता था कि उसने ज़रूर पी होगी। मैंने पूछा, 'आपको तो पीनी ही पड़ती होगी।' बड़ी समझदारी से मुस्कराई। आँखें बड़ी 'चार्मिंग' हैं। चुस्की ली और गिलास नीचे रखकर बोली 'अगर मैं कहूँ कि नहीं, तो आप विश्वास करेंगी ?"

उदय ने फिर बात काटी, "बिल्कुल झूठ। राजकुमारी और शराब न पिए ? एकदम असम्भव। अरे, उन्हें बचपन से पीनी पड़ती है। आगे जाकर जब राजा साहब पूरी मशक चढ़ाएँगे तो रानी साहिबा क्या दो-चार पेग भी नहीं चखेंगी ?"

"हाँ, यही तो मुझे भी लगा।" मैं उत्साह से बताने लगी : "वह कहती थी, एक-आध सिप कभी लिया, लेकिन कमबख़्त कड़वी इतनी होती है कि मुझसे चलती नहीं।" साँझ का समय, जुहू-बीच, रंग-बिरंगे गुब्बारे, खिलौने और खोमचेवाले, लाल-से सुरमई होते हुए पश्चिम के हाथी-घोड़े, पीछे की हरियाली पर ताँबे जैसी झलमलाती हुई किरणें और लहरों पर उमड़ते हुए छोटे-छोटे पक्षी। वह बताती रही, 'हमारे यहाँ सब पीते हैं और इस बुरी

तरह पीते हैं कि चार-चार नौकर लादकर लाएँ। एक दीवान तो इसी चक्कर में मर गए बेचारे। शराब का टोंटीदार पीपा था, आपने सीधे ही टोंटी में मुँह लगा दिया। लोग मना कर रहे हैं, खींच रहे हैं, लेकिन कौन सुनता है, सबको लातें मार-मारकर भगा दिया। और इसके बाद जो गिरे तो उठे ही नहीं।' मैंने प्रिंसेस की जगह उन्हें अपर्णा जी कहना शुरू कर दिया है। पूछा, 'अपर्णा जी, आपकी रियासत कहाँ है ?' जब उन्होंने राजस्थान की एक बड़ी प्रसिद्ध रियासत का नाम लिया तो मैं चकित रह गई। पूछा, 'आप क्या यहाँ महाराज के साथ ही रह रही हैं ? अभी आपने उनके दर्शन कराए नहीं ?' कहने को तो मैंने कह दिया; लेकिन उनके रहन-सहन और बातों से जाने कैसे मुझे विश्वास हो गया था कि उनके पति नहीं हैं। इस सवाल पर पहले तो उनकी भौहें खिंचीं, जैसे मैं किसी निषिद्ध क्षेत्र में अनाधिकार प्रवेश कर रही हूँ। फिर सँभलकर जवाब दिया, 'रियासतें टूट जाने के बाद एच.एच. इटली के भारतीय दूतावास में एक बहुत ऊँचे अधिकारी होकर चले गए हैं।' पता नहीं क्यों, मुझे ऐसा लगा कि एच.एच. का जिक्र करते समय उनके चेहरे पर हलकी-सी ऐंठन आ गई थी, जैसे मैंने उनका दुखता फोड़ा छू लिया हो। इसके बाद मैंने पूछा, 'आप यहाँ अकेली रहती हैं ?' तो बोलीं, 'महाराज कुमार मेरे भाई हैं। मालाबार हिल पर हम लोगों का एक कॉटेज है।' मैंने फिर इधर-उधर की बातों के बाद पूछा, 'करते क्या हैं ?' तो मुँह बिचकाकर बताया, 'करते क्या, दो-तीन विदेशी फ़र्मों के साथ बिज़नेस-पार्टनर हैं। बाहर के बैंकों में रुपया जमा है। बस खुद दिन-भर होटल, रेस और शराब पर फूँकते रहते हैं, आजकल एक बहुत प्रसिद्ध ऐक्ट्रैस के चक्कर में हैं सो बहुत बड़े स्केल पर फ़िल्म कम्पनी खोलने की बातें किया करते हैं। हमें तो महीनों उनकी सूरत देखे हो जाते हैं।' मैंने उत्सुकता से पूछा, 'तो क्या मैरिन ड्राइव वाले फ्लैट पर नहीं रहते वे ?' 'कभी हफ्ते में आध घंटे को आए तो आए वर्ना हम और भाभी साहिबा बस, दो ही यहाँ रहते हैं। पार साल तक तो बड़ी महारानी साहिबा, यानी 'माँ' भी यहीं थीं। उनका हार्टफ़ेल हो गया।' मुझे बड़ा आश्चर्य हुआ। पूछा, 'तो पुरुष कोई नहीं है यहाँ ?' 'यों तो कोई न कोई रिश्तेदार पड़ा ही रहता है, लेकिन स्थायी रूप से मेरा छोटा देवर और भाई हैं। बाक़ी तो रानी साहिबा खुद ही सब सँभाल लेती हैं। इतनी बात है कि चाहे भाभी सहिबा की भैया चिन्ता न करें, लेकिन मुझे बहुत ही मानता है। मैं फ़ोन करूँ तो आधी रात को दौड़ा आए। भाभी को बीसियों बार टाल चुका है। साहित्य-कला को चाहे बिलकुल बेकार चीज़ें मानता हो, लेकिन मेरी इतनी इज़्ज़त करता है कि सामने चूँ नहीं कर सकता। मैं आज लाख रुपया बरबाद कर दूँ, एक शब्द नहीं बोल सकता। अभी पिछले दिनों भाभी साहिबा की लौंग का हीरा खो गया। होगा मुश्किल से कोई बीस-पच्चीस हज़ार का। वह लताड़ लगाई है कि तीन दिन आसन-पाटी लिये पड़ी रोती रहीं। और मैंने ज़रा-सा इशारा किया कि भाभी कहीं चली जाती हैं तो आने-जाने में दिक़्क़त होती है, अगले ही दिन मेरी अपनी 'वैंगार्ड' आ गई। उसी ने तो ज़िद करके यह 'जुडीशियल सैपरेशन' की एप्लीकेशन दिलायी।' मैंने पूछा, 'तो क्या आप अलग...' ऐसा लगा जैसे यह बात अवांछनीय रूप से उनके मुँह से निकल गई हो।

टालती-सी बोली, 'हाँ, कुछ ऐसा ही व्यक्तिगत मामला है।' यह बात कुछ ऐसे ढंग से उसने कही कि मैं आगे पूछने की हिम्मत नहीं कर सकी। बातें करते-करते मैं उसकी सारी हरकतों को ग़ौर से देखती जाती थी। मुझे आश्चर्य हो रहा था कि अरे, यह तो बिलकुल साधारण लड़कियों जैसी है। बोलचाल, ढंग-ढर्रे, किसी में तो ऐसा लगे कि हम लोगों से कुछ अलग है।"

"और कोई ख़ास बात नहीं हुई... ?" उन्होंने सोचते-से पूछा।

"और तो सब इधर-उधर की बातें होती रहीं। मेरा अन्दाज़ यह है, सही भी हो सकता है और ग़लत भी, कि पति से काफ़ी समय से वह अलग है और उन लोगों में सम्बन्ध बहुत अच्छे नहीं हैं।"

"इन लोगों में तो यह सब चलता ही रहता है।" उदय ने बताया।

"हाँ, तो बड़ी देर तक हम लोग इसी बारे में बहस करते रहे कि दो विरोधी लिंग के व्यक्तियों में बिना शारीरिक सम्बन्ध हुए आत्यन्तिक घनिष्ठता हो सकती है या नहीं। नैतिकता और अनैतिकता क्या है ? और इसकी ज़िम्मेदारी क्या सिर्फ़ औरत पर ही है, मर्द पर कुछ भी नहीं ? मुझे तो ऐसा लगता है जैसे इधर इन सवालों ने काफ़ी बेचैन कर रखा है और उन्हीं को उचित सिद्ध करने के लिए वह अपनी शंकाओं और प्रश्नों का उत्तर और समर्थन चाहती है। अभी तक तो पता नहीं, लेकिन अगली बार देख लीजिए, मैं सारी बातें पता लगा लाऊँगी।"

"कब मिल रही हो ?"

"दो-तीन दिनों में मिलेंगे। फ़ोन पर ही तय हो जाता है हमारा मिलना तो।"

"एक सलाह मानो, तुम उसकी पर्सनल सेक्रेटरी बन जाओ।"

"जी हाँ, पर्सनल सेक्रेटरी बन जाओ !" मैं मुँह बिराकर बोली। सामने लटकी अपनी चोटी की लटों से खेलते हुए मैंने लक्ष्य किया, इस बार उनके स्वर में व्यंग्य नहीं था : "जैसे कोई और काम हमें नहीं रह गया है ? कम-से-कम एम.ए. तो कर लें। वैसे जो चाहूँ सो बन सकती हूँ। कभी-कभी तो सोचती हूँ कि डिग्री के बाद भी करना हमें क्या है ? लाओ, ऐसे में कुछ बन ही जाओ। आप लोगों पर कुछ रौब ही पड़ेगा।" कहना मैं चाहती थी 'आप' लेकिन 'लोगों' जोड़ दिया।

फिर सहसा हम लोग उठ खड़े हुए। चलते-चलते बोले : "इन दो मुलाक़ातों में ही रौब डालने का मर्ज़ लग गया न ? अच्छा-ख़ासा लिख लेती थी, लड़की हाथ से गई।"

"दिमाग़ तो नहीं ख़राब हो गया आपका ? अभी तो स्टडी कर रही हूँ, ऐसी चीज़ें दूँगी कि आप भी मान जाएँ, किसी ने लिखा है कुछ।" आत्मीयता से मैंने कहा। मुझे जाने कितनी देर बाद याद आया कि अध्ययन तो मैं इनका भी कर रही थी, इस बात को तो जैसे भूल ही गई। हम लोग धीरे-धीरे पत्थरों वाले फ़ुटपाथ पर चल रहे थे। बैठकर ताकते लोगों की निगाहों के स्पर्श को अवचेतन मन में महसूस करती मैं एक ओर की बिल्डिंगों को देखती चल रही थी। एक फूलों के गजरेवाला निकला तो ध्यान आया कि फ़ुटपाथ पर आने-जाने वाली हर स्त्री ने अलग-अलग ढंग से फूल लगा रखे हैं। देखूँ,

यह उदय गजरे के लिए पूछते हैं या नहीं। एक बार तो पूछेंगे ही, मैंने कन्धे के ऊपर से लेकर अपनी दोनों चोटियों को सामने की ओर कर लिया था और अलग-अलग मुट्ठियों में पकड़े झुलाती हुई चहलक़दमी की चाल से चल रही थी। सामने गजरेवाले को देखा तो ध्यान आया कि नारियलों की तो इन्हें सफ़ाई देनी पड़ी थी, जूड़े के पैसे कहाँ से होंगे : पता नहीं, जाने को भी हैं या नहीं।

''अपनी प्रिंसेस को लेकर मेरे मज़ाक़ों का तुम ग़लत अर्थ तो नहीं लगा लेतीं ?'' वे कुछ अनमने भाव से बोले : ''फिर भी एक बात मैं अक्सर सोचा करता हूँ कि हम लोग इन बड़े कहे जानेवाले लोगों की दोस्ती को बड़ी गम्भीरतापूर्वक लेते हैं, बड़ा महत्त्व देते हैं, 'सिंसियर' और ईमानदार रहने की कोशिश करते हैं। कभी-कभी तो ऐसा होता है कि दोस्ती दिखाने के लिए, अपना समय, अपनी शक्ति, अपना श्रम सभी कुछ बरबाद करते हैं। अपने-आपको समझाते हैं कि क्या दोस्ती के लिए हम इतना भी नहीं कर सकते ? लेकिन इन लोगों की तरफ़ से स्थिति दूसरी है। इनके लिए तो वक़्त काटने को एक मनोरंजन चाहिए। एक खिलौना, जिसे निर्जीव मानकर जब तक इनका मन हो खेल सकें और जब वह पुराना पड़ जाए या उधर से रुचि हट जाए तो दूसरा बदल लें।''

इस बार उनके स्वर में कोई परिहास नहीं था। सच्चे दोस्तों जैसी सलाह थी। मैंने बड़ा निर्जीव-सा विरोध किया : ''तो क्या मैं ऐसी कमज़ोर और बेवक़ूफ़ हूँ ?''

''वह सब तुम जानो। लेकिन तुमने मार्क किया होगा, जब ये लोग उन लोगों से मिलते हैं, जिन्हें 'साधारण' समझते हैं तो इनके हर व्यवहार में एक शहीदों जैसा दर्प होता है कि 'देखो, हम झुककर तुमसे मिल सकते हैं, इतने महान् हैं हम।' और उनकी सामाजिक स्थिति के कारण हम भी यही समझते हैं। फल यह होता है कि हमारा सारा मस्तिष्क इन्हीं को लेकर तरह-तरह की चिन्ताओं में उलझा रहता है। जैसे हम लोगों के लिए समय निकाल पाना एक समस्या है, वैसे ही इन लोगों के लिए समय बिताना। ख़ैर, यहाँ तक तो मुझे कोई गिला नहीं; लेकिन कहीं आपके किसी व्यवहार से आपकी यह चिन्ता, यह कसक व्यक्त हो जाए कि आपके सामने रहने-खाने जैसी आधारभूत समस्याएँ भी हैं, कुछ सीमाएँ और परेशानियाँ हैं कि आपके हाथ बँधे हैं, तो इनमें से हरेक यह समझता है कि उससे पैसा झटकने की भूमिका बनाई जा रही है। आपसे आपका बहुमूल्य या सर्वश्रेष्ठ लेकर भी ये लोग अपने उसकी चिन्ता से घुलते रहते हैं, जिसका न तो इनके लिए बहुत मूल्य ही है और न जो इनका सर्वश्रेष्ठ है।''

''हो सकता है, आपकी बात सच हो, लेकिन प्रिंसेस बेचारी ने तो अभी तक कोई ऐसी बात की नहीं है।'' मैं एक बार फिर प्रिंसेस के एक-एक व्यवहार को मन-ही-मन दुहराती बोली।

''हो सकता है तुम्हारी प्रिंसेस इसका अपवाद हों।''

और हम लोग चुपचाप चहलक़दमी करते, आसपास की दुनिया से बेख़बर चर्चगेट स्टेशन आ गए। दादर की अगली गाड़ी कब आएगी, यह देखने के लिए जब घड़ी की ओर देखा तो सुई 9-40 पर लगी थी। आज फिर ख़ैर नहीं है...

अब तो उँगलियाँ बहुत ही दुखने लगी हैं। मैंने भी कितना घसीटा है आज। ध्यान ही नहीं रहा। अब दो बजे हैं। मन होता था कि जो कुछ मन में है सब कुछ इन्हीं पन्नों पर उँड़ेल दूँ, ताकि जी हलका हो। कभी-कभी सोचती हूँ कि आगे बहुत दिनों बाद जब इन पन्नों को पढ़ूँगी तो कैसा लगेगा ? आज की स्थिति से उस समय बिलकुल कट और गुज़र चुकी होऊँगी और जब दूसरे व्यक्ति की तटस्थता से पढ़ूँगी तो वे सारी छोटी-छोटी बातें जो आज मेरे मन में हलचल मचा देती हैं, बहुत ही महत्त्वपूर्ण लगती हैं—शायद तब बहुत ही बेकार और अर्थहीन लगें।

मंगलवार : 2 जुलाई

कानों में अभी तक वह लाज-भरी हँसी गूँज रही है...

पता नहीं कैसी याददाश्त हो गई है कि कोई चीज़ रखकर याद ही नहीं रहता। ज़रूरत पड़ने पर सारी आलमारी और दराज़ें खोलनी पड़ती हैं और वह चीज़ मेज़ पर ही रखी मिल जाती है। हाथ में पेन लेकर इधर-उधर पेन ढूँढती हूँ। सुबह जाने क्या खोज रही थी कि एक किताब के पन्ने कुछ अलग-अलग से लगे। निकाली। किताब थी 'श्रीकान्त' का पहला भाग। खोली कि पन्ने ठीक कर दूँ तो देखा, पन्नों के बीच में रजनीगंधा का एक लम्बा-सा फूल दबा था। पहले तो कुछ समझ में नहीं आया, लेकिन फिर जैसे एक रील-सी खुलती चली गई। पन्नों में चिपककर तितली के परों जैसा हो गया था। उँगलियों में पकड़े बिस्तर पर चित्त आ लेटी...बम्बई आ रही थी और तेज स्टेशन पर छोड़ने आया था। कोट का फूल निकालकर दिया चलते समय। इतने लोगों के सामने कितनी मुश्किल से आँसू पिए थे...होंठ काँप रहे थे...। पहले तो फूल मुट्ठी में लिए रही, फिर उसे ब्लाउज़ में रख लिया था। रास्ते में 'श्रीकान्त' पढ़ रही थी। बार-बार निगाहें लाइनों से उठकर, हरियाली चूनर ओढ़े, गरबा-नृत्य में झूमते पेड़ों की पंक्तियों में खो जाती थीं। और मन सुनहरे बादलोंवाली आसमानी नीलिमा में उतरता चला जाता था। साथ-साथ झुकते-उठते टेलीग्राफ़ के तार चल रहे थे। खिड़की के बाहर झुककर फूल निकाल लिया और उसे देर तक होंठों और गालों से छुलाती रही। फिर चुपचाप पन्नों में रखकर दबा दिया था...आज अचानक भूली याद-सा यह निकल आया। तेज का वह कॉलर, उसमें लगा फूल सब कुछ मुझे इतना साफ़ दिखाई देने लगा, जैसे उसके फूल निकालने से पहले ही मैं स्वयं हाथ बढ़ाकर खुद उसके कॉलर से वह फूल निकाल लूँगी। नेवी-ब्लू समर का सूट था, चॉकलेट कलर टाई की अमेरिकन नॉट आज भी ज्यों-की-त्यों उसकी ठोड़ी के नीचे दिखाई दे रही है...। मुरझाया फूल और तेज का चेहरा...भगवान् करे, उसका चेहरा हमेशा ताज़े फूल-सा खिला रहे...। कहीं उस पर कोई संकट तो नहीं आ पड़ा ? हो सकता है आज अचानक ही अदृश्य ने मुरझाया फूल सामने लाकर यह संकेत दिया हो कि किसी कारण से उसका चेहरा ऐसा ही मुरझा गया है...। ऐसे संकेतों की बात कई लोगों से सुनी है।...कभी-कभी ये बातें भी सच हो जाती हैं...। कोई मुसीबत

तो नहीं आ गई ?

तेज की बहुत याद आती रही। देखो, कमबख़्त ने साल-भर में एक ख़त भी नहीं लिखा। सचमुच कैसा धोखेबाज़ निकला यह व्यक्ति ! पता नहीं, फूल हाथ में लेकर मैं कैसी मजबूर हो गई। दुर्निवार इच्छा हुई कि लाओ, सारा मान-सम्मान तोड़कर उसे एक ख़त लिखा जाए। जवाब दे या न दे, कम-से-कम यह तो लिख दे कि कहाँ है, कैसा है। और जैसे-तैसे मैं उठी। बिस्तर पर मेढक बनी पैड सामने रखे, पेन को दाँतों से ठोकती घंटों ख़ाली काग़ज को ही घूरती रही। क्या लिखूँ, सम्बोधन में ? 'तेज मेरे', नहीं, अब वह 'मेरा' कहाँ है ? 'तेज डार्लिंग' यह सम्बोधन तो जाने कब का समाप्त हो गया। तो क्या 'तेज' ही लिख दूँ केवल ? लेकिन मन के जिस उच्छ्‌वास में उस समय पत्र लिखने बैठी थी, यह नाम-भर बहुत सार्थक और सम्पूर्ण नहीं लगा। आख़िर सीधी लेटकर ताँबे के एरियल की जालीदार पट्टी पर निगाहें गड़ाए, बड़ी देर तक जाने क्या-क्या देखती और सोचती रही। और जब कनपटियों से बह-बहकर कानों में कुछ गीला-गीला हाथ लगा तो पोंछने के लिए हाथ बढ़ाते समय ध्यान आया, अरे, हाथ में अभी तक पेन ही पकड़े हूँ और यह गीला-गीला और कुछ नहीं, आँसू हैं। अपने-आप ही निगाहें दरवाज़े की तरफ़ चली गईं, किसी ने देख तो नहीं लिया ? फिर कभी और लिखने के लिए पेन और पैड एक ओर सरका दिए...

बीच में तो ऐसा लगा था जैसे मैं तेज-वेज सबको भूल चुकी थी; लेकिन अब तो जब-जब उदय को देखती हूँ या उनकी बात सोचती हूँ, अपने-आप ही तेज की याद हो आती है। जैसे एक अदृश्य तुलना है जो दोनों में चलती रहती है। कभी-कभी सोचती रहती हूँ कि नहीं, कुछ नहीं, वह सब तो किशोरावस्था का एक खिलवाड़ था। इस बार तो उदय ने ही उसकी याद को कुरेद दिया था उस दिन।

रेल में बैठे-बैठे उदय ने एक बात पूछी थी : "तुमने कभी किसी से प्रेम किया है ?"

"नहीं जी, हम सीधे-सादे स्टूडैंट रहे हैं, हमें ये सब ख़ुराफ़ातें करने का वक़्त कहाँ मिला ?" मेरा बना-बनाया उत्तर था।

उन्हें जैसे मेरे इतने सीधे और सरल उत्तर की उम्मीद नहीं थी। उस समय हम लोग एक-दूसरे के प्रति जिस आत्मीयता और मैत्री की छा लेने वाली अनुभूति में डूबे थे, उसने एक ऐसी अंडरस्टैंडिंग दे दी थी कि उस क्षण शायद चाहकर भी झूठ की उम्मीद नहीं की जा सकती थी। मन में एक उच्छ्‌वास था कि चाहे कुछ न बोला जाए और चुप ही रहा जाए, कम-से-कम झूठ न बोला जाए। लेकिन इस सवाल का जवाब 'हाँ' में देते नहीं बना—तेज का मोटी-मोटी भौंहोंवाला चेहरा आँखों के आगे आ खड़ा हुआ था।

"कभी किसी के प्रति घनिष्ठता या आत्मीयता भी अनुभव नहीं की ?" वे खिड़की से बाहर गुज़रते बाज़ारों और बिल्डिंगों, नारियल के पेड़ों और सागर को देखते रहे। तेज़ हवा से उनके और मेरे बाल लहरा रहे थे और बार-बार उँगलियों से उन्हें कान के ऊपर सँभालना पड़ता था। यहाँ भी जब ट्यूब रेलें—मैट्रो—बन जाएँगी तो यह सब देखने को कहाँ मिलेगा... ? तब तो निरन्तर चलती एक सपाट दीवार होगी।

''न्ना !'' कहकर मैं ऐसी खोई-खोई देखती रही मानो सचमुच इस तरह के किसी सम्बन्ध को याद करने की कोशिश कर रही हूँ। मेरे होंठ यों ही भोलेपन से ज़रा-से खुले रहे। इस पोज़ में मेरा चेहरा बड़ा मासूम और अबोध-सादगी से भरा लगता है। सच बात तो यह है कि मैं इस प्रश्न की जाने कब से उम्मीद कर रही थी। हर बार उनसे मिलकर मुझे आश्चर्य होता कि यह प्रश्न आया क्यों नहीं ? सबसे ज़्यादा उम्मीद थी मैरिन ड्राइव पर। हर क्षण लगता जैसे अगला प्रश्न यही है। और आज आख़िर वह आ ही गया। लेकिन जिन क्षणों में यह आया है, उनमें इसकी मुझे उम्मीद नहीं थी। मेरी इस सपाट 'न्ना' पर उन्होंने क़तई विश्वास नहीं किया है, यह साफ़ था। मैंने अपनी बात को साफ़ करने के लिए स्निग्ध स्वर में कहा : ''बात यह है कि अभी तक तो हम रहे यू.पी. में। वहाँ जैसी निगरानी और वातावरण का जो स्वरूप है, उसे तो आप जानते ही हैं। वहाँ तो लड़की होना ही मानो पाप है। यही एक अपराध-भावना छाती, पर वहाँ हर वक़्त छाई रहती है कि हम लड़की हैं; परिचय या सम्पर्क की बात ही नहीं उठती।''

बात पूरी करके मैंने उधर कनखियों से देखा—चेहरे की रेखाओं में मुखर अविश्वास और होंठों पर एक ऐसी कुटिल मुस्कराहट थी जैसे वे वर्षों पहले से जानते हैं कि इस प्रश्न का कोई लड़की क्या उत्तर देती है। फिर भी हर प्रेम-कहानी में एक लड़की होती है (वर्ना प्रेम कहानी बने ही क्यों ?)। आख़िर वह आ कहाँ से टपकती है ? और किसी लड़की से पूछिए तो, 'नहीं, उसका सम्पर्क लड़कों जैसे दुष्ट जन्तुओं से कैसे रह सकता है ? असम्भव ! यह तो उसका पहला ही दुर्भाग्य है कि उसे आपसे बातें करनी पड़ रही हैं। वर्ना वह ? वह इतनी नीचे कभी नहीं गिरी।' और यह सब जैसे उदय की भौंहों की मरोड़, बाहर झाँकने से मेरी ओर आ गई कनपटी की हरकत, फड़कन सभी से मुखर होता था। ये भौंहें...?

हम लोग एक ही सीट पर बैठे थे। उनके और मेरे कन्धे आपस में छू रहे थे—एक मांसल दबाव गाड़ी के हिलने से महसूस होता, रीढ़ की हड्डी में कुछ सनसनाने लगता, कन्धों पर गुदगुदी होती, और तब तक बड़े बेमालूम ढंग से वे कन्धा हटा लेते या मैं हटा लेती...और फिर...अभी-अभी कैसे हम लोग 'विदेह' बनने की बातें कर रहे थे ! शरीर जीतना सचमुच आसान है ? आसपास वाले लोग क्या सोच रहे होंगे ? हम लोग बड़ी देर चुपचाप बैठे रहे, जैसे जो कुछ अभी हो चुका है, जिन क्षणों से होकर गुज़र रहे हैं, उन्हें ही पी रहे हैं। नैकट्य की एक घनिष्ठता थी, एक मूक समझौते जैसी चीज़ कि दोनों के बीच में अगरु के पवित्र धूम्र की तरह छाई हुई थी। मौन बड़ा अखर रहा था और उसमें भी यह कन्धों का टकराना, आसपास की निगाहें और देर हो जाने से घर का निकट आता भय—लगा यह सब असहनीय हो जाएगा। जब तक बैठे हैं तब तक तो इसे बहलाए रहें। सामनेवाली सीट पर हाथ रखकर मैं उनकी ओर मुड़कर इस तरह हँसती हुई बोली, जैसे कुछ याद करते-करते स्मृतियों के बीच में बोल रही हूँ : ''हाँ, याद आया। एक बार ऐसा सम्पर्क हुआ।''

वे कुछ चौंके। मेरी ओर मुड़कर जैसे विश्वास करने के लिए देखा। उनका मुँह मेरे

इतने निकट आ गया था कि मैंने सिगरेट की गन्ध महसूस की। मैं कहती रही : "उसकी तो अभी भी बड़ी याद आती है। उससे मैं सचमुच, बहुत ही घनिष्ठ हो गई थी। बड़ा बातूनी था वह। आकर दुनिया-भर की बातें बताया करता। मैं भी जैसे दिन-भर उसी की राह देखा करती। आता तो हम लोग एकान्त में खूब गप्पें लड़ाते।" मैं उदय के चेहरे के भावों को लक्ष्य करके बोलती रही। वे पत्थर जैसे चुप बाहर अपलक देख रहे थे। "कभी-कभी वह मुझे अपनी गोद में बैठाकर बाँहों में कस लेता।" मैं फिर उन पर प्रतिक्रिया जानने को रुकी। वे स्तब्ध सुन रहे थे। "और इतना चूमता, इतना चूमता कि मेरे गाल लाल हो जाते। मेरी साँस घुटने लगती और मैं छटपटा उठती। ज़ोर से चीख पड़ती।..." मैं फिर रुकी, देखूँ अब क्या हुआ ? कैसे बुत बने बैठे हैं ? भीतर-ही-भीतर तो कुढ़कर ख़ाक हुए जा रहे होंगे...

कुछ देर बाद उन्होंने पूछा : "फिर ?"

"फिर क्या ?...बस।"

वे यों ही देखते गम्भीर स्वर में बोले : "एक बात इसमें तुम भूल ही गईं। उस कहानी में अन्त में एक लाइन और है कि उस समय मैं सिर्फ़ पाँच साल की थी।"

और हम दोनों खिलखिलाकर हँस पड़े, लेकिन रेल का ध्यान करके फ़ौरन हँसी दबा ली और लाज से कटकर वे खिड़की से बाहर देखने लगे और मैंने एकदम गर्दन झुका ली...

सूखे फूल को देखकर मैं बलपूर्वक तेज का चेहरा आँखों के आगे लाकर उसी की बात सोचती रही...किसी कचोटते अपराध की अनुभूति की तरह वह हँसी अभी भी कानों में गूँज रही थी...तेज की याद और यह फूल...जैसे ढाल पर फिसलता हुआ आदमी पुरानी घास की जड़ को मुट्ठी में दबा ले...एक दिन तेज आकर कहेगा, 'देखो, ये मेरी पत्नी हैं रूबी तेज। पहले निकलसन थीं...' और मैं देखूँगी, बिल्ली जैसी नीली कंजी आँखों वाला एक चेहरा, क्या देखा तेज ने इसमें... ?

बुधवार : 3 जुलाई

अब मैं सोचती हूँ : उस दिन हम लोग इतनी देर चुपचाप बैठे रहे, क्या बातें कीं हम लोगों ने ? कुछ भी तो नहीं। या बहुत ही ऊपरी और बेकार की बातें करते रहे या चुपचाप बैठे रहे, लेकिन लगता है कि उस चुप रहने में भी कोई बहुत बड़ा साझे का रहस्य था जिसे हम लोग आपस में सुलझा रहे थे। और यह प्रयत्न हमें बहुत-बहुत निकट ले आया था। कोई ज़रूरी है कि हर वक़्त कुछ-न-कुछ कहा ही जाए ? कभी-कभी चुप भी तो रहा जाता है और यह चुप्पी, एकान्त में पास-पास एक-दूसरे की उपस्थिति महसूस करते दो हृदयों की चुप्पी, लगातार निरर्थक बोले जाने से अधिक मुखर होती है...

भावों और विचारों के लिए शब्द तो केवल परिधान हैं...कपड़े। सौन्दर्य के लिए क्या किसी आवरण की बहुत ही आवश्यकता है ? अपनत्व और आत्मीयता के एकान्त और

केवल 'अपने क्षणों में' जब मन उन्मुक्त और निर्बन्ध होकर सौन्दर्य को पा लेना चाहता है, अपना लेना चाहता है तब भी क्या आवरण की आवश्यकता ही है ? तब क्या आवरण बाधक नहीं होता ?

आत्मीय घनिष्ठता, शायद कोई परिधान, कोई व्यवधान नहीं सहन कर पाती। भावनाओं की एकलयता के उन क्षणों में शब्द क्यों भावों को ढँकें ? क्यों न मौन के माध्यम से हम लोग एक-दूसरे को पिएँ...पाएँ...निरावरण और निर्व्याज...

बृहस्पति : 4 जुलाई

आज सुबह से ही आसमान में बदली अँगड़ाई ले रही है। सुबह गहरे गुम आकाश पर पहले सलेटी बादलों की एक मोटी तह थी और उसके ऊपर झीने-झीने रुई के गालों की तरह सफ़ेद धुँए जैसे बादल मरोड़े खा रहे थे...हवा में एक ऐसा सीलापन था कि मन भीग-भीग उठता था। लगता था, पानी अब बरसा...अब बरसा। जैसे, ऐसे मौसम को जाने कब का बरस जाना चाहिए था, लेकिन बरस क्यों नहीं रहा—बड़ी बेचैनी थी।

सिर्फ़ एक ही पीरियड था, उसे मैं गोल कर गई। एक अजब-सा नशा दिन-भर छाया रहा...मन की रबर जैसी लचीली डोर को किसी ने खींचकर कहीं अटका दिया हो, और फिर से अपनी स्वाभाविक स्थिति में आ जाने के लिए वह तड़प-तड़पकर रह जाती हो। और मानो नसों के इस अस्वाभाविक दबाव से बचने के लिए मैं दिन में सो गई। उठी तो लगा सुबह हो गई है। पहले आँखें खोलीं और फिर एकाध बार बदन तोड़कर भी लेटी रही। बादल उसी तरह घिरे थे। आख़िर, उठना तो था ही। उठी और ब्रश कर पेस्ट लगाकर दाँत साफ़ करने लगी। बालकनी से झाँककर देखा। झुटपुटा हो रहा है। अक्का ने पूछा : "अरे सज्जी, यह नई बात क्यों ?"

"नई क्या ? तुम कब उठ गईं आज ?"

"अरे लड़की, पागल तो नहीं हो गई ? घड़ी में देख ज़रा। सुबह नहीं, यह साँझ है..."

हाय...

रह-रहकर उस दिन की बातें, जैसे टुकड़े-टुकड़े होकर हवा में तैर रही थीं। उस दिन का वार्तालाप, उस दिन का वातावरण सब आँखों के आगे झलक-झलक उठता...इधर आँखें फेरती तो एक टुकड़ा इधर से तैरती मछली की तरह पास आता, उधर फेरती तो एक टुकड़ा उधर से आता। लगता है मैं जैसे कल्पनातीत रूप से लम्बी हो गई हूँ, इतनी ऊँची कि गर्दन से ऊपर का हिस्सा हवा की पारदर्शी लहरों की सतह पर तैर रहा है और वहाँ से मुझे न तो अपने पाँव दिखाई देते हैं, न धरती और उस पर चलते-फिरते लोग। जैसे किसी स्काई स्क्रैपर के ऊपर से झाँक रही हूँ। वहाँ से देखती हूँ कि ताश के घरों जैसे छोटे-छोटे मकान...न जाने किन आकांक्षाओं की मशीनी गति से परिचालित पुतलों जैसे लोग; चलते-फिरते हैं, लेकिन स्वेच्छा से नहीं। मानो मैं उन्हें आज पहली बार देखकर

बोल उठती हूँ साश्चर्य : 'अच्छा, तो ये लोग चल-फिर भी लेते हैं... ?' सब-कुछ एक सपना-सा लगता है। सारी दुनिया बेखबर, बेहोश...

पता नहीं, मेरे पास क्या आ गया है कि मैं भरी-भरी-सी घूमती हूँ। किसी भी चीज़ को देखती हूँ...देखती रहती हूँ और फिर खुद ही मुस्करा पड़ती हूँ। डर भी लगता है कि किसी ने मुस्कराते तो नहीं देख लिया ? सोचेगा, पगला गई हूँ। लगता है, अब तक सपने में भटकती रही हूँ, सत्य तो अब पाया है। अभी तक जिन चीज़ों की ओर ध्यान भी नहीं जाता था वे अब विराट होकर आती हैं। दीवारें पारदर्शी हो गई हैं...मैं उनके पार देख सकती हूँ...। अक्का और पापा को बातें करते देखती हूँ, बिट्टू को खाना बनाते देखती हूँ। किसी के चेहरे की हलकी-सी मुस्कराहट देखकर मानो मैं उसके मुस्कराने के अन्तर्तम रहस्य को समझ लेती हूँ कि—आदमी कब और क्यों मुस्कराता है, क्यों अचानक गाने, गुनगुनाने लगता है ? कोई बात क्यों वैसी ही होती है जैसी है, क्यों नहीं उससे अलग होती ?—यह भेद मेरे सामने बिलकुल स्पष्ट हो गया है। आज दिन-भर बादल घिरे रहे हैं। इस तरह बादल क्यों घिरते हैं ?—इस सवाल का जवाब केवल मैं ही जानती हूँ। लहरें क्यों दौड़-दौड़कर किनारों से टकराती हैं, इस भेद को भी मेरे सिवा कोई नहीं समझ सकता। एक अजीब-सी अन्तर्दृष्टि मिल गई है, और मन कसमसाता है कि दिव्य-दृष्टि से मुझे जो कुछ भी दीखता है वह सब कैसे और किसे जाकर बता दूँ कि देखो, मुझे क्या दिखाई दे रहा है...'यारी हो गयी है' हाय, कैसी भोंड़ी, 'क्रूड' और वहशियाना अभिव्यक्ति है।

मगर नहीं, यह सब...यह सब भावुकता है और मुझे इतना नहीं बहना चहिए। अब बच्ची भी तो नहीं हूँ। पता नहीं, कैसी एक अदृश्य कील है कि हर साँस के साथ ररक उठती है और मैं हूँ कि इस प्राप्त सत्य को दोनों बाँहें भरकर भेंट भी नहीं पाती, आत्मसात् नहीं कर पाती। कोई है कि बाँहें थाम लेता है। मन होता है कि खूब रोऊँ...खूब रोऊँ।...क्यों हम किसी चीज़ को मुक्त हृदय से नहीं ले पाते... ? क्यों हम टूटे-टूटे और बँटे-बँटे से रहते हैं... ? कहीं दूर हम सपनों में खोए भी रहते हैं और बिलकुल अलग खड़े हुए देखते भी रहते हैं कि देखो, हम कैसे सब कुछ भूलकर यों खोए हैं ?...यह क्या है ?...यह अंकुश क्या है जो हर दम हर भावना की गर्दन पर रखा रहता है... ?

पता नहीं कहाँ सुना या पढ़ा था कि चेख़व की डायरी में लिखा मिला : ''टाल्सटाय से सचमुच मुझे डर लगता है। अन्ना कैरेनिना में अन्ना के रेल के नीचे कटते समय का वर्णन करते हुए वह कहता है कि 'अन्ना को अपने अन्तिम क्षणों में ऐसा लगा जैसे अँधेरे में दो तेज़ आँखें उसे घूर रही हैं और ये दो आँखें खुद अपनी ही अन्ना की दो आँखें हैं...' जो लेखक यह लिख सकता है वह सचमुच कितना भयंकर लेखक है...उसकी अन्तर्दृष्टि से आदमी भयभीत नहीं होगा तो क्या होगा... ?''

जैसे सूने गुम्बद में लगातार कुछ गूँजता रहता हो...यह ग़लत है...यह अनुचित है...मैं बहुत ही अवांछनीय कर रही हूँ...

शुक्र : 5 जुलाई–अपराह्न

बग़ल वाले फ्लैट की जीजा तवक्कले बाल्कनी में खड़ी अपने छोटे बेबी 'भाऊ' को दोनों हाथ ताने सिर के ऊपर उठाए है। कभी प्यार में आकर उसके सिर से अपना सिर मिलाती है, कभी उसकी आँखों में लगातार देखती-देखती कहीं दूर खो जाती है। भाऊ जाँघिया पहने है...गोरा गदबदा शरीर...बार-बार जीजा प्यार से दाँत मिसमिसाकर उसे मसलती है, गुदगुदाती है और तरह-तरह के स्वर निकाल-निकालकर अपनी समझ में बातें करती है। 'भाऊ' जीजा के दोनों हाथों में टँगा टुकुर-टुकुर उसे देखता है, और जब वह उसे मसलती है तो आँखों में आँखें डालकर किलकारी मारकर हँस पड़ता है। कैसी डूबी है जीजा कि इसे न तो आनेवाले का होश है, न जानेवाले का...। और मैं मुग्ध उसे देखती रहती हूँ...ख़ुद भी उसी दृश्य में डूबी और लीन...मुँह खोले मुस्कराती रहती हूँ। जब वह उसे ऊपर उछालती तो मेरा कलेजा मुँह को आने लगता–हाय, कहीं गिर न पड़े ! फिर बड़ी देर बाद ध्यान आता है कि 'अरे, मुझे यह हो क्या गया है ?' और तब झेंपकर ऐसे देखती हूँ जैसे कुछ वर्जनीय कर रही हूँ...वर्जनीय...वर्जनीय...

आज सुबह तबीयत ढीली है और बदन बहुत टूट रहा है।

रात्रि : 10.45

हमारे सामने पार्क में आज दिन-भर फ़ुटबॉल का मैच होता रहा, और मैं एक अजीब-सी दिलचस्पी से डूबी उसे देखती रही। इतने लोग एक साथ मिलकर यों योजनाबद्ध रूप से कोई खेल खेलें मानो यह दृश्य मेरे लिए एकदम नया था...

मुझे लगता है, जैसे मैं दो हो गई हूँ। एक उदय के कन्धे से कन्धा भिड़ाकर चेहरे पर सागर की फुहारों की आर्द्र शीतलता अनुभव करती है तो दूसरी खड़ी-खड़ी घूरती है : 'हूँ, तो आप जनाब यों ही बैठी हैं ? बेशर्म ! कोई देख ले तो ? मान लो पापा ही इस गाड़ी से घर जा रहे हों तो...? मेरी चेतना कई खंडों में बिखर गई है...। कभी किसी को हँसता-मुस्कराता देखती हूँ तो लगता है जैसे मैं इसके हृदय के अन्तर्तम को जानती हूँ कि इसकी हँसी के पीछे क्या है ? क्यों यह हँसता है ? सिनेमा देखती हूँ तो जैसे नायिका के अन्तस्तल की भावनाओं को जितनी अच्छी और सही तरह मैं जानती हूँ, कोई भी तो नहीं जानता। वह सुखी होती है, अपने प्रिय से मिलती है, तो लगता है मानो मैं ही तो वह सुख भोग रही हूँ, मैं ही तो वह मिली हूँ। अग़ल-बग़ल की सीटों पर बैठे स्त्री-पुरुष (आज सुबह के शो में हम बँगला सिनेमा देखने गए थे) 'हारानो शूर' की नायिका की किस प्रतिक्रिया को किस रूप में ग्रहण कर रहे हैं, मानो यह मुझे ही तो अच्छी तरह पता है। मनुष्य कब और क्यों, क्या सोचता है, इस चीज़ को मैं स्क्रीन पर उभरती लहरों की तरह देख-पढ़ सकती हूँ...हर चीज़ के आर-पार देखने की शक्ति मुझे मिल गई है।

साथ ही इस बात का भी होश है कि बहुत केन्द्रित हो गई हूँ मैं अपने-आप में। मैं बात करती हूँ तो लगता है कि यह बात करना झूठ है, मुझे इस बात को कहने की न आवश्यकता है, न दिलचस्पी। बोलते-बोलते कुछ ऐसी असम्बद्ध बात ध्यान हो आती है कि वाक्य टूट जाता है और फिर बटोरकर लाना पड़ता है। सुनते-सुनते मन छिटककर कहीं दूर चला जाता है, और मैं चकित-स्तब्ध आँखों से निहायत अपरिचित की तरह सामने देखती रहती हूँ...मेरे आसपास क्या हो रहा है, मुझे इसका ध्यान ही नहीं रहता। मुझे कुछ भी सुनाई देना–कुछ भी दिखाई देना बन्द हो गया है...। मैं सचमुच अन्धी हो गई हूँ...स्तब्ध !

मैंने उदय से कहा था कि नहीं, मैं इससे पहले कभी किसी पुरुष के सम्पर्क में नहीं आई। ठीक ही तो कहा था–उसमें झूठ कहाँ बोली मैं ? मुझे पहले कब लगा था कि मैं किसी के ख़यालों में खोई-खाई नारी हूँ ? यह सब मैंने पहले अनुभव कहाँ किया ? जो कुछ आज हर क्षण मेरे साथ हो रहा है, ऐसा पहले कभी कहाँ हुआ ? मुझे ऐसा कब लगा, जैसे मैं एक ऐसी नदी में स्नान कर आई हूँ कि मेरा 'कायाकल्प' हो गया है और मैं फिर एक अबोध किशोरी हो गई हूँ...जो शेष सारे संसार को मुग्ध और विस्मित दृष्टि से देखती है...? मैं तो एकदम नई और कोरी स्लेट की तरह उदय से मिली हूँ...। साथ ही साठ साल की उस बुढ़िया को मैंने आज से पहले ऐसी स्पष्टता से कब देखा था जो मेरे मन में बैठी, मेरी और उदय की हर हरकत, हर गतिविधि को देखती है–उसका अर्थ और आशय समझती है और बार-बार अपना पोपला मुँह बिचका-बिचकाकर कहती है : "हुँह, वही सब तो चल रहा है जो सबके साथ चलता है, हमेशा से चलता रहा है। वही सब बने-बनाए सवाल, जवाब, वही अनुभूतियाँ और वही संवेदनाएँ ! कहीं भी तो कुछ ऐसा असाधारण और असामान्य नहीं है कि उसे नया बताया जा सके ! अनादिकाल से चलता आया वही घिसा-पिटा ढंग...हज़ारों कहानी-उपन्यासों और सिनेमाओं में यही सब तो आ चुका है...।" और उस पन्द्रह साल की बच्ची में इतनी ताब नहीं है कि इस बुढ़िया की आँखों से आँखें मिला सके। वह हकलाकर बड़ी कठिनाई से कहना चाहती है..."नहीं, यह सब देखने में चाहे जैसा लगे ऊपर से, लेकिन वह सब नहीं है, जैसा होता आया है। इसमें एक ऐसी नई बात है, एक अछूतापन है जिसे सिर्फ़ मैं ही अनुभव कर रही हूँ...। न कह सकती हूँ, न दिखा पाती हूँ...लेकिन निश्चय ही वह आज तक की सारी अनुभूतियों और भावनाओं से अलग है, विशेष है...और वही नहीं है।"

बुढ़िया डपट देती है : "चल हट्ट, सभी को अपनी अनुभूतियाँ विशेष और खास लगती हैं...आख़िर कुछ तो आगा-पीछा सोचना चाहिए..।"

लेकिन सारे दिन, आपस में लड़ती हुई वह किशोरी बच्ची और बुढ़िया दोनों ही समान उत्कंठा से राह देखती रहीं कि उदय का फ़ोन अब आता है...अब आता है। मगर वह नहीं आया। बुढ़िया तल्ख़ी से पूछती है– "क्यों री, उदय ने अभी तक तेरी उम्र नहीं पूछी ?" और मैंने देखा कि वह किशोरी बालिका सहसा ही अदृश्य हो गई है...। हाय, कहाँ गई वह ?

शनिवार : 6 जुलाई

प्रिंसेस अपर्णा और उदय !...मानो मेरी चेतना की डोर इन दो खूँटियों पर ही टँगी हो !...मैं बहुत अच्छी तरह से जानती हूँ कि प्रिंसेस अपर्णा और उदय की बहन अपर्णा दो अलग व्यक्ति हैं...वे एक हो ही नहीं सकते; फिर भी चूँकि इन दोनों को जानने का केन्द्र मैं हूँ, वे दोनों मेरी चेतना के ही दो छोर बन गए हैं। इसलिए आपस में इन दोनों में मुझे घनिष्ठ सम्बन्ध लगता है। दोनों का मुझसे परिचय कैसे आकस्मिक रूप से साथ-ही-साथ हुआ है और दोनों ने ही कैसे वेग से मुझे आच्छादित कर लिया है कि लगता है—पहले मेरा किसी से कभी कोई सम्पर्क रहा ही नहीं। मैं पहला सब कुछ भूले चली आ रही हूँ...। कभी-कभी सच, बड़ी झुँझलाहट आती है...खीझकर कटखने कुत्ते की तरह झल्ला उठने को मन करता है : यह बैठे-बिठाए क्या मुसीबत मोल ले ली... ? अब तो जैसे कुछ और सोचने और करने को रह ही नहीं गया हो...। मन पर इतने बोझ और व्यस्तता का अनुभव होता है कि लगता है, यह सब मुझसे अकेले सँभलेगा नहीं, लेकिन आख़िर किसे इसमें हिस्सेदार बनाऊँ ? किसे बाँट दूँ ?...हँसी भी आती है कि क्या अजब सम्पर्क है, दोनों ही मेरे थे ! एक को टिकट के लिए चवन्नी देनी पड़ती है और एक की फ़र्लांग-भर लम्बी गाड़ी मुझे लेने आती है। कैसा विरोधाभास है ! ये दोनों सम्पर्क क्या मेरे लेखन और जीवन की दिशा बदलने आए हैं ? आशंका से मन सिहर उठता है कि दोनों ही पता नहीं किन अनजान राहों पर छोड़ जाएँगे मुझे ! दोनों से परिचय का माध्यम मेरी कला है, लेकिन दोनों के परिचय के बाद से मैंने कुछ भी तो नहीं लिखा। जैसे नई दुनिया में आकर मनुष्य की चेतना स्तब्ध हो जाती है, वैसे ही मैं समझ नहीं पाती कि क्या लिखूँ ?

रविवार : 7 जुलाई

उस दिन के जादू का ज्वार आज उतर गया है। कल तक तो ऐसा लगता था कि अथाह कोलाहल से भरे ऐसे रेस्तराँ के बीच मैं अकेली बैठी हूँ जिसमें हर कोई अपनी ही अपनी कह रहा है—उसे देखने या दूसरे की सुनने की फुरसत ही नहीं है। आज मैं तटस्थ होकर सोच सकती हूँ कि हाँ, मेरा और उदय का, मेरा और प्रिंसेस अपर्णा का एक समान धरातल अर्थात् मिलने का आधार लेखन ही है और मुझे हमेशा ही इस बात का ध्यान रखना होगा, वर्ना हमारी और उन लोगों की क्या दोस्ती ? उदय को ही लूँ, न तो वे देखने में ही ऐसे सुन्दर, प्रभावशाली, न सामाजिक दृष्टि से ऐसे प्रतिष्ठित...आर्थिक दृष्टि से तो कहना ही क्या ! एक उखड़ा हुआ हवा में उड़ता बीज जो अपने लायक़ धरती खोजने में खुद यहाँ से वहाँ भटक रहा हो...! वह कैसे मेरी भावनाओं को यों उकसा सका ? आज मुझे सुबह से ही अपने ऊपर बड़ा आश्चर्य हो रहा है। कल, परसों और पिछले दिनों की डायरी पढ़ी तो मन हुआ कि फाड़कर फेंक दूँ। क्या बकवास लिख मारी है मैंने

भी... ? सच, वह सब क्या मैं ही थी ? कैसे सोच सकी, उसे लेकर यह सब बातें ? जैसे निरन्तर खिंचती चली आती कोई स्वप्नावस्था हो। शायद कभी नहीं देखा इस निगाह से तो मैंने उन्हें—ऐसे व्यक्ति के साथ तो दो दिन में ज़िन्दगी नरक बन जाए ! माना कि वे प्रतिभाशाली हैं, और उनके व्यक्तित्व में एक आत्मविश्वास की दृढ़ता है, लेकिन उस सबको मैं उनकी रचनाओं के ही माध्यम से तो ज़्यादा अच्छी तरह जान और पा सकती हूँ। मैं भूल जाती हूँ कि हमारे और उनके बीच का सेतु वे नहीं, उनकी रचनाएँ ही हैं...

और रचनाएँ ही डोरी हैं राजकुमारी अपर्णा और मेरे बीच में, वर्ना दो विरोधी लिंग के होने के नाते, हो सकता है मैं और उदय एक-दूसरे की ओर आकर्षित हों भी; लेकिन राजकुमारी से तो ये सम्बन्ध और भी औपचारिक हैं। अरे, मैं यह कैसे मानने लगी हूँ कि वह मेरी मित्र है—? मेरी और उसकी समानता की कॉमन-भूमि कहाँ है ? हो सकता है, यह मेरा हीन भाव ही हो कि मैं उदय से अपने को ऊँचा समझने में और राजकुमारी को अपने बराबर लाने की कल्पना में ही सन्तोष पाती हूँ; या दोनों से ही कोई ऐसा स्वार्थ साधना है कि सम्बन्धों में असन्तुलन होते हुए भी मैं दोनों को उलझाए हूँ। अपना तटस्थ विश्लेषण करके मैं अपने भीतर उस स्वार्थ-भावना को पाती हूँ, इसे मैं पहले भी स्वीकार कर चुकी हूँ...

और जब यह बोझ मुझ अकेली से नहीं सहा गया तो मैं रेखा के यहाँ पहुँची। 'तुझसे एक बड़ी ज़रूरी सलाह लेनी है रेखा ! मैं इन दिनों बड़ी परेशान हूँ।''

''सो तो सभी को दिख रहा है। कुछ हो-हवा गया क्या ? कोई हरकत कर बैठे या उदय जी ने पैसों की माँग रख दी ?'' फिर ताने के स्वर में कहा : ''शुकर है, उस मुसीबत का ही कि आप दिखीं तो सही वर्ना हमने तो सोच लिया था कि न हम बड़े लेखक हैं न राजकुमारी। आजकल आप ज़रा 'वी.आई.पीज़ से ही मिलती हैं न।''

मुझे गुस्सा आ गया। बेकार आई इस मूर्खा के पास। कमबख़्त सहानुभूति से सोचना तो जानती ही नहीं। हर वक़्त वही ज़हरीली और तानेबाज़ी की बातें। कोई और बात ही नहीं। मैंने तो कुढ़कर कह दिया : ''अगर सलाह नहीं दे सकती तो छोड़ बात को एकदम। यों जी क्यों जलाती है ?''

बात कुछ मैंने ऐसी आजिज़ी से कही कि शायद उसे कुछ अपनी तानेकशी पर पछतावा हुआ। बोली : ''तू जी को लिये फिरती है, यहाँ चिन्ता के मारे सूख-सूखकर आधे रह गए कि कैसी अच्छी लड़की थी। भगवान् उसकी आत्मा को शान्ति दे।''

आँखें छलछला आईं : ''तू भी समझती है कि मैं बहक गई हूँ रेखा ? सच ?'' और कुछ देर चुप रहकर मैंने उसके सामने स्वीकार किया : ''मैं स्वीकार करती हूँ कि हमारे बीच का अर्थात् परिचय का जो माध्यम था उससे हटकर मैं अब व्यक्तियों पर केन्द्रित हो गई हूँ। यानी राजकुमारी खाती क्या है, रहती कैसे है—उसका पिछला जीवन क्या है—मेरा ध्यान सिर्फ़ इन्हीं बातों पर केन्द्रित हो गया है। यही हाल उदय के साथ है। पता नहीं क्यों, मैं इस बात को अब याद ही नहीं करना चाहती कि व्यक्ति उदय न तो

मेरे परिचय का लक्ष्य था, न आधार...''

इस बार रेखा गम्भीर हो गई : ''लेकिन मुसीबत तो यही है कि व्यक्ति और उसके गुणों को तू अलग-अलग दो वस्तुओं के रूप में देखती है। मानो गुण की एक अलग सत्ता हो और व्यक्ति की अलग; और दोनों दो रसायनों की तरह किसी एक प्राकृतिक संयोग से आपस में मिल जाते हों। जैसे हमसे पिछली पीढ़ी के लोग सोचा करते थे कि 'पाप' एक अलग चीज़ है जो कहीं किसी अनजान बुरी जगह में रहती है, और 'पापी' एक निरीह व्यक्ति है जो किसी दुर्भाग्य से इस 'पाप' की शैतानी चपेट में आ गया है और कष्ट पा रहा है। वे लोग यह समझने की तक़लीफ नहीं करते थे कि पाप का एक सामाजिक आधार है, वहीं वह पनप सकता है।''

उदास बेबसी से मैं बोली : ''यह सब दर्शन-शास्त्र सुनने का मूड नहीं है। यह ठीक है कि मैं गुणों की डोर पकड़कर व्यक्ति तक जा पहुँची हूँ, लेकिन अगर सच पूछा जाए तो उसमें मेरा अपना ही स्वार्थ शायद अधिक है। यों मैं भी जानती हूँ कि प्रिंसेस चाहे तो बीस सहेलियाँ मेरी जैसी बना ले, उसे क्या कमी ? हो सकता है, मेरे दिमाग़ में यह भी हो कि राजकुमारी की मित्र बनकर मैं किसी रूप में उसका कुछ लाभ भी उठा लूँ। यही तुम उदय के बारे में भी कह सकती हो। मैं यह नहीं कहती कि उदय को मेरी कम्पनी बुरी लगती है। मैं उनकी वकालत नहीं कर रही; लेकिन वे साहित्यिक हैं, इसलिए उन्हीं पर इस बारे में 'ढीला' होने का फ़तवा क्यों दिया जाए ? विरोधी सेक्स की कम्पनी या साथ किसे बुरा लगता है ? अपने कॉलेज में ही देख लो, प्रो. कुलकर्णी और देसाई की क्या हालत है इस उम्र में ? वे तो साहित्य नहीं पढ़ाते ? एक अर्थशास्त्र पढ़ाता है, दूसरा फ़िलॉसफ़ी। मैं यह भी अब अच्छी तरह जान गई हूँ कि उदय का सम्बन्ध दो-तीन लड़कियों से काफ़ी घनिष्ठ है। हो सकता है, यही वजह हो कि मैंने उसमें किसी भी तरह की 'पहल' या इनीशिएटिव का अभाव पाया है। बड़ा आत्म-तुष्ट, अपने में ही डूबा, और कद्रे दम्भी-सा व्यक्ति भी कह सकते हैं। ख़ैर, अपनी वह जाने, मैं तो अपनी बात कह रही थी। मैं हमेशा ऐसा महसूस करती रही हूँ कि मुझे लिखने में प्रोत्साहन देने, पथ दिखलाने के लिए एक व्यक्ति चाहिए जो इस रास्ते में पड़नेवाली उलझनों से मुझे आगाह करे और हो सके तो मेरी मदद करे। इसमें सब कुछ होते हुए भी उदय ने ही मुझे अपनी ओर खींचा। सुनकर मुझे गुस्सा ज़रूर आया, लेकिन वही पहला व्यक्ति था जिसने मेरी कहानी पढ़कर अपनी बेबाक़ राय दी थी...''

मेरे आत्म-प्रवाह से बोर होकर वह बोली : ''यह तो सब ठीक है, लेकिन मुसीबत आख़िर क्या आ खड़ी हुई ?''

''स्थिति अब कुछ ऐसी हो गई है कि लगता है मेरा सारा उद्देश्य इन लोगों के व्यक्तित्व तक पहुँचने का साधन मात्र था।''

''मेरी समझ में नहीं आता कि इसमें उलझन कहाँ है ? अगर तुम समझती हो कि व्यक्तियों तक पहुँचना खतरनाक है, लेखक उदय की अपेक्षा व्यक्ति उदय बेकार है, तो छोड़ो पीछा और वापस लौट आओ। जन्म-पत्री में तो विधाता ने लिख नहीं दिया था

कि व्यक्ति उदय से ही दोस्ती करनी है। लड़कों से ही दोस्ती करनी है तो कॉलेज में क्या कमी है...? यहीं उलझ जाओगी तो पुराने लोग क्या करेंगे आख़िर ?" अन्त तक पहुँचते-पहुँचते रेखा के स्वर में फिर परिहास आ गया : "बस, शर्त यही है कि यहाँ मामला कुछ गहरा न हो गया हो..."

"गहरा है ख़ाक।" मैं बोल पड़ी। कुछ देर तक तो मैं ठगी-सी उसे देखती रही। उससे भी ईर्ष्या हुई। बात को कैसे सुन्दर ढंग से रखा है—मैं नहीं रख पाती ऐसे। कैसे सीधे ढंग से वह हर समस्या का रेडीमेड हल तैयार कर डालती है, वैसा मैं क्यों नहीं कर पाती ? मानो इसके जीवन में भावना और भावुकता का कोई स्थान ही न हो।

वह मेरी ओर इस तरह देखे जा रही थी, जैसे उसने विश्वास न किया हो। हठात् कुछ कहते-कहते रुक गई। उसकी निगाहों की चुभन मैंने अपने चेहरे पर महसूस की। अजब वितृष्णा मन में फुफकार उठी। यह कमबख़्त क्या कभी गम्भीर होती ही नहीं है ? कम-से-कम यह तो इसे सोचना चाहिए कि मैं उससे एक सलाह लेने, अपना जी हलका करने आई हूँ। कुछ न करे, चुपचाप सुनती ही रहे, बस। लेकिन अब इसका दाँव है, छोड़ेगी क्यों ? कैसी असहाय हूँ मैं !—अकेली और अनाथ। कोई भी तो नहीं है जो मेरी बात समझता हो, जिससे ईमानदारी से सलाह ली जा सके; पहले, चौदह-पन्द्रह वर्ष की उम्र में जैसा एक अकेला और अनाथपन महसूस किया करती थी, ठीक वैसी ही अनुभूति इस समय हो रही थी। उदय से बातें करते समय कम-से-कम मन में एक आश्वासन, एक सन्तोष तो होता है...

उस दिन क्या-क्या बातें हम लोगों ने नहीं कर डालीं ? इधर एक अजीब बात हुई है। मेरे दिमाग़ से वे सब वार्तालाप और वाक्यों के टुकड़े मानो एकदम उड़ गए हैं—बस, कुछ धुँधली-सी तस्वीरें कभी-कभी कौंध जाती हैं...गहरा अँधेरा...दो-तीन तारे...मचलता सागर, धनुषाकार चली जाती रोशनियाँ...मैरिन ड्राइव पर हलके-हलके क़दमों से चली जाती मैं...साथ में कोई और है...सिर्फ़ छाया है, शरीर नहीं है शायद; लेकिन लगता है कि साथ-साथ चल रहा है। एक जगह हम लोग देखते हैं : एक लड़का और लड़की बैठे हैं...लड़की का पल्ला गोदी में आ गिरा है और चुस्त ब्लाउज़ पहने उसकी पूरी पीठ खुली है। दोनों चोटियों को उसने आगे कर रखा है, तभी लड़के का हाथ उसकी पीठ पर होता हुआ कन्धे पर आ रहता है...। दूसरी तस्वीर...दोनों हाथों में शंख की तरह नारियल पकड़े लड़की नारियल पी रही है और अपना नारियल हाथों में पकड़े लड़का उत्सुक मुद्रा में उसे देखे जा रहा है, फिर झटककर नारियल फेंक देता है...। कितना साफ़ दिखता है मुझे अँधेरे में भी...दोनों के चेहरों का भाव कितना स्पष्ट और सूक्ष्म मुझे दिखाई दे रहा है। एक बड़ी अद्भुत बात रह-रहकर मन में मचलती है...पहली बार जब वह मन में आई थी तो मैं खुद चौंक उठी थी। जिस तरह की मनःस्थिति और मानसिक प्रसंग में यह बात आई थी उसमें ऐसी बात बड़ी बेमौक़े उभरनेवाली थी...। वह अँधेरा...वह एकान्त...वह साथ...और उस आदमी के दिमाग़ में एक बार भी नहीं आया होगा कि ज़ोर से बाँहों में भरकर मुझे चूम ले...? बस, लड़की की तरह कन्धे पर हाथ रख लिया...! कहीं...

कहीं...? आगे बात सोचने की हिम्मत नहीं पड़ी...और मैं मन की बात के लिए शब्द ही खोजती रही, फिर खुद ही अपनी बात पर लज्जा से चेहरा लाल होकर झनझना आया...। कैसी-कैसी बातें आती हैं मेरे दिमाग़ में भी... !

ध्यान आया हम लोग काफ़ी देर से चुपचाप बैठे हैं। एकदम अपने को समेटकर बोली : "अब चलूँगी, रेखा !"

"अरे, बड़ी अजीब है तू भी...! मैंने सोचा, तू मेरी बात का जवाब सोच रही है।" इस बार उसे मेरा व्यवहार शायद कहीं छू गया। चेहरे पर सहानुभूति लाकर बोली : "तो फिर क्या तय रहा ?"

"किसका ?" उठने-उठने को होकर बोली।

"यही उदय और अपर्णा का ?"

मैं ढीली होकर फिर बैठ गई। गहरी साँस लेकर फिर कहा : "भई, अपनी तो वे जानें। हमारी तरफ़ से कोई ऐसी बात नहीं है। मुझे भी अब यही लगता है कि व्यक्तियों पर अपने को केन्द्रित कर डालना शायद बहुत अच्छा न रहे...।" फिर अपलक सूनी आँखों से एकटक देखती बोली : "लौटना ही है...और कोई चारा भी तो नहीं। यों जगह-जगह उलझती रहूँगी तो कैसे चलेगा...? तुम लोगों ने वैसे ही फ्लर्ट कहकर बदनाम कर दिया है। इम्तहान सिर पर है...। सोचती हूँ शायद डिवीज़न बन जाए। और इस सबसे लिखने का बड़ा नुक़सान होता है। इन लोगों के परिचय के बाद एक लाइन भी तो मैंने नहीं लिखी। कुछ-न-कुछ अब जल्दी ही लिखना है। पहले एक बात मन में आई थी, वह भी इसी सब उलझन में चल नहीं सकी। निश्चय किया कि इन्हीं का खूब अध्ययन करके लम्बी कहानी इन्हीं लोगों पर क्यों न लिख डाली जाए..." मुझे फिर अपना निश्चय याद आ गया।

"ठीक है, आइडिया तो बुरा नहीं है। करैक्टर भी दिलचस्प ही हैं दोनों।" रेखा ने 'दिलचस्प' कहा, 'अच्छे' क्यों नहीं कहा, यह मैं जानती हूँ। उदय को वह पसन्द नहीं करती।

"सारी दिक्कत तो यही है। करैक्टर कोई ताजमहल तो होता नहीं है कि आप गए, ग़ौर से देखा, डिटेल्स नोट किए और घर आकर लेख लिख डाला। वे तो जीवित लोग हैं। उनकी आदतें जाननी पड़ती हैं, रहन-सहन, पिछला इतिहास, आगे की आकांक्षाएँ सभी कुछ तो समझना पड़ता है। तुम जानती हो, यह सब इकतरफ़ा होता नहीं है। मुसीबत यह है कि आप जब व्यक्तिगत दिलचस्पी लीजिए, तो दोनों तरफ़ से ग़लतफ़हमी पैदा हो जाती है।" परेशानी की स्थिति में भी यह बात याद हो आई तो उभरती मुस्कराहट दबाकर बोली : "उदय कहते हैं कि लेखक को बड़ा क्रूर होना चाहिए...। यानी अपने 'विषय' में व्यक्तिगत रूप से बहुत गहरे उतरकर और चाहे जैसी व्यक्तिगत दिलचस्पी रखते हुए भी उससे दुश्मनों जैसी तटस्थता निबाहने की निर्दय क्षमता होनी चाहिए। और इसमें वह खुद अपने-आपसे भी वैसी ही दुश्मनी निबाह सके, अर्थात् अपने को ज़रा भी पक्षपात न देकर शेष पात्रों के बराबर ही मान-स्थान दे। अपने-आपको अपने

से अलग हाकर देख सके...''

हठात् मैं बोलते-बोलते चुप हो गई...अरे, मैं ख़ुद भी तो इसी रोग से परेशान हूँ। हमेशा अपने-आपको अपने से अलग होकर देखती रहती हूँ...और यह निस्संगता, यह अलगाव कहीं भी तो मुझे रमने नहीं देता। इस समय मुझे ख़ुद अपने पर सन्तोष और आश्चर्य हुआ कि किन-किन अद्‌भुत क्षणों में मैंने उदय की हर हरकत, हर गतिविधि के गूढ़तम अर्थों को स्पष्ट देखा है, उनके हर मनोभावों को खुली किताब की तरह पढ़ा है। ख़ुद अपने को एक खुली किताब की तरह जाँचते पाया है। सचमुच अगर तटस्थ का अर्थ यही है तो मुझमें निश्चय ही एक प्रथम श्रेणी की लेखिका की तटस्थता है। उस क्षण मुझे स्पष्ट लगा कि अगर मैं चाहूँ, थोड़ा-सा और परिश्रम कर लूँ तो विदेशों जैसी प्रथम श्रेणी की लेखिका बन जाना कोई बहुत मुश्किल काम तो नहीं है। एक आश्वासन भी मिला कि अभी तक मैं चाहे जितना अपने और उदय को लेकर उलझती रही होऊँ, अब मैं तटस्थ होती चली जा रही हूँ। इस ज्ञान से मेरे इस विचार को और भी बल मिला कि मैं उन पर अधिक अच्छी तरह लिख सकूँगी...।

मुझे चुप होता देखकर थोड़ी देर तो रेखा ऐसे देखती रही कि मुझे कुछ सोचने का अवसर दे रही है कि मैं आगे कुछ बोलूँगी...लेकिन जब देखा कि मैं कुछ भी नहीं बोल रही तो ख़ुद ही हँसकर बोली : ''अच्छा है, मियाँ की जूती मियाँ के सिर। वह भी क्या याद करेगा, किसी लेखिका से पाला पड़ा है। पर कहीं उसने ही तुझ पर कुछ लिख-लिखा डाला तो ?''

''अरे जा, वह क्या खाकर लिखेंगे ! ये वो रहस्य है कि उनके बड़े-बड़े पुरखे 'देवौ न जानाति !' से आगे कुछ नहीं कह पाए...''

लेकिन उसकी बात से मेरा शरीर बेबस फुरहरी से रोमांचित हो गया। अंग-अंग इस तरह सिहरकर काँप उठा जैसे किसी ने सारे कपड़े उतारकर भरे बाजार में खड़ा कर दिया हो। एक क्षण को लगा कि उदय की वह निर्जीव तटस्थता, डूबे-डूबे रहने का बहाना, यह अपने-आप ही मुझे देखते-देखते कहीं खो जाना, सब कुछ एक सर्द-दिल डॉक्टर का अध्ययन ही तो है ? नहीं...नहीं...ऐसा होता तो मैं कहीं न कहीं तो अब तक उसे पकड़ ही लेती। मन के 'नहीं-नहीं' करने पर भी जाने क्यों मुझे ऐसा विश्वास होता गया कि हो न हो वे मेरा अध्ययन कर रहे हैं...। असावधानी में मैं जाने कैसे-कैसे उनके सामने व्यवहार कर बैठी हूँ, पता नहीं क्या-क्या बातें उन्होंने नोट कर डाली होंगी ? मैं भी बड़ी बेवक़ूफ़ हूँ...। जब जानती हूँ कि इन 'लेखकों-वेखकों' से सँभलकर पेश आना चाहिए—ज़रा संयत व्यवहार करना चाहिए। मुँह बिचकाकर मैंने जवाब दिया : ''लिख डालें। आख़िर कोई इस लायक़ समझे तो सही।'' लेकिन भीतर-ही-भीतर एक ऐसी बेचैनी थी जैसे असावधानी से कोई आपकी फोटो खींच ले और आपको रह-रहकर ध्यान आए कि जाने कैसा आया होगा। थोड़ी-थोड़ी देर बाद मचलन-सी मन में उठे कि उसका प्रिंट देखें। नहीं, ऐसा धोखा उदय नहीं देंगे...। फिर उस आशंका को निर्मूल करती-सी मैं कहती रही : ''इन लेखकों-वेखकों से दोस्ती करना भी बड़ा ख़तरनाक है। मान लो

सज्जनतावश और कुछ न करें तो आपके ऊपर कुछ लिख ही डालें ! लो, और मरो ! फिर हमेशा-हमेशा आपको यह महसूस हो कि एक जासूस आपके पीछे लगा है, आपकी हर हरकत पर उसकी तीखी निगाह है, आपके हर भाव को वह पढ़ रहा है...तो क्या बड़ा भिंचा-भिंचा सा नहीं लगता...? व्यवहार में वह खुलापन रह ही नहीं पाता...। हमेशा कैमरे के सामने पोज़ देने जैसी कांशसनैस !''

हम दोनों कुछ देर चुप रहीं।

''फिर भी एक बात मैं कभी-कभी सोचती हूँ सुजाता—'' इस बार रेखा के स्वर की भावाविष्टता ने मुझे चौंका दिया। अचानक उसकी आँखें बड़ी सपनीली हो उठी थीं। ''एक बार मैं कलकत्ते गई थी। जिनके यहाँ ठहरी, उन्होंने एक दिन कहा, 'आओ चलो, तुम्हें शरत् के चरित्रहीन की किरणमयी से मिला लाएँ।' मैंने पूछा, 'कौन किरणमयी ?' कहा, 'वही जिसके आधार पर शरत् ने चरित्रहीन की 'किरणमयी' गढ़ी। वह स्त्री अभी जीवित है और शरत् के बारे में बहुत-सी बातों का उसे पता है।'...ख़ैर, और झंझटों की वजह से जा तो नहीं पाए; लेकिन मैं बड़ी देर तक सोचती रही कि शरत् ने जो सारी स्त्री-पात्रियाँ हमें दी हैं, निश्चय ही उनके पीछे कोई-न-कोई जीवित सजीव नारी रही होगी। उनमें से किसी ने जब अपने को इस रूप में उपन्यास में देखा होगा तो कैसा लगा होगा उसे ? मैं बहुत सोचती हूँ कि ये कलाकार-वलाकार जिनसे प्रेरणा लेकर अपनी कृतियाँ देते हैं, वे खुद अपनी मूर्तियाँ, चित्र और चरित्र देख-देखकर कैसा महसूस करती होंगी ? मेरा तो बड़ा मन होता है कि कोई मुझसे प्रेरणा लेकर कुछ लिखे तो देखूँ कैसा लगता है मुझे...? मोनालिज़ा को अपना मुस्कराता चेहरा देखकर कैसा लगा होगा... जाने ?''

मेरा तो मुँह खुला-का-खुला रह गया। अरे, यह वही रेखा है क्या ? आज इसे क्या हो गया है यह ? इच्छा हुई, ज़ोर से दोनों हाथ माथे पर मारूँ, 'हाय रेखा, तेरे भीतर भी वही अनादि विरहिणी नारी बैठी है ? कमबख़्त, तू भी अनजान रूप से कवि ही निकली...! कभी-कभी तो तुझे देखकर कितना रश्क होता है कि काश, ऐसी ही निर्द्वन्द्व मैं भी हो पाती।'...ऊपर से रंग-रोगन चाहे जो हो...हम लोग सभी क्या भीतर से एक ही मिट्टी की बनी हैं ?

सोमवार : 8 जुलाई

...रेखा ने विषय बड़ा ही सुन्दर दिया है। इस पर तो एक अच्छी-ख़ासी कहानी लिखी जा सकती है। कैसा लगता होगा उन 'प्रेरणाओं' को ? लेकिन कुछ फ्रेंच चित्रकारों के बनाए चित्र तो मैंने एकदम नंगे ही देखे हैं...। उनकी 'प्रेरणाएँ' यों अपने-आपको खुली प्रदर्शनियों में 'नंगा' देख-देखकर कैसा-कैसा महसूस करती होंगी ? लज्जा से आत्महत्या कर लेने का मन न करता होगा उनका ? लेकिन सुनते हैं, हमें (नारी को) जो अपना 'नंगापन' लगता है वही दूसरों के लिए 'सौन्दर्य और कला' का मापदंड बन जाता

है...। आगे वाले सुन्दरता को उसी कसौटी पर कसते हैं...। नंगापन भी तो सभी जगह एक-सा नहीं है। कहीं टख़नों तक का दिखना घोर बेशर्मी है और कहीं जाँघों तक का खुलापन नंगेपन की कोई भावना पैदा नहीं करता। तब क्या जो सुन्दर है, जो कलापूर्ण है, उसमें 'नंगापन', 'लज्जास्पद' या 'वर्जनीय' नाम की कोई चीज़ नहीं होती ? कहते हैं 'आत्मीय' या घोर 'अपने' क्षणों में नंगापन और लज्जास्पद कुछ भी नहीं होता...वहाँ तो आवरण ही बाधा होता है। कला को उसी हद तक आत्मसात् कर लेने के बाद शायद उसमें भी 'नंगा' और 'वर्जनीय' कुछ न रह जाता हो। भई, कुछ हो, कोई मेरे भीतर के 'वर्जनीय', 'नंगेपन' या 'लज्जास्पद' को उखाड़कर रख दे, तो मुझसे तो शायद उसे सहा न जाए। उदय ने कहीं ऐसा कर दिया तो ? हुँह, उनसे होगा नहीं। ऐसी पैनी निगाह नहीं है उनकी...। लेकिन अगर कर ही दिया तो मर जाऊँगी। ऐसा करेंगे नहीं, थोड़ा-बहुत तो कन्सीडरेशन होगा ही...। चरम-आत्मीय क्षणों को यों सबका बनाते हुए थोड़ी झिझक तो उन्हें भी होगी ही...

कॉलेज से आकर पता चला कि राजकुमारी अपर्णा का फ़ोन आया था। थोड़ी देर बार फिर कर लेंगी वे। मैं इस समय कुछ-न-कुछ लिख डालने के जोश से भरी आई थी। मन-ही-मन फ़ोन की प्रतीक्षा थी और लिखने के लिए तैयारी करती किताब लेकर बैठी ही थी कि घंटी बजी। दौड़कर देखा, पापा के किसी मरीज़ का फ़ोन था। 'चैम्बर गए हैं' कहकर बिना पूरी बात सुने ही मैंने उसे रख दिया। अपने पर बड़ा गुस्सा आया कि राजकुमारी का फ़ोन आ ही गया तो इसमें ऐसा उत्तेजित हो उठने की ज़रूरत क्या है...? दुबारा करेगी ही।

दुबारा घंटी बजी। भागकर फ़ोन उठा लेने की अपनी उत्तेजना को ज़बरदस्ती धीरे-धीरे क़दम रखकर—(गज-गति से ?)—कुचलती हुई मैं फ़ोन तक आई। निहायत ही अचंचल हाथों से रिसीवर लिया। सुना : "हल्लो, सुजाताजी हैं ?"

"जी, बोल रही हूँ।" आवाज़ पहचानी नहीं।

"मैं हूँ उदय। कैसी हो ?"

"अरे, आप ?" मैं उल्लास से एकदम उछल पड़ी। "फ़ोन पर आवाज़ नहीं पहचान पाई, माफ़ कीजिए..."

"कई दिन हो गए...तुम्हारा तो एकदम पता ही नहीं है।"

"हाँ, ऐसे ही था, ज़रा व्यस्त रही कुछ।" मैं उदासीन बनकर बोली।

"मैं तो डर गया। कहीं राजकुमारी अपहरण तो नहीं कर ले गई।"

"बड़े-बड़े धनुर्धारी यहाँ से निराश लौटे। वो तो बेचारी खुद अपर्णा है। आपकी अपर्णा बहनजी कैसी हैं ?" मैंने बुझे स्वर में पूछा।

"मर गई वह। अब दर्शन कब हो रहे हैं ?"

मुझे अपना निश्चय याद हो आया। बहुत ही भावना-हीन स्वर में कहा : "अभी तो कुछ भी ठीक नहीं है। प्रिंसेस का फ़ोन आया था। मैं बाहर थी।"

"कल मिलो न।"

"नहीं। अब फिर दुबारा आएगा। कल उससे मिलना हुआ तो कैसे आ सकूँगी ?" परसों का भी ठीक नहीं है।"

"हाँ, प्रिंसेस जैसे महत्त्वपूर्ण तो नहीं हैं हम...। न हमारे यहाँ शिवाजी की बर्छी है, न महाराणा प्रताप की ढाल; अमरसिंह के घोड़े की ख़ास सन्तान भी हमारे शिकार का शौक़ पूरा नहीं करती। राणा सांगा की मूँछ के दो बाल भी अपने तावीज़ों में नहीं बँधे..."

"अरे च्चू...कैसी बात करते हैं आप ?" उनके मज़ाक़ को जान-बूझकर न समझते हुए मैंने कहा : "यह बात नहीं..." मन में कहा कि अच्छे चिपकने वाले हैं। कोई ज़रूरी है कि मैं आपसे मिलूँ ही ? "फुरसत मिलते ही मैं आपसे खुद ही मिल लूँगी। और सुनिए, इस बार तैयार रहिए, जोश आ रहा है, तीन-चार कहानियाँ लिखकर ला रही हूँ..."

"अच्छा !" उल्लसित आश्चर्य से बोले : "हमें तो भाई, तुमसे डर लगने लगा है। तुम्हारी प्रिंसेस से तो रश्क़ के मारे बुरा हाल है।"

"क्यों, आपकी भी दोस्ती करा दें क्या ?" अपनी अप्रत्यक्ष प्रशंसा से पुलककर मैं मुस्कराकर बोल उठी।

"नहीं भैया, ये राजा-रानी तुम्हें ही मुबारक हों...हमें तो अपनी यह जनता ही भली है। मिलो भाई, बहुत दिन हो गए...।"

"अरे, दो-तीन दिन ही तो हुए हैं।"

"तुम्हें तो दो-तीन दिन ही लगते हैं..."

मैं बरबस विभोर मुस्करा पड़ी : "होश में तो हैं न ? अपनी अपर्णा बहन से भी पूछ लीजिए न...? रजनी को बता दिया...?"

हम दोनों फिर हँस पड़े : "उन्हीं से पूछकर ज़िन्दगी चल रही होती तो अभी तक मुल्के-अदम में होते..."

मैंने गद्गद स्वर में कहा : "अच्छा, मिलेंगे। जल्दी ही..." याद करके बोली : "लेकिन इतवार से पहले शायद छुट्टी न मिले..."

"ख़ैर..."

फ़ोन रख दिया। रिसीवर हाथ में लिये हुए ही मैं मुस्कराई थी—अभी तक जो बातें सोची थीं वे कितनी झूठी और बेकार थीं !

बृहस्पति : 11 जुलाई

मैं एक नम्बर की बेवकूफ़, मूर्खा और पागल हूँ। जो बात जिस समय मन में आती है, लगता है जीवन का चरम-सत्य बस, यही है। बाक़ी तो सब झूठ है।

पिछले दिनों की डायरी पढ़ी तो लगा जैसे मैं इसी बात को लेकर मानसिक रूप से बड़ी व्यस्त और व्याकुल रही हूँ कि उदय मुझे अपनी रचना का लक्ष्य बना रहे हैं या मैं ही उन्हें 'हलाल' कर डालूँ। कैसी निराधार बात है ! अब जब मैं उनके सारे व्यवहार पर

निगाह डालती हूँ तो कितनी स्पष्टता से देखती हूँ कि वह आदमी निहायत ही आत्म-केन्द्रित, अपने में ही डूबा, हमेशा अपनी ही समस्याओं में उलझा-खोया रहने वाला है। इस बात से डरने की क़तई ज़रूरत ही नहीं है कि वह मुझ पर या किसी दूसरे पर कुछ लिख सकेगा। ऐसे लोग केवल अपने पर ही लिख सकते हैं और जब अपने पर ही लिख सकते हैं तो यह भी साफ़ है कि शीघ्र ही उनके लिखने की सामग्री चुक भी जाती है। उदय भी चुक जाएगा। पता नहीं कौन कहता था कि इस चुकने का सबसे उत्तम उदाहरण हिन्दी में 'अज्ञेय' है : एक ही भाव-स्थिति का वर्णन उनके उपन्यास में मिलेगा, उसी पर अलग से कविता भी मिलेगी और वही भाव-स्थिति कहानी में दुहराई जाएगी...

उदय के चुक जाने की कल्पना से मुझे ऐसा सन्तोष हुआ जैसे मेरे एकमात्र प्रतिद्वन्द्वी वही हैं और वही मेरा रास्ता रोके खड़े हैं। मैं देखती हूँ, सचमुच, ऐसा ठंडा-निर्जीव और अपने में ही डूबा रहनेवाला; सिर्फ़ अपनी-ही-अपनी बातें करते रहने वाला आदमी तो मैंने आज तक देखा ही नहीं कभी। कैसे ऐसे दम्भी और अहंकारी आदमी से इतनी बार मिल सकी मैं ? क्यों नहीं, पहली ही बार मिलकर मैंने क़सम खा ली कि आगे से इस आदमी की सूरत नहीं देखनी है ? कैसे-कैसे अद्भुत क्षण आए हैं और इस आदमी ने ऐसा नहीं दिखाया जैसे उन क्षणों ने इसे छुआ हो। कुछ लोग तो ऐसे साहसी होते हैं कि उनके साहस पर ही मुग्ध हो जाने को मन करता है। मुज़फ्फरनगर वाले मास्टर साहब को ही लो।...सचमुच कैसी हिम्मत वाले आदमी थे वे भी। सब लोग सामने बैठे रहते थे और वे अख़बार पढ़ने के बहाने अख़बार फैलाकर उसके पीछे से जाँघ पर हाथ रख देते थे...इसी तरह रेल के भरे डिब्बे में इतनी आँखों के सामने उन साहब की हिम्मत पर तो मैं स्तब्ध ही रह गई थी ! कैसे सीधे लगते थे...पाँव कैसे ढंग से छुलाते थे मानो रेल के हिलने में अनजान रूप से छू जाता हो और उन्हें इसका कोई पता ही न हो। उफ़, कैसी-कैसी गन्दी बातें सोचने लगी हूँ मैं भी...। मास्टर साहब कहाँ होंगे अब, पता नहीं। तब क्या वास्तव में ही उदय... ? कैसे होते हैं ये लोग ? रीता फूट-फूटकर रोती थी... कहती थी, "मैं इन्हें जी-जान से प्यार करती हूँ...इतना प्यार करती हूँ कि मन होता है जान निकालकर रख दूँ...। कितने सीधे हैं...लेकिन मैं क्या करूँ ? कभी-कभी तो ऐसा पागलपन चढ़ता है कि इनका मुँह नोच लेती हूँ और यह हैं कि निरीह और असहाय-क़ुसूरवार बच्चे की तरह बस टुकुर-टुकुर देखे जाते हैं...। इसमें बेचारे इनका क्या क़सूर...?'—मान लो, मैं ही होती रीता की जगह तो...?

और फिर मेरे मन में एकदम आतिशबाज़ी का अनार फूट पड़ा...हाँ, रीता की कहानी लिखनी है...। आत्म-कथा शैली में...। लेकिन लिख पाऊँगी मैं उन स्थितियों के बारे में खुलकर ?...बड़ी काट-छाँट करनी पड़ेगी। एक ज़रा बोल्ड-सी कहानी लिख ही क्यों न डाली जाए, होगा सो देखा जाएगा। अनजान लोगों के लिए तो सभी बराबर ही हैं और जाननेवाले अभी कौन-सा बख़्श देते हैं ? वे तो अब भी 'चालू' और फ्लर्ट जाने किन-किन शब्दों को याद करते फिरते हैं।...ये हारे हुए खिलाड़ी...। दाल नहीं गली तो यही

सही...। इनकी बातें याद आते ही दाँत अपने-आप पिस जाते हैं...। मन होता है, इन एक-एक के चेहरे की नक़ाबें उतार-उतारकर रख दूँ : देखो, ये हैं इनकी असली सूरतें। लड़की होने में भी मुसीबत है।...कितनी नाजुक स्थिति में रहना पड़ता है : "जिन रूढ़ियों और जिन लोगों के ख़िलाफ़ वह विद्रोह करती है, अपनी सच्चरित्रता और गुड-कंडक्ट का सार्टिफ़िकेट भी उन्हीं लोगों से चाहती है। कैसी विडम्बना है !" कहाँ पढ़ा था कोई ऐसा ही वाक्य ? हाँ, उदय ने ही तो कहा था कि इसके लिए बड़े कड़े कलेजे की ज़रूरत है।

इस प्लॉट को उदय को सुना डालूँ ? देखूँ तो सही कहते क्या हैं ? कहूँगी : "बड़ा बेशर्म प्लॉट दिमाग़ में आया है।" पूछेंगे : "क्या ?"—"एक नामर्द पति की पत्नी की मानसिक हालत को लेकर"—हाय, कहते बनेगा मुझसे ? जो भी हो, कहूँगी ज़रूर। इससे खुद उदय का भी अध्ययन किया जा सकेगा...

जो हो...मुझे इस बात को नहीं भूलना कि मुझे उदय पर लिखना है। आँखें खुली रह जाएँगी...कहेंगे मन-ही-मन, इतनी तेज़ निगाहें हैं इस लड़की की, यह तो लगता ही नहीं था। एक असमर्थ आदमी...जो हर वक़्त अपने-आपको, स्त्रियों को लेकर ही उलझा और डूबा दिखाकर एक मानसिक सन्तोष पाता है...दूसरों के आगे हमेशा एक भ्रम बनाए रखना चाहता है...।

लो, अक्का साहिबा तशरीफ़ ला रही हैं। आकर फिर लैक्चर न झाड़ने लगें। कल रात को दो घंटे तक सुनाती रही थीं : "लड़की, तुझे यह हो क्या रहा है ? कुछ पता ही नहीं चलता। हमेशा यह या तो बुद्धुओं की तरह खोई-खोई ताकते रहना, या बिस्तर पर मेढकी बनी लिखते रहना...। सीधे बैठकर ही लिख ले न...कमर टूट गई है क्या ?" अब इसके जवाब में अक्का से क्या कहूँ ? रेखा होती तो कह देती : "हाय रेखा, तू कमर टूटने की बात करती है ? यहाँ तो कमबख़्त कमर है ही नहीं...। सुना है कि उनके कमर ही नहीं है..." मैं अक्का की ओर पागलों की तरह खोई-खोई देखती रही, फिर बुद्धू की तरह हँस दी, "अक्का, एम.ए. का इम्तहान है...हँसी-खेल है क्या ?"

रविवार : 14 जुलाई

जब ऊपर पहुँची तो पी.टी. की तरह दोनों हाथ ताने मुलायमसिंह जी अपनी नाइलोनी बुश्शर्ट चढ़ाते-चढ़ाते बाहर निकल आए और दहलीज़ में अपने कमरे के किवाड़ बन्द करने को झुके सन्तुलन कर रहे थे : "अच्छा, चले पार्टनर।"

"बस, अभी से ?" भीतर से आवाज़ आई तो मुझे सन्तोष हुआ, चलो हैं तो सही। मैं डर रही थी, कहीं चल दिए हों, तो ये पाँच सौ सीढ़ी चढ़कर आना बुरी तरह कोफ़्त कर देगा। वे कह रहे थे : "अभी तुमने इस दुनिया में देखा ही क्या है, बेटा ? हाय, कच्ची उमर में ही छोड़कर चले जाओगे तो कैसे काम चलेगा... ? अभी कुछ दिन और बहारे-गुलिस्ताँ देखो न... ?"

फ़िल्मी ढंग की लाचारी मुद्रा में कन्धे उचकाते हुए सिंह साहब ने हाथ फैला दिए।

गहरी साँस ली और संजीदा मुँह बनाकर बोले : ''हाँ बेट्टा, अब तो चलना ही पड़ेगा। तुम्हें पढ़ा दिया, लिखा दिया। अब किसी लायक़ हो गए हो। हमारा क्या है अब...यों बुज़ुर्गों का साया बहुत बड़ी चीज़ है, लेकिन अब ज़िन्दगी-भर थोड़े ही बैठे रहेंगे ? न अपनी खुशी से आए न अपनी ख़ुशी से चले...और कहा है शायर ने कि 'बुलबुलें बेख़लिश क्यों न बहारें लूटें...? ख़ार एक मैं ही था, सो मैंने चमन छोड़ दिया...''

और मुझे देखकर ही वे खिलखिलाकर हँस पड़े। अजब मज़ाक़ के ढंग हैं इन लोगों के भी। बोलो, ऐसी-ऐसी बातें सुबह-ही-सुबह निकाली जाती होंगी मुँह से ? पता नहीं, जाने किस मौक़े की कही बात ठीक हो जाए...। किसी दिन कोई ऐक्सीडेंट-वेक्सीडेंट हो जाए तो ? जानते हुए भी मैंने पूछा : ''हैं ?''

''होगा नहीं तो जाएगा कहाँ ?'' फिर प्रार्थना के स्वर में बोले : ''अच्छा सुजाताजी, माफ़ कीजिए, मुझे ज़रा काम है, सो जल्दी जाना है...''

मैंने माथे तक हाथ उठाए और मुस्कराती हुई, उनकी फड़कती देह को जाते देखती रही। इस आदमी की तो रग-रग में फ़िल्म बस गई है। गलियारे में सामने अपने कमरे के आगे एक महाराष्ट्रियन प्रौढ़ा सिल पर मसाला पीस रही थी। पास ही स्टोव सनसना रहा था। चौखट पार की तो देखा, उदय दरवाज़े की ओर पीठ किए कुछ लिख रहे हैं, सामने मेज़ पर झुके; एक बार मुड़कर देखा और फिर लिखने लगे। बोले : ''आओ। हमने तो समझा था कि प्रिंसेस के साथ-साथ जो बेचते थे दवा-ए-दिल...वो भी दुकान अपनी बढ़ा गए...''

पहले तो मुझे सचमुच गुस्सा आ गया; मैं आई हूँ, न उठना, न स्वागत। ऐसे बैठे हैं जैसे मैं तो इस घर की पड़ोसिन हूँ और रोज़ दोनों वक़्त आ जाती हूँ। मैं सोच रही थी कि ज़ोर से उछल पड़ेंगे। आनन्द से किलककर कहेंगे : 'अहा, सुजाताजी हैं।' और आप हैं कि मुड़कर देखा और फिर लिखने लगे। मैं आई क्यों यहाँ ? लेकिन इस शे'र और बात कहने के सहज आत्मीय ढंग ने सारा क्रोध मिटा दिया। नक़ली झुँझलाहट में साड़ी की पटलियाँ उठाकर एक पाँव से दूसरे पाँव के सैंडिल का फ़ीता उतारती बोली : ''आप तो यह चाहेंगे ही...अभी बेचारे सिंह साहब को भेजे दे रहे थे, अब मेरा नम्बर आ गया। अच्छा, जल्दी से नल बताइए, तमाम पैरों में हल्दी लग गई। कहाँ रहते हैं आप भी !''

''कैसे, क्यों ?'' बड़े नाटकीय अन्दाज से उसी व्यस्तता में ये बोले, ''लेकिन हमारे यहाँ पैरों में हल्दी लगने का तो कोई मुहावरा नहीं है। पैरों में तो मेहँदी लगती है, हाथों में...''

बड़ी चिनचिनाहट-सी छूट रही थी। आँखें वहीं गड़ी हैं, जैसे हमारे आने का कोई महत्त्व ही न हो। बिस्तर पर दो तकिए एक-दूसरे पर हस्ब-मामूल पड़े थे और पास ही शतरंज की बीच से तह हो जानेवाली गत्ते की बिसात झोंपड़ी बनी रखी थी। बिस्कुट के ख़ाली डिब्बे में हाथी-घोड़े भरे थे। तो अभी यहाँ बाज़ी जमी थी। बोली : ''मत बताइए।'' मुझे क्या है, मैं पैर यहाँ पोंछे देती हूँ आपके बिस्तर पर। बैठा रखी है नीचे मसाले वाली,

सो अपने घर और दूकान का सारा मसाला कमबख़्त बीच ज़ीने में ही बैठकर कूटती है। उसे कोई और जगह ही नहीं मिली।''

दोनों हाथों में पकड़े लिफ़ाफ़े के गोंद लगे हिस्से पर जीभ फिराते वे मेरी ओर मुड़े। एक सैंडिल उतारकर मैं एक हाथ से दीवार का सहारा लेकर दूसरा उतार रही थी। पाँव मोड़कर उठाने में साड़ी ऊपर पिंडलियों तक उठ आई थी। उन्हें उधर देखते देख मेरी निगाह ख़ुद अपनी पिंडलियों पर गई—कितने बड़े-बड़े बाल थे मेरी पिंडलियों पर। झट झुककर साड़ी नीचे खींच ली और उसी व्यस्त झुँझलाहट को बलात् क़ायम रखती सफ़ाई देती-सी बोली, ''तमाम सीढ़ी पर हल्दी फैला रखी है। सारे पाँव रंग गए।''

''हमें तो इस बात में ज़्यादा दिलचस्पी है कि हाथ कब रंग रहे हैं ?'' वे व्यंग्य से बोले।

गालों के गड्ढे और भी गहरे हो गए। दूसरे सिरे के खुले दरवाज़े की ओर जाते हुए बोली : ''निमन्त्रण मिल जाएगा। घबराते क्यों हैं ? हो सकता है, पापा निमन्त्रण की भाषा भी बनवाने के लिए आपको ही चुनें। क्या लेते हैं ?'' तब बड़ी इच्छा हुई, अपनी चोट पर उनका चेहरा देखूँ। किवाड़ बन्द करते-करते एक बार देखा भी, सिर झुकाए लिफ़ाफ़े पर पता लिख रहे थे...मूर्ख !

फ़र्श पर गीले पंजों के निशान बनाती मैं बेंत की कुर्सी पर आ बैठी और हत्थे पर रखी उनके नहाने की तौलिया उठाकर निहायत बेतक़ल्लुफ़ी से—जैसे वह कोई गन्दा कपड़ा हो, पाँव पोंछती हुई बोली : ''यह सुबह-सुबह किसे इतने प्रेम से ख़त लिखा जा रहा है ?''

मेज़ के काग़ज क़रीने से लगाने का काम छोड़कर उन्होंने अपनी तौलिया का यह उपयोग देखा, और कुछ कहते-कहते रुक गए (कहूँ पैरों की गुराई और सुन्दरता पर मुग्ध होकर रह गए ?) फिर काग़ज़ों में डूबकर बोले : ''कुछ नहीं, एक ज़रूरी ख़त का जवाब देना था। सिंह साहब का एक डायरेक्टर से इंटरव्यू था, सो वे तो दफ़ा हुए।'' फिर उठकर दरवाज़े तक आकर बाहर मुँह निकालकर बोले : ''ओ बहादुर, चाय-वाय पिलाएगा या नहीं ?''

''मैं तो पी आई।''

''मैं भी ना पियूँ ?'' वे ख़त हाथ में लेकर बाहर चले गए। ज़रूर बहादुर को जल्दी से डाल आने के लिए कहने को गए होंगे।

''तभी आज सिंह साहब बड़े ख़ुश-ख़ुश जा रहे थे।'' सब काम ऐसे ही चल रहा था, जैसे मैं तो यहाँ रोज़ ही बैठी रहती हूँ। उस दिन यों पूछ रहे थे कैसे कल न मिलूँगी तो जाने क्या गजब हो जाएगा। मेज़ की ओर देखकर बोली : ''लगता है, ख़त लिखना आपका पेशा है—साहित्य तो यों ही शौक़ और शग़ल की चीज़ है ? हमेशा वही-वही। अपनी अपर्णा बहन को ही लिखा है न ? क्या लिख डाला ? हमें भी मिलाइए कभी।'' मैं उठकर मेज़ के पास आ गई, देखें क्या-क्या है ? मेज़ पर 555 सिगरेट का गहरा हरा टिन देखकर मैं चौंक उठी। मैं नहीं समझती कि उनका स्तर ऊँची सिगरेट पीने का है।

पहले कभी ध्यान नहीं दिया। हमेशा यही पीते हैं क्या ? उठकर देखा तो गोल ज़नानी लिखावट में लिखा था : ''और जलो...''

''यह कमरा...ये फटीचर लोग, चाय के कप का ऐश-ट्रे और पाँच सौ पचपन का सिगरेट—लगता है न अजब-अजब ? मैंने भी कहा था कि मुझे यह सब मत दो...'' वे लौट आए।

''किसने दिया ?'' मैंने डिब्बा रख दिया। आँखें उनके चेहरे पर गड़ा दीं।

''हैं, एक मेहरबान''...पहाड़ी लड़का बहादुर भीतर आया तो उसे गर्दन मोड़कर देखते हुए बोले : ''हमने लाख कहा कि यह जी जलाने की चीज़ ही दोगे...। अच्छा छोड़ो, तुम अपनी अपर्णा जी के हाल सुनाओ...'' फिर आवाज़ को भारी बनाकर कहा : ''हर ऐक्सीलैन्सी प्रिंसेस अपर्णा...आगे और क्या ? ए.बी.सी.डी...''

मुझे ऐसी झुँझलाहट और मिसमिसाहट अपने भीतर मचलती लगी कि पागलों की तरह इस आदमी के सारे कपड़े फाड़ दूँ। हमेशा, जब देखो, तब जान-बूझकर एक रहस्य का मकड़ी जाल-सा अपने चारों ओर लपेटे रहेगा। आपको बड़ा मज़ा आता है इसमें। समझते हैं, बड़ी महत्ता की बात है। एक-एक नक़ाब न इस चेहरे का उतारकर फेंक दूँ ! लेकिन प्रिंसेस अपर्णा की बात सुनकर सब एकदम भूल गई। उसी की बातें सुनाने तो यहाँ भागी चली आई हूँ। रात-भर नींद नहीं आई। पहले निश्चय किया कि उदय से अपनी ओर से मुलाक़ात नहीं करूँगी। फिर कल रात को अपने को ख़ूब गालियाँ दीं : अजब मूर्खा हूँ मैं भी। अजब-अजब निश्चय कर लेती हूँ...इसमें आख़िर तुक क्या है ? उस दिन खुद ही तो टाइम दिया था। यह भी सोचेंगे कि क्या लड़की है ? जब मन में ज़रा भी झिझक और ठिठक होती तो अपने को समझा लेती कि मैं 'व्यक्ति' उदय के पास नहीं अपने 'विषय' के पास जा रही हूँ। और वही पागल उत्साह 'भक्' से दिमाग़ पर छा गया : ''आप तो हमको कुछ बताते ही नहीं हैं, आपको क्यों बताएँ ? लेकिन सच, यह है बड़ी अजीब लड़की...।''

''क्यों ?''

''कल तो मेरी आँखें खुल गईं। मैं सोच भी नहीं सकती थी कि ऐसी बात भी हो सकती है। हम लोग इन्हें उपन्यासों, सिनेमा के पर्दों और कारों में देख-देखकर या अपने शहर और गाँव के रईसों और ज़मींदारों के आधार पर अक्सर अपने अन्दाज़ दौड़ाया करते हैं। मुझे तो इनकी ज़िन्दगी की एक झलक-भर मिली है और मेरी तो रूह काँप उठी है''—मैंने आँखें बन्द करके उस सारे दृश्य की कल्पना की तो एक थरथराहट से सारा बदन काँप उठा, ''उफ़ ! हम लोग लाख दर्जे अच्छे हैं...''

''क्यों, क्या हुआ ?''

और थोड़ी देर बाद बहादुर की बनाई चाय के प्याले बीच में रखे जब हम लोग आमने-सामने बैठे तो मैंने बताना शुरू किया : ''मैंने आपसे कहा था कि अपर्णा ने अपने पति से अलग रहने की अर्ज़ी दी हुई है। बस, तभी से मैंने उसके व्यक्तिगत जीवन में कुछ ऐसी दिलचस्पी लेनी शुरू कर दी कि उसकी हर बात को नोट करने लगी। निश्चय

कर लिया कि उस पर कुछ लिखना है। परसों फ़ोन पर बड़ी देर बातें होती रहीं। कल मैं उनके यहाँ गई थी। कहानियों इत्यादि पर बातें करते हुए अचानक ही उसने पूछा : 'अच्छा, तुमने शादी क्यों नहीं की, सुजाता ?' मैंने जवाब दिया, 'देखिए, मैं तो अभी पढ़ ही रही हूँ। उसके बाद सोचूँगी। अभी तो कोई जल्दी नहीं है। और अपने से गृहस्थी का बोझ, वे सारे बँधे-बँधाए क़िस्से चलते नहीं हैं। लिखना-लिखाना सब धरा रह जाएगा। लेकिन एक बात पूछूँ ?'—वह सोफ़े पर हाथ फैलाए मेरी ओर झुकी बैठी थी। समझदारी और व्यथा से मुस्कराई। आँखों के नीचे हलकी-सी ऐंठन हुई और एकाध बार पलकें झपककर बोली, 'मैं जानती हूँ। कहो तो बिना सवाल सुने ही जवाब दूँ ?' मैंने थोड़े आश्चर्य का भाव दिखाया, 'बताइए।' बड़ी देर वह पसोपेश में रही। फिर बोली, 'कुछ कहने में डर लगता है। आप लोग कथाकार हैं। कुछ भी बताना ख़तरनाक है। अल्डुअस हक्सले ने एक जगह कहा है : मैं अपनी बेटी को कैसेनोवा जैसे व्यक्ति के पास छोड़ सकता हूँ, लेकिन किसी उपन्यासकार पर इतना विश्वास नहीं करूँगा कि उसे अपने भीतरी राज़ बता दूँ...ख़ैर, फिर भी इतना समझ लीजिए कि बहुत ही कुछ व्यक्तिगत मामला है। यहाँ एकदम आधुनिक ढंग देखकर आप ग़लत समझ रही हैं। हम लोगों का वास्तविक जीवन क्या है, यह आप सोच भी नहीं सकतीं'...और फिर वह अपना सारा क़िस्सा बताती रही। मेरे तो रोंगटे खड़े हो गए..." बीच में ही रुककर मैंने उदय से पूछा, "आप बोर तो नहीं होंगे ?"

"नहीं, नहीं। मुझे तो बड़ी दिलचस्पी है..सुनाओ न।" वे अपनी उसी सिगरेट को पीते बड़े मुग्ध भाव से धुँआ उड़ा रहे थे, जैसे बड़े आत्मलीन सिर झुकाए, मेरी बातों को पी रहे हैं।

"प्रिंसेस की शादी उत्तर की बहुत बड़ी पहाड़ी रियासत में हुई थी। यों राजस्थान में अर्थात् उसके अपने घर भी पर्दा वग़ैरा कम नहीं था; लेकिन चूँकि वहाँ की वह बेटी थी, इसलिए काफ़ी छूटें थीं, काफ़ी स्वतन्त्र थी वह। दो भाइयों के बीच में अकेली बहन, फिर राजमाता का प्यार। पर्दे के भीतर भी वह 'सरस्वती', 'चाँद' और जाने कौन-कौन-सी पत्रिकाएँ पढ़ा करती थी। किताबों की तो उसने अच्छी-खासी लाइब्रेरी बना डाली थी। राजस्थान की कुछ रियासतों में 'सोसाइटी' में उठने-बैठने की भी बातें होने लगी थीं। ख़ासतौर से जितने राजा-राजकुमार बाहर जाते थे, वे अपने साथ कोई-न-कोई नीली आँखोंवाली ले आते थे, इससे भी महिला-वर्ग में गम्भीर चिन्ता व्याप्त हो गई थी। यही सब देखकर एक तरह की जागृति-सी उधर आने लगी थी। एक निहायत ही बूढ़े संगीतज्ञ साहब पर्दे के पीछे—पहरे में—सितार और तबले के पहले बोल भी सिखा गए थे। फिर इसकी शादी हो गई। जिन युवराज साहब से इसकी शादी हुई, उनके रंग-ढंग ही निराले थे। टिक्का थे, इसलिए पूरी छूट थी। दिन-भर शिकार, पार्टियाँ और व्हिस्की की बोतलें—स्कॉच, वाइन, शैम्पेन और जाने क्या-क्या ? इसके अलावा उनका अपना एक पूरा-का-पूरा हरम। ख़ैर, यहाँ तक तो कोई ऐसी नई बात नहीं थी। रजवाड़ों में सब चलता ही है। किसी की अच्छी बहू-बेटी को उड़वा लेना और किसी भी राह चलते को कटवा

फिंकवाना—यह सब वहाँ का रोज़मर्रा का जीवन है। खुद इस अपर्णा के पिता के हरम में एक दर्जन से ऊपर रानियाँ थीं, रखैलें और गोलियों की तो गिनती ही नहीं।

''अपर्णा बताती है कि कहाँ तो वह ऐसे खुले में से गई थी कि सरदारों और अफ़सरों की लड़कियों के साथ महलों की छतों और आँगन में बैडमिंटन और वॉलीबाल तक खेलती थी, और कहाँ ऐसी जगह ले जाकर फेंक दिया गया कि भले आदमी की सूरत न दिखे। चारों ओर बस, वही ऊँचे-ऊँचे पहाड़ और उनसे खिलवाड़ करती सुबह-शाम की किरणें, बादल और फिर नीला आसमान...जिस पर कभी कोई जादू-भरा हाथ कुहासे की धूल बिखेर देता और फिर एक ही झोंके में सब फुर्र से उड़ जाता। लेकिन आख़िर कब तक ये बर्फ़ानी चोटियाँ किसी की कल्पना को बाँधे रख पातीं ? गाड़ी में भी जाओ तो चारों तरफ़ पर्दे लग जाएँ। जिधर देखो, उधर ही एक घुटन और घिरावट का अहसास। कहती थी कि 'मुझे तो लगता था जैसे मैं आजन्म-क़ैद पाया हुआ क़ैदी हूँ जो धीरे-धीरे अपनी मौत की राह देख रहा है...मेरी चेतना और सम्वेदना इस तरह मरती चली जा रही थी कि कुछ दिनों में मुझे यह भी याद नहीं रहा कि पहाड़ों के पार भी कोई दुनिया है। कैसी होगी वह दुनिया ? सब किसी पिछले जन्म की-सी बातें लगतीं। मैं उस खुली दुनिया के बारे में तरह-तरह की विचित्र कल्पना किया करती। सच्चाई जानते हुए भी, अपने सपनों के अनुरूप वहाँ के सुखों को बढ़ा-चढ़ाकर देखने में मुझे एक अनोखा आनन्द मिलता। फिर रह-रहकर रोना आता कि वे सारे सुख अब सदा के लिए छूट गए हैं। न कोई अख़बार मिलता था, न ख़बर। बरसात के दिनों में रियासत शेष सारी दुनिया से लगभग चार-पाँच महीनों को एक तरह से कट-सी जाती थी। आवागमन के लायक़ सड़क ही नहीं रह जाती। पहाड़ी नदियाँ बड़े-बड़े खड्ड बना देतीं। वही खाना-सोना और सेवा-टहल। समझ में नहीं आता था कि समय कैसे काटें ? सारा इलाक़ा पिछड़ा इतना था कि एक सिनेमाघर तक नहीं था। क़िस्से सुनाई देते तो बस, इस-उस अफ़सर, बीबी-बेटियों के चरित्र या नौकर-नौकरानियों की फुसफुसाहट के, हर वक़्त इधर के जासूस उधर दौड़ते रहते। महलों में जाने कितने दल थे, और यह पता लगाना असम्भव ही था कि कौन किस दल का है, पान और पानी में भी ज़हर मिले होने का अंदेशा होता। हर वक़्त ऐसा 'टेंशन', तनाव और सावधानी-सी माहौल में छाई रहती जैसे मोर्चे पर लड़ाई हो रही है और उसके पीछे वाले हिस्से में हम लोग रहते हैं। बन्दूक-गोलों के धमाके हमें जैसे हर वक़्त सुनाई देते रहते हों और हर क्षण ख़बरें इधर से उधर तेजी से लपकती दौड़ रही हों—क्षण-क्षण में पासा इधर-का-उधर हो रहा हो। एक रहस्य और विस्फोट की भयंकर प्रतीक्षा से भरा स्तब्ध वातावरण। कोई नई बात नहीं, क्योंकि किसी-न-किसी रूप में यह सब हमारे यहाँ भी चलता था। रानियों में आपस में खींचातानी, शत्रुता, द्वेष...उसने उसको ज़हर दे दिया, वह उसके साथ पकड़ी गई। कोई किसी की फ़रियाद सुननेवाला ही नहीं था।' लेकिन आप सोचिए, उस समय उस बेचारी की क्या हालत हुई होगी जब पता चला कि युवराज नाम-मात्र के ही पुरुष हैं...''

''हैं...ऽऽ ?'' उदय चौंककर उछल पड़े : ''तुम्हारा मतलब...तुम्हारा मतलब... ?''

शायद अगली बात कहने और पूछने की उनकी हिम्मत नहीं पड़ी।

मैं निगाहें उनके चेहरे पर गड़ाए रही। मेरी बात जारी थी : "जी, मेरा मतलब यही है। और एक झूठे 'अहं' को सन्तुष्ट करने के लिए उनके लिए पूरा एक रनिवास रखा जाता था। एक-से-एक भयंकर शिकारी कुत्ते और रनिवास। बस, यही दो उनके शौक़। बड़ी-बड़ी मूँछें, भयंकर गुंडे और उनके मुसाहिब। जब देखो तब जीपें भरीं और शिकार खेलने चले जा रहे हैं। सुनते हैं, दक्षिण-पश्चिमी इलाक़े के एक बहुत बड़े डाकू को उनकी पूरी मदद थी और उससे बाक़ायदा हिस्सा लेते थे। 'शिकार' जाने का भी एक रहस्य बताया जाता है। बताती थी, युवराज साहब को एक बड़ा अजब शौक़ था—जो नवाबों के सिवा शायद ही किसी में सुना गया हो। आधी-आधी रात तक खूब शराब पिएँ और पिलाएँ, आरामगाह या गैस्ट-हाउस में नाच-मुजरा देखें, और जो खुद न कर सकें उस सबका नाटक देख-देखकर सन्तोष पाएँ। अपना उनका एक छोटा-सा प्रोजेक्टर था। आज तो यह कोई नई चीज़ नहीं रह गई; लेकिन उन दिनों ज़रूर एक नायाब चीज़ थी। और उस पहाड़ी जगह में तो अलादीन का चिराग़ ही समझो। उसी से पैरिस और लन्दन की साँस-रोक फ़िल्में देखी जाती थीं। अपर्णा बताती थी कि एकाध बार मैके की दासी की मदद से देखा। ऐसा भयंकर दृश्य और वीभत्स प्रभाव रहता था कि रह-रहकर कै आने जैसा जी मिचलाता था। अपर्णा बेचारी रात-रात-भर रोती। अच्छे घराने की थी, इसलिए ज़रा इज़्ज़त थी, कोई कुछ बोलने या कहने की हिम्मत नहीं कर पाता था। लेकिन सूख-सूखकर काँटा रह गई। बताती थी, 'किसी और रानी के साथ किसी नौकर के सम्बन्ध होने का शक हो गया, या किसी ने चुग़ली कर दी। बस, उस दिन रात को युवराज ने उस बेचारी की जो दुर्गति बनाई कि मेरी तो आत्मा काँप उठती है। उसके ऊपर जो-जो अत्याचार हुए उनकी अतिशयोक्तिपूर्ण कथाएँ सारे महल में फैल गईं। फिर पता नहीं चला कि वह कहाँ गई।' अपर्णा यह सब देखती और अपनी क़िस्मत को रोती। रात-दिन उसकी रूह क़ब्ज रहती। पता नहीं, किस बात पर कौन-सी मुसीबत का सामना करना पड़ जाए। यहाँ तो कोई बचाने या घर तक ख़बर ले जाने वाला भी नहीं था। मार-मूरकर फेंक दिया तो किसी को सालों पता भी नहीं चलेगा। उसे न तो कोई कहीं की ख़बर मिलती, न समाचार। बस, चौबीस घंटे एक ज़हर था कि नस-नस में समाया जा रहा था। एक दिन इसके भाई मिलने आए। बिना पर्दे के यह उनसे मिली। उनके सामने बेबस रो पड़ी कि मुझे यहाँ से निकाल लो, वर्ना अगली बार जिन्दा नहीं मिलूँगी। किसी ने नहीं मारा तो खुद जहर खाकर मर जाऊँगी। अपर्णा बताती है कि भाई के पैरों पर सिर रखकर मैं ऐसी फूट-फूटकर रोई कि आज तक नहीं रोई। जैसे सारे प्राण आँसुओं में खिंचकर बाहर फूट पड़ना चाहते थे। शायद वहीं बेहोश भी हो गई। जासूस दौड़े और बात पूरे महल में फैल गई। सबसे बेक़ायदा बात यह कि बिना पर्दे के मिली। फिर इस तरह रोते-रोते बेहोश हो गई। जाने क्या-क्या बताया होगा अपने भाई को यहाँ के बारे में ? क्या सोचेंगे वे, यहाँ कोई सुख ही नहीं है बेचारी को ? और अपर्णा को लगा जैसे एक भयंकर संकट उस पर मँडरा रहा है। सन्ध्या को युवराज आए। फ़ौजी वेश में।

फ़ुलबूट, चमड़े के बकेट और ब्रिचिस। उस समय युवराज के छोटे भाई की पत्नी, यानी अपर्णा की देवरानी भी वहीं थी। उन महलों में अगर थोड़ी-बहुत मित्रता किसी से थी तो बस उसी से। पर्दे के लिहाज़ से इधर पीठ करके जब वह जाने लगी तो युवराज ने डपटकर कहा : 'रुको !' अपर्णा बेचारी के प्राण सूख गए। जाने क्या होने वाला है। खिंची भौंहें, माथे के बल और कसे होंठ बता रहे थे कि कुछ होना ज़रूर है। युवराज ने अपने पैर फैला दिए और इससे बोले, 'फ़ीते खोलो।' अपनी देवरानी के सामने अपर्णा को यह काफ़ी अपमानजनक लगा। उसने यह सोचकर थोड़ा अनसुना कर दिया कि देवरानी चली जाएगी तो खोल दूँगी। 'नहीं सुना ?' युवराज गुर्राए...और बस कमर में बँधी हंटर खोलकर उस बेचारी को जो धुनना शुरू किया तो उसे होश नहीं रहा...चीखें सुन-सुनकर सारा महल खिड़कियों और दरवाज़ों के बाहर जमा हो गया था, लेकिन किसी की हिम्मत नहीं होती थी कि भीतर आकर बचा ले। किसके दो सिर थे कि खुद भी इतनी ही मार खाता। युवराज के मुँह से गुस्से के मारे झाग निकल रहे थे और वे कहते जाते थे : 'अपने यार के तो पैरों पर गिर-गिरकर रोती है और पति के फ़ीते खोलने में इज़्ज़त जाती है ? हाथी के पाँवों तले रौंदवा दूँगा। भाइयों के भरोसे मत रहना। इस महल में किसी का घमंड नहीं चलता।' उस दिन अपर्णा अधमरी हो गई थी।''

''सच बात है यह ?'' साँस रोके पत्थर की तरह उदय सुनते रहे।

''अरे लो, मैं झूठ बोलूँगी ? मैंने तो खुद उसकी पीठ देखी। ऐसी काली-काली धारियाँ हैं कि मुझे तो सचमुच रोना आ गया। हाय, यह क़साईपना भी चलता है इस सारे राजसी ठाठ के पीछे...'' फिर मैं उसी वर्णन में विभोर देर तक आँखों के आगे आने वाले भयंकर चित्रों को हटाने की कोशिश करती रही।

''फिर बची कैसे... ?'' उदय ने पूछा।

''कहती थी कि मुझे तो विश्वास हो गया कि अब यहीं मरना है। सुनते हैं, बिना मरे वहाँ से किसी का छुटकारा नहीं हुआ। कुल सोलह-सत्रह साल की तो थी ही। उम्र से बच्ची और दिमाग़ से भावुक। जब देखो तब खिड़की में बैठी-बैठी रोया करती। वहाँ से हरियाली-लदी चोटियाँ दिखाई दिया करतीं। अँगड़ाई लेती, बल खाती सड़कें, पहाड़ों की सलवटों पर यज्ञोपवीत की तरह लहराया करतीं...और उसका मन दौड़-दौड़कर उनके पार पहुँचा करता। कोई खच्चर या गाड़ी उधर से आती दिखती तो उसे एक-एक इंच धरती समेटते देखकर इसका दिल उमड़ आता। जानती थी, उसमें इसका कोई नहीं होगा; लेकिन पुराने ज़माने के क़िस्से आँखों में मँडराया करते कि शायद भाई ने किसी तरह उसकी हालत का पता लगा लिया है और किसी को पहाड़ी औरत के वेश में इसे छुटकारा देने के लिए भेजा है। कहीं ज़रा-सा भी गड्ढा या खोह दिखाई देती तो लगता यह पुराने ज़माने की गुफ़ा है जो पार मैदान में जाकर खुलती है...वहाँ रेलें हैं, मोटर और साइकिलें हैं। वहाँ लोग सिनेमा जाते हैं, क्लबों में पिंगपांग और बैडमिंटन खेलते हैं। बताती थी, यहाँ आकर पहली बार जब दो-तीन साल में रेल देखी तो ऐसा लगा कि दौड़कर उससे लिपट जाए। खिड़की से उसे सतलज दिखाई देती रहती थी।

"सतलज को पार करने का भीतरी पहाड़ी में बड़ा विलक्षण तरीक़ा है। भैंसे की खाल में हवा भारकर उसे फुला लेते हैं और फिर पार करानेवाला पानी में उस मशक को उलटा डालकर उस पर खुद औंधा लेट जाता है। शायद उसे शरीर से बाँध भी लेता है, फिर पार होनेवाला उसकी पीठ से चिपक जाता है। पार करानेवाला हाथ-पाँव से धार काटता हुआ उसे तैराता ले चलता है। हाथों में काठ के दो छोटे-छोटे, टेबिल-टैनिस के बल्लों जैसे चप्पू भी होते हैं। धार इतनी तेज़ होती है कि मीलों तक घाटियाँ गूँजती रहती हैं। यह रियासत प्याले की शक्ल के एक खुले मैदान में थी। इसलिए यहाँ पार करना आसान भी था, फिर भी धार का यह हाल था कि आधे मील दूर जाकर किनारा हाथ लगता था। कितने लोग इस ख़तरनाक खेल में डूब जाते थे, कोई अन्दाजा नहीं; लेकिन इसके सिवा कोई रास्ता भी तो नहीं था। अब तो सुनते हैं कि वह सारा एरिया किसी डैम में आ गया है...। अपर्णा कहती थी कि पहले-पहल पार करने के इस ढंग को देखकर हँसी आती थी, क्योंकि बड़ी-बड़ी पर्दानशीन औरतें (और राजधानी थी, इसलिए हर भले घर की बहू-बेटी को अपना मुँह छिपाए रहना पड़ता था। पता नहीं, किस कर्मचारी की निगाह पड़ जाए) यों ही पार करती थीं। ये लोग कहा करतीं कि यों चेहरा देखने में बेइज़्ज़ती होती है; लेकिन पराए मर्द के ऊपर औंधे लेटकर उससे कसकर चिपके हुए नदी पार करने में कोई झिझक नहीं होती ? पानी से कपड़े न भीग जाएँ, इसलिए ये लोग अपने कपड़े भी जाँघों तक चढ़ा लेती थीं। कहती थी, कभी-कभी धूप में इस तरह पार करते हुए लोग ऐसे लगते थे जैसे बड़ा-सा केकड़ा तैरता चला जा रहा हो। पहले जिस चीज़ पर हँसी आती थी अब उसी पर जैसे प्राण अटके रहने लगे। खिड़की से दूर-दूर तक सब दिखाई देता था। एक-एक चप्पू के साथ ऐसा लगता था, मानो अब डूबे, अब डूबे। बैठी-बैठी अनजान लोगों के लिए भगवान से प्रार्थना किया करती, कि हाय राम, यह बच जाए। यह कुशलपूर्वक पार हो जाए। हर पार करती औरत इसे ऐसी लगती जैसे वह स्वयं हो...और वह सुरक्षित दूसरे किनारे पर आ खड़ी होती तो इसकी साँस में साँस आती। दिन बिताने का और कोई तरीक़ा नहीं था। मन होता, खिड़की से कूदकर वह भी इसी तरह पार चली जाए और फिर भूखी-प्यासी भागती हुई भाई के पास पहुँचे—देखो भैया, कैसी मुश्किल से जान बचाकर भागकर आई हूँ। कभी-कभी पागलों की तरह खिड़की की चौखट से सिर कूटती। अक्सर पागलपने के दौरान इसे लगता जैसे वह किसी अनजान युग की शहज़ादी है, और उसे किसी राक्षस ने इस सुनसान रेगिस्तान में बने क़िले में लाकर क़ैद कर दिया है। एक उत्कट प्रतीक्षा में वह रात-दिन आँखें खोले, सोते-जागते प्रतीक्षा करती है कि कोई शिकार का शौक़ीन राजकुमार एक दिन घोड़े पर आएगा और इसे निकालकर ले जाएगा। बाल सँवारकर जब फेंकती तो मन में लगता कि किसी नदी की धारा में यह बाल बहते चले जाएँगे, बहते चले जाएँगे—कहीं कोई थका-हारा राजकुमार घोड़े की लगाम पकड़े पानी पी रहा होगा—इन बहते हुए बालों को देखकर इनकी खूबसूरती और लम्बाई से मुग्ध होकर वह यहाँ खिंचा चला आएगा...। कहती थी, अजब-अजब ख़यालात में सारा दिन कट जाता। कल्पना-शक्ति

उन दिनों कुछ ऐसी तेज़ हो गई थी कि जो भी कहीं देखा, सुना या पढ़ा था सब एक-एक अक्षर करके याद आता था और वह अपने को उस रूप में सोच डालती। शाम को धूसर आसमान में उड़ते और चहचहाते चिड़ियों के झुंड, पीली बीमार ठिठुरी-सी किरणें पकड़े उसे जाने कहाँ-कहाँ बहा ले जाते। झींगुर हर समय मन में झनझनाया करते और रात को पहाड़ों से उतरती हैडलाइटों को देखकर वह ऐसे चौंक जाती जैसे कोई निर्णायक क्षण आ गया है।

''फिर युवराज पता नहीं क्या बहाना करके विलायत चले गए। असल बात यह सुनी गई कि वे अपना इलाज कराने गए हैं। और जब यह सुना कि सरदार पटेल ने तेज़ी से रियासतों का विलीनीकरण शुरू कर दिया है तो वहीं जम गए। लेकिन जाने से पहले अपर्णा को जिस ढंग से तंग किया है, कहती है कि मैं ज़िन्दगी-भर नहीं भूल सकती। कहते थे कि अपने यहाँ से रुपये मँगा-मँगाकर दो। जाने कैसे उल्टे-सीधे ख़त लिखाते थे। इसके पास एक छल्ला नहीं छोड़ा। जो लेते, दो दिन में रेस और हवाख़ोरी में स्वाहा कर डालते। बाहर से भी लिखा एकाध-बार। इधर अपर्णा की माँ का जब स्वर्गवास हुआ तो पहली बार यह मैके आई। बस, तब से जाने का नाम ही नहीं लिया। ससुराल वालों ने बहुत माफ़ी-वाफ़ी माँगी, प्रेम जताया, आना-जाना शुरू किया, मगर यह बम्बई में इन महाराज-कुमार के साथ आकर रहने लगी। उन्होंने पढ़ाने के बहाने इसके सबसे छोटे देवर को भी लाकर यहीं रख दिया। लेकिन अपर्णा कहती है, 'मैं इन लोगों की एक-एक हरकत समझती हूँ। जो भी कुछ मेरा अपना या मेरे भाइयों का दिया हुआ है उसी पर इनकी अब आँखें हैं। रियासत-वियासत तो सब बाँध में डूब गई या डूब जाएगी। अब बस दिल्ली में कहीं रहते हैं और मेरे माल पर आँखें लगाए हैं। नस-नस जानती हूँ मैं इनकी। जो कुछ भुगता है उसे आसानी से भूला थोड़े ही जा सकता है।'—आप विश्वास नहीं करेंगे, यह सब सुनाते-सुनाते सचमुच अपर्णा रो पड़ी थी। प्रिंसेस मेरे सामने रो रही थी। मेरी तो समझ में नहीं आया कि कैसे उसे सान्त्वना दूँ। क्या शब्द कहूँ कि उसे ढाढ़स बँधे। उस समय मुझे लगा कि हम लोग इनसे लाख दर्जे अच्छे हैं। अपने सम्मान और ऊँचाई के पीछे वह दूसरी बार शादी भी तो नहीं कर सकती। सबसे मज़े की बात यह कि उसे किसी तरह का कोई दुःख-तकलीफ़ है, इसे भी वह किसी के सामने स्वीकार नहीं कर सकती। सबसे हँस-हँसकर यही बताना पड़ता है कि 'नहीं जी, हमें कोई तकलीफ़ नहीं है, दिन-भर घूमते हैं, खेलते हैं, क्लब-सिनेमा जाते हैं, जो मन होता है करते हैं, हमें किसी बात की तक़लीफ़ कैसे हो सकती है ? फिर इतना साहस भी हममें है कि जब कोई तक़लीफ़ होगी तो खुलकर कह भी देंगे...क्योंकि हम जानते हैं कि हमारी कोई इच्छा अधूरी नहीं रहेगी।'...लेकिन यह सब कहने की बातें हैं। सच्चाई यह है कि तक़लीफ़ है कि उसकी रग-रग में समाई है, आत्मा पर छाई है और दिल में चुभी कील की तरह हर साँस के साथ कसकती है। बस, यों ही अपने-आपको बहलाते-बहकाते हुए ज़िन्दगी गुज़ार दे, इसके सिवा उसके लिए कोई चारा नहीं है। भाई और भाभी के प्यार को चाहे जितना कसकर पकड़े, वह जानती है कि वह खुद एक फ़ालतू चीज़ है, जिसे दया पर रहना है।

अभी बेचारी की उम्र भी तो नहीं है कुछ। आज के मध्यम वर्ग में हम लोग इस तरह से घुलते तो नहीं हैं। एक दर्जन बीमारियाँ हैं जो उसे लगता है कि उसके पीछे हाथ धोकर पड़ी हुई हैं, लेकिन उस बीमारी की वह बात नहीं करना चाहती, जो उसके खून की बूँद-बूँद में समाई हुई है...''

जाने कैसा प्रवाह था कि मैं लगातार बोलती रही और उदय चुपचाप सुनते रहे। फिर उठकर धीरे-धीरे ख़ाली जगह में टहलते रहे—खिड़की से दरवाजे तक सिर झुकाए। सहसा बड़े घुटे स्वर में बोले : ''मुझे लेनिन का कहना याद आ रहा है कि औरत की हालत सभी जगह एक-सी है—चाहे वह राजकुमारी हो या नौकरानी—वह हमेशा पुरुष के तेवर देखकर चलती है, उसकी इज़्ज़त उसके चाहने न चाहने पर है। उसकी प्रतिष्ठा उसकी शरीर-शुद्धता की परम्परागत मान्यता पर है।'' फिर अपनी बात रोककर पूछा : ''अच्छा, और क्या-क्या जान लिया प्रिंसेस से... ?''

''बस अभी तो इतना ही जाना है। जब से जाना है, रात-भर मेरा तो सिर चकराता रहा है। लगता था, कब सुबह हो और कब आपको सब बताएँ।'' मैंने कह तो दिया, लेकिन लगा एक बड़ी हलकी-सी मुस्कराहट उदय के होंठों पर उभरी।

वे फिर सिगरेट जलाकर सामने कुर्सी पर बैठते बोले : ''क्या बेचारी की ज़िन्दगी है... ! जो भी हो, इस पर तो कुछ लिखना चाहिए। राजकुमारी क्या हो गई, उसने तो यह जाना ही नहीं कि प्यार क्या है, नारी क्या है, क्यों है ?''

केवल उसका क़िस्सा सुनकर ही उस पर यों दया दिखाने पर, इस स्थिति में भी बड़ी इच्छा हुई कि कोई व्यंग्य की बात कह दूँ। उसे दबाकर बोली : ''देखिए, इस पर दाँत मत लगाइए। यह हमारा प्लॉट है। हाँ, कहें तो हम मिला दें आपको ? पर पता नहीं, यों मिलना वह पसन्द करेगी भी या नहीं। इन लोगों के साथ यह झूठी प्रेस्टिज और डिग्निटी का भी तो बड़ा झंझट है न। जानते हैं कि अब पहले जैसे ज़माने नहीं रह गए हैं, जिस सिनेमा में यह बैठे हों, उसकी बग़लवाली सीट पर इनके शोफ़र का लड़का भी बैठा हो सकता है, लेकिन यह दम्भ पीछा नहीं छोड़ता कि हमें हरेक के साथ मिलते-जुलते नहीं दिखना चाहिए। ख़ैर, इधर मैंने आपके बारे में उसकी बहुत राय बदल दी है। जब से कुछ चीज़ें पढ़ाई हैं तब से वह पहलेवाली बात नहीं रह गई है।''

निरुद्विग्न भाव से बोले : ''रहने दो। मैं बहुत ज़्यादा उत्सुक भी नहीं हूँ। शायद मुझे खुद उसके यों कृपापूर्वक मिलने में शर्म लगे। हो सकता है, मेरी दिन-दिन बढ़ती विद्या के दम्भ को उनका दिन-दिन घटते धन का दम्भ सह भी न पाए, तब बेकार तुम्हारी स्थिति बिगड़ेगी। दूसरे, मैं उनसे मिलूँ और उनके घर वालों की प्रत्यक्ष-अप्रत्यक्ष निगाहें उनसे इस नए आदमी से मिलने की सफ़ाई माँगें, ऐसे धर्म-संकट में डालूँ ही क्यों किसी को ? ख़ैर, फिर भी इसमें उस बेचारी राजकुमारी का क्या क़सूर ? वह तो उस वातावरण और व्यवस्था की खुद ही शिकार है न, जहाँ उसे जन्म लेना पड़ा है। उसे भी तो पुरुष के ठीक उन्हीं अत्याचारों का शिकार होना पड़ा है, जिनका शिकार एक भिखारी की पत्नी होती है।''

और फिर हम लोग बड़ी देर यों ही चुपचाप बैठे रहे। जैसे राजकुमारी अपर्णा दोनों हथेलियों में ठोड़ी लिये हमारे बीच में बैठी थी और जाने किन विचारों की गहराइयों में जाकर खो गई थी। और हम दोनों न्यायाधीशों की तरह उसकी व्यथा की पुकार सुनकर आविष्ट हो गए...।

मैं बोली : "लेकिन एक बात मुझे और भी लगती है। किसी को लेकर इन दिनों उसके मन में बड़ा भारी द्वन्द्व है। अजब खोई-खोई और अनमनी-सी रहती है। हर वक़्त लगता है जैसे किसी की प्रतीक्षा कर रही है। जैसे अचानक किसी के आ जाने की उत्कंठा हो। टेलीफ़ोन इस तरह चौंककर उठाती है जैसे अप्रत्याशित रूप से यह वहीं से आया है जहाँ की इसे प्रतीक्षा है। फिर अपने को भूलकर फोन पर बेकार की बातें करती रहती है...अजब उखड़ी-उखड़ी बातें...। लेकिन उस समय ज़रूर उसका चेहरा खिल जाता है और इसके बाद फिर खूब खुश रहती है..."

उदय ने मुसकराकर स्नेह से कहा : "जब तुम पीछे पड़ गई हो तो यह रहस्य भी बेचारा बचकर कहाँ जाएगा ?"

"बिलकुल !" आत्म-विश्वास से मैंने कहा, "बस, अब तैयार रहिए...किसी दिन सुबह-ही-सुबह आकर वह भी बता दूँगी पूरा..."

वे फिर कहीं खो गए : "तुम्हारी प्रिंसेस का क़िस्सा तो सचमुच दिल को छू गया है..."

और मुझे लगा कि मेरे दिल की इतनी देर की बेचैनी, व्याकुलता, उद्वेलन और उद्वेग उदय को सारा क़िस्सा बताकर एकदम शान्त हो गए...जैसे यह बोझ था जो उन्हें सौंपना ही था...

सोमवार : 15 जुलाई

"छाया मत छूना, मन...होगा दुःख दूना, मन"

कभी-कभी ऐसा लगता है कि गीत की कोई कड़ी सोते-सोते सहज ही ऐसी मन में बरा गई है कि अकारण ही सुबह अपने भीतर गूँजती सुनाई दे रही है। दिन-भर जाने-अनजाने उसे ही गाती-गुनगुनाती रहती हूँ...न भी गाऊँ तो लगता है कि भीतर कोई तो गा रहा है। कभी-कभी तो जाने किस युग में पढ़ी किसी कविता की कोई भूली-बिसरी लाइन इस तरह ताज़ी हो आती है कि मन आनन्द के विस्मय से भर जाता है...। नहाते वक़्त भी वही, मेज़ की चीज़ें ठीक करते हुए भी वही। इस बचपने पर मन में हँसी आती है कि मुँह में चाय का घूँट या कौर भरा है और गुनगुना रहे हैं...। आज सुबह से ही गिरिजाकुमार माथुर की यह लाइन जो ज़ुबान पर चढ़ी तो लाख उतारने पर भी सोते समय तक उतरी ही नहीं :

छाया मत छूना, मन...होगा दुःख दूना, मन...

कल जब हम लोग बाहर निकले थे तो आसमान पर एकरस बादल छाए थे और

हलकी-हलकी फुहार पड़ रही थी। बम्बई में अक्सर ऐसा होता नहीं है...एक अनाम पुलक थी जो ऊदी बदली की तरह मन पर घिरी थी।

अभी-अभी हम लोग साथ-साथ सीढ़ियाँ उतरकर आए थे। दोनों साथ ही अगली सीढ़ी के लिए पाँव बढ़ाते...। कभी एक आगे निकल जाता तो ज़रा-सा ख़ुद रुककर दूसरे के आने की राह देखता और दोनों के पाँव निचली सीढ़ी पर साथ-साथ उठते। मोड़ की ज़रा चौड़ी सीढ़ी पर दोनों क़दम मिलाकर चलते और फिर उतरने लगते। उतरने की इस क्रिया में पता नहीं, मुझे कैसी एक निकटता और आत्मीयता का बोध हो रहा था। शायद उन्हें भी ऐसा ही लग रहा हो। मन में कहीं भीतर एक बड़ी धुँधली स्मृति उभर आई थी कि कभी इसी तरह किसी को यों ही सीढ़ियाँ उतरते देखा है...बहुत पास से देखा है। जिन्हें देखा था वे दोनों हाथ में हाथ लिए, यों ही उतरते चले आ रहे थे। पता नहीं, मैंने इस दृश्य को कहीं सिनेमा के पर्दे पर देखा या सचमुच, लेकिन उस क्षण अपना यह उतरना मुझे अपने एक-दूसरे के अत्यधिक निकट होने का बहुत बड़ा प्रमाण लगा...।

मुझे कॉलेज जाना था और उदय को अपने डायरेक्टर साहब से मिलने मलाबार हिल की तरफ़। उदय ने कहा था : ''बम्बईवालों को तो यह मौसम अच्छा ही नहीं लगता। उन्हें तो मूसलाधार बारिश और पल में शरीर नोचती धूपवाले मौसम का अभ्यास है। लेकिन मुझे यह रिमझिम फुहार बहुत अच्छी लगती है। उधर था तो घंटों भीगता साइकिल पर इस फुहार में सुनसान सड़कों पर भटका करता था...। अब तो मन तड़प-तड़पकर रह जाता है।''

''ऐसी फुहार में झूला झूलने की तो कभी-कभी हमें भी याद आती है...'' मैं बोली : ''स्कूल वाले दिन तो ऐसे खो गए कि पता ही नहीं चलता, कभी हमने ही जिए थे। आधी-आधी रात तक झूलते और गाते थे।''

डबल-डेकर में ऊपर बैठकर फ़ोर्ट की तरफ़ जाते हुए हम लोग बातें कर रहे थे। मन के भीतर कहीं बड़े हलके-हलके पुराने गीतों के बोल उभर रहे थे...झूले की रस्सी और छत से बँधा कड़ा चूँ-चूँ कर रहा था...एक लड़की झोटा दे रही थी और कई कंठ गा रहे थे...'अरी भैना मे-ए–री–ई,...घिर आई सा-आ बन...बा--द-जी-ई-ई' कैसी एक जैसी बँधी-बँधाई लय होती थी उस गीत की भी। एक-दूसरी के झूले की रस्सियों में पटलियों के सिरों पर अँगूठे फँसाए (उन्हें हम लोग अंगू-पंगू कहा करते थे) झोटा लेने के प्रयास में जब पीछे झुक जाते थे तो नीचे झुके सिर की चोटी धरती पर साँप-सी लहराती हुई सरका करती...कैसा रोमांच होता था उसे सरकते जानकर...। न पल्ले का ध्यान न आँचल की परवाह...। धोतियों में हवा भर जाती थी और टाँगों के बीच धोती का घेरा पैराशूट की तरह फूल जाता था–जैसे हम लोगों ने मणिपुरी नृत्य के कपड़े पहन रखे हों। उन्हें दबा रखना भी एक मुसीबत थी...वे खिलखिलाहटें...वे क़हक़हे...

फिर ध्यान बस के साथ चलते तारों की ओर दौड़ आया...कभी-कभी उन्हीं तारों पर सरकती ट्रामों की चिचियाहट मिल जाती थी। किनारे के मकानों की पहली मंज़िलें साथ चल रही थीं। करीने से सजे एक-एक कमरे वाले गृहस्थों के चमचमाते बर्तन...नौ-नौ

हाथ की फहराती गहरे लाल-हरे रंग की साड़ियाँ...। इन लोगों को हर काम क़रीने से करना आता है। कहीं कोई नारी-मूर्ति गन्दा कपड़ा लेकर फ़र्श पोंछ रही होती तो मन में एक अस्पष्ट-सी आशंका कौंध जाती, कहीं मुझे भी तो इन्हीं चालों में से एक में नहीं रहना होगा ? शिवाजी पार्क में रहना सपना है और इन कमरों में सड़ना मेरी आशंका।

लेकिन यह आशंका ज़्यादा देर रही नहीं...। उदय ने एकाध-बार पूछा भी : "आज कतरनी चुप कैसे है ?" मुझे बेहद बातूनी समझते हैं...। बाल्कनियाँ गुज़रती चली जा रही थीं और रंग-बिरंगे कपड़े फहरा रहे थे...यह सब सच नहीं है...यह सब एक सपने का सागर है जिसकी लहरों पर एक नाव सरकती चली जा रही है। पीछे सीट पर उदय का हाथ रखा था और बार-बार बस के रुकने-चलने से पीठ वहाँ टिक-टिक जाती थी...। मैं फिर सँभलकर सीधी हो जाती। उस दिन रेल का सफ़र याद आ रहा था। मन होता था, उनके हाथ की टेक लगाकर आराम से आँखें बन्द कर लूँ...। जगह आएगी तो वे खुद झकझोरकर बताएँगे..."उठिए, जनाब आ गया स्टॉप..." मैं झेंपी-झेंपी मुस्कराती उठकर आँखें खोलूँगी—चकित...। सफ़ाई दूँगी, हवा ऐसी चल रही थी कि आँखें झपक गईं...चाहे बसों का हिलना हो या रेल का; कुछ हलका उनींदापन छा ही जाता है। जाने कौन बताता था कि बचपन में जिन्हें पालने या गोद में बहुत ज़्यादा हिला-हिलाकर सुलाया जाता है उनकी आगे जाकर भी यही आदत बनी रहती है...। जहाँ ज़रा भी वैसा हिलना मिला कि उनकी आँखें झपीं...। अक्का मुझे पालने में डालकर कैसे झुलाया करती होंगी ? मैं कैसे झुलाऊँगी... ? हिश्ट ! लगता था कि ये फुहार-भीगी हवाएँ यों ही थपेड़े मारती रहें और मैं झूले के झोटे की तरह पीछे-पीछे कहीं बहुत दूर अनजान स्मृतियों की गहरी गूँजती घाटियों में उतरती चली जाऊँ...।

पता नहीं उदय किस चीज़ पर लगातार बोले चले जा रहे थे...इन्हें भी बातें करने का मर्ज़ है। अरे, कोई वक़्त होता हैं जब चुप होकर सारे वातावरण को पिया जाता है...चुप भी रहा जाता है।

तभी बस झटके से रुक गई : देखा तो नीचे घुटनों-घुटनों पानी भरा था। बाहर बारिश ज़ोर से हो रही थी। अब होश आया—काश, यह बारिश कभी न थमे।

कहीं बहुत दूर से कानों में जाने कब सुनी हुई लाइन, एक अजब से गीत की पंक्ति उमड़ती चली आ रही थी। इम्तहान के दिनों में आधी-आधी रात तक लैम्प जलाए पढ़ती रहती थी। चारों तरफ़ सन्नाटा छा जाता था। कभी-कभी बस, पहरेदार की आवाज़ ही सुनाई देती थी...। तब काँसे की कटोरियों के साथ ये पंक्तियाँ इस तरह झनक उठतीं कि सारा वातावरण घुँघरुओं की ताल पर मानो झूम-झूम उठा हो...स्वर कहीं दूर से क़दम-क़दम चला आ रहा है :

"अनरुत कौ बरस रह्यौ मेऽह,
लँगुरियाऽआ,
भीजेंगे हम तुम,
दोऊ जंने-ए-एऽऽ..."

बाद में ऐसी लाइनें फिर पढ़ी थीं बच्चन की : ''बरस रही जलधार, कि हम-तुम भींगे...''

बस के दोनों ओर के काँच धुँधले पड़ गए थे और उनके पार जो भी कुछ दिखाई देता था सब फुहार-भीगा...

सन्ध्या : 7 बजे

आज कहीं भी घूमने जाने का मन नहीं करता...'साँझ घिरते ही न जाने छा गई कैसी उदासी'...सागर के पार अरुणिम सुनहले आकाश पर किसी ने बैंगनी रंग के दो-तीन ब्रश-स्ट्रोक लगा दिए हैं और जैसे काँच के गिलास-भरे पानी में घुलते स्याही के धब्बे की तरह वह बैंगनी रंग गाढ़ा-गाढ़ा चारों तरफ़ फैलता चला जा रहा है। पेड़ों की लम्बी-लम्बी छायाएँ इस सिरे तक आ गई हैं :

छाया मत छूना, मन...होगा दुःख दूना, मन...

रविवार की डायरी का अन्तिम वाक्य आँखों के आगे कौंध गया–'और मुझे लगा कि मेरे दिल की इतनी देर की बेचैनी, व्याकुलता, उद्वेलन और द्वेग उदय को सारा क़िस्सा बताकर एकदम शान्त हो गए...जैसे यह बोझ था जो उन्हें सौंपना था।'

इस समय उस वाक्य को यों सुधार देने को मन करता है–'एक बेचैनी थी, मन में कुलबुलाती व्याकुलता थी, एक ऐसी सालती व्यथा थी कि जिसे मैंने उदय को सौंप दिया और निश्चिन्त हो गई।'–जाने क्यों, हर समय लगता रहता है कि मैं जो कुछ भी नया पा रही हूँ, वह मेरा नहीं है। उसे उदय को सौंपना है, उदय को देना ही है...। वह मेरा है ही नहीं जो उसे रखूँ। वह तो थाती की तरह मेरे पास रखा है। उसे मैं अकेली नहीं रख सकती, भीतर दबा नहीं पाती। कोई एक चाहिए जिसे अपना अन्तर बाँटा जा सके...लो, मेरे दर्द को लो।

अपने ऊपर से आत्म-विश्वास ही जैसे हट गया है। इस मजबूरी पर कभी-कभी झुँझलाहट भी होती है। जब बोलती भी हूँ तो कभी ऐसा लगता है, मानो वे तन्मय होकर सुने जा रहे हैं...लीन और चुप। कभी ऐसा लगता है जैसे उनके होंठों के कोने पर हलके व्यंग्य और परिहास की धूप-छाँही मुस्कराहट झाँक रही है। मैं जैसे अपने-आपसे उठकर उनकी आँखों में जा बैठती हूँ...और वहाँ से अपने को उनकी निगाहों से देखने लगती हूँ। उनकी निगाहों से लगता है : देखो, मैं कैसी बेवक़ूफ़ और बुद्धू की तरह लग रही हूँ, मानो मेरा अपना कोई अंश था जो धोखा देकर दूसरे के साथ जा मिला हो, और उनके साथ मेरे विरुद्ध समझौता कर बैठा हो। विश्वासघात किए गए जयद्रथ की तरह मैं निरीह, निरस्त्र युद्ध-क्षेत्र में खड़ी होकर समझ नहीं पाती कि यह सहसा हो क्या गया, अब मैं क्या करूँ ?

अब तो ऐसा लगता है जैसे मैंने अपना जीवन जीना ही छोड़ दिया है। मेरे साथ या मेरे आसपास कोई भी बात होती है, मुझे कोई कुछ बताता है तो ऐसा नहीं लगता

जैसे वह सब मेरे ही साथ हो रहा है, मैं खुद कर या सुन रही हूँ, या उस कार्य का एक हिस्सा हूँ। ऐसे अवसरों पर निहायत तटस्थ होकर मन-ही-मन उन शब्दों की तलाश करती हूँ जिनमें इस अपने साथ हो रहे को उदय को सुना दूँगी और निश्चिन्त-मुक्त हो जाऊँगी।...प्रिंसेस मेरे आगे रो रही थी और उस स्थिति को स्वयं आत्मसात् करने की बजाय मैं सोच रही थी कि किन शब्दों में मैं इस स्थिति का वर्णन करूँगी कि सारी करुणा, इंटैन्सिटी के साथ यह चित्र ऐसे ही सशक्त और प्रभावशाली रूप में साकार हो उठे...।

जैसे मैं अपनी स्वतन्त्र सत्ता न रहकर केवल स्थितियों और अनुभूतियों को उदय तक पहुँचाने का माध्यम-सेतु भर रह गई हूँ...एक तार का खम्भा जिसके माथे से होकर 'बातें' आती-जाती हैं, और वह स्वयं तो उन तारों और सूत्रों को पकड़े खड़े रहने का 'निमित्त' भर है...हाय, यह मुझे क्या हो गया है—?

याद आता है : पहले कितनी दुनिया-भर की बातें मैं सोचा करती थी, मज़ाक़ किया करती थी...रेखा की बात, तेज की बात, कॉलेज की बात। प्रोफ़ेसरों और संपादक जी की बात...और एक दिन पाती हूँ कि मैं तो उदय और अपर्णा के बीच टकराने वाली 'शटल' भर रह गई हूँ...। मेरा अपना जीवन इन दो बिन्दुओं पर आकर ही समाप्त हो जाता है। और आज मुझे लगता है कि राजकुमारी अपर्णा पूर्णविराम का बिन्दु नहीं है—एक डैश जैसा खिंचता चला जाता बिन्दु है जो वाक्य के अर्थ को उदय के पूर्णविराम तक ले जाता है। अभी-अभी पढ़ी दुष्यन्तकुमार की एक कविता बार-बार मन में उभर आती है :

जो कुछ भी दिया, अनश्वर दिया मुझे
नीचे से ऊपर तक भर दिया मुझे,
ये स्वर सकुचाते हैं, लेकिन तुमने—
अपने तक ही सीमित कर दिया मुझे !

...तो क्या सच ही मैं एक ऐसी नदी भर रह गई हूँ जिसे रास्ते की सारी नदियों को पीकर अपने सागर को सौंप देना है...? अपनी श्रान्त-क्लान्त यात्रा को किसी एक विराट् के चरणों में शेष कर देना है ? सागर, सुनो सागर, मैं बहुत थक गई हूँ...बहुत टूट गई हूँ। मुझे विराम दो...। इन विधि-निषेध के किनारों ने मुझे पीस डाला है, मेरी हर तरंग को, लहर-लहर को कुचला है, इन्होंने। मेरी रग-रग में दावानल के स्फुलिंग दिए हैं...। अब मुझे मुक्ति दो...मुझे अपना 'मैं' नहीं चाहिए...'आई' 'एम' ओनली व्हेन आई एम विद् 'हिम'...इसे ले लो और मुझे नीले आसमान के नीचे अपने आ-क्षितिज तरंगायित गम्भीर वक्ष का फेनाच्छ्वसित करुण विस्फार दो...विस्तार दो...।

बड़ी अजब-सी मन की हालत है। उस क्षण बस में बैठे-बैठे काँचों के पार से जैसा कुछ धुँधला-धुँधला दिखता था, मानो सारी बाहरी दुनिया मुझे वैसी ही दिखाई देने लगी है...धुँधली-धुँधली...जैसे आउट-ऑफ़ फ़ोकस चित्रों की फ़िल्म हो...ब्लर्ड, फ़ौगी और हेजी। और ज़्यादा ग़ौर से शीशों में देखिए तो अपना ही चेहरा दिखने लगे...। ध्यान रहता

है कि यह अपनी ही परछाई है जो आर-पार देखने में बाधक है...। लेकिन उसको भेदकर देखा भी तो नहीं जा सकता...। कैसे इस परछाईं को समेट लूँ कि आर-पार की सारी चीज़ें मुझे दिखने लगें...उसे देखती हुई मैं ख़ुद-ब-ख़ुद मुसकरा पड़ती हूँ...।

एक बड़ा गर्वित सन्तोष है कि कितना विराट् एक रहस्य है (क्या है वह ?) जिसे मैं अपने में छिपाए हूँ। ये बाहरवाले, ये घरवाले, जो मुझसे बातें करते हैं, मुझे देखते हैं, इन्हें क्या पता कि कितना कुछ असीम है जिसे मैं अपनी सीमित छाती में छिपाए हूँ...? देखो, इनमें से कोई भी तो नहीं जानता कि सोते-जागते मैं क्या महसूस करती हूँ–? क्या है, जो मेरे भीतर निरन्तर चलता रहता है, सामने फैले सागर-सा निरन्तर खुलता चला गया है...जिस पर बादल झुक-झुक आते हैं...किरणें जिसकी लहर-लहर को चूमती हैं...जिसकी हर तरंग में चाँद की मछलियाँ चित्त-पट होती हैं...और चीलों के धब्बे थिरकते रहते हैं ?

चोरी का माल लेकर अनजान टेढ़ी-मेढ़ी गलियों में भागता चोर अचानक अपने-आपको खुले मैदान में पाता है...कहाँ ख़ुद छिपे और कहाँ माल को छिपाए... ? मुझे हमेशा लगता है, कुछ मेरे पास है जो 'चोरी' का है। दूसरों की आँखों से उसे बचाकर रखना है–लेकिन जैसे सभी की भूखी निगाहें उसी पर तो लगी हैं...।

ऐसा तो पहले कभी नहीं हुआ था। शायद...तेज के समय भी नहीं। कहाँ सुना था कि हर प्यार एक नया प्रारम्भ होता है। वह कभी भी अपने को दुहराता नहीं है, और हर नए प्रारम्भ की अनुभूतियाँ, अछूते और कुँआरे प्यार की अनुभूतियाँ होती हैं।

लेकिन रिमझिम बरसती फुहार की तरह इसे तो मैं जाने कब से मन के भीतर अनुभव करती रही हूँ...(फुहार में भीगना बड़ा अच्छा लगता है न...।)

एक नितान्त अपरिचित और चिरपरिचित-सी आकुलता है जो चेतना के कई स्तरों पर एक साथ चलती रहती है...। मन होता है कि इतना हँसूँ, इतना खिलखिलाऊँ कि आँखों से आँसू निकल आएँ, और मैं रो पड़ूँ...। ऐसी रोऊँ, ऐसी चीखूँ कि सारा आकुल रुदन एक उन्मुक्त हास्य में बदल जाए।...

कोई भी नहीं जानता, मैं कितने बड़े ख़ज़ाने की मालकिन बनी बैठी हूँ। मेरे सोचने के ढंग में अजब-अजब विरोधाभास भर गए हैं। किसी पर बुरी तरह झुँझला उठने और प्यार से दुलारने को साथ-साथ मन करता रहता है...। कभी सोचा था कि मैं भी एक दिन सचमुच यही सब अनुभव करने लगूँगी...? मुझे अपनी हर अनुभूति, हर संवेदना ऐसी अपरिचित, ऐसी बेगानी लगती है, इतनी नई कि लगता है मैं पहली बार ही इस सबको जान रही हूँ...और हर बार अपना यह 'जानना' मुझे चौंका देता है कि 'अरे, यह ज़रा-सी बात ऐसी नई, ऐसी रिफ़्रैशिंग थी, यह तो मुझे पता ही नहीं था।' तभी कोई कहता है कि इसमें ऐसा नया क्या है ? जाने कितनी बार ये बातें कही गई हैं; जाने कितनों ने इन्हें सुना है; और जाने कितनों ने इस मानसिक द्वन्द्व को पिया है...? सभी कुछ तो पुराना है। शायद औरों ने इसे नाम दे दिया था 'प्यार' और मैं कोई नाम नहीं दे रही। हिश्, प्यार-व्यार यह कुछ भी नहीं है। नए परिचय और उसकी नई परिस्थितियों में अपने को

सन्तुलित न कर पाने की घबराहट है यह। यह प्यार-व्यार कुछ भी नहीं है...(प्यार है यह तो !)—अच्छा तो भी, पहले लोग जब 'प्यार' करते होंगे तो क्या-क्या सोचा करते होंगे ? कैसी-कैसी बातें उनके दिमाग़ में आया करती होंगी ? ऐसा कोई यन्त्र नहीं बनाया जा सकता कि जो कुछ भी मन में आए वह सब टेलीविज़न की तरह एक पर्दे पर दिखाई देता चले ? अच्छा मान लो कि ये सारी कविताएँ, कहानियाँ जो उनके हृदयों का चित्रण करती हैं, वही उनकी मानसिक स्थितियों का चित्र हैं। फिर उन्हें पढ़ते हुए ऐसा क्यों लगता है कि कुछ बेहद लचीला—कुछ पारे की बूँद की तरह पकड़ में न आनेवाला निहायत ही चंचल है जो उन सबमें नहीं है, जिस तक पहुँचते-पहुँचते वे लोग रह गए हैं...और उस छूटे हुए को बस मैं ही महसूस कर पाती हूँ... ?

अपने पर हँसी भी आती है। कैसी बेवकूफ़ी की बातों को मैं कितनी गम्भीरतापूर्वक ले रही हूँ...किए जा रही हूँ...मानो इन्हें ठीक इसी रूप में करना भी ज़िन्दगी की एक बहुत बड़ी शर्त थी। अच्छा, क्यों जी, मैं जो रात-दिन एक ही बात को लेकर परेशान रहती हूँ, हमेशा सोते-जागते उसी में उलझी-अटकी रहती हूँ...उनके दिमाग़ में भी तो अक्सर कुछ-न-कुछ आता ही होगा...? डायरी लिखते हैं ?—नहीं, ऐसा नहीं हो सकता। एकाध घंटे तो सोचते ही होंगे। जैसे इसी समय की बात लो। इस वक़्त मैं डायरी लिख रही हूँ और मुझे एक ऐसा आभास होता है, जैसे बग़ल में पलंग पर कोई लेटा है और बार-बार आँखों के आगे हाथ की आड़ करके निंदियाए स्वर में कह रहा है : "भई, बहुत हो गया। अब इस टेबिल-लैम्प को बन्द कर दो। हमें नींद आ रही है..." हमें नींद आ रही है...! कितना मेरा अपना है यह वाक्य...कोई हाथ खींच-खींचकर उठाए जा रहा है और नकियाए-ठुनकते-से स्वर में मैं विरोध कर रही हूँ...'अमें नींद आ रही है...'

लो, बाहर रेखा की आवाज सुनाई दे रही है। बन्द करके रखती हूँ, वर्ना पीछे पड़ जाएगी कि दिखा। अब उसके साथ समुद्र पर जाना होगा...। मेरा मन नहीं है।

रात : 11.43

कितना लिखूँ... ? हर क्षण लगता है कि अब जितना मन में जमा हो गया है उसे ज्यों-का-त्यों लिख डालना चाहिए।...लेटी तो नींद का दूर-दूर तक पता नहीं था। सोचा, लिखा ही जाए...।

नौ-साढ़े नौ का समय था। रेखा के साथ-साथ बातें करती चली आ रही थी कि एक बड़ी पुरानी बात याद हो आई...

भरपूर चाँदनी खिली थी और सुनसान सड़क। इसी तरह तो देर हो गई थी रात को...। शायद सेकिंड शो देखकर लौटी थी। मीरा के साथ गई थी। उसकी भाभी थी, भाई थे और छोटी बहन थी। एक चौराहे के पार ही तो हमारा घर था। दोनों ओर अमलतास और मौलश्री के पेड़ों की चितकबरी छाँह, सोई सड़क पर चाँदनी से आँख-मिचौनी खेल रही थी...जैसे किसी ने छाया-प्रकाश का स्प्रेवर्क कर दिया हो...और

बीचों-बीच खिंची थी तारकोल की सड़क पर बिजली के तारों की परछाइयाँ...या कहूँ, परछाइयों की समानान्तर रेखाएँ। चाँद को देख-देखकर मुस्कराते फूलों के आसपास लॉनों की घासें भींग-भींग उठी थीं...

गमकती मेहँदीवाली हवाओं पर—समानान्तर रेखाओं के बीच में चलते-चलते हँसी आ गई मुझे...। आज कितने निःस्पृह भाव से चली जा रही हूँ...शायद किन्हीं एकान्त क्षणों में यही सब एक उजली याद बनकर आत्मा पर मँडराया करेगा...(मन के 'अपने क्षणों' को क्यों हम वर्तमान को नहीं, भूत और भविष्य को सौंपे रखते हैं...?) बन्द खिड़कियों के रोशनी-जड़े काँचों के पार से रेडियो से आता गीत पिछले फर्लांग-भर से साथ-साथ चला आ रहा था "कि तुम साहिल पे होते...और कश्ती डूबती अपनी..." एक बँगले की बाउण्ड्री इसे दूसरे को सौंप देती। कहीं बहुत भीतर, दूर सोने के कमरों से, और कभी बिलकुल सामने की बैठकों और ड्रांइगरूमों से गीत हिलोरे लेता लगता, और छतों पर खड़े, होठों पर उँगली रखकर चुप-चुप करते-से एरियल-पोल स्तब्ध सुनते...सभी घरों में एक ही गीत लगा है क्या...? "बुझानी है, तेरे दामन से, शमए ज़िन्दगी अपनी" काश, इस सुनसान यात्रा में मन-मन में उमड़ते किसी एक गीत की कड़ी की उँगली पकड़कर मैं भी इन समानान्तर रेखाओं की तरह उसे अपने साथ-साथ खींचे ले चलती...। गीत की कड़ी मेरे साथ-साथ चलती जाती...चलती जाती...। काश, मैं खुद एक गीत की तरह चाँदनी में गुमसुम खड़े क़दम-क़दम पर मिलने वाले खम्भों के कानों में गुनगुनाहट बनकर उतर सकती...गुदगुदा सकती।

कितनी ताज़ी याद थी वह। आज भी चलते-चलते मैं उसी क्षण में लौट गई। हम लोग गैस के एक खम्भे से गुज़रते तो ठीक नीचे हमारी परछाइयाँ बौनी होकर पैरों में खो जातीं। आगे चलते तो परछाइयाँ पीछे खिंचती चली जातीं लम्बी होती...होती...। फिर फैलकर अथाह अँधेरे का ही एक अंग लगतीं...। लेकिन परछाईं अपनी थी इसलिए उसे खोजकर भी अँधेरे से अलग कर लेती...तब तक अगले खम्भे की रोशनी आ जाती और हमारी परछाइयाँ टूटकर दो हो जातीं। दोनों परछाइयाँ साथ-साथ मेरे बग़ल में चलती रहतीं और फिर नए खम्भे के नीचे एक हो जातीं। तब लगा कोई गहरा सत्य है जो पकड़ में आते-आते छूटा जा रहा है...उँगलियों से फिसला जा रहा है...। लेकिन है वह सत्य बहुत बड़ा...और तब से वह मन की अँधेरी कोठरियों में पड़ा सोया है...।

अब लगता है, उस सत्य को मैंने पा लिया है। उम्र की यह यात्रा भी तो रोशनी के खम्भों और परछाइयों से उलझने की यात्रा रही है...। पहले एक खिंचती और खींचती परछाईं थी...उसे देखते-देखते मुझे ऐसा लगने लगा था जैसे मैं भी खुद एक परछाईं ही हूँ...। और फिर मैंने पाया कि मैं आपस में लड़ती अनेक परछाइयों का समूह-मात्र हूँ—वही रह गई हूँ...। और मेरे साथ फिर केवल एक परछाई रह गई। आज वह परछाई भी मेरे पैरों के पास आकर खो गई है...क्योंकि मैं ठीक रोशनी के नीचे आ गई हूँ। कितने झूठे और नकली लगते हैं आज तो वे परछाइयों पर रोनेवाले गीत.. .जिनमें लोग परछाईं न होने पर रोते हैं...परछाइयों से बातें करके रोते हैं...परछाइयों

से...?—वे रोशनी से दूर अँधेरे कोनों-अँतरों में छिपी...भटकती परछाइयाँ...

छाया मत छूना, मन...होगा दुख दूना, मन...

शुक्र : 19 जुलाई

हरियाली के मोटे-मोटे क़ालीनों से लदी गहरी, और गहरी चली जाती घाटियाँ, मोरछल हिलाते चीड़, देवदारु और चैस्टनट के पेड़...नीचे की ओर परत-परत चौड़ा फैलता जाता पहाड़ी सलवटों का विस्तार; रुपहला-रुपहला क्षितिज और ढलवानों पर अमरबेल की तरह छल्लेदार झूलती सड़कें; चाँदी के तारों से बनी नदियों की लाइनें और मगर की खाल की तरह परतों वाले खेत...नीचे घाटी में बहते किसी झरने से गूँजता सारा वातावरण...सुबह का खुलता प्रकाश—नाजुक और पीला। घाटी में बाहर की ओर निकलता हुआ एक कमरा। कमरे की तीन तरफ़ की दीवारें काँच की खिड़कियों से बनी हैं। पीछे के दरवाजे पर गहरा चॉकलेटी रंग का भारी-सा पर्दा झूल रहा है। सामने की ओर निकली हुई खिड़की के सहारे आराम-कुर्सी डालकर बैठी-बैठी मैं कुछ बुन रही हूँ। बग़ल में ऊन का झोला है। एक ओर मेज़ पर पी हुई कॉफ़ी के खाली बर्तन रखे हैं। सुबह का समय है और जाड़ा बहुत ज़ोर से पड़ रहा है। मैंने चैस्टर पहनकर ऊपर से एक भारी-सा शॉल भी सामने की ओर डाल रक्खा है। दोनों हाथों में सलाइयाँ हैं, वर्ना मन होता है कि हाथों को भी भीतर ही कर लूँ। साँस भाप बनकर निकलती है। काँचों पर कुहासे का धुन्ध बूँद-बूँद बनकर सील रहा है और घाटी के पार वाली ऊँची-ऊँची चोटियों से, जिनके पीछे प्रकाश का आलोक-मंडल उभर रहा है, इस तरह धुँआ निकलता दिखाई दे रहा है जैसे वे ज्वालामुखियों की चोटियाँ हैं। मैं फटता और घुलता हुआ कोहरा देखती हूँ। चरवाहे की तरह कौन अपनी भेड़ों के झुंड जैसे कोहरे को धीरे-धीरे घेरे लिए चला जा रहा है ? सामने के पेड़ की निकली हुई टहनी पर ओस की बूँदों के मोती पीले-पीले प्रकाश में सतरंगी होने लगे हैं। मकड़ी के जाले का एक तार नीचे जाने कहाँ तक गया है। सुनहला प्रकाश, हलका नीला कोहरा, और हरियाली से ढँका वातावरण...सब कुछ कितना रहस्यमय, व्यथाकुल, बोझिल-सा लगता है। एक आभास है कि उदय कहीं गए हैं, अभी तक लौटे नहीं हैं। शायद सुबह-ही-सुबह कुत्ते को घुमाने ले जाते हैं। कितनी बार कहा कि ज़रा रुककर ही जाया करो, लेकिन नहीं, जाएँगे 'ब्रह्मवेला' में ही। कुत्ता तो रखना ही पड़ता है, वर्ना यहाँ के सुनसान एकान्त में किस पर भरोसा किया जा सकता है ? फिर भी, बहुत देर हो गई है। अब तो आ जाना चाहिए था। मैं अँगड़ाई लेकर उठ बैठती हूँ, इस तरह बदन तोड़ने से ही शायद आलस्य और ठंड कुछ कम हो...। फ्रेंच स्टाइल की खिड़की है। उसे सामने की ओर सरकाकर मैं कुहनी टेककर खड़ी हो जाती हूँ। नीचे के मोड़ पर एक गाँव है। सन्ध्या को हम लोग वहाँ तक घूमने जाते हैं। वहीं कोने पर एक लाला की दुकान है। बिस्कुट के डिब्बे, चाय और अन्य ज़रूरत की चीज़ें वहीं से ले आते हैं। थोड़ी देर में ही गाँव साफ़ दिखने लगेगा...। कितना सुन्दर दिखाई देता है,

जैसे सब कुछ सचमुच का न होकर नक़ली हो। जैसे मैं हवा की तरह हलकी होकर उछलती-कूदती उतरती हुई गाँव के पास पहुँच जाऊँगी, और मुझे क़तई चोट नहीं लगेगी। जो इतना सुन्दर है देखने में, उस पर फिसलते-लुढ़कते जाने में चोट थोड़े ही लगती है ! इतना कठोर वह हो ही नहीं सकता।

मैं सोचती हूँ—ये बादल सभी ने देखे हैं, ये सागर हरेक के मन की मरोड़ों को स्वर देता रहा है; चीड़, देवदारु, चैस्टनट और दूर दिखते खजूर-नारियल जैसे पेड़ हरेक के हृदय में उठती फुरहरियों के साक्षी रहे हैं, लेकिन कोई अपनापन है, कोई व्यक्तिगत स्पर्श है, किसी अपने व्यक्ति का आसंग (एसोसिएशन) है जो हर चीज़ को एक नई भावाकुल स्फुरणा देता है। यों खिड़की से लगे खड़े होकर, गालों पर कुहरे की शीतलता और किरणों का दुलार समेटते हुए (चाहे नाक ठंडी हो जाए) हरियाली-लदे पहाड़ों पर रुपहले तारों से कढ़ी रेखाओं जैसी नदियों को देख-देख उभरने वाला वह निर्वाक् उच्छ्वास, और गद्गद पुलक किसी को साकार या निराकार, अर्थात् स्मृतियों में उपस्थित पाकर ही तो होती है...। इस सबको कंठ तक डूबकर आँखों में भर लो...किसी को बताना है—। किसी के साथ रात के एकान्त में लेटे-लेटे, उसकी छाती के रोओं पर हौले-हौले हाथ फेरते हुए, पसलियों पर अपनी कनपटियाँ टिकाए, स्वप्नाविष्ट अवस्था में यह सब सुनाना भी तो होगा न...। होंठों में गुनगुनाना होगा, क्योंकि किसी का हाथ अपनी ऊपरवाली कनपटी पर रखा, कान के पास की लटों को बिखेर और सँवार रहा होगा। रोमांच और सिरहन की बिजलियाँ नस-नस में उतार रहा होगा—। और बाहर चुप-चुप बर्फ़ के गाले डैने फैलाए उतर रहे होंगे—। खिड़कियों के काँचों पर बर्फ़ीली फुई लग गई होगी और छज्जों पर बर्फ़ की उँगलियाँ उभर आई होंगी और उनसे बूँद-बूँद पानी टपक रहा होगा, टप्-टप्-टप्—। चीड़ के पेड़ जापानी पंखे हिला-हिलाकर झूम-झूमकर सीटियाँ बजा रहे होंगे और हवा खिड़कियों से यों टकरा रही होगी जैसे हमारा बंगला रात के एकान्त में ज्वार की लहरों में झकोले खाता बजरा हो...।

पार्श्व गिरि का नम्र, चीड़ों में डगर चढ़ती उमंगों-सी,
बिछी पैरों में नदी, ज्यों दर्द की रेखा,
विहग-शिशु मौन नीड़ों में,
मैंने आँख भर देखा—
दिया मन को दिलासा : पुनः आऊँगा
भले ही बरस दिन, अनगिन युगों के बाद
क्षितिज ने पलक-सी खोली,
तमककर दामिनी बोली,
"अरे यायावर, रहेगा याद !"[1]

देखते-देखते मुझे लगा, भूरे-भूरे रोओंवाला घना नील-कुहासा सिमटकर दूर दिखती हरियाली चोटियों से निकलते धुँए की लहराती कुंडलियों-सा रह गया है और जैसे घाटी

1. अज्ञेय।

के तल में कोई बहुत गहरी नदी है। धूप में सहसा चौंककर चकमकाने लगी है। पानी में कोई बड़ा भारी मकड़े जैसा बहता चला जा रहा है। मैं ग़ौर से देखती हूँ कि अरे, यह तो वही पार करानेवाली मशक वाला है...। लगता है, यहीं कहीं राजकुमारी अपर्णा की ससुराल के महल दिखाई देने लगेंगे...कुहरे में ढँके हैं।

टन्...टन्...टन्...अरे, तीन बज गए।...मौत का एक दिन मुअइयन है, नींद क्यों रात-भर नहीं आती ?

शनिवार : 20 जुलाई

एक बड़ा प्यारा-सा ख़त आया था। तेज का ही था। मिला उस समय जब मैं कई लड़कियों के बीच में बैठी थी। दो पोस्टकार्ड और भी थे। लड़कियाँ रिश्ते में हमारी बहनें ही थीं। दूसरे मुहल्ले से मिलने आई थीं। मन हो रहा था कि दौड़कर जाऊँ और भड़ाक से किवाड़ बन्द करके सबसे पहले उस पत्र को ही पढ़ लूँ। देखूँ क्या लिखा है ? लेकिन लड़कियों के सामने इतनी उतावली दिखानी नहीं थी। निहायत ही अचंचल और धीर हाथों से ख़त लिए। लिफ़ाफ़ा देखकर दूर से ही समझ गई थी कि वही होगा। फिर भी उन्हें इस तरह लापरवाही से किताब के भीतर रख दिया, जैसे इस तरह के ख़त तो रोज़ ही आते हैं, यह तो एक साधारण डाक है। लेकिन मन ऐसा मचल रहा था, इन सबको धक्का दे दूँ और बाहर निकलकर, शान्ति से बैठकर उस पत्र को पढ़ूँ। और फिर बातें करते-करते मन इस तरह वहीं अटका रहा कि कुछ भी सुनाई नहीं देता था, और बार-बार बात कहते-कहते भूल जाती थी। 'हाँ, क्या कह रही थी मैं ?' कहकर याद करना पड़ता था। उन पोस्टकार्डों को भी तो इसीलिए नहीं पढ़ा था कि कहीं ये कमबख़्त लिफ़ाफ़े में दिलचस्पी न दिखाने लगें, लेकिन मन था कि बार-बार उधर ही चला जाता था। बड़ी मचलन होती थी कि सारी शिष्टता और औपचारिकता एक ही वाक्य में समाप्त कर डालूँ–। यह बहुत दिनों पहले की बात है और मुझे अच्छी तरह याद है कि अकेले में भी मैंने उस लिफ़ाफ़े को ही सबसे बाद में पढ़ा था। पता नहीं, कैसी एक आतुरता और उतावलापन था कि हाथों में फड़क-फड़ककर रह जाता था, लेकिन नदीदे बच्चे की तरह उस मिठाई को मैंने सबसे बाद के लिए रख लिया था। जितनी जल्दी पढ़ूँगी, उस प्रसन्नता और उसे प्राप्त करने की व्याकुल प्रतीक्षा को उतनी ही जल्दी गँवा दूँगी...उसे थोड़ा-थोड़ा करके पाना चाहती थी, देर तक पाना चाहती थी।

जाने क्यों आजकल मुझे पुरानी बातें...बचपन की बातें, ऐसी-ऐसी बातें जिन्हें मैं जाने कब का भूल चुकी हूँ, और जिनका कोई सीधा सम्बन्ध नहीं रह गया है, अब बहुत ही साफ़-साफ़ याद आने लगती हैं। और देर तक मैं उन्हीं में डूबी रहती हूँ।

ठीक वैसी ही मचलन लगती रहती है अब हर समय मन में कि उदय से मिलना है, उदय से यह कहना है...देखें, उदय पर इस बात की क्या प्रतिक्रिया होगी, क्या असर होगा... ? उदय इस बात का क्या जवाब देंगे... ? उदय के यहाँ जाना है। फिर झुँझलाहट

होती है कि यह क्या मुसीबत है आख़िर, न उठने के रहे, न बैठने-सोने के और बोलने–बात करने का उत्साह, सभी को जाने क्या हो गया है...? पढ़ने में मन नहीं लगता। क्या होगा पढ़कर ? खिड़की से बाहर देखने लगती हूँ–पेन खोलकर लिखने बैठती हूँ तो अपने-आप भीतर से मुस्कराहट उमड़ने लगती है। क्या ख़ाक लिखे ऐसे में आदमी ? चित होकर लेटी-लेटी छत को ताकते-ताकते पता नहीं, कहाँ जा पहुँचती हूँ...। फिर चौंककर जागती हूँ। तब मन होता है कि दाँत भींचकर तीन बार सिर दीवार से मारा जाए कि होश ठिकाने आ जाएँ खट्...खट्...खट्।

कीर्ति चौधरी की एक कविता थी–

रहता तो सब कुछ वही है,
ये पर्दे...यह खिड़की...ये गमले
बदलता तो किंचित् नहीं है
लेकिन क्या होता है
कभी-कभी
फूलों में रंग उभर आते हैं
मेज़पोश, कुशनों पर कढ़े हुए
चित्र सभी बरबस मुसकराते हैं
दीवारें, जैसे अब बोलेंगी
आस-पास बिखरी किताबें सब
शब्द : शब्द
भेद सभी खोलेंगी
अनजाने होंठों पर गीत आ जाता है
सुख क्या यही है ?
बदलता तो किंचित् नहीं है
ये पर्दे...यह खिड़की...ये गमले...

हाथ देखकर एक बार तेज ने बताया था–'तेरी हैड लाइन बहुत अधिक ल्यूना की तरफ़ झुकी है। जानती है, इसका क्या अर्थ होता है ? या तो दार्शनिक हो जाएगी या पागल।'

मैं क्या हुई जा रही हूँ ?

अपने-आप ही हथेली फैलाकर देखने लगी–सन लाइन तो बहुत बड़ी है। लेकिन हैड लाइन सचमुच झुकी हुई है...पागल ही हो रही हूँ क्या ?

सुनते हैं, आप किसी के बारे में कुछ सोचते रहें, वो संसार के किसी भी हिस्से में हो, उसके हृदय में भी आभास होने लगेगा कि कोई उसे याद कर रहा है। किसी विचित्र रहस्यमय शक्ति से वह भी आपके ही बारे में सोचने लगता है...शायद मैंटल-टेलीपेथी कहते हैं इसे...। वे भी इस समय मेरे ही बारे में सोच रहे होंगे...? हिचकियाँ आती हैं तो कहते हैं कि 'कोई याद कर रहा होगा...' उदय को भी हिचकी आ रही होगी...? कैसे

उड़कर वहाँ पहुँचा जा सकता है ? ऐसा कोई मन्त्र नहीं है कि आदमी जब चाहे चिड़िया बन जाए...उनकी खिड़की में बैठा-बैठा देखा करे : क्या कर रहे हैं, क्या सोच रहे हैं ? मन-ही-मन उस समय हँसी भी आती रहे कि देखो, कोई नहीं जानता, जिसके बारे में सोच रहे हैं वह तो चिड़िया बनी खिड़की में बैठी है...

रविवार : 21 जुलाई (मध्याह्न)

अभी-अभी हाँफती चली आ रही हूँ। समझ में नहीं आता कि आज की घटना का वर्णन किन शब्दों में करूँ ? अंग्रेजी शब्द लूँ तो कितनी 'शॉकिंग' यह घटना है, कितनी अप्रत्याशित ! मैं समझ नहीं पा रही हूँ। एक तीखे अपमान की अनुभूति जैसे चेतना के परत-दर-परत बेधती चली जा रही है, और मैं भीतर-ही-भीतर तिलमिला उठती हूँ। इसकी तो मुझे उम्मीद ही नहीं थी। रास्ते-भर दिमाग़ लकवे का मारा जैसा सुन्न रहा और जब अब न रोना आ रहा है और न कुछ सोच ही पा रही हूँ तो बैठकर लिखने लगी हूँ।

जा रही थी अपने एक उधर के सम्बन्धी के यहाँ कालबा देवी। कुछ शादी-ब्याह है। अक्का तो सुबह ही पहुँच गई थी। मैं ग्यारह के क़रीब निकली। सोचा ज़रा भीड़-भाड़ कम हो जाए तो निकलूँ। यह ध्यान ही नहीं रहा कि आज तो रविवार है, पीक-ऑवर्स का प्रश्न ही नहीं उठता। ब्रॉडवे के सामने से गुज़रते हुए जाने क्या मन में आया कि टिकट मरोड़ती हुई उतर गई बस से। ब्याह-शादी का वक़्त है। छुट्टी शाम तक होगी। क्या करूँगी अभी से जाकर ? तब तक देख ही लें, अपने लेखक साहब क्या कर रहे हैं ? वैसे एक उलझन मुझे होती थी कि कहीं मैं उनका बहुत-सा वक़्त तो बरबाद नहीं कर रही ? बेचारे आर्थिक रूप से वैसे ही संघर्ष कर रहे हैं। दिन-भर लिखते रहते होंगे। एक बार इच्छा हुई अब कौन यहाँ उतरे ? लेकिन सोचा फिर, ज़रा-सी देर में ही क्या हुआ जाता है ? और अब हम लोगों में इतनी मित्रता तो है ही कि ज़रूरत होगी तो वे क्षमा माँग लेंगे। खुद ही पूछ लूँगी कि वक़्त तो बरबाद नहीं हो रहा है ? मान लो आर्थिक आवश्यकता ही पड़ जाए। इतना नहीं कर सकती मैं ?

और मैं उतर आई। देखा, तो नीचे ही बहादुर साहब खड़े हैं। उछलते-कूदते वे सीढ़ियाँ उतरे ही थे कि मुझे देखकर रुक गए। हाथ में उसके कुछ टिकट लगे लिफ़ाफ़े थे। शायद डालने जा रहा था। मैंने पूछा : "हैं क्या ऊपर...?"

बहादुर मुझे देखते ही जाने कैसी रहस्यमय और व्यंग्यात्मक मुस्कराहट मुँह पर ले आता था। मानो बताना चाहता हो कि उसे भी कुछ पता है। मेरे और उनके सम्बन्धों के बारे में वह अनभिज्ञ नहीं है। बोला : "सेठ तो सुबह सात किलाक से ही गएला है।"

"अच्छा...।" निराशा और अनखाहट से मैं कुछ बोलने ही वाली थी कि उसके हाथ के एक लिफ़ाफ़े पर दिखायी दिया—"प्रिंसेस अपर्णा..."

हैंऽऽ ! एकदम चौंक गई। मैंने हाथ बढ़ाकर कहा : "ये चिट्ठयाँ डालने जा रहा है क्या ? देखूँ तो ?"

वह एक क्षण को पसोपेश में पड़ गया, दे या न दे। फिर मेरे चेहरे पर जाने क्या देखकर ख़त उसने दे दिए। बाक़ी मैंने एक भी पत्र न देखकर उसे ही निकाला। हाँ, साफ़ ही तो लिखा था : 'प्रिंसेस अपर्णा, चौथा माला, वीचि-विलास, मैरिन ड्राइव, बम्बई–' विश्वास नहीं हुआ। मेरे हाथ काँपने लगे...हज़ारों बातें एक साथ दिमाग़ में उछल-कूद मचाने लगीं। लिफ़ाफ़ा बता रहा है कि पत्र छोटा नहीं है...भारी है। सचमुच यह ख़त अपर्णा को ही जा रहा है ? जैसे मैं उस क्षण कुछ भी नहीं सोच पा रही थी। तो क्या दोनों अपर्णा एक ही हैं ?

''लाइए...'' न जाने किस कुँए से आती बहादुर की आवाज ने मुझे चौंकाया।

गहरी साँस लेकर मैंने कहा : ''अच्छा बहादुर, जब वे ही नहीं हैं तो मैं ऊपर जाकर क्या करूँगी ? तू जाकर अपना काम-धाम देख। बस-स्टैंड के पास ही बम्बा है–मैं डाल दूँगी इन ख़तों को।''

वह हिचका। फिर जाने क्या सोचकर–''बरोब्बर'' कहकर जाने लगा तो मैंने उसे रोककर कहा : ''देख, उदयजी आवें तो कह देना कि मैं आई थी...''

''बरा...!''

फिर मैं कैसे घर आई, मुझे नहीं मालूम। सारे ख़त डाल दिए, लेकिन उसे पोस्ट-बॉक्स के मुँह में लटकाकर फिर निकाल लिया। पर्स में रखकर घर ले आई। बड़ी देर तक अपने-आपसे लड़ती रही। इसे खोलूँ या न खोलूँ ? यों किसी के अनजाने उसका पत्र पढ़ लेना कैसा अनुचित है। मैं तो अपने पत्रों को हवा तक नहीं लगने देती। कई बार इच्छा हुई, पत्र डाल आऊँ। उदय से ही पूछ लूँगी कि यह क्या मज़ाक़ है ? लेकिन उन्हें ही बताना होता तो इतना छिपाते क्यों ? हो सकता है कि वे पूरी बात ही न बताएँ ! और जब मैं उन्हें लेकर इतना सोचती हूँ तो मुझे पूरा हक़ है कि उनके बारे में अधिक-से अधिक स्रोतों से जानूँ। आख़िर मैं अपने जीवन से यों खिलवाड़ कैसे होने दूँगी ? नहीं, इसमें कुछ भी तो अनुचित नहीं है। भीतर की भर्त्सना को सुनते हुए भी आख़िर मुझसे नहीं रहा गया तो ब्लाटिंग भिगोकर लिफ़ाफ़े के गोंद वाले हिस्से पर रखा और जब वह सील गया तो बड़ी सावधानी से खोल लिया (कोई नई बात नहीं थी, बहुत बार कॉलेज में करना पड़ा था)...और अब चार खचाखच भरे सुन्दर पन्नों वाला पत्र मेरे हाथ में था। मेरा दिल धाड़-धाड़ करके बज रहा था...जैसे मेरे कानों में कोई हथौड़े मार रहा हो। घर में अकेली थी, फिर भी किवाड़ बन्द करके चोरों की तरह ख़त पढ़ रही थी और पाँवों के नीचे धरती हिल रही थी।

पूरा ख़त यहाँ नक़ल करना व्यर्थ है। उसकी जगह-जगह की लाइनें कुछ इस प्रकार हैं...

''प्रिय अपर्णा,

''तो सुजाता को इतने कॉन्फ़िडैंस' में ले लिया गया...? बड़ी जलन हो रही है हमें...। इस कमबख़्त को शे'र सुनाए जाते हैं, जुहू घुमाया जाता है...। आख़िर हम भी तो कहें की आजकल हमसे सीधे मुँह बात क्यों नहीं हो रही...? तुम्हारी चालाकी मान गए

भाई ! एक बार ज़रा सुजाता से अपने यहाँ फ़ोन पर हमारी भी बात करा दो न...।

"क्या पढ़ रही हो नया...? जो किताबें पिछली बार हमने बताई थीं उनमें देखीं एकाध ? पढ़ लो तो देखना खुद भी कि कितना बड़ा दुर्भाग्य था हमारा कि हमें ज़बरदस्ती यह अंग्रेज़ी-साहित्य पढ़ाया गया। वर्ना कहाँ खड़ा होता है यह फ्रेंच और रूसी दिग्गजों के सामने ? इन लोगों का सारा जीवन तो फ्रेंच-साहित्य और जीवन की नक़ल करने में गया है। फ़ैशन या बोलचाल में, रहन-सहन और साहित्य में फ्रेंच स्पर्श लाना जैसे हमारे यहाँ अंग्रेज़ों की नक़ल करना।

"ख़ैर, हमारी क्या पूछती हो ? वही...मज़दूरी...! सिनेरियो लिख रहे हैं...ये सिगरेटें क्यों भिजवाईं जनाब ने ? मेरे लिखने को तुम पसन्द करती हो, इसका यह मतलब तो नहीं कि सारी मेरी सनकें भी तुम ही पूरी करो ? उन्हें मुझ पर छोड़ो...यों मेरी आदत मत खराब करो...! आज तुम पाँच सौ पचपन से जीभ ख़राब कर दोगी तो कल अपनी चारमीनार कैसे चलेगी ? तुम्हारा वर्ग सनकी होने के लिए प्रसिद्ध है। भाई, आज तुम्हें मेरा लिखना पसन्द है; कल तुम्हें दूसरा पसन्द आ जाएगा...आदमी की रुचि बदलती रहती है, बदले। मुझे शिकायत नहीं है। लेकिन हम अपनी हैसियत भूलकर अपनी आदतें और रुचियाँ क्यों बदलें ? तुम्हारा यह सात्त्विक स्नेह इस संघर्ष में भी मुझे तोड़े नहीं...मैं ऐसी-ऐसी चीज़ें देता जाऊँ जो तुम्हें और भी पसन्द आएँ...यही बल दो...। यही तो तुम्हारी ओर से सबसे बड़ी भेंट होगी।

"कैसी लगी सुजाता ? लिखती बहुत अच्छा है...। बस कमज़ोरी यह है कि लिखे को गम्भीरतापूर्वक नहीं लेती...। आजकल लिखने का जोश है, कल ध्रुवस्वामिनी बनने का जोश होगा तो दिन-रात बस ऐक्टिंग करेगी...। (वैसे लड़कियाँ ऐक्टिंग कब नहीं करतीं ?) थोड़ी-सी बातूनी है; लेकिन मन लगता है उससे बातें करने में। और बम्बई में ऐसे कितने लोग हैं जिनसे निःस्वार्थ भाव से खुलकर मतलब-हीन और बेमतलब बातें करके जी हलका किया जा सके ? व्यापारी नगर है न...इसलिए लोग बातें नहीं करते, शब्दों को इन्वैस्ट करते हैं। जो भी हो, सुजाता सिंसियर है, तुम जिस हद तक चाहो, उसके साथ निस्संकोच भाव से आत्मीय हो सकती हो...अच्छा, आपके लिए ऐसी अच्छी सहेली जुटाने की हमारी बख़्शीश... ?

"अभी भी कमबख़्त समझती है कि तुम और मेरी बहन अपर्णा दोनों अलग-अलग हैं और वह कहीं शिमला में है...

"अच्छा, अब चलें, आज डायरेक्टर साहब ने पैसे देने के लिए बुलाया है। देखें, कुछ देते हैं या आज भी आश्वासन मिलेगा..."

काग़ज़ के पन्नों को उलट-पुलट रही थी और मेरी समझ में नहीं आ रहा था कि अपने मन की उथल-पुथल को किन शब्दों में समझूँ या व्यक्त करूँ ? कैसे वह सब बताऊँ जो मैंने उस समय महसूस किया था...? पिछला एक-एक चित्र मेरे सामने से गुज़र रहा था...। उदय ने आख़िर मेरे साथ यह मज़ाक क्यों किया...?

और फिर मैं ज़ोर से खिलखिलाकर हँस पड़ी : 'हाय, कितना भयंकर आदमी है

यह...। इसने कभी हवा तक नहीं लगने दी कि उसकी बहन अपर्णा और प्रिंसेस अपर्णा एक ही व्यक्ति हैं। ग़ज़ब का ऐक्टर है। सचमुच यह फ़िल्मी कथा-लेखन में नए प्रयोग कर सकेगा...। क्या बेवकूफ़ बनाया है मुझे भी। मैं कैसी चुपचाप उसकी सारी बातें मानती चली गई !'

लेकिन यह मज़ाक़ उदय ने क्यों किया...? उदय का प्रिंसेस से भी परिचय होगा इस बात की मैं कल्पना भी नहीं कर सकती थी और वह भी ऐसा निकट परिचय ! अच्छा, अगर मान लो, है भी तो उसे छिपाने की ज़रूरत क्या थी ? मुझे बता ही देते तो क्या हो जाता...? उसे इतना रहस्य बनाकर रखने की क्या आवश्यकता थी ?

तो सचमुच ही यह आदमी 'चरित्रहीन' है क्या ?—रजनी, अपर्णा, और भी जाने कौन-कौन होंगी...? लेकिन अपर्णा के परिचय से लगता तो नहीं है कि कहीं भी कुछ ऐसी बात है...

फिर भी आख़िर मुझसे छिपाया क्यों ?

और उसके बाद मैं यह जानते हुए भी कि सन्ध्या को उदय का मिलना असम्भव है, उदय के यहाँ गई...। अपने उस सम्बन्धी के यहाँ से बहाना करके जल्दी लौटी और अपने रास्ते से हटकर कॉफ़ी हाउस के सामने से गुज़री...कि शायद वहीं दिख जाएँ और अब यह डायरी लिखने बैठ गई हूँ...

सोमवार : 22 जुलाई

रात-भर नींद नहीं आई...। रह-रहकर आँखें खुल जातीं और लगता, जाने कब सुबह होगी...। लेकिन सुबह-सुबह जाना भी तो एक तरह से ठीक नहीं होगा। वहाँ मुलायम सिंह होगा। कल बहादुर ने मेरे आने की बात कही ज़रूर होगी...। शायद ख़त देने की बात भी कह दी हो...। सुबह से मैं टेलीफ़ोन ही की राह देखती रही। शायद टेलीफ़ोन ही आ जाए...और जब अब प्रतीक्षा असह्य हो गई है तो फिर लिखने बैठ गई हूँ। ठीक दस बजे यहाँ से चल दूँगी...।

दोपहर

वहाँ से आते ही फिर लिखने बैठ गई हूँ। हर क्षण मुझे लगता है कि मैं लिखना-पढ़ना छोड़-छाड़कर सिसक-सिसककर रो न पड़ूँ। पता नहीं, मैं अकेली आई हूँ या नीचे तक उदय मेरे साथ आए। शायद खुद ही आई थी : हाय राम ! जाने क्या होनेवाला है ? जाने किस रहस्य का उद्घाटन हो रहा है...? नहीं, मैंने तो उनके साथ कोई खेल नहीं खेला...कोई चाल नहीं चली कि 'शह' खाकर अब मात खाऊँ... ! मुझे खुद विस्मय हो रहा है कि सुबह तक प्रचंड उत्सुकता की तनाव-भरी स्थिति में मैं बचूँगी कैसे ? व्याकुलता की इस भट्ठी पर कहीं मेरा हार्ट-फेल न हो जाए...। मैं किससे जाकर कहूँ कि देखो, मैं

मर जाऊँगी। उत्सुकता के मारे मेरी नस-नस तड़की जा रही है, मेरी छाती फटी जा रही है। एक चीज़ है जो मुझे अभी इसी क्षण जान लेनी चाहिए...; लेकिन उसे जानने के लिए मुझे ठीक बाइस घंटे राह देखनी होगी—रुकना होगा।

जब मैं उदय के कमरे में पहुँची तो ठीक दस बजे थे। उदय खिड़की पर सिगरेट पीते-पीते कुछ सोच रहे थे। मैंने धीरे से दरवाज़े पर खट-खट की तो बहादुर ने, शायद किचन से निकलकर, दरवाजा खोल दिया और मुझे देखकर उसके चेहरे पर वही परिचय और आत्मीयता की रहस्य-भरी मुस्कराहट खिल उठी। उसकी चपटी-सी नाक और भारी-भारी पलकों वाला चेहरा आज मुझे निहायत ही कुरूप लगा। उदय का ध्यान तब भी भंग नहीं हुआ था। अँगुली पटककर सिगरेट झाड़ते-झाड़ते कुछ देखे जा रहे थे। भीतर आ गई। हस्ब-मामूल शतरंज की बाज़ी लगी बिसात रखी थी। बिस्तर पर वही कटी लोथों जैसे तकिए इधर-उधर पड़े थे। मन में ऐसी मिसमिसाहट और आवेग उठ रहा था कि दौड़कर उनके दोनों कन्धे पकड़ लूँ और झकझोरकर पूछूँ : 'बताओ, तुमने मेरे साथ यह मज़ाक़ क्यों किया ? कोई और नहीं रह गया था यह सब करने को ?' कल मुझे जिस बात पर हँसी आ रही थी, आज रह-रहकर झुँझलाहट के असफल आवेश पर रोना आ रहा था।

मैं जैसे कोई बहुत बड़ा निश्चय करके आई थी। बड़ी शान्ति से पाँव के ऊपर पाँव रखकर बैठ गई कुर्सी पर। और दरवाज़ा बन्द करके किचन में चले गए बहादुर से ज़ोर से पुकारकर बोली : "बहादुर, दो कप चाय बनेगी।"

उदय मुड़े : "अरे ? तुम ?" फिर वे बड़ी प्रसन्नता से (मुझे देखकर हमेशा ही उनका चेहरा खिल जाता था) मेरे पास आकर बोले : "मैं तो अभी-अभी यही सोच रहा था कि कैसे तुम्हें कंटैक्ट करूँ ? आपके घर जाना बेकार था, वह तो सिर्फ़ आपके लिए 'रैन-बसेरा' है। टेलीफ़ोन के लिए नीचे तक जाना होता...कहिए मेरे लायक़ काम... ?"

मैंने देखा, उनके चेहरे पर अजब सुस्ती छाई है और आँखों के नीचे गहरी-गहरी लकीरें खिंच आई हैं। रात में न सो पानेवालों के चेहरे पर जैसी कुछ थकान और लाचारी की छाप आ जाती है, वैसी ही उदय के चेहरे पर थी। निहायत गम्भीरता से, मैंने सामने खड़े हुए उदय को भौंहें उठाकर देखा : "आपकी बातें हो चुकीं ? अब आप सामने बैठ जाइए, और जो-जो पूछती जाऊँ, वह साफ़-साफ़ बताते जाइए..."

मेरी इस गम्भीरता से उदय चौंक गए। शायद मुस्कराने का प्रयत्न भी किया या किसी मुस्कराहट का हलका-सा आभास खोजने के लिए उन्होंने ग़ौर से मेरे मुँह की ओर देखा और उन्हें लगा कि होंठों के कोने में कहीं बड़ी हलकी-सी मुसकराहट का कण अटका है। एकदम हँसकर बोले : "शायद ओ हेनरी ने कहीं एक बड़ी मज़ेदार बात कही है"—फिर मेरी ओर देखा कि मैं उस प्रसिद्ध कहानीकार की बात सुनने के मूड में हूँ या नहीं : --"उसने लिखा है कि रात के बारह बजे आप भागते-दौड़ते किसी भी भले आदमी के किवाड़ पर जोर से पीट डालिए और जब वह घबराया-बौखलाया बाहर निकले तो हाँफते हुए टूटे स्वर में कहिए कि, 'भागो तुम्हारा सारा भंडाफोड़ हो गया है।' उस एक

निमिष के लिए कोई भी ऐसा आदमी आपको नहीं मिलेगा जो बौखलाकर घबरा न उठे, और उसके हाथ-पाँव काँपने न लगें। फिर दूसरे ही क्षण चाहे वह स्वस्थ क्यों न हो जाए...''

भौंहों में मरोड़ लाकर मैंने भारी आवाज में पूछा : ''मैं पूछती हूँ, हो गई आपकी बात ? अच्छा, अब मेरी बात का जवाब दो, आपने मेरे साथ यह चालाकी क्यों की... ?'' और बिना कुछ कहे मैंने पर्स से निकाल लिफ़ाफ़ा उनके सामने बढ़ा दिया।

वे जैसे एकदम सन्नाटे में आ गए। उसे ऐसे घूरते रहे, जैसे देखते-देखते वह अभी अदृश्य हो जाएगा...। बड़े हकलाए और सूखे गले से शब्दों को ठेल-ठेलकर पूछा : ''यह...यह तुम्हें कहाँ मिला... ?''

''यह छोड़िए...अपने इस अपराध की माफ़ी मैं पीछे माँगूँगी कि यह मुझे कहाँ मिला या मैंने इसे क्यों खोलकर पढ़ा, लेकिन मैं यह जानना चाहती हूँ कि यह धोखा आपने क्यों दिया ? क्यों यह बात छिपाए रहे ?'' ज़ोर देकर मैंने कहा। अभी तक जिस दृढ़ता और जिन निश्चयों को मैं दुहराती और जिन बातों की मैं रिहर्सल करती आई थी, वे सब ग़ायब हो गए थे और उत्तेजना से मेरी ठोड़ी काँपने लगी थी। लगा ज़रा देर यह और चुप रहेंगे तो मैं रो पड़ूँगी।

तब तक वे सुस्थ हो चुके थे। ऊपर छत की ओर मुँह करके गला फाड़कर हँस पड़े : ''तो आपको आख़िर पता चल ही गया...। मुझे भी यह सन्देह होने लगा था कि तुम्हें बीच में ही पता न लग गया हो...। ख़ुद सोच रहा था कि तुम्हें बता ही दिया जाए।''

हँसी सामनेवाले को कभी-कभी बड़े बेमौक़े अप्रतिभ कर देती है। मैं खिसियानी और रुआँसी हो आई। ज़बरदस्ती मुस्कराने की कोशिश करते हुए कहा : ''कल से मुझे रह-रहकर यही हो रहा था कि मुझे ही बुद्धू बनाने की ऐसी ज़रूरत क्या आ पड़ी थी ? और मैं भी तो कैसी बेवकूफ़ थी कि इतनी-सी बात भी मेरी समझ में नहीं आई। यों अपने को बड़ी चालाक लगाती हूँ।''

मेरे चेहरे के उतार-चढ़ावों को देखकर वे हँसते रहे : ''चालाक ही तो मारे जाते हैं...''

''ताज्जुब तो मुझे यह है कि उस कमबख़्त प्रिंसेस के चेहरे पर कहीं इतनी-सी शिकन नहीं आती थी। आपकी बुराई ऐसे करती थी जैसे उसे आपसे क्या मतलब ? अच्छा, अगर मुझे आप यह सब बता ही देते कि प्रिंसेस अपर्णा और आपकी बहिन अपर्णा दोनों एक ही हैं तो आख़िर क्या मुसीबत हो जाती...सूनूँ ?''

''तब आज वाला आनन्द कहाँ से आता ?'' अपनी चालाकी की सफलता से उनका चेहरा खिल उठा : ''आप समझती हैं कि जो भी बातें आप मुझे बताती थीं, वे मुझे पहले से पता नहीं थीं...?''

मैं खिजला उठी : ''सो तो सब ठीक है। अब तो मेरे सामने सभी कुछ साफ़ हो गया। हम अपने-आपको बड़ी तीसमारखाँ एक्टर समझते थे। आप दोनों ने तो सचमुच ही एक्टिंग में कमाल कर दिया...''

"हार मान ली न ?" पंजा फैलाकर दुष्टता से मुस्कराते हुए उदय ने पूछा।

"हार की क्या बात है, यह तो सरासर धोखा है...। इट्स नॉट-ए फ़ेयर गेम..." झुँझलाकर मैंने होंठ एक ओर झटक दिए।

और वे बड़ी देर तक हँस-हँसकर मुझे यही बताते रहे कि किस समय कहाँ बेवक़ूफ़ बनाया और अपने ऐसी आसानी से बेवक़ूफ़ बनते चले जाने पर मुझे भी हँसी आती रही...।

"मुझे पता था कि ऐक्टिंग पर तुम्हें इनाम मिलेगा, इसलिए मैं गया नहीं..." वे बता रहे थे।

और फिर जैसे किसी ने स्विच बन्द करके अँधेरा कर दिया हो, इस तरह उनके चेहरे का सारा उल्लास और हास्य गायब हो गए...और रात-भर जागी हुई एक अजब दर्दीली-सी उदासी छा गई। भौंहें भारी हुई तो माथे की आड़ी सलवट बीच में उभर आई। पीछे दोनों पंजों को आपस में उलझाए हुए वे गम्भीरता से टहलते रहे। फिर दूसरी ओर जाकर उधर मुँह किए हुए ही बोले : "सुजाता, तुम मुझे विश्वास दिला सकती हो कि मैं जो कुछ भी कहूँगा उसका तुम क़तई बुरा नहीं मानोगी... ?" फिर ख़ुद ही बोले : "और मैं समझता हूँ कि हम लोगों के बीच में ऐसे सम्बन्ध या ऐसी अंडरस्टैंडिंग बन गई है कि भावावेश में उद्विग्न या उत्तेजित होने या बुरा मानने की बजाए हम दोनों ही ज़ोर देकर अपनी बात समझ और समझा सकें। और तब भी अगर काम न चले तो 'अपनी इच्छा' कहकर उस पर अड़ सकें..."

मेरे कान खड़े हो गए और सहसा दिल एक सुपरिचित लेकिन नितान्त अनजान मधुर आशंका से धक्-धक् करने लगा। मन हुआ कह दूँ, 'मैं जानती हूँ, आपको क्या कहना है।'

वे सोचते रहे कि अपनी बात को कैसे रखें। फिर जैसे शब्द को जबरन धकेलकर बोले : "सचमुच सुजाता, मुझे बड़ी तकलीफ़ हो रही है, कैसे तुमसे यह बात कहूँ ? तुम ग़लत समझोगी..."

"अब बताओ भी न ? कह तो दिया कि नहीं मानेंगे बुरा..." मैं उत्सुकता से अकुलाकर बोली। मानो मैं जानती थी कि वह कौन-सी बात है जो उनकी ज़बान पर नहीं आ रही। और उसके जवाब में मैं क्या कहूँगी...कैसे व्यवहार करूँगी– ? यह सब कुछ अगरु-धूम्र-सा उमड़-उमड़ मेरी आँखों के आगे एक झीने पारदर्शी पर्दे की तरह आने लगा...। और एक बार फिर झलक उठा वही पहाड़ी बंगले के शीशे की खिड़कियों वाले बरामदे का कोना...नीचे बहती नदी की गूँज और धूप का उभरता उजास। उस दिनवाली बस की तरह सब कुछ आउट-ऑफ़-फोकस तस्वीर जैसा लगने लगा।

मेरे 'बताओ' शब्द पर कुछ चौंककर एकदम सिर उठाकर उदय ने मुझे देखा, देखते रहे और फिर खिड़की की ओर टहलते हुए चले गए। फिर यों ही एक-एक क़दम रखते हुए चले आए मेरे पास तक। उनकी पीठ पर निगाहें गड़ाए मैं कैसे अपनी उत्सुकता

रोकती रही, यह मैं ही जानती हूँ। आख़िर कुछ निगलकर गहरी साँस को दबाते-से वे बोले : ''नहीं, बात मुझसे ठीक से रखी नहीं जाएगी...पता नहीं, तुम उसका क्या उल्टा-सीधा अर्थ लो...मैं लिखकर ही दे दूँगा। कल ले लेना...डाक से भेजना तो शायद ठीक नहीं रहेगा।''

जाने कैसी मनहूस कल्पना से मेरा दिल धक् से रह गया। शायद इस विषय में ज़्यादा उत्सुकता दिखाना मेरी बेशर्मी हो; लेकिन अपने उमड़ते आते दिल को दबाऊँ भी तो कैसे ? बड़े घुटे गले से पूछा : ''बात का कुछ आभास तो देते न ?''

खड़े-खड़े वे ग़ौर से मेरी तरफ़ देखते रहे, लगा जैसे आन्तरिक व्यथा से उनके चेहरे की रेखाएँ कुछ काँपीं : ''अगर मैं यह कहूँ कि यह तो सिर्फ़ शह थी और असल में तुम मात खा गई हो तो तुम्हें कैसा लगेगा...? सच सुजाता, कई बार मेरे मन में आया कि मैं यह सब न करूँ, मेरे हाथों से कम-से-कम यह सब न हो...लेकिन एक बार खेल शुरू हो चुका था—मैं क्या करता ?'' उनके गालों और होंठों के बीच की आड़ी रेखाएँ करुण हो आईं...''कई बार मैं अपने मन की भर्त्सना से लड़ता रहा कि तुम जैसी सहृदय और भोली लड़की से यह ख़तरनाक खेल न खेलूँ...लेकिन पता नहीं कैसा क्रूर आनन्द था कि खेल चलता ही गया—। सचमुच मुझे माफ़ कर देना सुजाता—अब भी मैं दिल से चाहता हूँ कि तुम जैसी अच्छी लड़की से मित्रता का सम्बन्ध बना रहे...''

''आख़िर कुछ बात भी बताएँगे...?'' रोने-रोने को होकर मैं बोली, उत्सुकता के मारे मेरा सिर फटा जा रहा है। ''मुझ पर दया कीजिए...'' मुझे लग रहा था कि भरे जाड़ों में मैंने अपना सिर ब्रफ़ीले पानी में डुबा दिया है...। कानों में अजब-अजब-सी आवाजें आने लगी थीं और डर था कि कहीं बेहोश न हो जाऊँ।

उन्होंने मुझे देखा और पास आकर कन्धे थपथपाए—दिलासा-सा देते हुए ऐसी मजबूरी के स्वर में बोले, मानो भीख माँग रहे हों : ''थोड़ा, बस, थोड़ा-सा शान्त हो जाओ सुजाता। अब मैं तुमसे कुछ भी नहीं छिपाऊँगा—मुझसे छिपाया ही नहीं जाएगा...। सभी कुछ बता दूँगा। चाहूँ तो मैं अभी बात को समाप्त कर सकता हूँ, और सारी चीज़ एक सुन्दर मज़ाक़ बनकर रह जाएगी...लेकिन घनिष्ठता की इस सीमा पर आकर धोखा देने को मन नहीं करता...'' कुछ था जो उनके भीतर ऐंठ रहा था।

और मुझे लगा मैं सिसककर रो पड़ूँगी...। इस आदमी को ज़रा दया नहीं है ? मुझे बिलकुल भी पता नहीं कैसे घर आई। उदय साथ टैक्सी में आकर छोड़ गए या मैं अकेली ही आई। हाय, कौन-सा रहस्य है... ? कहीं मैं मात खा गई हूँ...कोई मुझे बताओ रे, किन सुनसान जंगली घाटियों में मुझे परास्त कर दिया गया है...। मैं तुम्हारे हाथ जोड़ती हूँ, पाँव पड़ती हूँ, मेरे ऊपर दया करो। मैं मर जाऊँगी...मुझे बताओ, आख़िर बात क्या है...? इस समय अगर मेरे पास पिस्तौल हो तो शायद मैं अपने-आपको शूट कर लूँ। पिस्तौल प्रिंसेस के पास होगी...क्यों न प्रिंसेस से ही इस बात का पता लगाया जाए... ? अरे, इतनी सीधी-सी बात मेरी समझ में नहीं आई ?

पन्द्रह मिनट बाद

अभी-अभी प्रिंसेस को फ़ोन किया तो पता चला कि ''इस समय अपने सॉलिसिटर और महाराज-कुमार के साथ कुछ ज़रूरी बातें कर रही हैं...आप फ़ोन दो-तीन घंटे बाद कर लें तो अच्छा हो''...तुम्हारा सिर !

मंगल : 23 जुलाई

अपमान और क्रोध की एक आग है जो ज़हरीली लहरों की तरह रह-रहकर मेरी नसों में लहक रही है—क्या हक़ था इसे मेरी भावनाओं से यों खिलवाड़ करने का ? जी में आता है कि पागल और उद्भ्रान्त की तरह इसके सारे कपड़े चीर-चीर कर डालूँ, घूँसों और मुक्कों से इसे कूट-कूट-कर बेहाल कर दूँ; नाखूनों और दाँतों से इसके चिथड़े उड़ा दूँ और फिर इसके मुँह पर खूब थूकूँ 'ले, और ले, और खेल।' लेकिन जो कुछ उदय ने अपनी डायरी में लिखकर मुझे दिया है, उसे हाथ में लिये स्तब्ध और लकवामारी-सी मैं यों ही बैठी रही...

उदय की डायरी : फाड़ा हुआ पन्ना

सोमवार : 22 जुलाई (रात्रि, एक बजकर दस मिनट)

...सिंह साहब के खर्राटों के बीच, डेढ़ घंटे से डायरी सामने रखे बैठा हूँ और समझ में नहीं आ रहा कि इसे शुरू कैसे करूँ ? पहले रोज़ लिखा करता था। अब तो जैसे आदत ही छूट गई है। चाहता हूँ अपने-आपको सुजाता के सामने खोल दूँ; लेकिन जैसे कोई ज़बान रोक लेता है। और यही संकट आज उस समय आया जब उसने सारी बात को ज़बानी सुनने का आग्रह किया। ख़ैर, मैंने वचन दिया है कि सारी स्थिति को लिखकर ज्यों-का-त्यों रख दूँगा। प्रार्थना करूँगा कि 'सुजाता, इतना सब जानकर भी अगर कर सको तो क्षमा अवश्य कर देना।'

इस सारे दौरान मैं यह डायरी लिखते हुए भी कितनी उत्कट आत्म-भर्त्सना और कचोटती ग्लानि से तिलमिलाता रहा हूँ, मैं ही जानता हूँ। नहीं कह सकता कि इसे लिखकर, पढ़ा चुकने के बाद भी हमारी मित्रता क़ायम रह पाएगी या नहीं। लेकिन सुजाता के प्रति मेरा स्नेह, घनिष्ठता और विश्वास कम-से-कम यहाँ न टूटें—मेरी निश्छल कामना, विनम्र प्रार्थना यही है। इस सबके बाद ज़ोर तो उससे दे ही कैसे सकूँगा, लेकिन अनुरोध उससे अवश्य करूँगा। जाने मेरी बात रखेगी भी या नहीं ?

मैंने उससे कहा था : 'कई बार मेरे मन में आया कि खेल को यहीं समाप्त कर दूँ।' शायद यह मज़ाक़ हम लोगों को और भी आत्मीय और निकट बना देता। उसका और मेरा सम्बन्ध एक मधुर मित्रता का ही चलता रहता और उसके बीच यह सब 'चालें' न आतीं। लेकिन मेरी समझ में नहीं आता कि मैं कर भी क्या सकता था ? खेल तो मेरे न चाहने पर भी शुरू हो चुका था। शीशे की एक दीवार थी, जिसके एक ओर एक खिलाड़ी बैठा था और दूसरी ओर दूसरा। चाल ऐसी आ गई कि मैंने पाया, सुजाता अचानक 'अर्दब' में आ गई है। चाहते हुए भी उसे हटाया नहीं जा सकता। उसे हटाना अपने 'शह' का मोह छोड़ना था, अपनी हार स्वीकार करना था। और हारना मेरे 'खिलाड़ी' को गवारा नहीं था।

कभी-कभी खयाल आया करता था कि मैं भी किस ज़माने में रह रहा हूँ मानसिक रूप से; जब प्रतिभावान राजकुमारियाँ तरह-तरह की पहेलियाँ और बाजियाँ लगाकर सारे संसार को ललकार दिया करती थीं कि जो भी इस बाज़ी को जीत लेगा, राजकुमारी उसी

की होगी। (साफ़ कहूँ तो ऐसी किसी भी 'प्राप्ति' का लोभ यहाँ नहीं था) और परदे के पार से राजकुमारी चालें चलती और अगले दिन खेलनेवाला फाँसी पर चढ़ा दिया जाता। एक बार कोई फटेहाल खाना-बदोश कमन्द लगाकर आधी रात के सन्नाटे में पीछे से ऊपर चढ़ आया; क्योंकि सदर फाटक से उसे आने नहीं दिया गया था। उसने राजकुमारी को जगाया और खेल शुरू हो गया। खेल शुरू हो गया और मैं सुजाता के सामने दूसरी लड़कियों के नाम लेता था, ख़ास तौर से अपर्णा का नाम लेता था, कि वह चाहे तो अपर्णा के बारे में हर प्रकार की कल्पना कर सके। और इसके लिए छूट देता गया कि वह चाहे तो बहन अपर्णा और प्रिंसेस अपर्णा को एक भी समझ ले...। उसके मानसिक प्रवाह में मैंने कभी बाधा नहीं दी; लेकिन मैं जब-जब सुजाता से मिला हूँ यह टीस मुझे सालती रही है कि ऐसे सरल हृदय प्राणी के साथ मुझे यह 'खेल' खेलना पड़ रहा है।

ख़ैर तो सारी वस्तुस्थिति को शायद मैं यों रख सकूँगा।

जब मैंने पहले-पहल सुजाता की रचनाएँ पढ़ीं तो मुझे लगा कि इस लड़की में प्रतिभा है, अन्तर्दृष्टि है, और है एक ताज़ी बात कहने की शैली। और सब कुछ इतना सहज और सरल लगा कि शायद बहुत कम जगह देखने में आया। लगा, इसे विकास देना चाहिए। शायद हम लोग नारी दृष्टिकोण से लिखी कुछ अद्भुत चीज़ें पा सकें—

लेकिन साफ़ कहूँ तो मेरे मन में यह बात शुद्ध कला की सेवा या एक नई प्रतिभा को प्रोत्साहन देने के लिए नहीं आई थी—वस्तुतः इस भावना के पीछे था एक उगती हुई प्रतिभा को पी जाने का स्वार्थ। मेरे मन की प्रताड़ना और आत्म-भर्त्सना का कारण यह नहीं है कि मैंने अपनी मित्र और एक भोली लड़की को धोखा दिया, उसकी भावनाओं के साथ खिलवाड़ किया—बल्कि यह कि मैंने एक उगती प्रतिभा को अपने स्वार्थ के लिए हथियार बना लिया था—या बनाना चाहा था। यों मुझे अब भी विश्वास है कि कोमल और आत्मीय सुजाता चाहे जितनी हो, उसकी शक्ति आसानी से चुकेगी नहीं, और अपना यह विश्वास मुझे कितनी प्रसन्नता देता है, कह नहीं सकता।

मेरे बारे में यहाँ जो 'यश' फैला है उसे जानते हुए भी सुजाता मेरे परिचय की निकट परिधि में आती चली गई, उसने समय-समय पर मेरी अशिष्ट उपेक्षाओं को भी सहा... मुझे उसका यह साहस और स्वभाव दोनों अच्छे लगे। लेकिन मैंने उससे छिपाया नहीं कि मेरे अन्य लड़कियों से भी मित्रता-सम्बन्ध हैं, इसलिए हमारा यह सम्बन्ध भी ग़लत नहीं समझा जाना चाहिए। हो सकता है, इसे सुजाता ने इस रूप में लिया हो कि मैं उस पर प्रभाव जमाना चाहता था। इसमें भी अपर्णा का ज़िक्र मैंने विशेष रूप से किया था।

अपर्णा प्रिंसेस है या प्राइमरी स्कूल की टीचर, इसे जानने की मैंने भी कभी चिन्ता नहीं की। उसे पढ़ने का शौक़ है और रचनाओं पर खुलकर बेलाग राय दे सकती है; स्वभाव से मित्र या फ्रैंडली है, मेरे जानने के लिए इतना क़ाफ़ी है। एक बात के बारे में मैं ज़रूर सावधान रहा हूँ। जब-जब वह प्रिंसेस बनकर मेरे सामने आई, मैंने उसे अत्यन्त विनम्रतापूर्वक अप्रत्यक्ष-रूप से समझा दिया कि मेरे निकट वह एक पाठिका और मित्र है बस। जिन विकट और विषम परिस्थितियों में मैं रहा हूँ उनमें मैं चाहता तो उसके

प्रिंसेस होने का फ़ायदा भी उठा सकता था; लेकिन मुझे हमेशा लगता रहा है कि उसे यों प्रिंसेस स्वीकार कर लेना अपनी मित्रता का अपमान होगा, अपने उस आधार का अपमान होगा जो हमारे परिचय का माध्यम था। और फिर हम लोग मित्र न रहकर कुछ और रह जाएँगे।

मुझे याद है, एक बार सुजाता ने कहा था : 'जब वह आपकी बहन है और इतनी आत्मीय और घनिष्ठ है तो आवश्यकता पड़ने पर आप उसके पास नहीं तो और कहाँ जाएँगे ? आपकी अपनी बहन होती तो नहीं जाते क्या ? या खुद उसका यह फ़र्ज नहीं होता ? बात सुजाता की ठीक थी। लेकिन वह नहीं जानती कि जिस वातावरण में अपर्णा रहती है, उसमें ऐश्वर्य और पैसा हमेशा एक हौवा बनकर भोगनेवाले और भोग्य के बीच में खड़े रहते हैं। यानी इन लोगों के दिमाग़ में यह जम जाता है कि अलग-अलग रास्तों से हम तक आने वाला हर आदमी, केवल पैसे के लिए ही आता है। चाहूँ, तो इस बात को कुछ और अधिक सच्चे रूप से शायद इस तरह रखा जा सकता है कि खुद इन बेचारों को अपनी व्यक्तिगत अयोग्यता का इतना अधिक विश्वास होता है कि वे जानते हैं : उनके सारे सम्बन्धों और सम्मानों के पीछे उनके अपने व्यक्तिगत गुण नहीं, पैसा है...

अपर्णा और मैं दोनों जिन दो विरोधी परिस्थितियों में हैं उनमें मुझे हमेशा ही यह डर रहा है कि कहीं उसे भी यही विश्वास न हो जाए। इसलिए इस ओर से शुरू से ही सचेत और सावधान रहा हूँ। फिर भी इस जिज्ञासा से कैसे इनकार करूँ कि अपर्णा और उसको दुनिया के बारे में अधिक-से-अधिक नहीं जानना चाहता था ? मेरी यह दुर्दम महत्त्वाकांक्षा रही है कि मैं उसे उसके सम्पूर्ण परिवेश में जानूँ, उसे अन्तर्तम तक जानूँ। आख़िर उस जगह पनपनेवाले, रहनेवाले लोग कैसे सोचते हैं, कैसे रहते हैं और कैसे उनके आपसी मनोविज्ञान होते हैं या कैसा उनका मन हो जाता है ? इस सबका अपर्णा के माध्यम से अध्ययन करना चाहता था। यों ड्रांइगरूम में चाय पी आना, या सड़क पर कार से गुजरते देखकर जो मन हो सो कल्पना कर डालना, उन पर अपने आदर्श थोपकर रहन-सहन को गाली-प्रशंसा देना मुझे सन्तोषजनक और ईमानदार नहीं लगा। जाने क्यों इसे मेरा लेखक स्वीकार नहीं कर पाया।

लेकिन अब तो खुद सुजाता ने भी देख लिया कि अपर्णा बेचारी किन शीशे की दीवारों में क़ैद है। अपनी इस दीवार को वह खुद मेरे सामने भी एक रहस्य बनाए रखना पसन्द करती है, या इसमें आनन्द लेती है। पहले ईंट-पत्थरों की दीवारें उसे उसकी रियासत में क़ैद किए थीं, जहाँ से निकलने पर चारों तरफ़ कपड़े की दीवारें खड़ी कर दी जाती थीं। खिड़कियों पर मोटे-मोटे पर्दे, पर्दों की दीवारें और पालकी तक कपड़े के पर्दों की सुरंग। यह राजकुमारी का पहला जीवन था और आज वह शीशे की दीवारों से घिरी है।...शीशे की खिड़कियाँ, शीशे के दरवाज़े, शीशे के मोबाइल पार्टीशन; बाहर आने पर कारों के बन्द शीशे...खुले आसमान के नीचे शीशे के गॉगल्स और फिर वही क्लब, सिनेमा और होटल रेस्त्राओं के शीशे के दरवाज़े... ! शॉपिंग करने गए तो दरबान ने सलाम मारा और शीशे का दरवाज़ा खुला...फिर वही जेल। बात करने का तरीक़ा भी

वही टेलीफ़ोन या वही जड़ तहज़ीब-क़ायदों की अदृश्य और पारदर्शी शीशे की दीवारें। और इनके पास से हम लोगों को बेज़बान पुतलों की तरह घूमते-फिरते और होंठ हिलाते देख सकते हैं। लेकिन ये बोलते भी हैं, इनके कंठ में भी आवाज़ें हैं जो दूसरे तक पहुँच सकती हैं या उसे छू सकती हैं; ऐसा कभी लगता ही नहीं... ! मैं कहूँ कि पत्रों या टेलीफ़ोन से अत्यधिक आत्मीय रहते हुए भी अपर्णा को हमेशा ही यह ख़याल रहा है कि कहीं यह शीशे की दीवार टूट न जाए...यह इतनी क़ीमती और दुर्भेद्य है, यह जो उसे परम्परा और इतिहास से मिली है ! बन्द मुट्ठी की तरह अपने आसपास एक रहस्य बनाए रखना भी तो एक अजब-सी रोमांटिक गुदगुदी देता है न...

हो सकता है कि अपर्णा के लिए यह एक बहुत बड़ा क्रान्तिकारी क़दम हो कि वह ईंट-चूने की अन्धी दीवारों और कपड़े की लचीली लक्ष्मण-रेखाओं या लोहे के छड़ वाले जँगलों और फाटकों को पार करके शीशे की पारदर्शी दीवारों के पीछे आ गई है, जहाँ से वह दुनिया को देख सकती है और दुनिया उसे...।

पहले हम सुना करते थे कि हममें से ही कोई है जो इन दीवारों के पीछे क़ैद हैं, सिसकते हैं, घुटते हैं और अन्त में वहीं दम तोड़ देते हैं। कभी आते-जाते उनकी झलक भी मिल जाती थी। लोक-कथाओं और इनकी सेवा-टहल वालों से, इन्हें लेकर उल्टी-सीधी बातें भी सुनाई दिया करती थीं। उनमें सच को इतना बढ़ा-चढ़ा दिया या बिलकुल ही घोट दिया जाता था कि बात का पता ही नहीं लगता था। लेकिन अब अपने सामने यों एक पारदर्शी पर्दे के पार से इन्हें देखकर तो उत्सुकता और भी बढ़ती है : ये जो हमारी तरह चलते-घूमते, होंठ हिलाते और खाते हैं, आख़िर क्या सोचते हैं ? किस तरह सोचते हैं ? क्या बातें करते हैं और किस कोण से दुनिया को देखते हैं ? सब मिलाकर अपनी इच्छा से ली गई बस अजब-सी क़ैद में इनकी मानसिक स्थिति और बनावट क्या हो जाती है ? पंखों, कूलिंग-प्लांटों और एयर-कंडीशनिंग की आब-हवा और फ्लोरेसेंट या नियॉन लाइटों के प्रकाश में इनकी दृष्टियाँ आख़िर चीजों को किस रंग का देखती हैं ? कैसी दिखती है इन्हें शेष सारी दुनिया ? मैं उस सबको उनकी निगाहों से देखना चाहता था।

और यहीं एक बाधा थी। मैंने पाया कि जिस तरह ये 'दर्शन' देते हैं, उसमें और पहले के 'आनन्ददाता' के दर्शनों में बाहरी फ़र्क़ चाहे जितना हो, भीतरी ज़रा भी नहीं है। अब इनके दर्शन अक्सर ही होते हैं। रोज़ होते हैं। आपके साथ ये लोग फ़ोर्ट के फ़ुटपाथों पर, सागर के किनारों पर, रेल, ड्राइंगरूमों या सिनेमाओं की कुर्सियों पर दिखते हैं, लेकिन यह केवल 'दिखते' हैं—इन्हें आप छू नहीं सकते। किसी म्यूज़ियम में सुरक्षित पुरानी यादगार की तरह ये लोग शो-केशों में बन्द रहते हैं। 'ममियों' की तरह मसाला लगे कि कहीं आज की 'हवा' इन्हें बिगाड़ न दे। और इन शो-केशों पर चिप्पियाँ लगी रहती हैं—'टच मी नॉट'—'मुझे छूना मना है'—एक अदृश्य और पारदर्शी शीशे का ख़ोल है, जो इनके और आपके बीच हमेशा बना रहता है, या जिसमें ये अपने को बन्द रखते हैं। इनकी यही मानसिक बनावट हमें खिंचती है कि जिस तरह से ये दिखते हैं या दिखना पसन्द करते हैं—इसके आलावा भी हम देखें कि ये लोग वास्तव में हैं क्या ? हम जानें

कि ये लोग भीतर से कैसे हैं ? यह हर समय कैमरे के खुले लेन्स के सामने पोज़ देकर कृतार्थ करते घूमना और दिखना ही तो हमारे लिए काफ़ी नहीं है; और शायद लेखक के लिए तो यह स्थिति एक चुनौती है।

खैर, अपर्णा भली चाहे जितनी हो, पारदर्शी दीवार हमारे और उसके बीच भी है ही। फ़िलहाल इसे तोड़ने की सामर्थ्य और सम्भावनाएँ दोनों ओर से नहीं हैं। वह अगर तोड़ने की हिम्मत करे भी, तो उसे खुद अपने आसपास वालों की निगाहें देखकर शर्म लगेगी। वे कहेंगे : 'देखो, कैसी मूर्खा है। अपनी ही दीवारें तोड़े ले रही है। पागल तो नहीं हो गई ? अरे, वे भूखे और नंगे हैं !' और अगर कोई बाहरवाला तोड़ता है तो उसके संस्कारों को निश्यच ही लगेगा कि यह गुस्ताखी और सीमाओं का उल्लंघन है—याकि वह उसे लूटना चाहता है। शायद इसीलिए उसे लेकर वह शुरू से ही बहुत चिन्तित रही है। उसे मेरी मित्रता चाहिए, लेकिन बिना अपना आसन छोड़े हुए। और उसकी इसी भावना ने मुझे भी अपने आसन को याद दिलाए रखा है। मैंने भी इस झंझट को व्यर्थ ही समझा कि दीवार के उस ओर वाले क्या सोचते हैं और इस ओर वाले उनको कैसा समझते हैं। मैं तो चाहता था कि उनके दिए और बताए हुए नहीं, बल्कि अपनी शर्तों पर उन्हें उनके ही बीच में स्वाभाविक रूप से देखूँ। आख़िर ये लोग हैं क्या ? यों अपर्णा के साथ पत्र-व्यवहार था, बातचीत थी; लेकिन उस दीवार की रक्षा में वह भी तत्पर थी और उसे न छूने के बारे में मेरा आत्म-सम्मान भी सचेत। रास्ता मेरे पास था और मैंने सुजाता की प्रतिभा, सूझ और कुशलता पर विश्वास करके उसे वहाँ भेज दिया। अपर्णा को एक बौद्धिक मित्र की आवश्यकता थी और मैंने 'ध्रुवस्वामिनी' को उसका मित्र बना दिया। यह प्रयोग शायद अजब ही लगेगा कि हम दोनों अपने-अपने वर्गों और व्यक्तियों से अलग हटकर, उठकर या बिना हटे-उठे भी मित्र बने रहना चाहते थे। बड़ा खतरनाक प्रयोग था, क्योंकि ज़रा-से भटकने पर ही यह प्यार और वर्ग-द्वन्द्व की पुरानी कहानी बन सकता था। या हो सकता था वह कला की संरक्षिका और अभिभावक का रूप ले लेती। मुझे लगा कि प्रश्न चाहे विरोधी सेक्स के पारस्परिक आकर्षण और वर्ग-विषमता का होता या सामाजिक ऊँच-नीच का—दोनों ही स्थितियों में शायद हम लोग भटक जाते।

यह सब हुआ; मुझे उपयुक्त माध्यम मिला; लेकिन मेरे दिल की हालत बड़ी विचित्र हो गई। जितना ही मैं अपने चुनाव, सुजाता की प्रतिभा, पकड़ की सफलता देखता जाता, जी की कचोट बढ़ती जाती। मैं जानता हूँ कि क़िले में घुसनेवाले जासूस को इस बात की चिन्ता नहीं करनी चाहिए कि उसकी कमन्द रेशम की है या साँप की। यदि वह उसका मतलब निकाल सकती है तो उसे क्रूरतापूर्वक उसका उपयोग कर ही डालना चाहिए। वह लटकता फाँसी का फन्दा भी हो सकता है और किसी पद्मगन्धा की साड़ी भी। और उसी जोश में मैंने भी कमन्द फेंक दी। कमन्द लग गई...। शायद आज मैं उस मध्यकालीन जासूस के दिल की उत्तेजना और जोश का अनुमान लगा सकता हूँ जिसकी कमन्द का कुंडा क़िले के बुर्ज पर मज़बूती से अटक गया है और आसपास गहरा सन्नाटा है...घुप्प अँधेरा है। ऐसा अनुकूल वातावरण और ऐसा सफल अवसर...।

कुंडे के अटकते ही मुझे महसूस हुआ कि कमन्द की डोर तो खिले गुलाब के फूलों की है। कितनी मानसिक यन्त्रणा होती रही है मुझे उन दिनों यह सोच-सोचकर कि खिले गुलाब के फूलों की यह डोरी क्या इसलिए है ?...लेकिन ऊपर जा-पहुँचने का जोश और मिलनेवाली सफलता की आशा की थ्रिल, मुझे निरन्तर कोंचते थे। आज अगर सुजाता के सामने इसे स्वीकार करूँ तो शायद लाज से गड़ जाऊँ कि जब अत्यन्त नाजुक क्षणों में इन फूलों की सपनीली गन्ध ने मेरे तन-मन को एक भास्वर पुलकन से भर-भर दिया है; तब भी मैं यह नहीं भूला हूँ कि मुझे इसी फूल को पकड़कर चढ़ना है। कभी-कभी डर भी लगता था कि कहीं यह गन्ध मुझे भरमा न ले; मुझे मोहकर रोक न ले...कि कहीं यह कमन्द टूट ही न जाए ! अक्सर मैं दिल से चाहता रहा हूँ कि क्यों नहीं यह डोर टूट जाती और क्यों नहीं मैं गिरकर चूर-चूर हो जाता ! काश, मैं यहीं रुक जाता ! बार-बार किसी के कोमल हाथ ऊपर से धक्का देते थे कि नाजुक फूल यों कमन्द बनाने को नहीं हैं...ये बहुत ही कमनीय हैं, ज़रा ज़ोर से छूने में छितर और बिखर जाते हैं... इनका पराग धूल में मिल जाता है। नीचे उतर आओ। लेकिन मन में जाने कैसा एक क्रूर उन्माद था, एक पागल आवेश था कि लौटने नहीं देता था...। और अपने हाथों की हर पकड़ पर मैं पराग की पसीजन महसूस करता रहा...

आज लगता है कि वह स्थिति आ गई है जब मैं लौटने पर मज़बूर हो गया हूँ। दीवार बहुत ऊँची नहीं है, और शायद मैं उसके सिरे पर पहुँच भी गया हूँ...लेकिन अपने दिल के उन मज़बूत हाथों को क्या करूँ जो मेरा गला घोंट देते हैं कि ये फूल यों कमन्द बनाने को नहीं हैं। नहीं सुजाता, अब मुझसे नहीं चढ़ा जाता; अब मैं नहीं चढ़ पाऊँगा...। मैं हारकर लौट आता हूँ, हार मानता हूँ। तुम्हारे सामने दोनों हाथ ऊँचे करके आत्म-समर्पण करता हूँ...

शायद अब मुझे न तो अपने-आपको और न ही सुजाता को समझाने की ज़रूरत है कि प्रिंसेस अपर्णा मेरा लक्ष्य नहीं माध्यम है, साध्य नहीं साधन है। क्योंकि हम लोग कभी भी राजकुमार नहीं होते—हम लोग तो जासूस होते हैं, ऐयार होते हैं। कभी हम राजकुमार के वेश में हैं, कभी भिखारी के। कभी डाकू होते हैं और कभी गुंडे...कभी साधू का स्वाँग भरते हैं तो कभी चरित्रहीन का। हम एक तीव्र और दुर्निवार जिज्ञासा होते हैं, बस।

यहीं एक बात और साफ़ कर दूँ कि न तो मैं अपनी 'कमजोरियों' की सफ़ाई दे रहा हूँ, न अपना बचाव कर रहा हूँ—यह अपना अन्तर्तम टटोलकर पाता हूँ। क्योंकि मुझे लगता है कि कलाकार सब कुछ हो सकता है—खुद वह 'आदमी' हो ही नहीं सकता। हाँ, वह 'आदमी' का दूत होता हो, तो हो। वह 'आदमी' के रूप का वर्णन कर सकता है, उसकी यश-गाथा गा सकता है, उसका संदेश ला-ले जा सकता है, और 'आदमी' के नाम पर हर उल्टा-सीधा कर सकता है। इसमें कुछ अजब भी नहीं है। अपने मालिक के प्रति वफ़ादारी दिखाने के लिए हर दूत या एजेंट कुछ ज़्यादा ही करता है। जहाँ तक अत्याचार का सवाल है, शायद असली मालिक के मुकाबले उसके गुमाश्ते और दूत ही

ज़्यादा क्रूर होते हैं। उन्हें लगता है कि नमक-अदायगी और वफ़ादारी के लिए हृदय-हीनता अनिवार्य है। और 'आदमी' का दूत यह कलाकार या लेखक भी हो सकता है। मरते वक़्त तक अपने मालिक 'आदमी' के प्रति वफ़ादार भी रहा जाए, उसी के लिए तो वह कभी शीशे की दीवारें फाँदता है और कभी बहरूपियों जैसे स्वांग भरता है, क़िलों के प्राचीरों पर चढ़ता है। लेकिन शायद खुद 'आदमी' कभी बन ही नहीं पाता। उसे शायद फ़ुरसत ही नहीं मिलती।

अपने प्रति इस खिलवाड़ के लिए जाने सुजाता मुझे माफ़ भी करेगी या नहीं।

कभी-कभी सोचता हूँ कि काश, सुजाता ही मुझे दूत होने की इस ग्लानि और परिताप से मुक्त कर पाती। किसे बताऊँ कि यह शब्दहीन ग्लानि क्या है, और कैसे यह मेरे तन-मन को रात-दिन पीसती है कि मैं खुद कुछ भी नहीं, किसी के हाथों का हथियार भर हूँ, किसी का एजेंट हूँ, जो भी कुछ करता हूँ वह सब अपने लिए नहीं 'किसी' के लिए करता हूँ...। और मज़ाक यह है कि जिस 'आदमी' के नाम पर या जिसके लिए यह सब करता हूँ वह रहता कहाँ है, कैसा है...और है भी या नहीं ? यह भी मुझे नहीं मालूम। काश, कोई त्रिगोरिन[1] के भीतर बैठे हुए मेरे इस शाश्वत दर्द को समझ पाता। 'कितनी सालती है यह व्यथा कि मेरा हँसना-रोना, मेरा दुख-सुख, मेरी अनुभूतियाँ और भावनाएँ, मेरी 'अपनी' नहीं हैं—जिसे मैं अपना आनन्द और अवसाद कहता हूँ, वह तो मुझे किसी को सौंप देना है; ज्यों का त्यों...यह सारी बातें किसी पात्र के मुँह से कहलवा देनी हैं, किसी और के दिल की भावनाएँ बनाकर इन्हें टुकड़ों-टुकड़ों में बाँट देना है।' अपने पास तो मैं इसे सिर्फ़ अमानत की तरह रख रहा हूँ। अपने बेटे की मौत के समय मेरे भीतर का 'बाप' रोता है और यह क्रूर 'दूत' उस समय भी बैठा-बैठा नोट करता रहता है कि बेटे के मरते समय बाप को कैसा लगता है। कभी-कभी तो 'दूत' उसे मजबूर कर देता है कि यही जानने के लिए वह बेटे को मारकर देखे...।

काश, एक क्षण भी ऐसा होता जो मेरा 'अपना' होता—जिसके पीछे यह भावना न होती कि इसे किसी पात्र को देना है। यह केवल मेरा 'अपना' है। सुजाता ने स्वप्न-भंग की उस वितृष्णा में ठीक ही कहा था कि 'इट्स नॉट ए फ़ेयर गेम'। सच ही यह ईमानदारी का खेल नहीं है। क्योंकि मैं ऐसे मालिक का दूत बनकर सुजाता के सामने आया जो मुझे यहाँ छोड़कर खुद जाने कहाँ खो गया है। अब तो यह भी याद नहीं है कि उसने यह काम मुझे सौंपा भी था या नहीं—समझ में नहीं आता, अब सुजाता को मुँह कैसे दिखाऊँगा ?

1. चेख़व के नाटक 'सीगल' का एक लेखक पात्र।

सुजाता की डायरी : एक नोट

मंगल : 23 जुलाई

सब पढ़ लिया है मैंने उदय, सब पढ़ लिया !

जी में तो मेरे भी आ रहा है, मैं तुमसे जाकर कह दूँ कि 'जो क़िस्से मैं राजकुमारी को लेकर रोज़-रोज़ बताया करती थी, उन्हें क्या तुम सचमुच समझते हो ? अरे, यह कैसे भूल गए कि मैं कथाकार ही नहीं, अभिनेत्री भी थी—और मौज में या मन बहलाने को एक क़िस्सा गढ़कर सुनाया करती थी—अलिफ़-लैला का ध्यान है ? मलिका शहरजाद भी तो शहरयार को एक क़िस्सा रोज़ सुनाया करती थी—ताकि समय मिले और उनके बीच आत्मीयता के सूत्र और गाढ़े होते जाएँ...लेकिन तुम्हें तो बिसात उलट देने की आदत है न... !'

'तुम चाहे जिसके दूत बनो, चाहे जिसके प्रति वफ़ादार रहो—मगर मुझे यों सीढ़ी और सेतु मत बनाओ। मुझसे यह सब नहीं सहा जाएगा। मैं तो तुमसे डोर का एक सिरा बनकर मिली थी...कमन्द का सिलसिला नहीं— !'

●●●